The Age of Innocence

by Edith Wharton

純真年代

伊迪絲・華頓◎著　　伍晴文◎譯

好讀出版

第一章

一八七〇年代初，一月的某個夜晚，克麗斯汀・尼爾森①在紐約音樂學院②出演《浮士德》③這部歌劇。

雖然大家早就紛紛議論要在「第四十街北邊」的偏遠郊區蓋一座新歌劇院④的事情，還聽說這座新劇院的造價與華麗程度，不遜於歐洲那些知名首都的歌劇院。然而每年冬天，上流社會仍舊高高興興地聚集在這座古老學院裡，周旋於紅金色相間的舊包廂中進行社交活動。保守派人士喜歡它的窄小不便，因爲這麼一來，就可以將紐約社會開始又愛又怕的那些「新人」⑤拒於門外，情感豐富的人則因它的歷史意義而留戀不已，愛好音樂者也難以割捨它的絕佳音效，因爲音效品質正是許多專爲聆聽音樂而建的建築最難處理的問題。

這是尼爾森夫人那年冬天的首場演出，報章媒體宣稱所有「最有品味的聽眾」全聚集在此準備聆聽她的演唱，乘著私家篷車、寬敞的蘭道馬車，或者較爲低調但更爲便利的「布朗四輪馬車」，接連穿過覆蓋著冬雪的濕滑街道來到這裡。搭乘輕便的布朗馬車來聽歌劇，就跟搭私家篷車前來同等體面；況且離開時還有個極大的好處（對民主作風開了個玩笑），可直接跳上出現在路上的頭一輛載客馬車，毋需苦苦等候自家因寒冷及烈酒而紅了鼻子的馬車夫，緩緩出現在音樂學院門廊下。某位了不起的馬車行老闆憑著自己的觀察發現這個有趣現象：美國人想離開娛樂場所的渴望，比他們想去時更加迫切。

紐蘭・亞契打開包廂後門時，花園那一場戲的帷幕才剛升起。這位年輕人其實可以早點到，因爲他七點鐘就跟母親和妹妹一塊用了晚餐，之後又悠悠哉哉地在那間擺放著黑得發亮的胡桃木書櫃與尖頂椅的哥德風格書房裡享受了一根雪茄。這是此棟屋裡，亞契夫人唯一允許抽菸的地方。然而，最主要的原因猶在於，紐約是個大都會，他清楚瞭解在大都會聽歌劇，早到是「不合宜」的。而什麼是合宜、什麼又是不合宜，在紐蘭・亞契這個年代的紐約社會裡，儼似數千年前，支配著他們祖先命運的那些神祕圖騰一樣重要。

遲到的第二個原因則屬個人因素。他之所以慢悠悠地抽菸，乃因爲他打從骨子裡就是一位藝術愛好者，細細玩味即將來到的樂趣，遠比快樂眞正到來時，更能讓他感受那種微妙的滿足感。當這種樂趣偏向非常雅致的類型時，尤其如此——他的快樂多半來自這種類型；他這次所期盼的時刻，在品質上是分外難得且細緻的——嗯，倘若他時間掌握得宜的話，他踏進歌劇院的時間，便能與舞台經理爲那位首席女演員所安排的時間同步，正好趕上最美妙的時刻，也就是當她一面撒著雛菊花瓣、一面以露水般清澈的高音唱著「他愛我……他不愛我……他愛我！」時。

當然，她所唱的是義大利文的「他愛我」，而不是英文的「他愛我」，因爲音樂界那不容改變、不容質疑的鐵則要求瑞典表演家所唱的德文法國歌劇，必須翻譯成義大利文演唱，如此一來，英語系觀眾才比較容易瞭解。這樣的鐵則，就跟紐蘭・亞契生活中的其他固定模式一樣理所當然：例如，出現在社交場合之前，必須用兩把藍瓷漆寫著姓名縮寫的銀背梳子分梳他的頭髮，扣孔定得插上一朵花（最好是梔子花）。

「他愛我……他不愛我……」首席女歌手唱著，並在贏得愛情後，最末飆唱出「他愛我！」，一面將那束散亂的雛菊壓貼唇上，一面抬起她大大的眼睛看向表情做作的矮小浮士德——卡布爾。他身著緊身紫色絲絨衣、頭戴一頂羽飾帽，正白費工夫地裝出與那位天真受害者一樣純潔誠摯的表情。

紐蘭・亞契倚於包廂後邊牆上，目光從舞台移開，掃視劇場另一端。正對面剛好就是曼森・明戈特老太太的包廂，因爲過度肥胖之故，她早已無法來聽歌劇，不過有社交活動的夜晚，總會由家族的年輕成員代表參加。這一次，包廂前排坐的是媳婦洛維爾・明戈特太太及她的女兒維蘭太太；而坐在這兩位穿著華服的夫人後面的，是一位身著白衣裳的年輕女子，正專注地看著舞台上的那對戀人。當尼爾森夫人那一句「我愛你」劃破靜寂的音樂廳時（演唱《雛菊之歌》時，包廂的聽眾通常會停止交談），那女孩俏臉泛起一片潮紅，從額頭直到髮根，美麗的髮辮則斜垂過那年輕的胸線，落在繫著一朵梔子花的薄紗領巾⑥處。她垂下眼睛看向放在膝上的那一大束鈴蘭⑦，紐蘭・亞契看到她戴著白手套的指尖輕觸花朵，他帶著滿足的虛榮心深吸了口氣，甫又將目光轉回舞台。

舞台布置可說是不惜血本，就連那些熟悉巴黎及維也納歌劇的人都讚賞不已。從前景到腳燈，俱蓋著一塊綠寶石色畫布。中間對稱地鋪放一層蓬鬆的地衣，接向槌球的拱門，地衣上面束著長得像桔子樹的灌木叢，其間卻插上大朵大朵粉紅色和紅色玫瑰花。而比這些玫瑰還要大得多的巨大紫羅蘭，像極了教區女教徒做給牧師的花形筆擦，自玫瑰樹下拔地而起；一朵朵雛菊嫁接在玫瑰花怒放的枝頭上，似乎預示著園藝大師伯班克先生未來的偉大奇蹟⑧。

尼爾森夫人站在這座被施了魔法的花園當中，穿著有淡藍色緞飾的雪白喀什米爾外套，藍色腰帶上掛著一只輕晃的小袋子，一條黃色的寬大穗帶仔細地鑲在那件棉質緊身襯衣兩側。她正垂下眼簾聆聽卡布爾假意的求愛，每當他用言語或眼神勸誘她到右側斜伸出來那座齊整磚造別墅一樓的窗口時，她總裝出一副不瞭解他所懷意圖的天眞模樣。

「親愛的！」紐蘭・亞契想著，目光回到那位拿著鈴蘭的年輕女孩，「她根本不懂這幕戲的意思。」他凝視著她全神貫注的年輕臉龐，不由得產生一股欲擁有的悸動，部分來自男子氣概的驕傲，另一部分則來自對她純潔無瑕的深愛。「我們會一起讀《浮士德》……在義大利湖畔……」他心裡這樣作想，迷迷糊糊地將自己心中所想的蜜月場景與文學大作混在一起，認爲向新娘介紹這部名著是他這個做丈夫的特權。恰於那天下午，梅・維蘭才讓他覺得她對自己「有意」（紐約少女告白的一種聖潔措辭），引領他的想像跳過訂婚戒指、定情之吻及羅亨格林結婚進行曲⑨，直接想像他們相依偎在歐洲某個古老且令人神迷的場景裡頭。

他絕不希望紐蘭・亞契太太是個腦中無物的呆瓜，殷盼她能受他具啓蒙性的陪伴，發展出得體的社交能力和敏捷機智的口才，以便從容面對那些「年輕一代」的已婚名媛。這個小圈子公認的習俗是，既要展現魅力誘引出男性熱情，同時還要巧妙地避免他們得寸進尺。他若認眞深入探悉自己的虛榮心（有時他幾乎做到了），即會發現自己內心其實希望妻子跟他兩年前迷戀的那位有夫之婦一樣博學多聞、一樣懂得取悅人。當然，同時絕不允適得其反，像那次玩得過火險些毀了那不幸人兒的一生，並攪亂了他一整個冬天的計畫。

至於這種冰與火齊聚一身的奇蹟是如何創造出來、又是如何存在這冷酷的世界，他從未費時好好摸索過；他滿足地堅持著自己的想法，並不加以分析，因爲他知道這也是那些精心梳理頭髮、穿著白背心、在胸前插著鮮花的紳士們的想法。他們一個接一個走進包廂，跟他友善地寒暄致意，爾後拿起望遠鏡，對這群當前制度所產出的女士們品頭論足。就智識及藝術涵養而言，紐蘭・亞契顯然認爲自己略勝這批老紐約菁英們一籌；他讀的書、想的事情，甚至看過的世界，或許比這批人還要多一點。個別而言，他們都不是那麼優秀的人，湊在一起卻代表著「紐約」。而男性們團結一致的習性，讓他接受他們在所謂「道德」上的種種信條。他直覺知道，倘若自己打破這些信條，可能會引起麻煩——而且也有失體統。

「哦，我的老天！」勞倫斯・萊佛茲喊道，倏地將他的望遠鏡從舞台那邊移開。大體而言，勞倫斯・萊佛茲堪稱紐約「禮儀」方面的最高權威，他花在研究這個複雜又令人著迷的問題上的時間，簡直無人可比。但單是研究，尚不足以讓他能夠完整輕易地解決問題。從他斜分頭髮露出的光亮前額及漂亮的八字鬍線條到穿著訂製鞋的長腳，人們只消看一眼他那修長優雅的身形，便會覺得一個懂得隨性穿搭優質服飾，並隨時都顯得如許閒逸優雅的人，他在「禮儀」方面的知識必然是與生俱來。就像一位年輕的崇拜者曾經這樣談起他：「如果有人能告訴你哪時候該穿晚禮服、打黑領帶，哪時候又不適合，這個人非勞倫斯・萊佛茲莫屬了。」至於何時該穿休閒便鞋或漆皮「牛津鞋」的爭議，沒有人曾經質疑過他的權威。

「我的老天！」他吐出這句，默默地將望遠鏡拿給老希勒頓・傑克遜。

紐蘭・亞契順著萊佛茲的目光看過去，驚訝地發現他的呼喊是因為一道走進明戈特老太太包廂的陌生身影。那是位身材苗條的年輕女子，比梅・維蘭略矮些，棕色濃密鬈髮垂落鬢邊，用一條鑲鑽細髮帶固定住，呈現出當時所稱的「約瑟芬風格」⑩，再以她那襲胸前用一枚老式大扣飾挽束著的藏青色絲絨晚禮服完整詮釋出這種風格。然而穿著這身奇特禮服的人，似乎不曉自己所引起的注意，她在包廂中間站了片刻，與維蘭太太討論後來者是否適合坐在前排右邊角落的座位，接著她微微一笑，便與坐在對面角落的洛維爾・明戈特太太，也就是維蘭太太的弟媳比鄰而坐。

希勒頓・傑克遜先生將望遠鏡交還給勞倫斯・萊佛茲，整個俱樂部的人均直覺地轉過頭來，等著聽這位老先生怎麼說，因爲老傑克遜先生在「家族史」方面的權威，等同勞倫斯・萊佛茲在「禮儀」方面的權威。他清楚瞭解紐約那些堂表親的所有族系關係，不僅能清楚說明一些複雜的關係，像是明戈特家族（透過索利家族）與南卡羅萊納州達拉斯家族的關係，以及費城索利家族老一代的族系與艾爾巴尼・奇佛斯家族（可別跟大學城的奇佛斯家族搞混了）之間的關係，還能列舉出每個家族的主要特性，例如萊佛茲家族的年輕一代（長島那些）超級吝嗇小氣，而拉許沃家族最致命的習性是他們在婚配方面的決定總是愚蠢無比；又如，艾爾巴尼・奇佛斯每隔一代就會出現一個精神病患，他們紐約的表兄妹們往往拒絕與之通婚——唯獨可憐的梅多拉・曼森是個不幸的例外。她，就如大家所知的……不過，她母親本來就是拉許沃家的人。

除了清楚掌握這些錯綜複雜的家族關係外，在希勒頓・傑克遜先生凹陷而狹窄的兩鬢之間、柔軟濃密的白髮下，猶保存著過去五十年間，隱藏在看似平靜無波的紐約社會裡的各種醜聞及祕辛。他的資訊庫誠然廣泛，記憶力精確無比，因此他應該是唯一能告訴你那位銀行家朱利斯・鮑弗究竟是何許人，以及曼森・明戈特老太太的父親，也就是英俊的鮑勃・史派瑟，在他結婚不到一年，有一天突然和一名在老劇院擁有大批舞迷的美麗西班牙舞孃搭船前往古巴而神祕失蹤（帶著一大筆信託金），他最後的結局到底如何。但是這些祕聞，加上許多其他不爲人知的事情，都嚴嚴實實地鎖在傑克遜先生心裡；這不僅是因爲他強烈的道德感不允許自己說出別人私下透露的隱私，還因爲他清楚明白，他的謹慎嚴實能讓自己獲得更多機會去打聽他想知道的事情。

因此，當希勒頓・傑克遜將望遠鏡交還給勞倫斯・萊佛茲時，整個包廂的人們無不屏息等待著。有好一會兒，他蒼老眼瞼下那雙灰藍眼睛，默默地掃過那幫洗耳恭聽的人，接著若有所思地捻了一下鬍鬚，簡短說了一句：「沒想到明戈特家竟然會這麼做。」

譯註：

①克麗斯汀・尼爾森（Christine Nilsson，一八四三至一九二一），知名瑞典女高音。

②紐約音樂學院（Academy of Music in New York）是位於第十四街聯合廣場上的劇院，一八五四年啟用，直到一八八六年都定期舉辦歌劇季。劇院可容納四千六百人，包廂為老貴族、荷蘭總督後代及早期的英國移民者專用。

③《浮士德》（*Faust*），夏爾・古諾（Charles Gounod，一八一八至一八九三）於一八五九年所創作的歌劇作品。

④此處的新歌劇院，指的是一八八三年十月二十二日啟用的紐約大都會歌劇院（Metropolitan Opera）。

⑤「新人」（原文為New People），意指像傑・古德（Jay Gould，一八三六至一八九二）、摩根（J. P. Morgan，一八三七至一九一三）、范德堡（Cornelius Vanderbilt，一七九四至一八七七）及威廉・洛克菲勒（William Rockefeller，一八四一至一九二二）這些因財經及工業致富的人。對於住在華盛頓廣場周區的第一代移民者來講，他們算是新人，而華盛頓廣場是第一個紐約有錢人居住的區域。這些新人創建了大都會歌劇院，如此他們就不需要跟老貴族們搶包廂用。

⑥薄紗領巾（tulle tucker），薄紗是一種細網布料，而領巾是紐約上流社會女士穿著低領歐式服裝時所披

的領巾，好讓自己看起來較顯端莊。

⑦鈴蘭是種鈴狀小白花，根據十九世紀語言學書籍記載，代表著簡單細緻、回歸幸福、暗中枯凋的心。

⑧盧瑟・伯班克（Luther Burbank，一八四九至一九二六）是一位美國園藝家，嫁接培植出許多新花種。作者本身也是一位園藝愛好者，理當熟悉伯班克先生的嫁接栽植，故以這種嫁接實驗象徵時代轉變過程的第一個例子，用以提出變革這個主題。

⑨《羅亨格林》（*Lohengrin*）為理查・華格納（Richard Wagner，一八一三至一八八三）創作的三幕劇歌劇，《結婚進行曲》這個曲子即穿插在這部歌劇中。

⑩「約瑟芬風格」，乃一八〇四年至一八〇九年間拿破崙與法國約瑟芬皇后離婚時這位皇后的穿著風格。愛倫・奧蘭卡「獨特的穿著」就像法國大革命（一七八九年至一七九五年）之後法國女性所流行的一種以低領為特色、像長晨衣的款式，十九世紀初期這種款式相當受歡迎。一八七〇年代紐約社會女性大多還穿著不舒服的裙撐和束腹，這款新風格自然引人側目。

第二章

紐蘭・亞契在這短暫插曲中，陷入某種奇怪的尷尬情境。

教人氣惱的是，紐約男士們目光所趨，竟是夾於媽媽與舅媽當中他那位未婚妻所在的包廂；而他一時之間認不出那名穿著拿破崙帝國時期風格禮服的女子，也不明白爲什麼她的出現，會在初見到她的這些人間引起一番騷動。接著他才終於明白過來，隨之萌生了一股憤慨之情。的確，沒人想到明戈特家的人竟會這麼做！

但他們眞的這樣做了，且毫無疑問的，一直都這麼著。紐蘭・亞契背後的低語聲讓他清楚明白，這位年輕女子是梅・維蘭的表姊，也就是一直被家人稱爲「可憐的愛倫・奧蘭卡」的那位女士。亞契知道她一兩天前才剛從歐洲歸返，甚至聽維蘭小姐說過（並無不悅語氣）她曾去探訪目前與明戈特老太太住在一起的可憐愛倫。亞契非常欣賞家族的團結性，而他最欣賞明戈特家族的一項特質就是，即使家族中出了少數幾位害群之馬，他們仍會全力支持。這位年輕人的心地並不特別小氣或狹隘，他很高興自己未來的太太沒有受到假道學影響，仍友善對待她不幸的表姊，儘管爲私底下；然在家族裡接待奧蘭卡伯爵夫人是一回事，帶她到公開場合，尤其是歌劇院這樣的地方，又完全是另外一回事。再加上，那位與紐蘭・亞契訂婚的年輕女子就在那個包廂裡，他們再過幾星期便要宣布消息了。是的，他可以理解老希勒頓・傑克遜的感覺，他沒想到明戈特家竟會這麼做！

當然，他知道，所有男人敢做的事情（第五大道①的範圍內），曼森．明戈特老太太這位家族女族長都敢做。他一向敬佩這位高大而個性剛毅的老太太，儘管她原本只是史塔騰島的凱瑟琳．史派瑟，有個神祕且名譽掃地的父親，不論是金錢或社會地位方面，皆讓人難以忘記。但她卻能讓自己嫁給富有的明戈特家族主人，並將自己的兩個女兒嫁給「外國人」（一位義大利侯爵及一位英國銀行家），還在中央公園附近一塊隱蔽荒地上②蓋了一座乳白色石造大宅邸（就在棕色砂岩像男士午后的長禮服③那樣蔚為主流之時），讓人再次讚嘆她大膽獨特的作風。

明戈特老太太的外籍女兒成了傳奇。她們從未回來探望過母親，而這位老母親就像許多心思停不下來又強勢的人那樣，再加上她本身不喜動、人又肥胖，總寧願待在家裡。那一棟巍峨聳立在彼處的乳白色大宅邸（據說是仿造巴黎貴族私人別莊），即是她大無畏精神的明證；她在這座豪宅裡儼如女皇，生活在法國革命前的家具④及從路易．拿破崙的杜樂麗宮⑤帶回來的紀念品之間（她中年時曾在那裡大放光彩），就像第三十四街⑥以北那些把打開時人得像門的法式窗戶取代拉式吊窗的房舍一樣安穩。

大家都同意（包括希勒頓．傑克遜先生）老凱瑟琳從來不是位美女——在紐約人眼中，美貌這項天賦，是將成功合理化的原因，也可以是失敗的藉口。心地不寬厚的人會說，她就像她那女皇名號⑦一樣，憑靠堅強意志力和鐵石心腸獲致成功，而私生活方面的絕對正派與高尚讓她稍顯傲慢自大。曼森．明戈特先生去世時，她年僅二十八歲。出於史派瑟家族不信任人的特性，他還以一條附加條款「凍結」了自己的遺產；但他那位大膽的年輕遺孀毫無畏懼地走出自己的一條路，活躍於外國社交圈中，將女兒嫁到那些誰知道有多墮落的上流社會，且與公爵、大使們密切交往，周旋於天主教政治圈、款待歌劇演員間，並和芭蕾名門之後塔利奧尼夫人⑧成為密友；而且她一直以來，正如希勒頓．傑克遜所言，在聲譽方面從未引起任何批評，可他總會再加上一句，這是她與早年的凱瑟琳唯一不同之處。

曼森．明戈特老太太早就解凍亡夫的財產，優渥地活了半個世紀，然早年經濟拮据的記憶使她過度節儉。雖說她在選購衣服和家具方面，會特別花心思選擇最上等的，可對於餐桌上那些短暫的口腹之慾卻捨不得投入太多錢。因此，雖然是基於不同的理由，她餐桌上的料理就跟亞契夫人家一樣差，連她的酒也挽救不了幾分聲譽。親戚們認爲她在餐桌上的節儉，有損明戈特家族的名聲，畢竟明戈特家族向以講究生活品質著稱；不過人們依然到她這兒來，不在意那些「拼盤」與淡而無味的香檳。至於她兒子洛維爾的建議（他曾試圖雇用紐約頂級廚師來挽救家族名聲），她總笑著說：「一個家爲什麼需要兩個廚師？我的女兒都已經嫁出去了，而我又不能吃添加醬料的食物。」

紐蘭．亞契思考這些事情之時，又再度將目光轉向明戈特的包廂。他看到維蘭太太跟她的嫂嫂正以明戈特家族特有的泰然自若，面對這自成半圈的批評者，這種態度正是凱瑟琳一直要求家人的一點。其中只有梅．維蘭沒擺出這樣的態度，可能是因爲知道亞契正看著她而滿臉通紅，並瞭解到事態的嚴重性。至於那位引起騷動的人兒，依然優雅地坐在包廂角落注視著舞台，當她身體向前傾時，她的肩膀及胸部袒露的部分，比紐約社會習慣看到的還要多一點，至少對於那些有理由不希望引人注目的女士們是如此。

對紐蘭．亞契而言，很少有什麼事情比缺乏「品味」更加糟糕了。品味是隱藏在看得見的「禮儀」背後的深遠神韻，禮儀僅是看得見的表徵。在他看來，奧蘭卡夫人蒼白嚴肅的表情，相當符合這般場合和她不幸的處境；但她那套從削瘦肩膀斜切而下、沒有摺領的禮服，讓他甚感驚訝及困擾。他不希望梅．維蘭受到一名如此罔顧品味的年輕女子所影響。

「究竟，」他聽到身後一位年輕男士說（梅菲斯托菲勒斯和瑪莎那一幕⑨上演時，大家依舊談論不休），「究竟，發生了什麼事？」

「嗯，她離開了他，誰也不想否認這點。」

「他是個該死的禽獸，對吧？」提出問題的青年繼續說，他是索利家族中一位直率的年輕人，看來已準備加入那位女士的擁護者之列。

「是最糟糕的那種傢伙啊，我在尼斯見過他，」勞倫斯・萊佛茲以不容置疑的口氣說：「一個老是半醉半醒、帶著輕蔑表情的蒼白傢伙……臉蛋倒是長得還不錯，但眼睫毛太濃密了。啊，就是那種人！不是跟女人混在一起，就是去找瓷器。據我所知，他對這兩者都不惜付出任何代價呀。」

這段話引起一陣哄堂大笑，那位年輕的擁護者追問：「哦，那後來呢？」

「後來啊，她跟他的祕書逃走了。」

「啊，我明瞭了。」年輕擁護者的臉頓時垮了下來。

「不過，那段關係沒有持續太久，我聽說幾個月之後，她獨居在威尼斯。我想洛維爾・明戈特先前出國就是去找她的。他曾說她過得很不快樂。那倒還好……不過這麼高調地讓她出現在歌劇院，又是另外一回事。」

「或許是，」年輕的索利大膽地說：「留她一個人在家裡，實在太可憐了。」

他說完後馬上引起一陣訕笑，那位年輕人滿臉通紅，努力裝出自己其實是像聰明人說「雙關語」的模樣。

「嗯……無論如何，帶維蘭小姐同行未免太奇怪啦。」有人低聲說道，一面斜眼瞄了亞契一眼。

「哦，這是家族擁護作戰的一部分啊，是老夫人的命令，無庸置疑。」萊佛茲笑道：「當老夫人決定做一件事情時，就要做得徹徹底底。」

那一幕結束了，包廂內的騷動依舊。紐蘭・亞契突然覺得自己必須表現得果決點，他希望自己是第一個走進明戈特包廂的人，向這個期待著的世界宣布自己與梅・維蘭訂婚的消息，幫她度過因自己表姊特殊之處境所引起的困窘情況；這股衝動使所有的顧慮與遲疑全部消失無蹤，讓他快速走過一道道紅色走廊，抵近歌劇院另一端。

他走進包廂時，目光正好迎上維蘭小姐，他看出她立刻明白了自己的來意，即使家族的尊嚴不允許她明講出來——這是兩人都很推崇的高尚美德。他們這個圈子的人，都活在一種隱而不彰、略顯矜持的氛圍中，他們兩人不需任何言語就能互相瞭解情況。在這位年輕人看來，此是兩人再親近不過的境界了。她的眼睛在訴說著：「你瞭解媽媽為什麼帶我來。」他則用眼睛回答：「再大的代價，我也不會讓妳避開的。」

「你應該認識我的姪女奧蘭卡伯爵夫人吧？」維蘭太太與她未來女婿握手時問道。依照引見女士的禮節，亞契只行禮致意，並沒伸出手來，愛倫・奧蘭卡則輕輕點頭回禮，那雙戴著淺色手套的手仍握著她那把大大的鷹毛扇⑩。向洛維爾・明戈特太太這位穿著一身褶緞衣服、身形高大的金髮女性打過招呼後，他在未婚妻身旁坐下，低語道：「妳應該已經告訴奧蘭卡夫人我們訂婚的事了吧？我想讓大家知道此事。希望妳允許我在今天的晚會上宣布。」

維蘭小姐俏臉轉為晨曦般的嫣紅，並以綻放著光彩的雙眼看著他。「如果你能說服媽媽。」她說：「但我們為什麼要改變原初計畫呢？」他未加回話，而是以眼神代為回答，她帶著更深的笑容接著說：

「你自己跟我表姊說，我允許你這麼做，她說你們小時候常在一起玩的。」

她把椅子往後挪，為他讓出路來，他也立即以近乎宣示性的方式坐到奧蘭卡伯爵夫人身邊，彷彿要讓整個歌劇院的人看得見自己的舉動。

「我們以前常在一起玩，不是嗎？」她問道，那雙憂鬱眼眸一面轉向他，「你當時是個討人厭的小男孩，有一次還在門後吻了我。但當時我喜歡的，卻是你那從不看我一眼的堂哥范迪．紐蘭。」她的目光掃過那些馬蹄形包廂。「啊，這情景讓我回想起過去的一切……這裡的男男女女還穿著燈籠褲和內搭褲哩。」她以略帶外國口音的拖長語調說道，目光又回到他臉上。

雖然是頗為愉快的一段話，這位年輕人卻驚訝地發現那一刻浮現心裡的畫面，竟然是正在審判她的案子的嚴肅法庭。沒有什麼比不合時宜的輕率言行更糟糕的了，因此他的回答顯得有點僵硬，「是啊，妳離開好長一段時日了。」

「啊，好幾個、又好幾個世紀，那麼長了，」她說：「久到我都覺得自己已經死去、被埋葬了，而這塊親愛的故土就是我死後的天堂。」

基於一些他自己也說不出來的理由，她這種形容紐約的方式，讓紐蘭．亞契覺得更加失禮了。

譯註：

①第五大道是紐約最時髦的街區之一，由華盛頓廣場向北延伸，一八五〇年代被譽為「宮殿大街」，一八九〇年代則稱之為「百萬富翁之街」。

②紐約中央公園位於曼哈頓中心，南北從第五十九街到一百一十街約二・五英里，東西從第五大道至中央公園西路約一・五英里，占地遼闊。一八五八年以草坪計畫為構想動工，南北戰爭後對外開放。十九世紀中旬左右，第五十九街還未發展，自然被視為一片「荒野」。

③長禮服（frock-coat）是前後衣襬等長的雙襟外套，十九世紀時為男士下午穿的標準衣著。

④法國革命前的家具，乃指稱法國革命之前、路易十六執政時期盛行的風格。

⑤杜樂麗宮為巴黎塞納河右岸、從羅浮宮到協和廣場之間的宮殿建築，附有大片花園。路易・拿破崙（拿破崙三世），也就是拿破崙・波拿巴兄弟的兒子，所統治的那個時期稱之為「法蘭西第二帝國」（一八五二年至一八七〇年）。

⑥一八四〇年代到一八五〇年代之間，第二大道原是最時髦的街區，到了一八六〇年代則轉移到第五大道西邊。南北戰爭之後，第三十四街變成紐約許多有錢人家的落腳處。

⑦這裡所提到的女皇乃指凱薩琳大帝（Yekaterina Alexeevna, Catherine the Great），一七六二年至一七九六年間掌權的俄國女皇。

⑧塔利奧尼夫人本名瑪麗亞・塔利奧尼（Marie Taglioni，一八〇四至一八八四），是一八三〇年代至一八四〇年代之間最著名的芭蕾舞者。

⑨在《浮士德》的第三幕，瑪莎是瑪格麗特的守護者，梅菲斯托菲勒斯試著勾引她，以便讓浮士德有機會跟瑪格麗特講話。

⑩十九世紀時上流社會的許多用品都會採用羽毛，像是扇子和帽子，鷹毛扇尤其必備。因此到了一八八三年時，每年約需殺五百萬隻鳥才能滿足這番需求；而老鷹是美國國鳥，那時已經捕獵到瀕臨絕種的程度，作者藉此來評論為營造上流社會所付出的代價。

第三章

事情總是按照老樣子一成不變地進行著。

朱利斯・鮑弗太太在她舉辦年度舞會的那個晚上，總會到歌劇院露個臉。是的，她向來選在歌劇夜舉辦舞會，讓人見識到她擁有一班即使自己不在也能安排好所有細節的僕人，以突顯自己掌管家務的全然卓越能力。

鮑弗家宅邸是紐約少數幾棟擁有舞廳的住宅之一（甚至比曼森・明戈特老太太家及赫德利・奇佛斯家還早）；正當人們開始覺得在客廳地板鋪上「粗布」、將家具搬到樓上這樣的行為流於「土氣」時，擁有一間一年三百六十四天均拉上窗簾，鍍金椅堆疊在角落，任華麗的吊燈收放在袋子裡，不做他用的舞廳——這種絕對的優越感，似可彌補鮑弗過往曾發生的任何遺憾。

喜愛將社交哲學彙整成格言的亞契夫人曾經這麼說：「人皆有其偏寵的平庸之士……」儘管這是句相當大膽的話，許多勢利者也不禁暗自認同其眞確性。然而嚴格說來，鮑弗家並非平庸之輩，有人甚至認爲他們比平庸還糟糕。鮑弗太太確實來自美國最有名望的家族之一，她原本是可愛的雷吉娜・達拉斯（屬於南卡羅萊納的一個家族），這位默默無名的美女由她的表姊領進紐約社會。她的表姊就是那位魯莽的梅多拉・曼森，老是把出於善意之事搞砸的人。任何與曼森家族及拉許沃家族有臍帶關係的人，就可以在紐約社會取得「公民權」（就像昔日常出入杜樂麗宮的希勒頓・傑克遜所說的）。但可有人嫁給了朱利斯・鮑弗，還不會喪失這種公民權嗎？

問題在於：鮑弗究爲何許人？人們眼中的他是名英國人，討人喜歡、英俊、脾氣暴躁、好客且機敏。他憑藉著曼森・明戈特老夫人那英國銀行家女婿的推薦信來到美國，讓自己快速在社交界取得重要地位，可他始終沉迷於酒色，說話尖酸刻薄，以前的經歷又有諸多神祕。當梅多拉・曼森宣布她表妹與他訂婚的消息時，不禁讓人覺得可憐的梅多拉不勝枚舉的魯莽行爲又多添了一筆。

不過傻人通常有傻福，年輕的鮑弗太太結婚才兩年，大家便都認同她擁有全紐約最教人欣羨的宅邸。沒人知道這樣的奇蹟是怎麼發生的。她這個人生性懶散又被動，尖酸刻薄的人甚至說她駑鈍，不過她穿著打扮卻像個洋娃娃，珠光寶氣，一年又比一年漂亮年輕。她只消安穩地坐在鮑弗先生棕褐色石頭宮殿裡，毋需抬起她那隻戴著首飾的小指頭，就能將全世界吸引過來了。知悉內幕的人說，是鮑弗親自訓練僕人、教導廚師新菜色、告訴園丁溫室要栽植哪些適合放在餐桌與客廳的花種、親自挑選賓客、釀造餐後酒，就連妻子寫給朋友的便函，都是聽他口述撰寫的。倘若這些家務全由他所主導，那應該也是私下進行的，因爲他出現在大家面前的樣子純是位好客的百萬富翁，漫不經心地像其他賓客一樣悠哉走進自家客廳，說道：「內人的大岩桐眞令人讚嘆，不是嗎？我想她八成是從倫敦裘園搬來的。」

人們認爲鮑弗先生的祕密，在於他巧妙處理事情的方式。縱然大家傳得沸沸揚揚，指他是在自己過去任職的國際銀行「協助」下離開英國的；但他對於這個流言的態度，就跟對其他流言一樣毫不在意——畢竟紐約的商業良知如同它的道德標準一樣脆弱——他擋下了所有擺在眼前的困難，讓全紐約進入他的廳堂。二十多個年頭過去了，現在人們說起他們要赴「鮑弗家」，就跟要赴曼森・明戈特老太太家一樣理所當然，還會因爲知道自己將享受到熱騰騰的野鴨與美酒，而非釀造不到一年的凱歌香檳①及費城的加熱炸丸子，由此感到滿足不已。

因此，鮑弗太太一如往年，總是在《寶石之歌》②演唱前出現在包廂，且跟以往一樣，在第三幕結束時站起身，將她的歌劇斗篷拉到她可愛的肩膀上，甫才離開。紐約人都明白，這意味著舞會將在半個小時後開場。

鮑弗家是紐約人想驕傲地向外國人炫耀的宅子，特別在這一年一度的舞會夜晚。鮑弗一家乃紐約首先擁有自家紅毯，並由宅內僕役站在屋棚底下將紅毯從階梯鋪瀉而下，不像訂晚餐或舞廳用椅那樣，是從外面租來的。他們還首開先例讓女士們在玄關脫下斗篷，而非溜上樓將斗篷堆放在女主人房裡，再用煤氣噴嘴重新捲理頭髮；據悉鮑弗先生曾說過，他認為太太的所有朋友均早在出門前，便讓女僕幫她們弄好頭髮妝容了。

此外，這棟宅子建造時原本就大氣地規畫了一間舞廳，因此賓客們不需穿過狹窄的通道進入舞廳（像奇佛斯家那樣），而可大方從容地從兩側海綠、深紅和金黃色調的會客廳走進舞廳，且遠遠便可見到晶亮的拼花地板上反射出點點燭光，再往前看，還可看到溫室深處，山茶花和蕨類植物在黑色及金色的竹椅上形成一道拱頂。

紐蘭・亞契來得略晚，這才符合他這樣年輕人的身分。他將大衣交給著長絲襪的門僮（這長絲襪是鮑弗家少數幾件蠢事之一），走到懸掛著西班牙皮革、擺置布爾式與孔雀石③家具的書房中閒晃了一會兒，跟那裡的幾位男士一面聊著天、一面戴上跳舞用手套，始加入鮑弗太太在深紅色會客廳門口接待的賓客行列。

亞契相當緊張。歌劇結束後他未回到俱樂部（那些年輕的紈袴子弟通常會去喝一杯），而是趁著夜色正美，沿第五大道走上一段路，甫回頭走向鮑弗家。他當然是擔心明戈特家可能做得太過分；事實上，他們或許會依明戈特老太太的意思，帶奧蘭卡伯爵夫人來參加舞會。

從俱樂部的氣氛來看，他瞭解到若眞的這麼做，將會是多麼嚴重的錯誤；儘管他這次下定決心要「堅持到底」，但他想保護未婚妻表姊的那份俠義之情，已不若在歌劇院與她交談之前強烈了。

信步走進那間金黃色會客廳時（鮑弗大膽地在此掛了一幅引起不少爭議的《愛的勝利》裸體畫④），亞契看到維蘭太太與她女兒站在舞廳門口。一對對的舞伴早在前方舞池翩然起舞：燭光灑落在旋轉的薄紗裙、女孩頭戴的雅致花環、少婦髮髻間華美的鷺羽飾及飾品、衣服明麗的前襟與亮滑的新手套上。

看來維蘭小姐正準備加入跳舞的行列，她站在門口，手持鈴蘭（未帶其他花束），臉色略顯蒼白，眼中燃耀著率眞的興奮光彩。一群年輕男女圍聚她身邊，熱烈地鼓掌、談笑著，站在稍遠處的維蘭太太則滿臉掛著讚許的笑容。維蘭小姐顯然正宣布自己訂婚的消息，而母親擺出在這般場合身爲家長應露出的不捨表情。

亞契停佇了一會兒。消息按照他的意思宣布了，然他其實並不想以這方式宣布自己的喜訊。在如此嘈雜擁擠的舞廳宣布，好似奪走原本應該非常接近心靈的美好隱私。不過他的喜悅是如此地深，因此表層的一點點缺失絲毫不影響其根本，當然，他還是希望表層亦如內在一樣純潔。讓人頗覺欣慰的是，他發現梅．維蘭也有同般感受。她向他投來懇求眼色，彷彿在說著：「記住，我們做這些事情，是因爲這麼做是對的。」

再沒有別的懇求會讓亞契這麼快便心生感動，但他的確也希望他們是基於一個更好的理由才這麼做，而不只是爲了那可憐的愛倫．奧蘭卡。維蘭小姐身旁的那群人掛著意味深長的笑容讓出一條路來，在接受了大家的祝福後，他帶著未婚妻步入舞池，把手輕放在她腰際。

「現在我們總算不需再說話了。」他看著她坦率的雙眸笑著說道，一面乘著《藍色多瑙河》的柔和水波漂流而去。

她沒有做出任何回答，雙唇綻出一抹笑容，唯眼神依然淡漠而莊重，像在凝視著某種無以形容的畫面。「親愛的。」亞契輕聲低語，將她拉向自己。他深信剛訂婚的這幾個小時，即使是在舞會中度過，對他們來講依然有著重大且神聖的意義，畢竟有這樣一位純潔、漂亮又善良的人兒在身邊，未來將迎來多麼美好的新生活啊！

舞曲結束後，他們兩位現在既已成爲未婚夫妻，遂一起走到溫室。這對佳偶坐在一片蕨類植物與山茶花牆後面，紐蘭將她戴著亮面手套的手壓在自己唇上。

「你看，我都照你說的做了。」她說。

「是呀，我等不及了。」他微笑回答，過了一會兒又說：「我純粹希望我們不是在舞會上宣布的。」

「是的，我瞭解。」她心領神會地看著他，「但畢竟……即使是在這兒，我們依然能單獨在一起，不是嗎？」

「哦，親愛的，永遠如此！」亞契喊道。

看來她將永遠可以理解他的想法，永遠都會說出得體的話語。這一發現讓他覺得自己眞是幸福無比，他開心地接著說：「最糟糕的是我想吻妳，卻沒辦法。」當他這麼說時，一面迅速環視溫室一圈，確定他們擁有短暫的私密空間，便將她拉向自己，匆匆吻啄她的唇。爲了緩和這大膽的舉動，他帶她到溫室中較不隱密的竹沙發處。他在她身邊坐下來時，不小心折斷了她手上的一朵鈴蘭。她靜靜地坐著，這個世界猶如躺在他們腳下一塊充滿燦爛陽光的谷地。

「你告訴我表姊愛倫了嗎？」她過了片刻問道，說話的語氣彷若置身夢中。

他甫轉醒過來，發現自己還沒告訴她。想到要向一位特異的外國女子開口說這樣的事，就沒來由地產生一股反感，讓他無法啓齒。

「沒有，我還找不到機會講。」他應道，急忙扯個小謊。

「哦，」她似乎有點失望，但仍再次溫和地提出自己的看法，「那麼，你一定要講哦，因爲我也沒講，我不希望她以爲……」

「當然，只不過這……是不是由妳來說較合宜呢？」

她考慮了一下，「若是之前有恰當時機的話，的確如此。但是現在爲時已晚，你一定要跟她解釋，在歌劇院時我曾要你告訴她的，我們在這裡向大家宣布之前就想說了，否則她會以爲我忽略了她。你也知道，她是我們家的一員，而且她離開好長一段時間了，因此她有點……敏感。」

亞契熱切地看著她。「我親愛又美麗的天使！我當然會跟她說的。」他憂心地掃看一眼擁擠的舞廳，「但我還沒看到她，她來了嗎？」

「沒有，她最後一刻還是決定不來了。」

「最後一刻？」他重複道，驚訝地發現她居然眞的認爲那是可行的。

「是呀，她最喜歡跳舞了，」年輕女孩直率地回答：「不過她突然覺得自己的服裝不太適合參加舞會，即使我們都覺得很漂亮。所以舅媽只好送她回家了。」

「哦，那麼……」亞契一派輕鬆地說。沒有什麼比這更教他高興了，他發現自己的未婚妻也決定徹底執行他們從小被教導的原則：漠視出現在他們之間的「不愉快事件」。

「她跟我一樣清楚明白，」他心裡這樣想道，「她表姊不想參加舞會的眞正原因。但我絕不能讓她看出我知道可憐的愛倫・奧蘭卡名譽上的污點。」

譯註：

①凱歌香檳（Veuve Clicquot），一七七二年創立的法國知名香檳品牌，於蘭斯地區釀造。

②《寶石之歌》（*the Jewel Song*），為《浮士德》第三幕中間瑪格麗特所唱的主調。

③「布爾式」（Buhl）風格專指將木材及黃銅鑲在木皮、木材或龜甲上的細緻鑲嵌家具，由法國木櫃工藝大師安德烈―查理・布爾（André-Charles Boulle，一六四二至一七三二）首創，傳到英國後稱之為「布爾式」。孔雀石（malachite）則是一種帶有黑色紋路的明亮銅綠石。

④《愛的勝利》裸體畫引起不少爭議，此畫由阿道夫・威廉・布格羅（Adolphe-William Bouguereau，一八二五至一九〇五）所繪。布格羅為法國學院派畫家，靈感多來自神話題材，他最擅描繪女性軀體，於一八五〇年獲得羅馬大獎，是當時沙龍畫家的代表人物。

第四章

次日，訂下婚約的雙方循例進行互相拜訪。紐約社會對於這種事情的要求，是極爲一絲不苟、沒得商量的。因此，紐蘭・亞契先偕母親和妹妹前去拜訪維蘭太太，接著再與她們一同驅車赴曼森・明戈特老太太家，接受長輩的祝福。

對這位年輕人來講，拜訪曼森・明戈特老太太一向是十分有趣的事情。那棟豪宅本身即堪數一件歷史文物，當然，即使它並不像大學區及第五大道下城區①的世族宅邸群那等珍貴。那些房舍都是一八三○年的建築，整體風格相當嚴謹兼具和諧感，有著甘藍混搭薔薇花地毯、紫檀木柱、黑色大理石面的圓拱形壁爐以及裝上大片玻璃的紅木書櫃；而明戈特老太太的房子較晚建造，她大膽捨棄往昔那類笨重家具，將明戈特的祖傳家寶與法蘭西第二帝國時期②的輕巧家具融合並用。她習慣坐在一樓起居室窗前，彷彿在此靜靜地看著社交生命與上流社會向北湧進她孤獨的門檻。她並不急於讓他們湧進，對她而言，耐心與信心同等重要。她確定那些廣告看板、採石場以及單層酒館、荒廢花園中的木造溫室，還有山羊踏過的那些石塊，將在新建築推陳出新下消失，而那些新建築會跟自己的一樣壯觀——或許甚至更顯宏偉（因她是位公正客觀的女性）；此外，那些老式公用馬車顛簸地驅駕於上的鵝卵石路，也將被平順的柏油路所取代，就像許多人說他們在巴黎瞧見的那樣。與此同時，她想見的人都會來這裡探訪她（她讓客廳塞滿人的能力就跟鮑弗夫婦一樣，甚至不需在晚餐菜單上多加任何一道菜），她從不曾因位處偏遠而與世隔絕。

到了中年時，體重激增的問題突襲上身，好比火山熔岩猛然湧向一座即將被淹沒的城市③，使得一位原本豐滿活躍、腳步輕盈的小女人，變成了如同自然奇觀中的龐然大物，而她就像接受其他考驗一樣，冷靜地接受了這被淹覆的大災難。現在，她年事已高，卻因此深受其益。鏡裡的她，肌膚白裡透紅、幾無皺紋，依稀仍可在其中看到原本那張纖細小臉，似待人們發現它。光滑的雙下巴下，以已故明戈特先生肖像做成的別針固定著雪白布紗，掩遮那令人眩目的雪白胸膛；這之下一波又一波的黑色絲綢由大扶手椅垂落而下，兩隻雪白小手擺放的樣子儼似棲在巨浪上的兩隻海鷗。

曼森．明戈特老太太肥胖的沉重負擔，早已無法讓她上下樓梯，於是她特立獨行地將接待廳設在樓上，且將自己的居所設在一樓（全然違反紐約禮俗）。因此，當你和她一起坐在起居室的窗口時，總會不期然地瞥見臥室（透過那扇總是開著的門，以及捲起的黃色緞花門簾），裡頭擺著一張墊得像沙發的大矮床，以及一張上面鋪著繁複花樣荷邊桌布和鍍金框鏡子的梳妝台。

她的客人對於這樣充滿異國風情的布置總是既詫異又著迷，令人思及法國小說中的場景，以及單純美國人作夢也想不到的某些引人犯罪之建築誘因：舊時代腐敗社會中偷情女子與情人居住的環境，所有房間都設在同一層樓，以便進行各種像小說中所寫那些陳倉暗渡的行爲。紐蘭．亞契暗地裡將明戈特老太太的臥室設定爲《卡莫斯先生》④書中的愛情場景，每次想到她在通姦場景裡過著清白無瑕的生活，總令他覺得有趣極了；但他又在心裡暗自想道，若是遇到她喜歡的人，這位堅毅不拔的女人也不會拒絕的。

頗慶幸的是，這對未婚夫妻來訪時，奧蘭卡伯爵夫人未出現在她祖母的客廳。明戈特老太太說她外出了；在這樣一個陽光燦爛的日子，又恰值「購物時段」，對她這樣一位名譽有瑕疵的女子來講，這麼做並不很恰當。然而，無論如何還是免去大家見到她的尷尬，再說她不幸的過去可能會讓他們光明的未來蒙上幾分陰影。這回造訪相當順利，正如大家事前所預期的。明戈特老太太十分滿意這樁婚事，熱心的親戚們早就看好他們，他們也在家庭會議中仔細討論通過了，而她同樣很喜歡那只在隱形嵌勾上鑲著一顆大藍寶石的訂婚戒指。

「這是一種新設計款式，著實完美展現了寶石本身，但在保守的審美眼光看來或許稍嫌單調了。」維蘭太太一面這樣解釋，一面眨了眨眼睛安撫她未來的女婿。

「保守的審美眼光？我希望妳指的不是我啊，親愛的？我喜歡所有新鮮事物。」老祖母這樣說道，將寶石戒指拿到她那雙明亮小眼睛前，她的雙眼從來就不需要戴上眼鏡破壞她的外貌。「眞是漂亮！」她遞還那只戒指時又說：「非常貴重哪。我年輕時，一塊鑲上幾顆珍珠的彩玉，大家就覺得很漂亮了。不過戒指是靠手來襯托的，不是嗎？親愛的亞契先生？」她揮揮留尖指甲的小手，手腕上因老年肥胖形成一圈圈脂肪，彷如戴了象牙手鐲。「我的戒指是請羅馬頂尖大師費里加尼設計的。你也該幫梅訂做一只……他當然會做得完美的，孩子。她的手很大，都怪這些現代運動讓手部關節變大了——不過她的皮膚很白皙。唔，婚禮訂在什麼時候呢？」她突然打住，雙眼緊盯著亞契的臉。

「嗯……」維蘭太太支支吾吾著。

年輕人微笑看向他的未婚妻回答：「越快越好，只要您願意支持我，明戈特老夫人。」

「我們應該給他們更多時間瞭解彼此，媽媽。」維蘭太太打斷道，擺出一副應有的不捨模樣。老祖母針對這點回答：「互相瞭解？瞎話！紐約每個人都很瞭解彼此。讓年輕人自己決定吧，親愛的，可別等到酒都走味了。乾脆讓他們趕在四旬齋⑤前結婚吧，誰也說不準我哪年冬天會染上肺炎，我還想幫他們辦婚宴呢。」

他以恰如其分的喜悅、不可置信及感激的反應接受了這一連串的表態，這歡喜的氣氛，卻在奧蘭卡伯爵夫人推門而入時被打斷了。她披戴小圓帽和斗篷走進門，身後還意外跟著朱利斯．鮑弗。

兩位女士快樂地說起表姊妹間的悄悄話，明戈特老太太則向銀行家伸出戴著費里加尼所設計的戒指的手。「啊！鮑弗，可眞是稀客啊！」（她有個奇特的外國習慣，總是直呼男士的姓。）

「謝謝，我希望常有這種機會。」這位訪客以其妄尊自大的態度說道：「我通常忙得不可開交，但我碰巧在麥迪遜廣場⑥遇到愛倫伯爵夫人，她好心地讓我陪她走回家。」

「啊，現在愛倫回來了，我希望這家裡能更添熱鬧！」明戈特老太太自顧自地放聲說：「坐，坐，鮑弗！把那張黃色扶手椅拉過來，我好不容易才見到你，可得好好聊聊。我聽說你的舞會棒極了，還聽說你邀請了勒米爾．史特拉斯太太？啊，我還眞想親自會會她。」

她已然將自己家人拋之腦後，愛倫．奧蘭卡正帶他們往玄關走。明戈特老太太對朱利斯．鮑弗一向抱持頗高評價，而他們冷酷專橫的處事方式及刪減傳統的繁文縟節方面，倒有某種程度的相似之處。現在她急著想知道鮑弗夫婦爲什麼想邀請（這是頭一遭）史特拉斯家的「鞋油」大亨寡婦勒米爾．史特拉斯太太，她一年前才剛從歐洲旅居回來搶攻紐約這堅固的小城堡。「當然，你和雷吉娜都已經邀請她，那應該就沒問題了。我們的確需要新血及新財富……而且我聽說她還是非常漂亮。」這位掠食性格強烈的老夫人如此說道。

當維蘭太太和梅在玄關穿毛皮大衣時，亞契看到奧蘭卡伯爵夫人正以詢問的微笑看著他。

「想必妳已經知道了——我和梅的事情。」他帶著靦腆笑容回應道：「她怪我昨晚在歌劇院時沒告訴妳這個消息。她要我告訴妳的，但在那麼多人的情況下，我無法說出口。」

笑意從奧蘭卡伯爵夫人的眼睛延轉到她的雙唇，她看起來年輕了點，較像他小時候那個大膽的棕髮愛倫・明戈特。「是的，我當然知道，而且我很高興。這樣的事自然是不會在那麼多人面前說的。」那兩位女士已經走到了門口，她伸出手來。

「再見，改天再來看我。」她說話時依然看著亞契。

由第五大道往下行駛時，他們在馬車裡熱烈討論的主題是明戈特老太太，談她的年紀、脾性和她所有非比尋常的習性。沒人提及愛倫・奧蘭卡，但亞契知道維蘭太太心裡頭正想著：「愛倫這樣出現在街上是不對的，在她剛回來的第二天，就與朱利斯・鮑弗在最繁忙時段走在第五大道上。」而這位年輕人又在心裡這樣想道：「再說她應當知曉，一個剛訂婚的男士一般是不會花時間去拜訪已婚女子的。不過我敢說，她所生活的圈子，那些男士應該是這麼做的——他們準是這副德性。」儘管他自認爲具備一點國際觀，仍頗慶幸自己是紐約人，並且就要與他的同類結爲連理了。

譯註：

①大學區與第五大道平行，在華盛頓廣場北方。第五大道下城區是指第五大道最南端，也是最古老的一區；紐約的住宅區一八五〇年開始由這區持續往北發展。

②「法蘭西第二帝國」是法國一八五二年至一八七〇年間拿破崙三世統治的時期，在此期間，法國為帶領藝術發展的國家。

③此處所指為龐貝，西元七十九年維蘇威火山爆發摧毀的一座城市，作者以此意指明戈特老太太像這座城市凍結在時間之輪中，同時更暗喻紐蘭的命運。

④《卡莫斯先生》（*Monsieur de Camors*），法國著名作家及劇作家歐塔維・佛葉（Octave Feuillet，一八二一至一八九〇）於一八六七年所著的小說。

⑤「四旬齋」為基督教重要節日，亦稱「大齋期」，為紀念耶穌，復活節前四十天信徒需進行守齋，默想耶穌大愛。

⑥若說華盛頓廣場是老貴族居住的區域，那麼麥迪遜廣場則是新貴的聚居處。

第五章

隔天晚上，老希勒頓‧傑克遜先生前來跟亞契一家用晚餐。

亞契夫人是位生性害羞的女性，不喜出現在社交界，卻很喜歡瞭解社交界的一切。她的老朋友希勒頓‧傑克遜，總將收藏家的耐心與博物學家的科學精神應用在調查朋友的私事上，而跟他住在一起的妹妹蘇菲‧傑克遜小姐，則負責與那些無法接觸到她廣受歡迎的哥哥的人交往，她所帶回來各種小道消息，剛好可讓他探查到的事更臻完整。

因此，每當有任何亞契夫人想知道的事情發生，她便會邀請傑克遜先生過來用餐。由於有榮幸受她邀請的人很少，再加上她和她女兒都是最佳聽眾，傑克遜先生通常會親自赴宴，而不讓他妹妹代為赴約。倘可由他選擇的話，他會選擇於紐蘭不在家的夜晚過來。並非因為他與這位年輕人興味不相投（他們倆在俱樂部相處融洽），乃是這位好打聽的老人有時覺得紐蘭會估量他所提出的證據，而女眷們絕不會有這樣的想法。

若能要求到完美境界，傑克遜先生還會要求亞契夫人的食物能料理得更好一點。不過當時的紐約社會，自從人們有記憶以來就分為兩大派：注重吃、穿及財富的明戈特和曼森這兩大家族，還有注重旅行、園藝及傑出小說作品，對於粗俗歡愉一概不屑一顧的亞契、紐蘭和范德盧頓家族。

畢竟，人總是無法擁有一切。如果你到洛維爾‧明戈特家用餐，你會吃到野鴨、水龜及陳年醇酒；

在艾德琳・亞契家，可暢談阿爾卑斯山風光及《玉石雕像》①，幸運的話，還能品嘗繞過好望角的亞契家馬德拉葡萄酒②。因此，當亞契夫人提出邀請時，傑克遜先生這位實際的中道主義者通常會這麼跟妹妹說：「自從上次到明戈特家用餐後，我就有點犯痛風……到艾德琳家節食對我是好的。」

亞契夫人寡居多年，跟兒子、女兒住在西二十八街。二樓歸紐蘭使用，她們兩個女人則擠在樓下小房間。她們倆享有同樣的品味與嗜好，喜歡在沃德箱③中栽培蕨類植物、喜歡鉤織流蘇蕾絲及在亞麻布上做羊毛織繡、收藏美國獨立戰爭時期的上釉器皿、訂閱《嘉言》雜誌，並因喜好義大利情調而閱讀韋達的小說。（她們是因為這類小說所描繪的風景和氛圍較為恬適才喜歡田園生活的，否則一般而言，她們還是偏好描述上流社會人物的小說，因為較容易理解其行為動機及習性。她們對狄更斯的評價甚低，說他「從未描寫過一位紳士」。她們還認為薩克萊對貴族社會的瞭解不如布爾沃④——然而人們卻開始覺得他已經過氣了。）

亞契夫人和小姐兩人都非常喜愛優美景致，這也是她們在難得的海外旅行中所追求與憧憬的；她們認為繪畫與建築屬於男性，尤其是給那些讀過魯斯金⑤作品這種有學問的人看的。亞契夫人天生就是紐蘭家的人，母親跟女兒兩人長得像姊妹花，且如人們所說的，是「真正的紐蘭人」，具有高䠷、白皙、肩膀略圓、長鼻子、甜美笑容，還有點像雷諾茲⑥某些褪色肖像畫中那種目光低垂的神情。然而，要不是亞契夫人身上的黑色錦緞因年老「體態豐滿」被撐得變形，亞契小姐處女體態上的棕紫色綢衫沒有一年又比一年寬鬆的話，她們的身形可說是毫無二致。

就紐蘭看來，她們在精神層面上的相似度，並不若在日常行為表現上那麼一致。長期相依相親地生活，讓她們擁有共同的語彙和口頭禪，無論是哪一個想要表達自己的意見，總習慣以「母親認為」或

「珍妮認爲」來開頭。但事實上，亞契夫人頗易滿足於眼前事實及熟悉的事物，所以明顯地缺乏想像力，珍妮則常因一些從壓抑的浪漫之泉爆發出來的幻想，出現衝動、脫軌行爲。

母親與女兒互相鍾愛彼此，並且非常尊敬自己的兒子及兄長。亞契也溫柔地愛著她們，縱然她們對自己的過度崇愛使他感到不安或失去判斷力，然心裡卻又從中獲得一種滿足感，畢竟，他認爲一個男人的威權能在家裡受到尊重是好的，即使他的幽默感有時引他懷疑自己的威信到底有多大。

這一次，年輕人清楚明白傑克遜先生應該希望自己外出不在家，但他有想留在家的理由。

當然，老傑克遜想談的是關於愛倫・奧蘭卡的事，亞契夫人和珍妮肯定也想聽聽他怎麼說。他們三個人全都因爲紐蘭在場而略感尷尬，畢竟現在大家都知道他與明戈特家族未來的關係了，這位年輕人卻興味盎然地等著看他們將如何化解這道難題。

他們開始拐彎抹角地先談起勒米爾・史特拉斯太太。

「遺憾的是鮑弗家竟邀請了她，」亞契夫人溫和地說：「不過話說回來，雷吉娜只是按他的吩咐辦事而已，至於鮑弗……」

「鮑弗當然沒注意到這些小細節。」傑克遜先生接腔，一面仔細地看著那道烤鯡魚，想過千萬次也想不通爲什麼亞契夫人的廚師總會把魚卵燒成灰炭。（紐蘭亦常有相同疑惑，且總能從老人不敢苟同的表情中窺出這點。）

「哦，當然，鮑弗是個粗人嘛。」亞契夫人說：「我外公紐蘭總跟我母親說：『妳做什麼都行，就是別把鮑弗那傢伙介紹給女孩們。』但起碼他在結交紳士這方面還滿可取的，聽人們說他在英國也是如此。所有事情都如此神祕……」她瞥了珍妮一眼並打住這個話題。她與珍妮相當瞭解鮑弗的所有祕密，唯在公開場合，亞契夫人仍舊裝出這般話題不適合未婚女子聽的樣子。

「可是這位史特拉斯太太，」亞契夫人繼續說道：「你說她是什麼出身啊，希勒頓？」

「她來自礦區，或者應該說她來自礦坑口的一家酒館，後來跟著『活蠟像』劇團到新英格蘭巡迴演出。當警方查獲劇團後，聽說她住在……」這次換傑克遜先生瞥了珍妮一眼，這時珍妮的雙眼早已在突起的眼瞼下睜得老大。她對史特拉斯太太的過去仍有些不清楚的地方。

「後來，」傑克遜先生繼續說（亞契同在此時看到他正納悶著爲何沒人告訴僕人絕不可用鋼刀切小黃瓜），「後來勒米爾・史特拉斯來到這裡。據說他的廣告商用了這位姑娘的臉當鞋油廣告海報。妳們也知道她有一頭烏黑秀髮，像埃及人那種。總之，他啊，最後還是……娶了她。」他在「最後還是」這幾個字之間所留下的停頓，十足意味深長，每個音節均以重音強調。

「哦，怎麼說呢……人都有過去，這沒什麼。」亞契夫人淡淡言道。這兩位女士眞正有興趣的並不是史特拉斯太太，因爲愛倫・奧蘭卡的話題對她們來講實在太新鮮、太具吸引力了。的確，史特拉斯太太的名字之所以被提起，完全只是爲了讓亞契夫人順著說：「那麼紐蘭的新表姊——奧蘭卡伯爵夫人呢？她也參加舞會了嗎？」

當她提到自己的兒子時，略帶一點挖苦意味，而亞契早知道會這樣，正等著這話的出現。雖然這世界上鮮少有什麼事讓亞契夫人很滿意的，但對兒子的婚事她卻高興極了。（就像她曾對珍妮所說的，「特別是在他與拉許沃夫人的那樁蠢事之後。」她所指的這件事——這樁悲劇，紐蘭曾以爲將會是他心裡永遠的傷痛。）無論從哪個角度看，怎麼也無法在紐約找到比梅・維蘭更適合的對象了。當然，也唯有紐蘭才配得上這門婚事；偏偏年輕人卻總是如此地愚蠢、不存心機，有些女人又那麼工於心計、不知廉恥——能看到自己唯一的兒子安然通過塞壬女妖島⑦，進入一個無可挑剔的家庭避風港，簡直有如奇蹟相助。

這都是亞契夫人的感覺，她的兒子知道她這些感受，但他也知道他們提前宣布訂婚的消息令她感到不安，或者應該說被提早宣布的原因擾得很不安。正由於這個原因，他今天晚上才會留在家裡，總體來講他到底是位極爲溫和且心胸寬大的人。「並不是我不贊同明戈特家族團結緊密的精神，但我不明白爲什麼紐蘭的婚事非得與奧蘭卡那個女人來來去去的事情牽扯在一起。」亞契夫人向珍妮這樣發著牢騷，她難得不親切的一面，只有珍妮看得到。

拜訪維蘭太太時，她一直表現得十足優雅，在這方面她向來無懈可擊。但是紐蘭知道（他的未婚妻肯定也猜著了），在整個拜訪過程中，她跟珍妮都很惴惴不安地擔心奧蘭卡夫人會突然進來。他們一起離開那房子後，她甚至縱容自己這麼對兒子說：「還好是奧古絲塔．維蘭獨自接待我們的。」

這些內心煩擾不安的情況更加觸動亞契的心，讓他也覺得明戈特家眞的做得稍嫌離譜了。但是兒子跟母親提及心中的念頭，違反他們慣常行爲規範，於是他只簡單地回答：「哦，嗯，剛訂婚的人總得參加一場又一場的家族聚會，這種活動越早結束越好。」對於這般回答，他戴著葡萄織飾灰絲絨帽的母親，只在面紗後撇了撇嘴。

她的報復，他覺得——她眞正的報復乃是要讓傑克遜先生在今晚講出奧蘭卡伯爵夫人的事情。而身爲明戈特家族未來的一員，這位年輕人已經在公開場合做了該做的事情，因此並不反對聽聽人們私下怎麼談論這位女士——雖然他對這個話題開始覺得無聊了。

傑克遜先生好不容易嚥下一塊那位跟他一樣露出懷疑神情的男僕遞給他的微溫菲力牛排，並在他以讓人難以察覺的方式聞過以後，拒絕了蘑菇醬。他看起來又餓又沮喪，亞契心想，他可能得靠談論愛倫・奧蘭卡來撐過這頓晚餐了。

傑克遜先生往後靠在椅背上，抬頭仰看到昏暗的牆面上，各個亞契、紐蘭及范德盧頓的家族肖像掛在燭光之下。

「啊，你的祖父生前有多喜愛美食啊，我親愛的紐蘭！」他啓口道，眼睛注視著一位胸膛飽滿、一臉直率的青年肖像，畫中人打著寬領帶、身穿藍色外套，背景是一棟有著白色圓柱的鄉間別墅。「然而、然而、然而……我就不知道他會怎麼看待這些異國婚姻了！」

亞契夫人忽略他提到祖先愛好美食的暗示，於是傑克遜先生繼續說：「不，她沒有參加舞會。」

「啊……」亞契夫人低聲呼道，她的語調似乎在說：「她總算還懂點規矩。」

「或許鮑弗夫婦並不認識她。」珍妮毫不掩飾自己的惡意這麼說。

傑克遜先生輕輕抿了一下，彷彿在想像中品嘗一口隱形的馬德拉葡萄酒。「鮑弗太太或許不認識，但鮑弗先生肯定認識，因爲今天下午全紐約人都看到他們一起走在第五大道上。」他說。

「我的老天！」亞契夫人呻吟道，顯然覺得就連試著要把這些外國人的行爲與高雅劃上等號也辦不到。

「不知道她今天下午戴的是圓帽，還是軟呢帽呢？」珍妮這麼猜想著，「我知道她在歌劇院穿的是一襲藏青色的絲絨禮服，非常素淨——就像件睡衣。」

「珍妮！」她母親喊道。

亞契小姐羞紅了臉，同時試著裝出毫無顧忌的膽大樣。

「無論如何，她沒去舞會還算稍微懂得體統。」亞契夫人繼續說道。一股倔強的情緒促使她兒子插口道：「我不認爲這關乎她是否識體統的問題，梅說她本來想去，後來覺得她的衣服不適合那種場合。」

亞契夫人滿意地聽到自己的推斷又獲得了證實。「可憐的愛倫。」她簡單地回了這麼一句，接著又同情地說：「我們也要知道，這都是梅多拉・曼森以奇怪方式教養她所造成的。讓一個姑娘家穿著黑色緞服參加初入社交界的舞會，你對這位姑娘還能有什麼期待呢？」

「哦，我還記得她穿的那身衣服！」傑克遜先生附和著，「可憐的女孩！」那語氣像是一個人想起某段記憶時，完全明白當時那些情況在預告著什麼。

「眞奇怪，」珍妮說：「她竟然還一直用著愛倫這個難聽的名字。如果是我的話，早就改成伊蓮了。」她看了大家一眼，想知道旁人的反應。

她哥哥笑道：「爲什麼是伊蓮？」

「我說不上來，伊蓮聽起來比較、比較有波蘭風情。」珍妮紅著臉說。

「這個名字太招搖了，應該也不是她想要的。」亞契夫人淡淡地回應。

「爲什麼？」她兒子打斷她的話問道，突然出現爭論的意味，「如果她想的話，爲什麼不能讓人注意到她？爲什麼她就需要躲躲藏藏，好像自己做了什麼丟人事情似的？她當然是『可憐的愛倫』，因爲她倒楣地結了樁悲慘的婚姻，但我不認爲她因此就得像犯人一樣躲藏著。」

「這，我想，」傑克遜先生沉吟道：「應該就是明戈特家想採取的立場。」

年輕人臉紅了，「我不需看他們家的指示——如果這是閣下意思的話，先生。奧蘭卡夫人縱有一段不幸的過去，並不表示她就該被上流社會拋棄。」

「外頭有些傳言。」傑克遜先生瞧了珍妮一眼。

「哦，我知道，那名祕書。」年輕人接腔道：「沒關係的，母親，珍妮已經是成人了。大家說，他們不是說，」他繼續說下去，「那名祕書幫她逃離那位畜牲似的丈夫，基本上他當時幾乎是像囚犯般對待她，不是嗎？嗯，倘若他真的這麼做呢？我相信我們這些男人若遇到此等事情，也都會出手的。」

傑克遜先生瞄了一眼他身後那位愁容滿面的男僕，開口道：「或許……那個醬料……還是給我一點，只要一點點……」他吃了一口後又說：「我聽說她在找房子，打算在此定居下來。」

「我聽說她想離婚。」珍妮忽然這麼說。

「我希望她這麼做！」亞契大聲說道。

這句話就像顆炸彈落到亞契家純潔又平靜的餐廳中。亞契夫人那優雅的眉毛聳成奇怪的線條暗示著：「男僕……」年輕人意識到自己在公開場合談論這麼私密的事情有失體統，便急忙岔開話題，談起拜訪明戈特老太太的事情。

晚餐過後，依循慣例，亞契夫人和珍妮得拖著長長綢裙到樓上客廳，當紳士們在樓下吸菸時，她們要坐在罩著鏤空燈罩的卡索燈旁，隔著紫檀木工作檯面對面而坐，下面還要放著一只綠色絲袋，然後一人編織罩毯的一端。這張繡著花海的罩毯，準備用來裝飾年輕的紐蘭・亞契太太客廳裡一張「偶爾」才會用上的椅子。

這項儀式在客廳進行的同時，亞契請傑克遜先生落坐哥德式書房裡一把靠近火爐的扶手椅，遞了根雪茄給他。傑克遜先生舒服地坐在椅子上，以嫻熟自信的方式點燃雪茄（這是紐蘭買的），接著朝爐火伸了伸自己細瘦年老的腳踝，說道：「你說那名祕書只是幫她逃走嗎，親愛的朋友？嗯，可是那一年他仍持續幫助她喲，因爲有人在洛桑看到他們住在一起。」

紐蘭臉紅了起來，「住在一起？嗯，有何不可？若一個人想繼續生存下去，又有誰能阻止呢？我不喜歡單純爲了僞善理由，就要活活葬送像她這麼年輕的女子，只因爲她丈夫喜歡跟娼妓廝混在一起。」他打住話頭，氣憤地轉過頭去點他的雪茄。「女人應該享有跟我們一樣自由。」他斷然聲稱道，在激動情緒下，根本無法好好評估其可怕的後果。

希勒頓・傑克遜將自己腳踝再往火堆靠近些，吹了一聲嘲諷的長哨。

「嗯，」他停了一會兒又說：「看來奧蘭卡伯爵的看法跟你一樣，因爲我從未聽說他做過任何努力讓自己老婆回來。」

譯註：

①《玉石雕像》（*The Marble Faun*）出版於一八六〇年，由納撒尼爾・霍桑（Nathaniel Hawthorne，一八〇四至一八六四）所著的浪漫小說，內容探討善惡問題。

②馬德拉白葡萄酒（Madeira），一種在非洲海岸西北方約四百英里處的馬德拉島所釀造的白葡萄酒。文中提到「繞過好望角」意指酒的品質很好，遠近馳名。

③沃德箱為圓頂狀的玻璃箱，用於種植室內植栽，十九世紀中期時相當流行。

④薩克萊（William Makepeace Thackeray，一八一一至一八六三）及布爾沃（Henry Bulwer，一八〇一至一八七二）寫的故事多屬上流社會，狄更斯（Charles Dickens，一八一二至一八七〇）則偏於中下階層的故事。此處作者特別著眼於亞契家女性較喜歡閱讀寫她們自己階層的故事，儘管也閱讀鄉野小說，卻偏好於韋達（Ouida，本名為Maria Louise Ramé，一八三九至一九〇八）筆下這種浪漫美化的田園羅曼史。

⑤約翰・魯斯金（John Ruskin，一八一九至一九〇〇），英國維多利亞時代專研藝術和社會之關係的評論家及作者，寫作題材廣泛。

⑥約書亞・雷諾茲（Joshua Reynolds，一七二三至一七九二）是英國畫家及藝術類作家，也是皇家藝術學院首任院長。一七六九年被封為騎士，被視為當時最偉大的肖像畫家。

⑦此處以希臘詩人荷馬所著《奧德賽》中的一個情節作比喻，奧德賽全體船員都必須奮戰以免被塞壬女妖歌聲迷惑，好讓船隻避過女妖島這處暗礁險地。

Chapter 6

第六章

那天晚上，傑克遜先生離開，女士們也回到她們以印花布裝飾的臥房後，紐蘭．亞契滿懷思緒走回自己的書房。盡職的僕人早跟往常一樣點燃爐火並調好燈光。這間書房裡放著一排排書本，壁爐台上擺著鋼銅製的「擊劍者」小雕像，以及許許多多名畫，看起來格外溫馨宜人。

他坐進靠近爐火的扶手椅，目光落在梅．維蘭的一張大幅相片上。這是他們初戀愛時，這位年輕女孩送給他的，現已讓桌上其他相片相形失色。他以一種全新的肅然眼光看著這位年輕女孩坦率的額頭、莊重的眼睛及純眞快樂的嘴巴，他就要成爲這個靈魂的守護者了。這位年輕女孩是他所屬並信奉的社會制度下所產出的可怕產物，她什麼也不知道，卻期盼著一切，相片中的她像個陌生人，透過梅．維蘭那熟悉的容貌回看著他。他再次瞭解到，婚姻並非如他一直被教育的那樣，是安全的港灣，而是在無邊無境大海上的一段航程。

奧蘭卡伯爵夫人打亂了那些根深蒂固的信條，讓他心中充滿著危險與不安感。他自己所聲稱的「女人應該享有跟我們一樣的自由」這句話，直擊一個問題的根源，恰是他的世界一直視而不見的問題。「良家」婦女，無論遭受到何般待遇，絕不會嚷嚷著要他所說的那種自由。因此像他這等大器的男性，在激烈爭辯中會更豪氣干雲地準備爲她們爭取這樣的自由。這種口頭上的義憤之詞，事實上只是騙人的幌子，那些在窠臼中將人綁死的教條是無法改變的。他在此信誓旦旦爲自己未婚妻的表姊辯護的行爲，若是發生在自己妻子身上，他可以理直氣壯地要求教會及當局處以嚴厲的懲罰。當然，這種兩難的情況純屬假設；到底他不是卑劣的波蘭貴族，在此假設他是卑劣之人來推測他的妻子將有什麼權利，未免過於荒謬。但是紐蘭．亞契實在太富有想像力了，不由自主地想到自己與梅有可能因比此更加荒謬的原因受到傷害。身爲一個正派人士，向她隱瞞自己的過去是他的義務，但身爲一位適婚女子卻不可隱瞞自己的過去。在這樣的情況下，他們兩人又怎可能眞正瞭解彼此呢？他們若是因爲某種微妙的原因而互相厭倦、誤解或生氣，那該怎麼辦？他想起朋友們的婚姻——那些大家認爲幸福美滿的婚姻——沒有一個（哪怕只有一點點）能讓他看到自己期盼和梅．維蘭所擁有的那種關係，一種永恆不變又兼具熱誠與溫柔的伴侶關係。他也發現要達到自己所期盼的境界，前提是她需具備人事經驗、多才多藝、判斷的自由——然而她已經被精心訓練得喪失所有這些條件了。察知這點，不禁引他打了個冷顫，看到自己的婚姻也將變得跟大多數他所看到的婚姻那樣：一種無趣的物質與社會利益結合的關係，一方愚昧無知、另一方則虛僞應付。這令他想到勞倫斯．萊佛茲就是徹底實現了這令人稱羨的丈夫形象；由於這號人物已經成爲禮儀方面的最高典範，塑造了一個可給予自己最大方便的妻子——當他一再發生與有夫之婦婚外情的醜事時，她仍能不以爲然地笑臉迎人，四處向人說：「勞倫斯是最潔身自愛的人。」倘有人在她面前稍微提及朱利斯．鮑弗有紐約人所說的「另一個家」時，她總是憤慨得滿臉通紅，把眼睛移開。

亞契試著安慰自己，他不像勞倫斯．萊佛茲那麼糟糕，梅也不像可憐的葛楚那般愚昧。但畢竟這兩位女士之間的差別只在於智慧，而非社會規範。在眞實世界中，他們都生活在一個隱晦難懂的世界，對於眞相他們從來不說、不做，甚至不想，只用一套變幻莫測的符號來表示。就像維蘭太太，她清楚瞭解亞契爲什麼要她在鮑弗家舞會上宣布女兒訂婚的消息（她確實也滿心希望他這麼做），卻仍認爲自己應該擺出不情願、勉爲其難接受的模樣，彷若前衛人士開始閱讀介紹原始人那類書中所描繪的情景：野蠻部落的新娘尖叫著被人從父母帳中帶走。

身處於精心設計的神祕體制中心，這位年輕女子猶能保持得如此坦誠又自信，當然更令人感到不可置信。她之所以能夠如此坦誠——我可憐的寶貝——是因爲她沒有什麼好隱瞞的；她之所以能夠如此自信，是因爲她沒有什麼好防衛的。而在未做好更完善的準備之前，她在一夜之間就被推入大家口中的「生活中的嚴酷現實」。

這位年輕人由衷地沉浸在愛情中，同時保有冷靜。他喜愛未婚妻光彩耀人的美好容貌，喜愛她的健康、她的馬術、她在遊戲中的優雅表現和敏捷反應，還有在他指導下，開始培養對書籍及思想的興趣。（她已然進步到能夠與他一起嘲笑《國王牧歌》，但仍無法領略《尤里西斯》和《食忘憂果者》之美妙。）①她很直率、忠誠且勇敢，也具有幽默感（主要是因爲她聽了他說的笑話總會笑）；而且他猜想，在她純眞又專注的心靈深處，蘊藏一種讓人渴望將之喚醒的熱情。然當他再次徹底檢視她之後，一想到這些坦誠與純眞皆是人爲所造就出的，不禁又沮喪了起來。未受過教化的人並不坦誠或純眞，而是具備本能的狡猾、扭曲與防衛。他發現自己便受到這種人工化的純眞產物所壓迫，由母親、姑姨、祖母及已逝祖先們共同精心謀造出來的純眞，因爲這理應是這個社會期望他想要、有權得到的，以便讓他能像打碎雪人般來行使自己高貴的意志。

這些想法的確流於陳腔濫調，尤其快要結婚的年輕人總會有這些想法，但這些想法之後，通常是良心的自責與自卑。紐蘭．亞契卻毫無這些感覺。他不想因爲自己無法給予他的新娘清白的過去，以換取她的純潔無瑕而感到悲傷（薩克萊筆下的英雄們常出現這種令他惱怒的行徑）。他不得不承認這樣的事實：要是自己所受的教育跟她一樣，他們應該只會看到一個軟弱的人②而已，再說無論自己再怎麼想，也想不出為何他的新娘不能擁有跟他一樣的自由與經驗（這與他自己一時興起或男性虛榮心無關）。

諸如此類的問題，在這樣的時刻肯定會浮現心中，他也意識到，這徘徊不去又直擊問題核心的疑問，全因為奧蘭卡伯爵夫人出現的不是時候。偏偏正逢他訂婚的時刻——一個理應充滿純淨思想與希望的時刻，突然被捲入醜聞風暴，致使所有他希望永遠都不去看的特殊問題都浮現了出來。「去他的愛倫・奧蘭卡！」他一面咕噥著，一面蓋上爐火、開始脫衣。他真不明白為什麼自己會和她的命運扯上關係。他同樣隱約感覺到，自己才剛開始欲瞭解因訂婚而賦予他扮演捍衛者角色所要承受的風險。

＊　＊　＊

幾天之後，山洪爆發了。

洛維爾・明戈特發出所謂「正式晚宴」的邀請函（也就是，另加三位男僕、每道菜有兩份、宴會中還會端上羅馬潘趣酒），依照美國人熱情好客的方式，將外國賓客視為王公貴族或至少視為外國大使來接待，並在邀請函上慎重地寫著「奧蘭卡伯爵夫人引見會」這款措辭。

賓客的挑選大膽而富見識，從中可看出這出自偉大的凱瑟琳之鐵腕手筆。名單上的固定賓客包括賽佛奇・梅里夫婦——因為大家總是會邀請他們，所以他們定得在賓客名單上；鮑弗夫婦——大家都想跟他們攀上關係；傑克遜先生及其妹妹蘇菲——哥哥要她去哪兒，她就上哪兒。以上都是上流社會的中堅分子，另外還有幾對最時髦、最無可挑剔的「年輕夫婦」，包括勞倫斯・萊佛茲夫婦、列弗茲・拉許沃夫人（那位迷人的寡婦）、哈利・索利夫婦、雷吉・奇佛斯夫婦和年輕的摩里斯・達戈涅及其妻子（她來自范德盧頓家）。這份名單堪稱最完美的組合，因爲他們都是紐約漫長社交季中的核心團體，日日夜夜一起興高采烈地到處玩樂。

四十八小時後，居然發生了件不可思議的事：除了鮑弗夫婦及老傑克遜兄妹之外，其他人都拒絕了明戈特家的邀請。大家聯合杯葛的事實異常明顯，就連屬於明戈特家族的雷吉．奇佛斯亦參與其中，而且大家的回函措辭如出一轍，均直接回道：「遺憾無法接受邀請」，甚至連「已有邀約」這種一般禮貌性託辭都省去。

當時的紐約社交圈實在太小了，娛樂活動也少得很，因此社交界中的每個人（包括馬車行老闆、男僕和廚師）皆知誰有空。也因爲如此，收到洛維爾．明戈特太太邀請的人，不想見奧蘭卡伯爵夫人的決心才會如此殘酷顯現。

這樣的打擊可眞是出乎意料，唯明戈特家一如往常，勇敢地面對問題。洛維爾．明戈特太太悄悄將這般情況告知維蘭太太，維蘭太太又偷偷地轉告紐蘭．亞契，他聽了之後義憤塡膺，激動又大聲地告訴母親；他母親聽了之後，儘管心裡百般不願意，表面上仍不得不安撫他。經過一番痛苦掙扎之後，母親還是應了他的要求（她一向如此），採納他的意見，並因爲自己先前的猶豫而加快腳步，戴上她的灰色絨帽說道：「我去見露薏莎．范德盧頓。」

紐蘭．亞契時代的紐約，是座小又陡峭的金字塔，人們很難在上面鑿出裂縫或找到立足點。它的底部是由亞契夫人所說的「平民」構築而成的堅實基礎，大部分都是高尚卻乏名望的家族，與可提高地位的家族聯姻後崛起（就像史派瑟家、萊佛茲或傑克遜家）。亞契夫人總是說，人們已經不像過去那麼講究了。而且第五大道的一端是老凱瑟琳．史派瑟統治的，另一頭則由朱利斯．鮑弗所統治，怎麼也無法指望這些老傳統還能長長久久地維持下去。

從這個富有卻不起眼的堅固底部向上縮成一個緊密且具主導性的團體，也就是明戈特、紐蘭、奇佛斯及曼森這些代表性家族。大部分人咸認為他們就是這個金字塔的頂端，但他們自己本身（至少亞契夫人這一輩的）清楚知道，在專業系譜學家眼中，僅只少數幾個家族才享有這樣的顯赫光環。

亞契夫人總對孩子們說：「別跟我說現在報紙上那些關於『紐約貴族』的無聊報導。若真有的話，也不是明戈特家族或曼森家族，更不是紐蘭家或奇佛斯家。我們的祖父或曾祖父不過是有名望的英國或荷蘭商人，來到殖民國家經商，因為經商成功才居留在此。你們的一位曾祖父曾簽署過《獨立宣言》，另一位則是華盛頓參謀的一名將軍，在薩拉托加之戰後接受博蓋恩將軍的投降③。這些是值得引以為榮的事，卻跟身分或階級無關。紐約一直是個商業社會，在這社會裡找不到三個真正可以稱得上是貴族出身的家族。

亞契夫人及其兒女，就像紐約的所有人一樣，知道哪些人才擁有這等殊榮：華盛頓廣場④的達戈聶家，他們出身於古老的英國郡族世家，與皮特⑤及福克斯⑥家族聯姻；蘭寧家族，則與葛拉斯伯爵後代的近親結婚⑦；范德盧頓家族是曼哈頓首任荷蘭總督⑧的直系子孫，且在獨立戰爭前與好幾個法國及英國貴族聯姻。

蘭寧家族目前只剩下兩位年邁但卻非常活躍的蘭寧小姐，開心又懷舊地活在家族畫像與英國齊本德爾式⑨家具之中；達戈聶是相當有名望的家族，與巴爾的摩及費城最著名的人物聯姻；至於范德盧頓家的地位雖然比前者都還要高，卻已經漸漸家道中落，僅殘存一點餘暉，而他們之中較為人所知的只有兩個人，那便是亨利・范德盧頓夫婦。

亨利・范德盧頓夫人原是露薏莎・達戈晶，她的母親是杜拉克上校的曾孫女，來自英吉利海峽島上一個古老的家族，祖父列克上校曾在康沃利斯⑩麾下打仗，戰後，和他的新娘安潔麗卡・特維納小姐，也就是聖奧斯特伯爵的第五個女兒定居在馬里蘭州。而他們與英國康瓦耳郡那些貴族親戚特維納家的關係一直頗爲密切友好。范德盧頓夫婦曾多次長期拜訪特維納家目前的主人，也就是聖奧斯特公爵在康瓦耳郡及格洛斯特郡⑪的莊園。這位公爵大人也常表示要找個時間回訪（公爵夫人不隨行，因爲她懼怕大西洋）。

范德盧頓夫婦將他們的時間分別花在馬里蘭州的特維納宅邸及哈德遜河上的斯庫特克利夫莊園，這原是荷蘭政府賜予那位知名首位總督的宅邸，范德盧頓夫婦現在仍爲「莊主」⑫。他們位於麥迪遜大道上那座雄偉大宅邸鮮少對外開放。當他們進城時，只在宅裡接待他們最親密的朋友。

「我希望你能跟我一道去，紐蘭。」他的母親突然停在布朗馬車前說：「露薏莎很喜歡你，當然，我是爲了親愛的梅才這麼做的……同時也是因爲我們若不團結在一起，上流社會就不復存在了。」

譯註：

①文中提到介紹原始人之類的書籍，以及《國王牧歌》（*Idyls of the King*）、《尤里西斯》（*Ulysses*）、《食忘憂果者》（*Lotus Eaters*）等書，作者藉此將紐蘭所讀的書與他介紹給梅的書做個對比。除了古典文學之外，紐蘭也閱讀一些針對長久以來的信念提出質疑的書；他熟悉原始人、人類學與進化論方面的書，像是達爾文所著的《物種源始》（一八五九）及《人類的由來及性選擇》（一八七一）；而他介紹給梅的書則是較為安全的書，像是英國桂冠詩人丁尼生的詩集。丁尼生的《國王牧歌》是據亞瑟王傳說所撰寫的，其《食忘憂果者》則是依據希臘史詩《奧德賽》所寫。

②「軟弱的人」（*Babes in the Wood*）是一首民謠曲名（一五九三），曲中情節常出現在故事書中。故事內容敘述一位壞心叔叔企圖殺害他的姪子、姪女以奪取他們的財產。他雇用殺手將他們丟棄在森林中，任他們在那裡死去。

③美國獨立戰爭期間，英國將軍約翰・博蓋恩（John Burgoyne，一七二二至一七九二）於一七七七年十月十七日在紐約的薩拉托加向霍雷肖・蓋茨將軍投降，是美國戰勝的轉折點。

④華盛頓廣場是紐約市區第一個發展為上流社會有錢人居住的區域。在十九世紀期間，華盛頓廣場的一號到十三號稱之為「The Row」，當新貴定居在紐約時，繼續往北建造這種聯排別墅。

⑤皮特家族（Pitts），是以老威廉・皮特（一七〇八至一七七八）及其兒子小威廉・皮特（一七五八至一八〇六）為代表人物的英國家族，這兩位先後當上英國首相。

⑥福克斯家族（Foxes），是以查爾斯・詹姆士・福克斯（Charles James Fox，一七四九至一八〇六）為代表人物的英國家族。他是英國輝格黨的領袖，於美國獨立戰爭期間反對英王喬治三世。

⑦葛拉斯伯爵後代近親指法蘭斯・約瑟夫・保羅（François Joseph Paul，一七二二至一七八八），美國獨立戰爭時帶領法國軍艦的法國軍官。他在切薩皮克灣之戰（一七八一年九月五日至九日）打敗查爾斯・康沃利斯，助美國獲勝。

⑧彼得・米努特（Peter Minuit，一五八〇至一六三八）於一六二六年向印第安人購買曼哈頓島，成為曼哈

頓首任荷蘭總督。

⑨「齊本德爾式」（Chippendale）指承自托馬斯・齊本德爾（Thomas Chippendale，一七一八至一七七九）的家具，他是一位知名的英國家具工藝師，曾在一七五四年、一七五九年、一七六二年出版相當具影響力的《紳士與木櫃師指南》。文中提到蘭寧家住在這些美國古董家具和傳家寶間，代表他們的貴族身分及他們繼承祖傳財富的情況。

⑩查爾斯・康沃利斯（Charles Cornwallis，一七三八至一八〇五），美國獨立戰爭的一位將軍。他於一七八一年十月十九日在維吉尼亞州約克鎮投降一舉，基本上代表獨立戰爭的結束。

⑪康瓦爾郡（Cornwallshire）位於英格蘭西南端，而格洛斯特郡（Gloucestershire）為英格蘭中西部的一郡，位於威爾斯郡東側。

⑫此處的「莊主」（Patroon）指一六二九年到一六六四年間新尼德蘭荷蘭殖民地的地主，直到後來轉為英國殖民地。范德盧頓家族是第一代荷蘭地主的後代，因此享有最高的社會地位。

第七章

范德盧頓夫人靜靜地聽她丈夫的表妹亞契夫人詳述事情經過。

我們先要知道的是，范德盧頓夫人一向沉默寡言。出於天性與後天的教養使然，她不會輕易許下承諾，但她總是對自己眞心喜歡的人很好。縱使早有心理準備，眞的置身麥迪遜大道上這座白牆高頂的客廳時，猶然抵擋不住陣陣寒意。客廳裡淺色緞織扶手椅上的遮布，明顯可看出是爲了這一次會客才拿下的，鍍金的壁爐紋飾及根茲巴羅所繪的「安潔麗卡．杜拉克小姐」①精雕老畫框上，仍覆著一層薄紗。

亨廷敦②繪的范德盧頓夫人肖像（穿著威尼斯針繡的黑絲絨服）面向著歷代那些迷人的女主人們。這張畫已被視爲「跟卡巴內爾③的畫一樣精緻」，即使是二十年前所繪的，與本人仍非常相像。坐在那幅畫下面聽著亞契夫人說話的范德盧頓夫人，確實和畫中那位垂首靠在綠色稜紋窗簾布前那把鍍金扶手椅的年輕美女，看起來像孿生姊妹。范德盧頓夫人出席社交場合時仍穿著威尼斯針織黑絲絨，或者應該說是她打開自家大門接待客人時較貼切，因爲她從不在外用餐。她那一頭未轉灰便已變白的秀髮，依然在前額梳成瀏海，而她那淡藍色雙眼間的挺直鼻子，鼻翼部分僅比繪畫當時略添點皺紋。事實上，紐蘭．亞契總覺得她一直可怕地保存在一個密不通風的眞空環境中，儼似那些凍結在冰河多年的屍體，看起來依然相當紅潤。

紐蘭．亞契跟家中其他成員一樣，相當敬仰范德盧頓夫人，只是她略帶權威的和善態度讓紐蘭覺得，她還不如母親那幾位嚴厲老姑媽容易接近。那幾位老姑媽往往還沒聽進別人的請求便斷然說「不」。

范德盧頓夫人的態度看不出來她的意向，但總是擺出一副仁慈模樣，直到她薄薄的雙唇露出一抹微笑，說出幾乎從未變過的答案：「這我得先跟外子商量才行。」

她和范德盧頓先生是如此相像，以致於亞契常想道，經過四十年的親密生活，這兩位緊密結合在一起的人，怎還有什麼爭議需要分你我先商量的。但他們沒經過祕密會談前，從未自己做過任何決定，因此亞契夫人和兒子提出自己的問題後，也只能認命地等待熟悉的回應措辭。

豈料，很少做出意外舉動的范德盧頓夫人此刻居然讓他們母子倆頗為吃驚，她竟伸出纖手去拉鈴繩。

「我想，」她說：「我想讓亨利親耳聽聽你們告訴我的事情。」

她向應聲出現的男僕嚴肅地吩咐：「若是范德盧頓先生讀完報了，煩請他過來一下。」

她說「讀報」的語氣，彷如總理大臣夫人說「主持內閣會議」的語氣——但這並非出於自大心態，乃是長久以來的習慣以及親友們的態度使然，讓她覺得范德盧頓先生的一點動作都像掌管大政般重要。

她立即行動，表示她跟亞契夫人一樣覺得這件事情十分急迫。但她又怕大家會認為自己還沒跟丈夫商量就先表態，遂便以最親切的表情說：「亨利向來很樂意見到妳，親愛的艾德琳。而且他也想向紐蘭道賀。」

那道雙扇門再度莊嚴地開啓，亨利・范德盧頓先生出現在兩扇門之間。身穿長禮服的他長得又高又瘦、一頭白髮，還有跟妻子一樣高挺的鼻子，眼神中亦帶著一絲冷冷的溫和，只是他的眼睛是淡灰色而非淡藍色。

范德盧頓先生以表親的和藹態度向亞契夫人問好，低聲說著跟他妻子相差無幾的話向紐蘭道賀，接著以理所當然的君王般姿態坐進一張錦緞扶手椅裡。

「我才剛讀完《紐約時報》④。」他一面收攏長長的指尖，一面說：「在城裡時，早上總是忙碌得很，因此我發現午餐過後讀報較妥適。」

「啊，這樣的安排很有道理。我記得艾格蒙舅舅以前也常說，他發現晚餐過後再讀報，比較不那麼煩躁。」亞契夫人附和道。

「是啊，我親愛的父親最討厭急急忙忙的。但現在我們常處於忙碌的狀態。」范德盧頓先生以謹慎語調說道，一面愉快地審視著這個處處罩得嚴實的大房間。對亞契來講，眼前這房間完全體現出了主人性情。

「不過，我希望你已經讀完報了，亨利？」他妻子插口道。

「看完了，看完了。」范德盧頓先生再次跟她確認。

「那麼，我想讓艾德琳跟你說說……」

「哦，其實是紐蘭的事。」亞契夫人微笑應道，再重述了一遍洛維爾・明戈特太太公然遭受侮辱的可怕事件。

「當然，」她最後說：「奧古絲塔・維蘭及瑪麗・明戈特兩人都覺得……尤其是考慮到紐蘭的婚事，妳和亨利應當知悉有這樣的情況。」

「啊！」范德盧頓先生深吸了一口氣。

接下來的沉默時光裡，白色大理石壁爐上那座巨大金黃銅鐘的滴答聲響變得越來越大，彷如葬禮上的禮砲聲。亞契敬畏地想著，這兩個瘦弱的軀體有如總督一般嚴肅地並肩而坐，命運迫使他們要擔任遠祖的代言人，即使他們是多麼想避世索居，在斯庫特克利夫莊園完美的草地上除除雜草、晚間一塊玩玩紙牌。

范德盧頓先生先開了口。

「你眞的認爲這是勞倫斯．萊佛茲某種、某種蓄意的行爲？」他轉向亞契問道。

「我很確定，先生。勞倫斯最近做得特別過分——希望露薏莎表舅媽不介意我提這種事——他和郵局局長夫人或者某個此類型的人正打得火熱……每當可憐的葛楚．萊佛茲開始起疑時，他擔心有麻煩，便會製造出這類事情，向大家宣示他是個極看重道德的人，並大聲嚷著邀請他妻子去見他不希望自己妻子認識的人，是多麼不恰當的事。他純粹把奧蘭卡夫人當避雷針用，這種伎倆他以前早用過好幾次了。」

「萊佛茲這家人！」范德盧頓夫人低嚷出聲。

「萊佛茲這家人！」亞契夫人附和道：「艾格蒙舅舅若是聽到勞倫斯．萊佛茲對任何人的社會地位發表評論，會怎麼說呢？看看上流社會已淪落到了什麼樣的地步啊。」

「我們希望還沒到那樣的地步。」范德盧頓先生堅定地回道。

「是啊，若是你跟露薏莎能多出來走走，就不會了！」亞契夫人嘆道。她隨即意識到自己說錯了話。范德盧頓夫婦向來對於他們離群索居的任何批評十分敏感。他們是上流社會的仲裁者、終審法庭，他們瞭解這點，並低頭接受命運的安排。但他們都是害羞靦腆之人，不大有執行分內職責的熱情，因此盡可能隱居在斯庫特克利夫幽靜的林園中。而當他們進城時，也總以范德盧頓夫人的健康爲由謝絕所有邀約。

紐蘭‧亞契趕緊幫母親解圍，「每個紐約人都知道您與露薏莎表舅媽所代表的地位，所以明戈特太太才覺得應該諮詢您的意見，不可就這麼讓人輕蔑奧蘭卡伯爵夫人。」

范德盧頓夫人瞥了丈夫一眼，他也回看了她一眼。

「我不欣賞這等行徑，」范德盧頓先生說：「任何出自有名望家族之人，理當受到家族這個後盾的全力支持，應該將此視為『不變的道理』。」

「我也這麼認為。」他妻子以像是自己方才有這種看法的語氣說道。

「我不曉得，」范德盧頓先生繼續說著，「這件事已經發展到這般地步。」他停了一下，又看向他妻子。「親愛的，我想，透過梅多拉‧曼森第一任丈夫的關係，奧蘭卡伯爵夫人合該算是我們的親戚。無論如何，紐蘭結婚後她還是我們的親戚。」他轉向那位年輕人，「你看過今早的報紙了嗎，紐蘭？」

「啊，是的，先生。」亞契答道，他通常早上喝咖啡時一口氣讀完一大疊報紙。

那對夫婦再次看向彼此，他們淺色眼睛彼此交望，進行一段漫長嚴肅的討論；接著范德盧頓夫人的臉上泛起一絲微笑，她顯然已經意會並同意了。

范德盧頓先生轉向亞契夫人說：「若是露薏莎的身體狀況允許她出外用餐的話，我希望妳能轉告洛維爾‧明戈特太太，我們很願意，嗯……去補勞倫斯‧萊佛茲的缺。」他頓了頓，好讓大家能充分領略話中的諷刺意味。

「不過如你所知，這是不可能的。」亞契夫人以同情的語調回道。

「紐蘭說他看過今早的報紙，他或許已經知道了，露薏莎的親戚聖奧斯特公爵下週將搭乘『俄羅斯號』抵達紐約。公爵來為他的新帆船『吉納維號』註冊參加明年的國際盃比賽，同時也會到特維納獵場獵野鴨。」范德盧頓先生再次停頓了一下，接著以更和藹的語氣啓口：「帶他南下馬里蘭之前，我們將邀請一些朋友來這裡跟他見見面——只是場小餐宴，之後還會辦個歡迎會。我相信露薏莎一定跟我一樣希望奧蘭卡伯爵夫人也肯賞光。」

他站起身，修長身軀以生硬的友好態度彎向他的表妹繼續說道：「我想我可以代表露薏莎說，她願意立刻親自出門遞送餐宴邀請函，以及我們的名帖……當然還要附上我們的名帖。」

亞契夫人明白七手高的栗色馬⑤已在門口等候，這是請客人離開的暗示，於是他們立刻起身，低聲道謝。范德盧頓夫人看向亞契夫人的笑容，就像是以斯帖王后在向亞哈隨魯王說情般⑥，但她的丈夫卻舉起手來。

「沒甚好謝的，親愛的艾德琳，這沒什麼，紐約本不該發生這樣的事情。只要我辦得到，就不會再有這樣的事情發生。」他一面帶著表親們走向門口，一面以王者的仁慈口吻如許說道。

兩個小時後，所有人都得知，有人目睹范德盧頓夫人習慣搭乘的巨型彈簧馬車停在明戈特老太太家門口，還遞上了一封方形大信封。而當天晚上希勒頓・傑克遜會在歌劇院裡向大家說那信封裡有一張邀請奧蘭卡伯爵夫人赴宴的卡片，邀她去參加范德盧頓夫婦下週爲表弟聖奧斯特公爵所置辦的餐宴。

俱樂部裡一些年輕人聽到這個消息時，彼此笑著交換了眼色，並偷瞧了勞倫斯・萊佛茲一眼。勞倫斯毫不在乎地坐在前方位置，扯玩著他金色的長鬍鬚，還在女高音歌聲停下時，帶著不容置疑的語氣說：「除了帕蒂⑦之外，誰也不配演桑那布拉⑧的角色。」

譯註：

①「安潔麗卡・杜拉克小姐」是十八世紀英國畫家托馬斯・根茲巴羅（Thomas Gainsborough，一七二七至一七八八）所繪的肖像畫。根茲巴羅曾為英國皇室繪製許多肖像畫，與約書亞・雷諾茲（參見本書第五章譯註⑥）齊名。

②丹尼爾・亨廷敦（Daniel Huntington，一八一六至一九〇六），出生於紐約的美國畫家，其以繪製知名人物肖像畫聞名。

③亞歷山大・卡巴內爾（Alexandre Cabanel，一八二三至一八八九），一位曾於一八四五年獲得羅馬大獎的法國畫家，以「法蘭西學院派大師」著稱於世。

④《紐約時報》（*The New York Times*）：由雷蒙（Henry Jarvis Raymond，一八二〇至一八六九）及瓊斯（George Jones，一八一一至一八九一）兩位於一八五一年九月十八日創立的報紙，初始之名是《紐約每日時報》（*The New-York Daily Times*），一八五七年改用現名。一八七一年此報揭露坦慕尼協會賄選案，震撼美國社會。

⑤手常用於測量馬的高度，可視為單位，相當於四英寸。

⑥取自《舊約聖經・以斯帖記》的故事，波斯王亞哈隨魯有意屠盡流浪的猶太人，出身猶太族的王后以斯帖在陪伴國王享用美酒佳餚時，成功誘使他收回此一殘酷敕令。

⑦帕蒂（Adelina Patti，一八四三至一九一九），十九世紀下半葉紅透歐美的義大利女高音。

⑧桑那布拉是《夢遊女》（*La Sonnambula*）的主人翁，此劇由義大利歌劇作家貝里尼（Vincenzo Bellini，一八〇一至一八三五）於一八三一年所創作。這部作品在十九世紀相當受上流社會歡迎，諷刺的是，盲從禮俗的人也常被稱為「夢遊者」。

Chapter 8

第八章

紐約社會普遍認爲奧蘭卡伯爵夫人已「青春不再」。

她在紐蘭．亞契童年時首次於此露面，當時還是個耀眼的九歲或十歲漂亮小女孩，大家總說她「應該畫張肖像畫」。她的父母喜愛赴歐洲各國漫遊，幼年跟著父母四處漂泊後，她失去了雙親，便由姑媽梅多拉．曼森撫養，而姑媽本身也到處漫遊，剛歸返紐約「安頓下來」。

可憐的梅多拉，一再地成爲寡婦，總得又回紐約住（每次房子都越來越便宜），也屢屢帶回她的新丈夫或者新認養的孩子。但幾個月過後，總是會和丈夫分手，或者與她的養子女鬧翻了，賠本拋售房子、繼續四處遊蕩。由於她母親來自拉許沃家族，且最後一次不愉快的婚姻又將她與一個瘋狂的奇佛斯家族成員連結在一起，紐約人對她的古怪行徑一直相當寬容。可是當她帶著她的小孤兒姪女回來時——她的父母除了那令人遺憾的旅遊愛好外，還頗受人們喜愛——大家覺得這麼漂亮的小女孩交由她撫養眞是可惜。

大家都對小愛倫．明戈特很好，儘管她略偏黝黑的紅臉頰和捲曲的頭髮讓她散發出一種不該出現於一個仍在服喪的孩子身上的活潑神情。輕忽美國人那些服喪期間不容改變的規矩，恰是梅多拉許多偏誤的怪癖之一。她步下輪船時，爲自己兄長所戴的黑紗比她嫂嫂們還要短上七吋，而小愛倫穿戴著深紅色麥利諾羊毛衣及琥珀色珠鍊，就像個吉普賽小孩，令家人們震驚不已。

唯紐約人早已經不再在意梅多拉的行爲了，只有幾位老太太對愛倫俗麗的服飾搖了搖頭，其他親屬則完全被小女孩紅撲撲的氣色及快樂迷人的氣息所征服。她是個大膽又無拘無束的小孩，總問些令人驚訝的問題，發表一些早熟的評論，並會一些特殊的才藝，像是跳西班牙披巾舞或伴著吉他唱拿坡里情歌。在她姑媽（她原本稱謂應是索利．奇佛斯太太，受到教皇所授與的頭銜後，恢復了她第一任丈夫的姓，自稱爲曼森侯爵夫人，因爲她在義大利也可叫做曼森尼）的教導下，這位小女孩受到昂貴但毫無系統的教育，包括你作夢也想不到的「人體素描」或與專業音樂家一起彈鋼琴五重奏。

當然這些教育並無什麼益處。幾年後，可憐的奇佛斯終於在一所瘋人院過世，他的遺孀（穿著奇怪喪服）再次收拾行囊，帶著已長成擁有迷人雙眸的高瘦女孩愛倫離開。有好長一段時間都沒有她們的消息，後來聽說愛倫嫁給了一位充滿傳奇色彩的波蘭貴族，他們是在杜樂麗宮舞會上認識的，據稱他在巴黎、尼斯和佛羅倫斯都擁有豪宅，在英國考斯也有遊艇，在匈牙利外西凡尼亞還有數平方英里的獵場。她在這沸沸揚揚的閒言閒語中，突然銷聲匿跡。直到幾年之後，梅多拉再度回到紐約，窮困潦倒地爲第三任丈夫服喪，並尋找更小的房子，人們才想到她那位富裕的姪女怎麼沒有出手相助。接著就傳來愛倫自己的婚姻亦成了一場災難，她自己也要回到親情的懷抱中休息、忘卻一切。

一週後，當紐蘭看著奧蘭卡伯爵夫人走進范德盧頓家客廳參加那次重要餐宴時，想起這些事情。那是相當正式的場合，因此他有點擔心她會怎麼應付。她來得稍遲，一隻手仍未戴上手套，正扣著手腕上的一只手環。但她走進這個聚集了泰半紐約菁英的客廳時卻從容不迫，絲毫不顯匆忙或尷尬。

她走到客廳中央停了下來，嚴肅地抿著嘴、雙眼帶笑地環視四周。在那一瞬間，紐蘭．亞契不再認同大家對她容貌所下的論斷。她確實不再擁有昔日光彩，紅撲撲的臉頰已變得蒼白，她清瘦又憔悴，看起來比實際年紀更老些──她芳齡應該快三十了。但她有一股神祕魅力，舉手投足間俱流露出一種淡定的自信，不帶絲毫誇張做作，讓他覺得她應該受過高度訓練而充滿了自覺力。此外，她的行爲舉止也比大多數的女性尤顯簡單樸實，許多人甚至對她穿得不夠「時髦」感到有點失望（這是後來聽珍妮說的），畢竟紐約人最看重的就是時髦。亞契心想，或許是因爲她早年的活潑已不再，因爲她是如此沉靜──她的一舉一動、低沉音調，均如此沉靜。紐約人原本還期待這位經歷過風風雨雨的女子，她的聲音應該更宏亮。

那頓晚餐其實並不輕鬆。單是和范德盧頓夫婦用餐，本就不是件輕鬆事，竟還要和他們的公爵表親一同用餐，那幾乎等同於莊嚴的宗教儀式。只有老紐約人才分辨得出普通公爵與范德盧頓家公爵之間的細微差異（對紐約上流社會而言），亞契自己興味盎然地這麼作想。紐約人對於到處漂泊的貴族並不特別在意，甚至會擺出不信任的架子（史特拉斯家除外）。但是，一旦他們能證明自己實際具有貴族身分，便會受到這種舊紐約的熱誠接待。正因爲此等差別，年輕人儘管會嘲笑舊紐約，然心裡仍相當珍惜它。

范德盧頓家竭盡所能來強調這次餐宴的重要性。就連杜拉克家法國賽佛爾與特維納家英國喬治二世時代的皇家瓷器①都拿了出來，還有范德盧頓的洛斯托夫特瓷器（東印度公司）及達戈矞的皇冠德比瓷器也都擺上桌。范德盧頓夫人看起來比任何時刻都像卡巴內爾的畫像，亞契夫人則戴著她祖母的米珠項鍊和綠寶石，引她兒子不禁想起伊莎貝②的迷你畫像。在場的所有女士都戴上最精美首飾，偏偏這座宅子跟這個場合的共同特點是「相當老派」。被說服出席的老蘭寧小姐戴的其實是她母親的浮雕玉，外加一條亞麻色西班牙披肩。

奧蘭卡伯爵夫人是這次餐宴上唯一的年輕女子。然而，亞契認眞看了那些鑽石項鍊與高聳的鴕鳥翎毛間一張張光滑富泰的老臉後，令他感到奇怪的是，他們竟不如她成熟。光是想到要造就出她那樣的眼神須付出多少代價，便讓他驚恐不已。

坐在女主人右方的聖奧斯特公爵，自然是今晚的主角。然而，如果說奧蘭卡伯爵夫人不像人們預期的那麼出眾，那麼公爵可說是毫不起眼。身爲一位富有教養的人，他並未（不像最近來訪的另一位公爵）穿著獵裝出席宴會，可他的晚宴服寒酸、彎腳，加上他那副外表（佝僂的坐姿、又有一大把鬍子散落在襯衫前）益顯衣著襤褸，很難看出是參加宴會的樣子。他身材矮小、圓肩、膚色黝黑，臉上是肥厚的鼻子、小眼睛，總掛著社交微笑，很少開口說話。每當他說話時，即便在座的人都會靜下來聽其高見，他的聲音卻是非常低沉，除了他旁邊的人，誰也聽不見。

餐後，男士加入女士的行列時，公爵逕直走向奧蘭卡伯爵夫人。他們在角落坐下，熱絡地交談著。他們兩人似乎都沒想到，公爵應當先向洛維爾・明戈特太太及海德利・奇佛斯太太致敬，而伯爵夫人應該先向和藹的憂鬱症者，也就是華盛頓廣場的厄本・達戈聶先生問候，他爲了和她會面，可是打破了他一月到四月不外出用餐的習慣。他們兩個一起聊了將近二十分鐘，接著伯爵夫人站起來，穿過偌大的客廳，坐到紐蘭・亞契身邊。

在紐約的客廳，女士不應該站起身來離開一位紳士，去找另一位紳士聊天。按照禮節，她必須像木偶一樣在原地等著，讓想和她交談的男士一個接著一個到她身邊來。伯爵夫人顯然不知自己有違任何規矩，怡然自若地坐在亞契身旁的沙發一角，以最親切眼神看著他。

「我想聽你談談梅。」她說。

他沒回答她的問題，反問道：「妳從前就認識公爵嗎？」

「哦，是的，我們以前每年冬天都會在尼斯見到他。他很喜歡賭博，因此經常到家裡來。」她直言不諱，有如在說：「他很喜歡花草。」過了一會兒她又直率地說道：「我想他是我見過最無趣的男人了。」

這句話讓她的同伴聽了很開心，竟忘記上一個問題帶給他的錯愕。能遇到一位覺得范德盧頓家的公爵很無趣，且敢講出來的女士，的確是件相當愉快的事。他很想再多問些問題，聽聽她的生活，因爲她不經意說出的話已讓他窺見一點端倪，但他怕這會觸及她傷心的回憶。不過他還沒想到要說什麼之前，她便又轉回到之前的話題了。

「梅是個非常討人喜愛的人，我在紐約還沒見到這麼漂亮又聰明的姑娘。你很愛她吧？」她說。紐蘭・亞契紅著臉笑道：「男人愛人的極限有多少，我就愛她多少。」

她繼續滿懷思緒打量著他，就像不想漏掉他話中的任何含義。「那麼，你認爲愛是有極限的嗎？」

「妳是指愛的極限麼，若有的話，我還沒看到這極限呢！」

她感動地說：「啊！那肯定是眞實誠摯的愛情了。」

「眞愛中最眞的愛情！」

「眞是太棒了！那麼這愛全靠你們自己找到的——完全不是別人安排的吧？」

亞契不解地看著她。「妳忘了嗎？」他微笑地說：「我們國家的婚姻是不容他人擺布的。」

她的臉頰抹上一片嫣紅，他立刻後悔說出這樣的話。

「是的，」她回答：「我忘了，請原諒我有時候會犯這樣的錯誤。我總是無法完全記住這裡的人認爲是好，但在我原本生活的那裡是不好的事。」她低頭看著那把維也納式鷹毛扇，他看到她的雙唇在顫抖。

「我很抱歉，」他不假思索地脫口而出：「但妳知道，現在這裡的人都是妳的朋友了。」

「是的，我知道。無論我走到哪裡，都有這種感覺。這正是我回家的原因。我想忘卻所有其他事情，重新做回一個道道地地的美國人，就像明戈特家和維蘭家的人、你與你親切的媽媽，以及今晚在此的所有這些好人。啊，梅來了，你一定想趕快去找她。」她又這麼說道，卻無進一步動作，接著她的目光再度從門口回到這位年輕人臉上。

客廳漸漸湧入晚餐後抵達的賓客，亞契隨著奧蘭卡伯爵夫人的目光，瞧見梅．維蘭正和母親走進。她穿著一件白色和銀色相間的禮服，頭戴著銀色花串成的花環，這位高䠷女孩看起來就像剛狩獵凱旋的黛安娜女神③。

「哦，」亞契說：「我竟然有這麼多競爭者，妳看她周圍總是圍著一堆人。他們現在正要向她介紹那位公爵呢。」

「那就再多陪我一會兒吧。」奧蘭卡夫人低聲說道，並用她的羽扇輕輕碰了一下他的膝蓋。那只是極輕碰觸，但卻像愛撫般讓他震顫了一下。

「好的，我留下來。」他以同樣音調回應，幾乎不知道自己說了些什麼。就在此時，范德盧頓先生走了過來，後面跟著老厄本．達戈聶。伯爵夫人以她最莊重笑顏迎接他們，而亞契察覺到這位主人責怪地看了他一眼，便起身讓出他的座位。

奧蘭卡夫人伸出一隻手，狀似在向他告別。

「那麼，明天，五點鐘以後。我等你。」她說，隨後轉回身挪出位置給達戈聶先生。

「明天……」亞契聽到自己這麼重複道，儘管他們根本沒有約定，談話內容中也絲毫沒有她還想見他的暗示。

他離開時，見到修長又耀眼的勞倫斯・萊佛茲，攜他妻子上前與伯爵夫人會面，並聽見葛楚・萊佛茲帶著一臉茫然的笑容對伯爵夫人說道：「我想我們小時候曾一起上過舞蹈課……」亞契注意到她身後那些等著向伯爵夫人介紹自己名字的人之中，有好幾對是拒絕去洛維爾・明戈特家見伯爵夫人的頑強夫婦。正如亞契夫人所說的：若范德盧頓夫婦想做，他們知道如何教訓人。奇怪的是，他們想這麼做的機會很少。

年輕人覺得有人觸碰了一下自己的手臂，隨即瞧見穿著一身名貴黑絲絨並戴著家傳鑽石首飾的范德盧頓夫人，俯身看著他說：「你人眞好，親愛的紐蘭，願意無私地爲奧蘭卡夫人盡力。我之前跟你說過，你表舅亨利當然會出手幫她的。」

他察覺自己含糊地對著她笑，接著彷彿又聽到她親切地對面露赧色的他說：「我沒見過梅像今天這麼惹人喜愛，公爵覺得她眞是在場最標緻的女孩。」

譯註：

①賽佛爾（Sèvres）瓷器，指法國巴黎東南近郊賽佛爾小鎮所製專為法國王室所用的高級瓷器，在歐洲地區與麥森瓷器齊名。英王喬治二世在位時期為一七二七年至一七六〇年。

②伊沙貝（Jean-Baptiste Isabey，一七六七至一八五五），一位擅長小畫像的法國畫家。

③黛安娜為希臘羅馬神話中的月亮女神，主司狩獵，通常是人們祈求婚姻和生育的神祇。

第九章

奧蘭卡伯爵夫人說「五點以後」，因此五點半時，紐蘭．亞契按了她家的門鈴。那是棟灰泥剝落的房子，一株碩大紫藤壓著陽台上搖搖欲墜的鐵欄杆。這是她向四處流浪的梅多拉租來的房子，位在西二十三街尾端。

會選擇住在這區，委實奇怪。她附近的鄰居是些小裁縫師、賣假貨小販和「寫作」的人，亞契看到這條亂七八糟的街道更遠處，在一段石鋪小徑的盡頭，有一棟快要倒塌的木造屋，是一位名叫溫塞特的作家及記者住的地方。亞契常碰到他，他曾說過自己住在這裡。溫塞特從不邀請別人到家裡，但他曾在一次夜間散步時，指給亞契看過。亞契曾驚心地自問，其他大城市的人也住得如此簡陋嗎？

奧蘭卡夫人的房子幾乎差不了多少，差別僅在窗框多上了漆而已。亞契檢視這房子簡樸的外觀時，一面在心裡想著：看來那位波蘭伯爵不僅奪了她的財產，還搶走了她的幻想呢。

亞契一整天都不是很順心。他和維蘭家共進午餐，本想午餐過後能帶梅到公園走走。他希望能有和她獨處的時間，告訴她昨天晚上她看起來有多迷人、他有多驕傲，並想催她盡快成婚。但維蘭太太堅定地提醒他，家族拜訪還不到一半呢。而且，當他暗示想將婚禮日子提前時，維蘭太太皺起責備的眉頭嘆道：「十二打手工刺繡的婚禮用品，都還沒有……」

他們全數擠進家用四輪馬車，從一家趕到另一家，亞契在下午那一輪結束，跟未婚妻分手時，覺得自己宛如一隻被巧妙誘入陷阱的野獸，被人帶著到處展示。他想可能是因爲自己讀了人類學的書，才讓他對這種簡單又自然的家族情感表露，有如此粗鄙的看法。但當他想到維蘭家希望明年秋天才舉行婚禮，並想到這之間他的生活可能會有的變化，就好像一桶冷水澆熄自己的熱情。

「明天，」維蘭太太在他身後喊道：「我們要去奇佛斯和達拉斯家拜訪。」他這才發現她準備依字母順序拜訪他們兩家的所有親戚，目前他們才拜訪了前四分之一而已。

他本想告訴梅關於奧蘭卡伯爵夫人的要求——她的命令，應該這麼說——他那天下午要去拜訪她。不過在他們短暫的獨處時間，他有更多要緊之事得說。此外，他亦隱約覺得提這件事有點荒謬。他知道梅特別希望他能好好對待表姊，不正是因爲這樣，才迫使他們提早宣布訂婚消息的嗎？他突然萌生出奇怪的想法，若非伯爵夫人出現，他現在可能還是個自由單身漢，至少不像眼下陷入無可挽回的地步。但這是梅的意思，他覺得輕鬆了些——因此，如果他願意，去拜訪她表姊應屬他的自由，無須特別告訴她。

當他站在奧蘭卡夫人家門口時，心裡純只充滿了好奇。她要他來的口氣令他迷惑不已，最後得出的結論是，她並不如表面所見那麼簡單。

一名黑黝黝的外國臉孔女僕來應門，鮮豔領巾遮住她豐滿的胸部，他隱隱覺得她是西西里島人。她張開滿口潔白牙齒歡迎他，對他的問題困惑地搖了搖頭，逕自帶著他穿過狹窄的玄關，進入升著火的低矮客廳。客廳裡空無一人，女僕隨後離開，留他一人在那裡，久得讓他不禁猜想她是去找女主人，還是不明白自己來這裡的目的，以爲他是來幫鐘上發條的，因爲這個他唯一看得到的東西已經停擺了。他知道南歐人都是用手語交談的，但卻因自己無法理解她的聳肩及微笑之意，而不知如何是好。最後她終於帶著一盞燈回來了，亞契這時也從但丁及佩托拉克的作品之中勉強湊出一句話，才從她口中得到一個答案：「La signora è fuori; ma verrà subito」，他想這句話的意思是：「她出去了，但就快回來了。」

於此同時，他藉著那盞燈也看到，這房間隱隱透出一種淡雅的迷人氛圍，和他之前看過的房間截然不同。他知道伯爵夫人還帶回一些她自己的東西，她稱之爲「一點殘骸遺物」，而這些，他想，應該就是那幾張深色的雅致小木几、壁爐上那尊精緻的希臘小銅像，以及那幾幅釘在褪色壁紙上那塊紅色緞子前，裝在老舊畫框中看似義大利風景畫的作品。

紐蘭·亞契對自己熟諳義大利藝術頗感自豪。他小時候曾受過魯斯金的薰陶，並讀過所有的新書，包括約翰·阿丁頓·席蒙茲的作品、維諾·李的《尤佛里昂》、哈默頓的論著及華特·帕特一本很棒的新書《文藝復興》。他能夠侃侃談論波提伽利，說起安基利軻時則帶著一絲屈尊的態度①。但這幾幅畫讓他摸不著頭緒，因爲這些畫與他到義大利旅行時常看到的畫完全不一樣（因此他才看不懂）。或許是因爲置身於這個陌生空房間產生的詭異感，使得自己的觀察力降低了——顯然無人在此等候他來。他後悔自己沒告訴梅關於伯爵夫人要求他來之事，且因擔心會在此碰上自己的未婚妻來探望她表姊而忐忑不安。若是她看到他獨自一人坐在某位夫人家的昏暗爐邊等著，會怎麼看待這種親密氣氛呢？

但既然都已經來了，他決定繼續等下去。於是他坐進一把椅子，將腳伸向爐火。

叫他來，自己卻又忘了，這眞是太奇怪了。然亞契的好奇心勝過羞辱感。那間房間的氛圍跟他從前所經驗者全然不同，讓他的自尊完全消失在探險的感覺裡。他曾見過掛著紅緞及「義大利學院派」畫作的客廳，唯令他驚訝的是，梅多拉·曼森這棟租來的破舊屋子竟透過那枯萎的綠草地和羅傑斯②的小雕像，這幾件小東西的巧手布置，便轉爲帶著「異國」風情的溫暖空間，引人想到古老的浪漫場景與氛圍。他試著探析其中奧妙，想弄清楚桌椅是怎樣擺置的，手肘旁邊的雅致花瓶只插放了兩朵紅玫瑰（大家都是一次買一打的），而那隱約的香氣並非人們灑在手帕上的那種，更像是從遙遠市集飄來的香氣，混雜著土耳其咖啡及龍涎香與乾玫瑰的味道。

他又想到梅的客廳會是怎麼樣的呢？他知道表現得很慷慨的維蘭先生，已經看上東三十九街的一棟新屋。大家覺得那一區有點偏遠，而且房子是以慘白的黃綠色石頭建造的——新一代的建築師開始採用這種建材，用以對抗像冷巧克力醬般即將淹沒紐約的清一色棕色石頭。不過房子內部的管道相當完善。亞契想先去旅行，不想現在決定住的問題。但是，儘管維蘭夫婦同意他們延長歐洲蜜月旅行的時間（或甚至到埃及度過一整個冬天），卻仍非常堅持他們從歐洲回來時要有一棟房子住。年輕人覺得自己的命運已然被綁死了，他的餘生每晚都得走過那黃綠色門階旁的鐵欄杆，穿過龐貝式的門廊，走進裝著亮漆黃木護壁的廳堂。除此之外，他便再也想不出其他布置了。他知道客廳有扇凸窗，可他也想不出梅會怎麼擺置。她會高高興興地採用維蘭家客廳的紫色緞子和黃色羽毛裝飾，以及仿布爾式鑲木桌與擺滿現代薩克森風格器皿的鍍金玻璃櫥櫃。他看不出來她對自己住宅會做出別樣擺設。他唯一的安慰是，梅應該會讓他依照自己的喜好布置書房——當然，那裡頭可能會放著「純正的」伊斯萊克家具，以及沒有玻璃門的全新書櫃。③

那位胸部豐滿的女僕走了進來，拉上窗簾、推進一塊木柴，接著安慰地說：「Verrà—— verrà.」（快回來了，快回來了！）等她離開後，亞契站起來開始踱步。他應該繼續等下去嗎？他的處境已變得有點可笑。或許他誤會了奧蘭卡夫人的意思，又或許她根本沒有邀請自己。

寂靜街頭傳來馬蹄奔跑在鵝卵石面的聲音。馬車在屋前停了下來，他聽見馬車門打開的聲音。他撥開窗簾看向剛垂落的夜幕，對面正好有一盞路燈。在那燈光下，他看到朱利斯・鮑弗精巧的英式四輪馬車，由一匹高大的雜色馬拉著。這位銀行家躍落馬車，扶奧蘭卡夫人下車。鮑弗手持帽子站著，說了一些似乎被他同伴拒絕的話。接著他們握了握手，他隨即跳上馬車，她則步上台階。

當她進門看到亞契時，一點也沒露出驚訝的表情。驚訝似乎是她最不喜表現的情緒。

「你還喜歡我這有趣的房子嗎？」她問道，「這對我來講可是個天堂。」她邊說話，邊解開小絲絨帽的繫帶，將帽子和斗篷一起扔到一旁，站在那裡以沉思目光打量著他。

「妳布置得相當舒適宜人。」他回答道，意識到這句話平淡無奇，因按照禮俗話要說得簡單扼要而顯得太過拘束。

「哦，這可憐的小地方，我的親戚們可瞧不起它。但無論如何，它都不像范德盧頓家那麼陰沉。」這句話教他嚇了一跳，因為很少有人敢毫無顧忌地說范德盧頓那棟宏偉的家宅陰沉。每個有幸取得特權踏進去的人，無不戰戰兢兢，還褒它是「富麗堂皇」。驟然間，他因她說出大家不敢說的話變得開心起來。

「這裡很有趣哩，妳這裡的布置。」他再次重述。

「我喜歡小房子，」她坦然道：「但我想我喜歡的是它的所在位置，在我自己的國家及我自己的家鄉，而且是我自己獨住在這裡。」她說得如此小聲，幾乎聽不到最後那幾個字。不過他卻在尷尬中聽清楚了。

「妳這麼喜歡自己一個人生活？」

「是的，只要我的朋友不讓我感到寂寞就沒問題。」她在爐邊坐了下來，「娜塔西馬上會送茶過來。」並示意他坐回扶手椅，接著又說：「看來你已經找到自己喜愛的位置了。」

她往後躺，將雙手交叉在腦後，垂下眼簾看著爐火。

「這是我最喜歡的時刻，你不覺得嗎？」

他突然覺得應爲自己的自尊說點話，因此回答道：「我還怕妳忘了時間呢，肯定是因爲鮑弗這人太風趣吧。」

她露出莞爾表情，「怎麼，你等很久了嗎？鮑弗先生帶我去看了好幾間房子，因爲大家好像都不希望我住在這裡。」她狀似把鮑弗和他都忘了，接著又說：「我從未到過哪個城市，會像這裡的人覺得住在偏遠街區是不好的。人們住在哪裡有什麼關係？我聽說這條街還滿高尙的啊。」

「這裡不符合上流社會的風格吧？」

「上流社會！你們全都很看重這點嗎？爲什麼不創造自己的風格呢？不過我想我的生活太過特立獨行了。無論如何，我想跟你們一樣生活著，我想感受到關懷和安心感。」

他聽了頗受感動，就像前一天晚上聽她說需要得到指引一樣。

「那是妳的朋友們期盼妳感受到的，紐約是個最安全的地方。」他帶著一絲挖苦意味補充道。

「可不是麼，我感覺得到，」她大聲說，沒留意他話中的諷刺意味，「住在這裡就像、就好像……一個聽話做完所有功課的乖孩子，被帶去度假一樣。」

這般比喻的本意是好的，他聽了卻不大舒服。他自己可以挖苦紐約，但偏不喜歡聽到別人以同樣的語氣評說紐約。他懷疑她是否還沒看出紐約是個強大的機器，差點擊垮了她。洛維爾・明戈特家那頓用盡各種社交手段好不容易才平息的餐宴，應已讓她看清自己在險中得救的處境。但她不是未察覺自己躲過一場災難，就是還沉浸在范德盧頓家餐宴所得到的勝利。亞契相信應屬前者。他想她心中的紐約依舊完全沒變，而這樣的猜測令他覺得煩擾。

「昨天晚上，」他說：「紐約社交界向妳張開了雙臂，這全仗范德盧頓伉儷的幫忙。」

「是啊，他們可眞是好心！那是場很棒的宴會，大家似乎都很敬重他們。」

這樣的說法不算恰當，若拿這來評論老蘭寧小姐家的茶會還差不多。

「范德盧頓伉儷，」亞契說這話時覺得格外驕傲，「是紐約社交界最具影響力的人。不幸的是，夫人的健康不允許——所以他們極少接待客人。」

她放開撐在腦後的雙手，沉思地看著他。

「或許是這個原因吧？」

「原因？」

「因爲他們很有影響力，所以故意鮮少露面。」

他臉微紅地瞪大眼睛看著她，乍然領悟到這句話的洞察力：她輕敲了一下，范德盧頓夫婦便被擊倒了。他顧不得范德盧頓夫婦而放聲笑了出來。

娜塔西送來茶水，無柄的日本茶杯及蓋著杯子的小碟子，並將茶盤放在茶几上。

「但你要解釋這些事情讓我明白，告訴我所有我應該瞭解的事情。」奧蘭卡夫人繼續說，一面往前傾遞了杯子給他。

「是妳在告訴我事情的眞相，讓我看到那些我一直閉上眼不願看清的事實。」

她從腕側取下一個小小的金色菸盒，遞給他，自己也拿了一支。壁爐上放著點菸的長引柴。

「啊，那麼我們可以互相幫助。不過我需要你幫忙的事情更多一些，你得告訴我該怎麼做。」

他差點脫口說出：「別讓人看到妳跟鮑弗駕車在街上逛……」但他當時深深地被屋裡頭氣氛所吸引，那是她的氣息，在這種情況下若是說出這番忠告，就好像跟一個正在撒馬爾罕④討價還價買玫瑰油的人說「到紐約過冬需備防水套靴」一樣。紐約看起來似乎比撒馬爾罕還要遠得多，再說他們若眞的想要互相幫助的話，那麼她讓他客觀地看清自己的城市，或許即是他們互相幫助的第一步。這麼看，儘管就像將望遠鏡拿反著看，使紐約顯得不可思議的渺小遙遠；然而從撒馬爾罕那邊看過來，的確是如此。

柴火迸起一絲火花，她彎向爐火，削瘦的雙手伸得如此靠近火堆，讓那橢圓形的指甲周圍泛出一圈淡淡光暈。光線讓她散落在髮辮外的黑髮變成了黃褐色，令她蒼白的臉色更形慘白。

「會有很多人告訴妳該怎麼做的。」亞契答道，莫名地忌妒起這些人。

「哦，我的那些阿姨舅媽們？還有我親愛的老奶奶？」她客觀地想著這點。「她們全都有點怪我要獨自生活……尤其是我可憐的奶奶。她希望我能跟她住在一起，但我需要自由……」她以輕鬆口吻說著那位令人敬畏的凱瑟琳，足教他印象深刻；再想到即使是這種最孤獨的自由，奧蘭卡夫人仍如此渴望的原因，亦令他爲之動容。不過一想到鮑弗，依舊讓他覺得煩擾。

「我想我瞭解妳的感覺，」他說：「不過，妳的家人可以給妳忠告，說明各種差異、告訴妳該怎麼做才好。」

她揚起那細細的黑眉毛，「紐約是這麼一座迷宮嗎？我以爲它是相當方正的，就像第五大道那樣，而且所有十字路都編上編號！」她似乎猜得到他不是那麼同意這種說法，又接著說下去，且難得露出讓她整張臉看起來更有魅力的微笑，「但願你明白我有多喜歡紐約這點——總是如此直來直往，所有事物都貼著誠實的大標籤。」

他抓到機會了。「所有事物可能都貼上了標籤——但並非每個人也都是這樣。」他說。

「或許吧，我可能把事情看得太簡單了。不過我如果這樣的話，你得提醒我。」她的目光從火堆那邊轉向他，「這裡只有兩個人讓我覺得似乎理解我的心思，並可以跟我解釋一些事情：那就是你和鮑弗先生。」

亞契聽到自己的名字跟他放在一起時，退縮了一下，但在快速調整後，緊接著是理解、同情和憐憫。她過去的生活定然很接近惡源，才讓她至今仍覺得在這樣的氛圍中較爲自在。既然她也認爲自己可以理解她，那麼他現在該做的就是讓她看清鮑弗的眞面目以及此人所代表的一切，進而痛恨它。

他溫和地回答：「我瞭解。首先，不要放掉妳那些老朋友的手，我指的是那些長輩們：妳的奶奶明戈特老太太、維蘭太太、范德盧頓夫人。她們喜歡妳、讚賞妳……想幫助妳。」

她搖搖頭並嘆道：「哦，我知道，我知道！但前提是她們不聽任何不愉快的事情。當我試著跟她們聊時，維蘭姑姑就是這麼說的……難道這裡的人都不想究知事情的眞相嗎，亞契先生？眞正的孤獨是住在這些只要求你僞裝的好人之間！」她抬起手遮住臉，他發現她細瘦的肩膀因啜泣而顫動著。

「奧蘭卡夫人！哦，別這樣，愛倫。」他喊道，驚跳起來俯身靠向她。他抓起她的一隻手，緊握著，像安慰孩子那樣撫摩、低聲說著安慰話語。

過了一會兒，她便掙脫開手，抬起噙著淚水的眼睛看他。

「難道這裡也沒人哭嗎？我想，在這樣的天堂，應該也沒人會哭吧。」她說完，猛然笑了一聲後理了理她的髮辮，俯身去看茶壺。他驀地意識到自己竟然叫了她「愛倫」，還叫了兩次！但她並沒有察覺到這點。從拿反的望遠鏡看，在很遠的地方，他看到梅．維蘭模糊的白色身影——那是在紐約。

娜塔西突然探頭進來，用她濃重的義大利語說了些話。

奧蘭卡夫人再次理了理頭髮，喊了聲同意的話，簡短的「Già——già——」。不久聖奧斯特公爵走了進來，身後跟著一位身材高大、全身裹著皮毛大衣、戴著黑色假髮與紅色羽飾的女士。

「親愛的伯爵夫人，我帶了一位老朋友來看妳，就是這位史特拉斯太太。昨晚她未受邀參加晚宴，但她企盼認識妳。」

公爵微笑地看著大家，伯爵夫人朝這對奇怪的客人低聲說了句歡迎的話。她似乎看不清他們兩個走在一起有多奇怪，也不知道公爵帶他的朋友前來有多冒昧；不過客觀而論，在亞契看來，公爵似乎亦未察覺到這點。

「我當然想認識妳，親愛的。」史特拉斯太太以高亢刺耳的聲音嚷道，與她那招搖的羽毛和假髮著實相稱。「我想認識所有風趣又迷人的年輕人。公爵跟我提說妳喜歡音樂，是吧，公爵大人？我想，妳本身就是位鋼琴家吧？哦，明晚妳想來我家聽薩拉沙提⑤的演奏嗎？妳知道，每個星期天我都會辦些活動——這是紐約毫無趣事可做的日子，所以我說：『來享受一下吧！』公爵認爲妳應該對薩拉沙提有興趣，也可以順便認識很多朋友。」

奧蘭卡夫人的臉色因快樂而亮了起來。「妳人眞好！公爵竟然還想到我！」她推了一把椅子到茶几前，史特拉斯太太欣喜地坐下。「我當然很願意去。」

「那好，親愛的，也歡迎帶這位年輕紳士一道過來。」史特拉斯太太伸出一隻友好的手，「我想不起來你的名字，但我確定見過你——我見過每個人，這裡、巴黎或者倫敦。你是不是從事外交工作啊？

所有外交人員都到我家玩過。你也喜歡音樂吧？公爵，請你務必帶他過來。」

公爵從他的鬍子底下咕噥了一聲「當然」。亞契僵硬地鞠躬告辭，這讓他覺得自己有如一位怯生的小學童，站在一群漫不經心的大人之間，渾身不自在。他並不爲這次造訪的收場方式感到遺憾，他只希望能夠早點結束，省得他浪費情感。

當他走進冬夜時，紐約再度變得巨大又清晰，而梅．維蘭這位最可人的女人就在其中。他轉到花店請他們送一盒鈴蘭過去，他羞愧地發現，那本是他早上該做的事。

他在卡片上寫了些字，等著信封時，他環視花店，乍看到一叢黃玫瑰，眼睛爲之一亮。他從未看過如此像陽光的金黃色，於是衝動地想送這些黃玫瑰給梅，以代鈴蘭。但黃玫瑰不適合她，它那豔麗的美稍過濃烈了。他突發心血來潮，幾乎下意識地請店家把黃玫瑰裝在另一個長盒子，將他寫的卡片裝入第二只信封，並在上頭寫著奧蘭卡夫人的名字。接著，正當他要轉身離去時，又把卡片抽出來，只留下空信封。

「馬上就送出這些花嗎？」他指著玫瑰問道。

商家向他保證會立即送過去。

譯註：

①魯斯金介紹參見本書第五章譯註⑤；約翰．阿丁頓．席蒙茲（John Addington Symonds，一八四〇至一八九三），英國詩人和藝術史作家；維諾．李（Vernon Lee 是 Violet Paget 的筆名，一八五六至一九三五），法國小說家及藝術理論作家；哈默頓（Philip Gilbert Hamerton，一八三四至一八九四），英國藝術評論家；華特．帕特（Walter Pater，一八三九至一八九四），英國評論家，專研波提伽利和達文西等義大利文藝復興時代藝術大師；安基利軻（Fra Angelico，一四〇〇至一四五五），義大利文藝復興時代早期畫家，多繪宗教主題，其於波提伽利崛起後名聲漸降。

②約翰．羅傑斯（John Rogers，一八二九至一九〇四），十九世紀下半葉相當著名的美國雕刻家，慣以灰泥為材料、群像方式表現戰爭和社會生活主題，較顯大眾化。

③布爾式請參見本書第三章譯註③。現代薩克森（modern Saxe）風格乃指對舊薩克森風格（Vieux Saxe）瓷器的模仿創新；舊薩克森風格瓷器在十八世紀早期流行於歐洲，由鄰近薩克森首府德勒斯登的瓷器小鎮「麥森」（Meissen）製造，堪稱頂級品。伊斯萊克式家具（Eastlake furniture）指英國建築師查里斯．伊斯萊克（Charles Lock Eastlake，一八三六至一九〇六）所掀起的風潮，他在一八六八年於倫敦出版了一本《家居風格瑣談》引發廣大迴響，帶來設計改革和手工藝之再生，此後便與維多利亞風格畫上等號，連機器製造的家具也紛紛仿照書上所述風格，此書一八七二年在美國出版。

④撒馬爾罕（Samarkand），位於古代絲路上的中亞歷史名城，十四世紀為帖木兒汗國國都，現為烏茲別克共和國第二大城，亦以生產香水著稱。

⑤薩拉沙提（Pablo de Sarasate，一八四四至一九〇八），西班牙小提琴家及作曲家，十九世紀下半葉常在歐洲和美洲巡迴演出。他一生創作大量小提琴獨奏和協奏曲，代表作品為小提琴獨奏曲《流浪者之歌》，又名《吉普賽之歌》。

第十章

翌日，他說服梅午餐過後偷閒到公園散散步。依循紐約傳統聖公會教徒的習慣，週日下午她通常陪父母上教堂，不過維蘭太太特許她缺席，因爲就在那天早上，母親才勸服她同意婚期確實需要延長，才有時間準備足夠數量的手工刺繡嫁妝。

那天天氣十分宜人。林蔭大道那些光禿禿的樹頂上，是碧藍的天空，地面的殘雪彷如水晶碎片閃閃發亮。這是讓梅看起來更添魅力的天氣，她就像霜雪中的小楓樹那樣亮麗。亞契因路人投向她的目光而自豪不已，擁有她這單純的快樂，清除了他心中所有的糾結。

「眞是太棒了，每天早上醒來能聞到房裡鈴蘭花的香氣！」她說。

「昨天送得有點晚了。我早上沒空……」

「但是你記得每天送花，這比長期跟店家訂購更教我喜愛，花不會每天早晨準時送到，眞像音樂老師那樣。例如，據我所知，葛楚・萊佛茲跟勞倫斯訂婚時就是這樣。」

「啊，當然！」亞契笑道，因她的敏慧而開心不已。他側眼看著她宛似蘋果的臉頰，想起昨晚送花的事情，雖覺荒唐卻又認爲應可安全以告：「昨天下午我去訂鈴蘭花給妳時，看到一些美麗的黃玫瑰，便請店家送了些給奧蘭卡夫人，我這樣做對嗎？」

「你眞貼心！這種事情總能讓她高興。奇怪，她怎麼沒提起這件事呢，她今天跟我們一起用午餐，提到鮑弗送了她美麗的蘭花，亨利・范德盧頓表親則從斯庫特克利夫送來一大籃康乃馨。她收到花似乎頗感意外，歐洲人不送花的嗎？她覺得這是相當美的習俗。」

「哦，難怪，我的花肯定被鮑弗送的給蓋過去了。」亞契有點惱火地說，繼而想起自己未附上名片，便又懊惱說出了這件事情。他想說：「我昨天去拜訪妳表姊了。」卻猶豫著說不出口。既然奧蘭卡夫人沒提起自己拜訪之事，那他說出這件事似乎稍嫌尷尬。可不講出來又讓這件事情帶有點神祕色彩，他不喜歡這樣。爲了忘掉這件事情，他改口談起他們自己的計畫、他們的未來，以及維蘭太太堅持延長訂婚期的事情。

「你說這算長！伊莎貝爾・奇佛斯和雷吉訂婚的時間長達兩年，葛蕾絲和索利則將近一年半，我們這樣不是挺好嗎？」

這是典型的女孩式反問，然他慚愧地發現自己覺得這般行爲很幼稚。她肯定只是重複別人對她說的話，但她都快滿二十二歲了。他不明白「好」女人要到幾歲才會開始爲自己說話。

「永遠不會，若是我們不讓她們這麼做的話。」他在心裡如此作想的同時，驟地想起他對希勒頓・傑克遜說出的那句氣話：「女人應該享有跟我們一樣自由……」

他現在首要任務是拿下蒙住這個女子眼睛的那條遮帶，讓她看清楚這個世界。但有多少代像她這樣的女人，就這麼一輩子蒙著眼走進家族墓地？他不禁顫抖了一下，想起他在科學書中看到的某些新觀念，以及肯塔基州這地方最常被引用的一個例子：據研究，肯塔基州有一種岩洞魚因爲不需要用到眼睛，所以眼睛的功能便退化了。如果，他讓梅・維蘭睜開她的眼睛時，卻只能茫然地看到一片霧茫，那該怎麼辦呢？

「我們應該早點結婚，可以完全在一起……可以去旅行。」她面露喜色，「那一定很棒。」她承認她很想去旅行，但她母親不會理解他們爲何想做如此脫軌的事情。

「『脫軌』尚不足以說明全部！」這位追求者堅持道。

「紐蘭！你眞特別！」她興奮地說。

他的心不由一沉，因爲他所說的話是所有年輕男子在同樣情況下會說的話，她的回答卻是直覺且傳統教她的應答，甚至說他「特別」。

「特別！我們每個人都像同一個模子印出來的洋娃娃，難道妳和我就不能爲自己而活嗎，梅？」他停下來，沉浸在激動的討論中轉向她，只見她雙眼充滿著表露無疑的傾慕之情凝看他。

「天啊，我們私奔吧？」她笑道。

「只要妳肯的話……」

「你眞的愛我，紐蘭！我好幸福啊！」

「但是，爲什麼不可以更幸福些呢？」

「我們終究不能像小說中的人那麼做，不是嗎？」

「爲什麼不能——爲什麼不能——爲什麼不能呢？」

她似漸受不了他的堅持。她清楚知道他們不能這麼做，可要她說出一個理由又嫌麻煩。「我不夠聰明，無法跟你爭論。但那樣的事情有點……粗俗，不是嗎？」她含蓄地說，因爲找到一個足可結束這話題的詞彙而鬆了口氣。

「所以，妳就這麼害怕粗俗嗎？」

她顯然被這句話嚇到了。「我理當不喜歡，你應該也是。」她回答道，稍許被惹惱了。

他靜靜地站著，有點不安地用手杖敲打著自己的鞋尖，發現她確實找到結束這話題的好措辭。

她心情輕鬆地繼續說道：「哦，我跟你提過我讓愛倫看了戒指嗎？她說那是她見過最美的設計呢。她說，巴黎貝斯大道①上也找不到這麼美的戒指。我眞愛你，紐蘭，你眞是太有藝術眼光了。」

* * *

翌日下午，亞契晚餐前坐在自己的書房裡悶抽著菸，珍妮信步走向他。他從事務所回家途中並未去俱樂部。他從事法律專業的散漫態度，實跟紐約那些與他同階級的人沒兩樣。他心情低落，且有點生氣，每天同一個時間要做同樣的事情，這揮之不去的厭惡感充斥著他腦海。

「一成不變，一成不變！」當他看到玻璃框後面那些戴著高帽子的熟悉身影時，如此喃喃自語著，這個字眼就像揮之不去的曲調，不停地出現在他腦海。平常這個時候他都會留在俱樂部的，今天卻回家了。他不僅猜得出大家現在可能談論些什麼，還知道每個人會站在哪一方。公爵當然是他們討論的主題，但是他們定然也會深入討論出現在第五大道上，那位搭著一對矮腳馬拉的淡黃色小馬車的金髮女子（一般認爲這件事與鮑弗有關）。像這樣的「女人」（人們總這樣稱呼她們）在紐約是很少見的，駕著自用馬車尤其罕見。芬妮．琳小姐在繁忙時段出現第五大道，更讓上流社會憤慨不已。就在前一天，她的馬車從洛維爾．明戈特太太的馬車旁駛過，明戈特太太馬上命令車夫打道回府。「要是這樣的事情是發生在范德盧頓夫人身上，會怎麼樣呢？」人們驚恐地互相問道。亞契彷彿可在此時聽到勞倫斯．萊佛茲針對這崩潰的上流社會發表高見。

妹妹珍妮走進來時，他煩躁地抬起頭，接著又馬上一頭埋進書中（斯溫博恩甫出版的《查斯特拉德》），當作沒看到她似的。她看了一眼堆滿書的寫字檯，打開《幽默故事》這本書②，對那些古老法語擺出苦惱的臉嘆道：「你讀的東西可眞深奧啊！」

「嗯？」他看到她，就像見到帶來壞消息的特洛伊公主卡珊德拉③站在他眼前。

「媽媽很生氣。」

「生氣？生誰的氣？爲什麼生氣？」

「蘇菲・傑克遜小姐剛來過，她帶話說她哥哥晚餐後會過來。她不能多說，因爲她哥哥不讓她這麼做，他想親自告訴我們所有的細節。他現在跟露薏莎・范德盧頓表舅媽在一起。」

「看在老天的分上，我的好姑娘，妳好好說清楚，老大才知道妳在說什麼。」

「這可不是褻瀆聖靈的時候，紐蘭……母親對你不上教堂這件事已經夠生氣啦……」

他嘀咕了一聲又埋進他的書中。

「紐蘭，認眞聽著！你的朋友奧蘭卡夫人昨晚參加了勒米爾・史特拉斯太太的宴會，她是跟公爵和鮑弗先生去的。」

聽到最後一句話時，一股無名之火湧上這位年輕人的心頭。爲了平撫這股怒氣，他笑應：「啊，那又如何？我老早知道她要去了。」

珍妮臉色煞白並瞪大了眼睛，「你老早知道她要去，卻沒有試著阻止她、警告她？」

「阻止她？警告她？」他再次笑道：「我又不是跟奧蘭卡夫人訂婚！」這些字眼聽在他自己耳中感

覺很痛快。

「但你就要跟他們家族結親了。」

「哦，家族！家族！」他譏諷道。

「紐蘭，難道你不在乎家族嗎？」

「一點也不在乎。」

「難道也不在乎露薏莎．范德盧頓表舅媽會作何想？」

「一點也不！假如她想的是這種老處女的無聊事。」

「媽媽可不是老處女。」未嫁的妹妹噘著嘴說。

他想大聲地回道：「是的，她就是，范德盧頓夫婦也是，當一切被眞實揭開面目後，我們大家都是。」然他看到妹妹那張文靜的長臉就快哭了，不由得爲自己將這些無謂的痛苦加諸於她而感到慚愧。

「去他的奧蘭卡夫人！別像個小傻瓜，珍妮——我可不是她的監護人。」

「沒錯。可是你確實要求維蘭家提早宣布訂婚的消息，要我們挺身支持她？再說要不是這樣的話，露薏莎表舅媽才不會邀請她去參加爲公爵舉辦的晚宴。」

「嗯，邀請她又有什麼關係？她是那裡最美麗的女人，范德盧頓家的晚宴才不像以往那麼死氣沉沉。」

「你知道亨利表舅邀請她是爲了讓你高興，是他說服露薏莎表舅媽的。他們現在可是相當不高興，明天就要回斯庫特克利夫了。紐蘭，我覺得你最好還是下樓來，你似乎不是很瞭解媽媽的心情。」

紐蘭在客廳找到他母親。她停下手邊的針線活兒，抬起煩惱的額頭問道：「珍妮告訴你了嗎？」

「是的。」他盡量讓自己的語調跟她一樣謹愼，「但是我不覺得事情有那麼嚴重。」

「得罪露薏莎和亨利還不嚴重嗎？」

「他們才不會因奧蘭卡伯爵夫人去一個他們認爲是平民的女人家裡這等小事生氣的。」

「認爲？」

「嗯，她的確是。可她有良好的音樂素養，總會在整個紐約城顯得毫無生氣的週日晚上娛樂大家。」

「良好的音樂素養？我所知道的是，有個女人會跳上桌，唱著你到巴黎會去的那種地方所唱的歌，還充斥著香菸和香檳。」

「嗯，這種事情在別的地方也會發生，這個世界還不是照常運轉嘛。」

「親愛的，我想你該不會是眞的在爲法式週日④辯護吧？」

「當我們在倫敦時，我也聽到媽媽妳老抱怨英式週日哩。」

「紐約不是巴黎，也不是倫敦。」

「哦，不是，的確不是。」他的兒子咕噥道。

「我想，你的意思是這裡的社交界不如他們精彩？我敢說，你是對的。但我們屬於這裡，而人們來這裡跟我們住在一起，便應該尊重我們的方式。特別是愛倫．奧蘭卡，她回到這裡不就是要擺脫那款社交界所過的精彩生活。」

紐蘭不作回答，過了一會兒，她母親又試探地說：「我打算戴上帽子，讓你陪我在晚餐之前去露薏莎家一趟。」他皺起眉頭，母親又繼續說：「我想你應該可以向她說說你方才所講的那番話，就說外國的社交界是不一樣的……人們不是那麼講究，奧蘭卡夫人可能還不瞭解我們對這種事情的感受。

「你知道，親愛的，你這麼做的話，對奧蘭卡夫人是有利的。」她精明地以這種方式加以補充。

「親愛的媽媽，我實在看不出我們跟這件事情有何干係。是公爵帶奧蘭卡夫人去史特拉斯太太家——事實上，是他帶史特拉斯太太去拜訪她的。他們來時我剛好在那裡。假如范德盧頓家眞想找誰吵架的話，那麼眞正的罪魁禍首就藏身他們自己家中。」

「吵架？紐蘭，你幾曾看到亨利跟誰吵過架嗎？再者，公爵是他的客人，又是個外國人。外國人不懂這些的，他們哪兒會懂？但奧蘭卡夫人到底是紐約人，便應該尊重紐約人的觀感。」

「那麼，假使他們非要找個犧牲品的話，那麼我同意妳將奧蘭卡夫人丟給他們！」她兒子生氣地喊道：「我看不出爲什麼我自己，或是妳，得要爲她犧牲！」

「哦，你當然只考慮到明戈特那邊。」他的母親答腔，以一種幾近責備的尖銳語氣說道。

滿臉愁容的男僕拉開客廳的門簾，通報道：「亨利・范德盧頓先生來訪。」

亞契夫人扔下手中針線，驚慌失措地把椅子往後一推。

「再點一盞燈。」她向退出的僕人喊道。珍妮在此同時彎腰將媽媽的帽子戴好。

范德盧頓先生的身影已經出現在門口，紐蘭・亞契走向前去招呼。

「我們才提到您呢，先生。」他說。

范德盧頓先生似乎很受這句話感動，他脫下手套和女士們握手寒暄，並靦腆地撫了撫他的高禮帽。同時間珍妮將一把扶手椅推過來，亞契則接著說：「而且我們還提到奧蘭卡伯爵夫人。」

亞契夫人聽了臉色煞白。

「啊，這位迷人的女士，我剛去拜訪過她。」范德盧頓先生應道，從容的神情又回到他臉上。他坐下來，接著按老習慣將帽子和手套放在身邊的地板上，繼續說下去：「她眞有擺設花卉的天賦。我從斯庫特克利夫送了她一批康乃馨，她處理的方式眞教我驚豔。她不像我們園丁長總是把花綁成一大束，而是讓花這裡一些、那裡一些的隨意插散著……我不知道她是怎麼做到的。公爵曾跟我說過：『去瞧瞧她是如何巧妙布置她的客廳吧。』果眞如此。要不是那塊小區那麼……讓人不愉快的話，我眞想帶露薏莎去拜訪她。」

范德盧頓先生難得吐說出這麼一大段話後，隨之而來的是一片死寂。亞契夫人抽出她剛才慌慌張張塞進去的刺繡，紐蘭靠在爐邊搓著蜂鳥羽毛簾子，並看到珍妮驚訝的表情被剛送上來的第二盞燈照得清清楚楚。

「事實上，」范德盧頓先生接著說話，那隻幾無血色且戴著莊主大圖章戒指的手輕撫著他的灰色長褲，「事實上，我是去謝謝她爲我送給她的那些花所捎來的美麗謝卡，以及——不過，當然，這事我們自己知道就好——針對公爵帶她去參加宴會的事，給予她些許友善的勸告。我不知道你們是否聽到了……」

亞契夫人露出寬慰的笑容，「公爵帶她去參加宴會了嗎？」

「你們也知曉這些英國貴族的作風一貫如此。露薏莎和我都很喜歡我們這位表親，但是要那些已經習慣歐洲宮廷的人來注意我們這個小共和國的規矩，那是絕對不可能的。哪裡好玩，公爵就往哪兒去。」范德盧頓先生停了片刻，沒人接話。「沒錯呢，看來他昨晚帶她去參加勒米爾・史特拉斯太太家的宴會了。希勒頓・傑克遜剛剛才來告訴我們這件荒唐事，所以露薏莎有點擔心。爲此我覺得最直接的方式即是前去拜訪奧蘭卡夫人並向她說明——妳知道的，只是暗示——我們紐約人對某些事情的看法。

我認爲我大可以這麼做，不會顯得太過唐突，因爲我們一起用餐的那天晚上，她似乎說過……讓我覺得她會感謝我們教導她的，而她也的確如此。」

范德盧頓先生以一種若是出現在庸俗之輩臉上，可稱得上自鳴得意的表情環顧了一下房間。但這種表情出現在他臉上，則變成一種溫柔的善意，這讓亞契夫人也不得不擺出同樣神情。

「你們兩位眞好心，親愛的亨利，總是如此啊！紐蘭會尤其感激你對梅和他的新親戚所做的一切。」她以警告眼神看向兒子。兒子接著說：「感激不盡，先生，我早知道您會喜歡奧蘭卡夫人的。」

范德盧頓先生以一種極爲溫和的神情看著他，啓口道：「我親愛的紐蘭，我從未邀請過任何我不喜歡的人到家裡來，而我方才就是這麼跟希勒頓·傑克遜說的。」他看了時鐘一眼便站起身來，接著又說：「露薏莎應該在等我了。我們今天用餐較早，準備帶公爵去歌劇院。」

當門簾在客人身後莊嚴地放落後，亞契家陷入一片沉寂。

「眞高雅，太浪漫了！」珍妮突然嚷道。誰也不懂她從哪得出這樣的評語，而她的家人也早就不再試著去瞭解她爲何會有這樣的評語。

亞契夫人搖了搖頭，又嘆了口氣。「但願最後的結局是好的，」她以一種確定絕非如此的口氣說著，「紐蘭，希勒頓·傑克遜今天晚上會過來，你得留在家裡見他，我眞不知道要跟他說什麼了。」

「可憐的媽媽！他不會來的。」她兒子笑道，一面彎下身來吻開她緊鎖的愁眉。

譯註：

①貝斯大道（Rue de la Paix）又名「和平街」，位於巴黎第二區，珠寶店林立，同時也是最熱門又時尚的購物區，名牌時裝旗艦店雲集於此。

②斯溫博恩（Algernon Charles Swinburne，一八三七至一九〇九），為英國詩人及評論家，他於一八六五年推出的《查斯特拉德》（*Chastelard*）是以蘇格蘭女王瑪麗・斯圖亞特為故事人物背景的劇作三部曲之首；《幽默故事》（*Contes Drolatiques*），法國小説家巴爾札克（Honoré de Balzac，一七九九至一八五〇）於一八三二年所出版，其代表巨著《人間喜劇》（*La Comédie Humaine*）則在之後開始創作。

③希臘神話中，卡珊德拉是特洛伊國王普里阿摩斯的女兒，成為阿波羅神廟女祭司，擁有獲知神諭的能力，且因此預見自己家鄉難逃滅亡命運。

④法國的週日主要是外出遊玩，而英式週日則主要是上教堂或休息。

第十一章

Chapter 11

約兩個星期後，紐蘭・亞契有天坐在「萊特布爾、拉姆森暨洛律師事務所」裡頭他的專屬隔間內發呆時，他的上司傳話要見他。

老萊特布爾，這位受紐約上層階級三代人信賴的法律顧問，一臉嚴肅地坐在他的桃心木桌後面，顯然爲某件事情苦惱著。他撫了撫濃密的白鬍鬚後，再用手整理糾結在眉頭上的凌亂白髮。他這位散漫的年輕合夥人在心裡想著，他眞像一位無法歸結出病人症狀的家庭醫師。

「我親愛的先生……」他總是稱呼亞契爲「先生」，「我找你來討論一件小事。這件事情，目前我還不打算讓史奇沃先生或雷德伍先生得知。」他提到的這兩位先生是事務所裡另外兩位資深合夥人。如同紐約城內所有老律師事務所那樣，事務所信頭上所列姓名之人都早已作古，就像這位萊特布爾先生，認眞說來他算是創辦人的孫輩。他皺起眉頭往後一坐，接著說：「因爲家族因素……」

亞契抬起頭來。

「明戈特家，」萊特布爾先生點著頭、帶著微笑說明道：「曼森・明戈特老夫人昨日找我過去，因爲她的孫女奧蘭卡伯爵夫人想向丈夫訴請離婚。他們也已經給了我一些文件。」他停了一下，敲著桌子，「想到你以後和這個家族的關係，我想在採取任何行動之前先諮詢你的意見，順便跟你商量這件案子。」

亞契感到一股熱血衝上頭頂。自上回拜訪她以來，他只再見過她一次，那次是在歌劇院，明戈特家的包廂裡。在這段期間，梅・維蘭在他心中已經回到應有的地位，奧蘭卡夫人的身影遂便逐漸消失，不再那麼鮮明、揮之不去。他只聽過珍妮有一次隨口提到離婚的事情，但他將之視為道聽塗說的八卦，並不把它當作一回事看。理論上來講，他對離婚這件事，就跟他母親一樣反感。因此他很氣萊特布爾先生（應該是老凱瑟琳・明戈特指使的）顯然意圖將他拉進這灘渾水中。畢竟，明戈特家有許多人可以處理這件事情，更何況他現在根本還沒結婚，不算是明戈特家的一分子。

他等這位老合夥人繼續說下去。

萊特布爾先生打開某個抽屜，拿出一袋文件後說：「你可以看一下這些文件。」

亞契皺起眉頭，「抱歉，先生，正因為我即將成為他們的親戚，我更希望你跟史奇沃先生或雷德伍先生商量這件案子。」

萊特布爾先生看起來頗顯驚訝，也略有被冒犯的感覺，畢竟年輕合夥人鮮少拒絕這類機會。他點了點頭，「我尊重你的顧慮，先生。但是眞要審愼處理這件事的話，我認為這案子還是要照我說的來做。說實話，這並非我提議的，而是曼森・明戈特老夫人及她公子所要求。我也跟洛維爾・明戈特與維蘭先生談過，他們都指名由你負責。」

亞契心中一把火冒升上來。因為梅的美麗容貌及魅力，讓他最近兩星期忍受了明戈特家那些討厭的要求，有點不由自主地順著他們的意過日子。但明戈特老太太的這項要求，讓他意識到這班人認為他們有權強迫未來女婿照他們的意思辦事，而他被這個角色給惹火了。

「應該由她的叔叔們來處理這件事。」他說。

「他們曾這麼想過，他們家也已討論過這件事，全都反對伯爵夫人的意見。但伯爵夫人立場很堅定，並堅持要求聽聽律師的意見。」

這位年輕人默不作聲，他還是沒打開手中的文件袋。

「她想再婚嗎？」

「我想有人問過了，她本人否認這點。」

「那麼……」

「麻煩你先看看這些文件好嗎，亞契先生？之後我們再來討論這個案子，屆時我會提供我的意見。」

亞契無奈地帶著那些惱人的文件走了出來。自從上回會面後，他一直有點無意識地參加各種社交活動，好讓自己擺脫奧蘭卡夫人的煩心事。那回聖奧斯特公爵與勒米爾．史特拉斯太太闖入後，伯爵夫人愉快地接待他們，就已經讓他們在爐火邊短暫建立起的親密感消失殆盡。兩天後，亞契從旁協助讓伯爵夫人重獲范德盧頓家的歡心。他心酸地告訴自己，對於那些用鮮花示好的有權勢老紳士，深知如何表達感謝的人，根本不需要像他這種無權無勢的年輕人私下的安慰或公開的迴護。從這件事情看來，反而讓他自己的情況更形簡單，還出乎意料地讓他看清楚原本模糊不清的家庭美德。他無法想像有什麼危急的情況，會讓梅．維蘭毫無顧忌地吐露出自己的困難，並依賴陌生人。這之後的一週，他覺得梅比以前更添優雅美麗了。他甚至對梅延後訂婚的要求讓了步，因爲她找到讓他不再急著成婚的理由。

「瞧，正是這樣，妳的父母從小就任妳做妳想做的。」他爭論道。她則用最誠摯的表情回答：「是的，所以我實在難以拒絕他們還將我視爲小女孩時所提出的最後一個要求。」

這就是老紐約人的調調，他正希望自己的妻子永遠都會說出這般答案。一個人若已習慣了呼吸紐約的空氣，有時候吸到一點點較不乾淨的空氣，似乎便覺得自己快要窒息了。

他回到位子後所看的資料無法使他取得太多實際情況，反讓他陷入一種窒息而紛亂的情緒。這些資料主要是奧蘭卡伯爵的律師與伯爵夫人委託處理財務的一家法國律師事務所往來的書信，另外還有一封伯爵寫給他妻子的短信。看完之後，紐蘭・亞契站起身來，將這些文件放回信封內，再次進入萊特布爾先生的辦公室。

「這些信件先還你，先生。如果你希望我這麼做的話，我會去見奧蘭卡夫人。」他以一種彆扭聲調說道。

「謝謝啊，謝謝，亞契先生。今晚有空的話，陪我吃頓晚餐，餐後我們可以詳細討論這案子，倘若你明天就想拜訪我們這位委託人。」

紐蘭・亞契那天下午又直接步行回家。那是個夜空清澈的冬日傍晚，一彎純淨的明月剛升上屋頂，他想讓靈魂吸滿這純潔的光輝，在晚餐過後與萊特布爾先生關進密室討論之前，他不想跟任何人接觸。不可能有其他更好的辦法了，他必須自己去見奧蘭卡夫人，不能讓其他人知曉她的祕密。一波巨大的同情沖走了他的冷漠與不耐：一個暴露在風雨中的可憐人站在他眼前，在她對抗命運狂流受到更深的傷害之前，他必須不惜代價去拯救她。

他想起她曾說過，維蘭太太要求她別提起自己生命中任何「不愉快」的過去。或許是這樣的心態讓紐約顯得如此純淨，想到這裡，他自己也不禁嚇了一跳。「難道我們不過就是一群僞善者？」他想著，無法瞭解自己竟爲了平衡自己厭惡人類的卑劣及同情人類的脆弱這兩種情感如許費盡心力。

頭一遭，他意識到自己所信守的原則有多不成熟。他曾經是個無懼冒險的年輕人，而他也知道自己跟既可憐又傻的索利・拉許沃夫人的那段祕密情事還不夠私密到讓他感受到一種冒險氛圍。拉許沃夫人是「那種女人」，愚蠢、虛榮又生性喜歡偷偷摸摸，她更著迷於這件情事的祕密性及風險性，勝過他的魅力與優點。當他意識到這點時，幾乎心碎了，然現在看來，那件事反倒救了他。那件事簡單來講，就像大部分同他那種年紀的年輕人難免經歷的，並不會引起任何良知上的自責，且不會動搖自己愛戀及尊敬的女人跟那些玩樂與憐憫的女人之間有著天壤之別的信念。以這般角度來看，他們的母親、阿姨及其他年長女性親戚皆與亞契夫人的觀念如出一轍，深信「發生這樣的事情」，對男人來講當然是愚蠢的，但對女人而言卻是有罪的。所有亞契認識的年長女士咸認爲，任何輕率與人相愛的女人，定然都是寡廉鮮恥且工於心計的，只有愚蠢的男人才會被這樣的女人所擄獲。唯一能做的，就是盡早勸他和一位好女孩步入禮堂，然後交給她去照管他。

亞契開始猜想，在複雜的老歐洲社會中，愛情問題可能更不簡單、更不容易分類。富裕、閒逸又複雜的社會定有更多這樣的情況，尤有可能發生的是，一位天性敏感的獨身女子，會受到完全孤立無援的環境所逼，進而捲入一般傳統所不容的關係當中。

一回到家，他就寫了封短信給奧蘭卡伯爵夫人探問她隔天幾點鐘方便見他，並請信差送過去，她也立刻回信，說她隔天早上將出發去斯庫特克利夫，和范德盧頓夫婦共度週日時光，不過那天晚餐過後她會獨自在家。那封回函是寫在一張不怎麼齊整的半頁紙上，未寫上日期或地址，但她的字跡有力且流暢。他很高興知道她將在與世隔絕的斯庫特克利夫度週末，然又隨即想到，那裡才是她最會因爲人們極度避免「不愉快」之冷漠心態而感到心寒的地方。

七點鐘一到，他準時出現在萊特布爾家，爲自己已想到餐後立即脫身的藉口心感高興。他已從交給他的那些文件整理出自己的看法，故而不特別想跟他這位資深合夥人深入討論這件事。萊特布爾先生是位鰥夫，因此僅有他們兩人在掛著發黃的《查塔姆之死》和《拿破崙加冕》①這兩幅複製畫的幽暗寒磣餐室內，慢條斯理地享用豐富菜餚。餐具櫃上面，在謝拉頓餐刀盒之間的凹槽，放著歐布里玻璃酒瓶②，另外還有一瓶蘭寧陳年葡萄酒（某位客戶送的禮物），那是放蕩子湯姆·蘭寧在他神祕而不名譽地死在舊金山前一、兩年清倉售出的——不過那件意外爲家族所帶來的公開羞辱，還不及賣出酒窖這件事嚴重。

可口的牡蠣湯之後，端上來的是鯡魚配小黃瓜，接著是烤春雞配炸玉米餅，然後是烤野鴨佐黑栗醬和芹菜美乃滋。午餐僅吃三明治配茶的萊特布爾先生，晚餐吃得相當緩慢而享受，還堅持他的客人也這麼做。終於，美食儀式結束了，收起餐巾，點上雪茄，萊特布爾先生往後靠在椅背上，將葡萄酒推到一旁後打開話匣子，同時愜意地往後邊的煤火舒展他的背，「整個家族都反對離婚，我認爲這很正確。」

亞契立刻覺得自己站在抗辯的反方。「可是爲什麼呢，先生？若這案子眞的成立了……」

「唉，成案又有什麼用？她在這裡，而他在那裡，他們之間隔著大西洋呢！除非他自願給她，否則她絕對要不回任何一毛錢，畢竟他們那份該死的不合理婚姻財產協議寫得清清楚楚的。若是依照那邊的規定走，奧蘭卡的處理方式誠然夠慷慨了，他根本可以分毫不給便攆她走。」

這位年輕人明白這點，因此沉默不語。

「但是我知道，」萊特布爾先生繼續說：「她根本不在乎錢。因此，正如他們家族所說的，爲什麼不擺著不動就好了呢？」

亞契來此之前的一個小時原本完全同意萊特布爾先生的意見，但由這位酒足飯飽的自私冷漠老人口中說出這些話，突然變成是這個全力阻絕「不愉快」事情發生的僞善上流社會所說的話。

「我想這件事理應由她自己決定。」

「嗯，若是她決定要離婚，你可曾想過其後果？」

「你是指她丈夫在信中的威脅嗎？那有什麼呢，不過是個發狂惡棍的一些無謂指控。」

「是的，但若是他出庭抗辯的話，可能會造成一些不愉快的口實。」

「不愉快的……！」亞契氣急敗壞地說。

萊特布爾先生詫異地挑起眉毛看著他，而這位年輕人，明白即使自己試著闡明心中想法亦是徒勞無功。因此當他的老夥伴繼續說話時，他也只是默默地點頭，「離婚總歸是不愉快的事。」

「你同意嗎？」萊特布爾先生靜待了一會兒後再次問道。

「當然。」亞契答道。

「那麼，這件事就交給你了。明戈特家也要仰仗你，用你的影響力來打消伯爵夫人離婚的念頭。」

亞契猶豫著，最後說出：「見奧蘭卡伯爵夫人之前，我不能保證任何事情。」

「亞契先生，我不明白你在想什麼。你想要跟一個延宕著離婚訴訟醜聞的家族結合嗎？」

「唔，我不認為此事與這件案子有關。」

萊特布爾先生放下酒杯，以審愼、憂慮的目光看著他這位年輕合夥人。

亞契瞭解自己正冒著被收回任務的風險，而不曉得為什麼，他並不希望是這樣的結果。既然這項工作已經交付給他，他就不想放棄。為了避免這樣的結果發生，他覺得自己必須讓這位思想守舊但卻代表著明戈特家法律標準的老人放下心來。

「先生，你可以放心，還沒跟你報告之前，我不會進行任何處置的。我方才的意思是，還沒聽到奧蘭卡伯爵夫人的想法之前，我不想先發表任何意見。」

萊特布爾先生對這種過於謹慎的優良紐約傳統，讚許地點了點頭。年輕人看了一眼手錶，宣稱自己還有約，便起身告辭。

譯註：

①《查塔姆之死》為美國畫家約翰・辛格頓・科普利（John Singleton Copley，一七三八至一八一五）所繪的畫作。《拿破崙加冕》為法國畫家傑克・路易・大衛（Jacques-Louis David，一七四八至一八二五）的作品，這位畫家以描繪拿破崙功績著稱。

②謝拉頓（Sheraton）風格興起於十八世紀後期，由托馬斯・謝拉頓（Thomas Sheraton，一七五一至一八〇六）這位英國櫥櫃設計及鑲嵌名家所帶起，他繼承路易十六時期藝術風格，以精緻嚴謹的鑲嵌技術突顯出各式家具用品的古典高貴感。歐布里（Haut Brion）是產於法國波爾多的知名紅酒。

第十二章

紐約的傳統習慣是在七點鐘用晚餐，並習於餐後進行拜訪，儘管受到亞契這幫人嘲笑，這樣的習慣仍相當風行。年輕人從沃佛利廣場走到第五大道時，長長的大道上空無一人，只有幾輛馬車停在雷吉・奇佛斯家前（他們為公爵舉辦一場晚宴），且偶會出現一位穿著厚外套、戴著手套的老紳士走上棕色石階，消失在煤燈長廊內。因此，當亞契穿過華盛頓廣場時，他注意到老杜拉克先生正要去拜訪他的表親達戈聶夫婦，轉到西十街街角時，他看到事務所的史奇沃先生，顯然是要去拜訪蘭寧小姐。往第五大道上行一小段，他看到鮑弗出現在自家門前，被亮光照出一道黑暗身影，正走進他的私人馬車，駛向一個可能不便道出的神祕地方。這天晚上不是歌劇夜，亦無人舉辦宴會，因此鮑弗的外出明顯帶點詭祕。亞契在心裡將之與萊辛頓大道遠端的一所小房子聯想在一起，那所房子最近甫剛新添了緞飾窗簾和花盆，而它新上漆的門前，常可看到芬妮・琳的淡黃色馬車在那兒等著。

在亞契夫人所組構的小巧滑溜金字塔外，有一個幾乎沒被標劃出來的區塊，那是由一群藝術家、音樂家及「從事寫作的人」所組成。人類的這些游離分子，從未顯示過自己欲與社會結構聯結在一起的想望。儘管人們會說他們的生活方式卓然奇特，但大部分都還頗受人尊敬的，只是他們較喜歡保有自己的生活方式。梅多拉・曼森在她最活躍的時期，曾創辦過一個「文學沙龍」，唯不久就因為文學家不願出席以致無疾而終。

其他人也做過同樣的嘗試，曾有一戶姓布蘭克的家庭——有位個性積極健談的媽媽，加上三個試著跟上她腳步的邋遢女兒——在他們家可看到資深演員艾德溫・布斯、帕蒂及劇評家威廉・溫特，還有幾位莎士比亞劇的新演員，像是喬治・里格諾德，以及一些雜誌編輯、音樂與文學評論家。

亞契夫人和她那一群親友對於這批人士懷有某種程度的恐懼感。他們既怪異又捉摸不定，還有一些非他們那種生活及心識背景的人所能瞭解的事。亞契家向來極看重文學和藝術，亞契夫人也一直告訴她的孩子，以前有華盛頓・歐文、費茲—格林・哈雷克及〈犯罪的仙女〉詩人的社交界①，是多麼文雅得體。那一代的著名作家幾乎個個是「紳士」，或許他們那些無名後繼者也都具備紳士風範，只是他們的出身、外表、頭髮以及他們與舞台和歌劇的親密感，都無法達到老紐約的標準。

「當我還年輕時，」亞契夫人常這麼說：「我們清楚知道住在貝特利街和坎納街之間的每個人，並且單單我們認識的人才有馬車。那時實在太容易判斷出每個人的身分。現在可難說了，我連試都不想試。」

唯獨老凱瑟琳・明戈特未有道德上的偏見，對於那些微小的差異幾乎毫不在意，故能跨越藩籬；但她從未翻開過一本書或欣賞一幅畫，喜歡音樂純粹因為那讓她追想起在義大利的歡樂夜晚、她在杜樂麗宮的風光歲月。此外也只有跟她一樣大膽無畏的鮑弗可能成功帶來某種程度的融合，然他的豪宅及那些穿著絲襪的男僕卻是非正式社交的一大障礙。再者，他就跟明戈特老太太一樣是個文盲，還認為那些「寫作的傢伙」只不過是收錢提供娛樂給有錢人的一幫人。而且沒有任何其他比他富有的人質疑過這項觀點。

自從紐蘭・亞契懂事以來，他就察覺到這些事情，並將之視為他生活寰宇構成的一部分。他知道有些上流社會的人，對於畫家、詩人、小說家、科學家甚至是偉大的演員，如同對公爵一樣趨之若鶩。他過去常想像自己置身於一個熱絡談論著梅里美（其《致無名氏的信》是他愛不釋手的作品之一）、薩克萊、白朗寧或威廉・摩里斯②的客廳裡，但像這樣的事情在紐約是不可能且無法想像的。亞契認識大部分所謂的「寫作的傢伙」、音樂家和畫家，他在「世紀俱樂部」③或是一些新興的小音樂及戲劇俱樂部裡跟他們見面。他喜歡跟他們在那裡碰面，可是他們在布蘭克家看起來卻很無趣，因為他們在那裡老跟一些熱情但也俗氣的女人廝混，這些女人習於裝出一副好奇、感興趣的樣子；此外，即使他跟奈德・溫塞特一番暢快交談，離開時往往會覺得他的世界很小，不過他們自己的世界何嘗不是如此？要讓任何一方的世界變得更大，就是要能讓雙方自然地融合在一起。

他會想到這個，是因為他試圖描繪出奧蘭卡伯爵夫人曾生活、忍受，且或許也嘗過神祕歡樂的社會。他記得當她提起明戈特奶奶和維蘭夫婦反對她居於「寫作的傢伙」住的「波希米亞」區時有多樂。她家人討厭的並不是危險，而是它的貧窮。但她沒看到這點，想成他們認為文學有損名聲。

她本身對於文學倒沒什麼設限，散放在她客廳裡的書（一般認為客廳不是放書的地方），雖然主要為小說類，不過像保羅・波傑、于斯曼、龔固爾兄弟等都是讓亞契頗感興趣的新作家名字④。他一面想著這些事情，一面走近她家門口，再次意識到她以一種奇特方式顛覆了他的價值觀，並想到自己若想在她目前的困境中幫上忙，便必須讓自己進入與他過去所熟知之一切迥然相異的情境。

娜塔西來應門，露出神祕微笑。走廊的凳子上放著一件貂皮大衣，上面擺著一頂襯裡繡著「J. B.」兩個金字的深色絲質歌劇帽，以及一條白色絲質圍巾。這些昂貴行頭，肯定是朱利斯・鮑弗的東西。

亞契相當氣惱，差點就要在名片上隨便寫畫幾個字一走了之，但接著想到自己在寫給奧蘭卡夫人的便函中，基於審慎，實無提到他想私下見她。因此，她敞開大門接待其他訪客，徒能怪自己罷了。於是他步伐堅定地走進客廳，想讓鮑弗覺得自己礙事，好把對方攆走。

這位銀行家正倚靠壁爐，爐架上邊披掛著一塊古老的繡布，兩根插著教堂黃蠟燭的銅製燭台壓在繡布上。他挺著胸膛，以便支撐靠在壁爐上的肩膀，並將自己的重心放在一隻穿著訂製皮鞋的大腳上。亞契進屋時，銀行家正低頭微笑看著女主人，而她則坐在與煙囪成直角的沙發上，沙發後面是一張擺放著鮮花的桌子，有如一面屏風。年輕人認出奧蘭卡夫人靠著的蘭花和杜鵑花，來自鮑弗家的溫室。她半倚靠地坐著，一隻手托著臉，寬袖讓手臂露到肘部。

女士晚間會客通常穿著「簡單晚禮服」，那是一種鯨骨色的絲質緊身服，領口微開，開口處飾以荷葉邊蕾絲，緊口衣袖下剛好只露出手腕上的金色手鐲或絲帶。但是奧蘭卡夫人無視於這樣的傳統，穿著紅絲絨長袍，長袍由上而下鑲飾著一條黑得發亮的裘毛。亞契想起最近一次到巴黎時，看到一位新畫家卡羅勒斯．杜蘭所繪的人像畫，那幅作品在沙龍藝術展⑤轟動一時，他所畫的就是一位穿著這種大膽貼身長袍的女子，下巴埋放皮毛內。晚上在溫暖客廳裡頭穿著皮裘，頸部及手臂都包得密密實實，反予人一種邪惡的挑逗感。然這種效果卻令人著迷不已。

「我的老天，在斯庫特克利夫整整待上三天！」當亞契進屋時，鮑弗正以嘲笑口吻大聲地說：「妳最好帶上所有的皮裘衣和熱水瓶。」

「為什麼？那屋子很冷嗎？」她問道，同時以一種神祕方式將手伸向亞契，彷彿期待他吻它似的。

「不是的，是女主人很冷呀。」鮑弗說道，漫不經心地朝年輕人點了點頭。

「但我覺得她人很好，她還親自來邀請我。奶奶說我當然要去。」

「奶奶當然會這麼說。要是妳錯過下週日我在德默里可家為妳安排的生蠔大餐，那就太可惜了。

坎帕尼尼、史卡齊，以及很多有趣人物都會來。」

她疑惑地看了看銀行家，又看看亞契。

「啊，那眞教人心動！除了在史特拉斯太太家的那個晚上之外，我回這裡後還未見到一位藝術家呢。」

「什麼樣的藝術家？我認識一、兩位畫家，都是很棒的人，妳願意的話，我可以帶他們來見妳。」亞契大膽地說。

「畫家？紐約有畫家嗎？」鮑弗問道，那種口氣彷彿在說，既然他沒買過他們的畫，就稱不上是畫家。

奧蘭卡夫人以她莊重的笑容向亞契說：「那可眞是太棒了。但我所說的是戲劇家、歌手、演員、音樂家。我丈夫的屋裡總有許多這樣的人。」

當她說「我丈夫」這幾個字時，似無什麼不悅情緒，而且那種口吻幾乎像是在感嘆她所失去的快樂婚姻生活。亞契困惑地看著她，不知道她是輕浮抑或故作鎮靜，就在她冒著自身名聲要與自己的過去斷絕時，還能如此輕易地提及過去。

「我眞的認爲，」她看著這兩位男士繼續說：「意料之外的事情最是有趣了。每天見同樣的人，或許是個錯誤。」

「無論如何，紐約實在是太悶了，都快悶死人了。」鮑弗抱怨道。「當我想幫妳找點有趣的事情做時，妳卻要離我而去。來吧，再好好地想想！週日是妳最後的機會，因爲坎帕尼尼下週便要去巴爾的摩和費城了。我在那裡有間私人包廂，還有一台史坦威鋼琴，他們會爲我唱一整晚的。」

「眞是太有趣了！容我好好想想，明早回覆你好嗎？」

她親切地說著，口吻中卻帶有一點逐客意味。鮑弗顯然感覺到了，但因爲不習慣被趕，而兀立在那裡看著她，兩眼之間都瞪出一條頑固的紋路來了。

「爲何不現在就決定呢？」

「這個問題太重要了，不適合在這麼晚的時間決定。」

「妳說現在時間太晚了？」

她冷冷地回看他一眼，「是的，因爲我還得和亞契先生談些正事。」

「啊。」鮑弗應聲忍住怒氣。她的口氣毫無商量之意，於是他聳聳肩，回復鎭定，托起她的手，以一種老練的方式吻了一下，接著又從門口處喊道：「對了，紐蘭，若是你能說服伯爵夫人留在這裡，也歡迎你一道過來用餐。」隨即踏著他沉重的腳步離開。

亞契原本以爲萊特布爾先生已經知會她他會過來，但她接下來說了一句毫不相干的話，又改變了他的想法。

「所以，你認識一些畫家？你熟悉他們的圈子嗎？」她問道，眼中充滿了昂然興致。

「哦，不算是，我並不認爲這裡的藝術家自成任何圈子，他們較像是散居各處的邊緣人。」

「但你喜歡這方面的活動？」

「非常喜歡。我待在巴黎或倫敦時，沒有錯過任何展覽，盡力去瞭解。」

她低頭看著從她長袍下露出的緞質靴尖，回應道：「我也曾經很喜愛，生活中充滿了這類活動，但現在我希望盡量不這麼做了。」

的遠方。

「妳希望盡量不這麼做？」
「是的。我想拋棄所有過去的生活，變得跟這裡的所有人一樣。」
亞契紅著臉說：「妳永遠也不會跟別人一樣的。」
她端正的眉毛微微揚起，「啊，別這麼說，你不知道我有多麼討厭跟別人不一樣！」
她的臉變得跟悲劇面具一樣憂鬱，身子往前傾了傾，細瘦的雙手抱著膝蓋，目光從他身上轉向幽暗的遠方。
「我想完全拋棄過去的一切。」她堅定地說。
他稍等了片刻，清了清他的喉嚨才說：「我知道，萊特布爾先生已經跟我說了。」
「哦？」
「這就是我來這裡的原因。他要我……唔，妳也知道我是事務所的一員。」
她似乎有點驚訝，爾後眼睛亮了起來，「你的意思是你會幫我處理這件事？我可以直接跟你談，而不是跟萊特布爾先生？哦，那就輕鬆多了！」
她的口氣讓他稍許感動，信心也隨之增加了。他現在明白，她跟鮑弗說要與自己談正事，只是想打發對方走。而趕走鮑弗可算是一種勝利。
「我來就是爲了談這件事。」他再次重申。
她默默地坐著，擱在沙發背上的手臂依然托著頭，臉色看起來略顯黯然蒼白，就像被那件豔紅色衣服給蓋掉光芒。亞契突然覺得她是個悲哀，甚至可憐的人。
「現在該是面對殘酷事實的時候了。」他心想道，同時意識到體內有股自己常批評他母親和她那一輩時所提及的那種「本能的退縮感」，這才瞭解到自己處理異常情況的經驗有多麼不足！他實在不知道該說什麼話，那些陌生的詞彙看似歸屬於小說中和舞台上。面對即將發生的情況，他覺得自己就像小男生一樣笨拙又尷尬。

停頓了半晌，奧蘭卡夫人倏然打破沉默，激動地喊道：「我想要自由，我想要擺脫過去的一切！」

「我瞭解。」他出聲回應。

她的表情變得熱切，「那麼你願意幫我囉？」

「首先……」他遲疑道：「或許我該多瞭解點這個案子。」

她看起來頗顯訝異，「你知道我丈夫的情況——我跟他在一起生活的情況吧？」

他做出瞭解的手勢。

「嗯，那麼……還需要知道什麼呢？這個國家容許這樣的事情發生嗎？我是新教徒⑥，我們的教會對於這種情況並不反對離婚。」

「當然不。」

他們再度沉默不語，亞契覺得奧蘭卡伯爵的信儼似他們之間的幽靈，朝他們扮著討人厭的鬼臉。那封信只有半頁長，內容如同他對萊特布爾先生所說的那樣，一個發狂惡棍的一些無謂指控。但那背後到底存在多少眞實性？只有奧蘭卡伯爵夫人自個兒清楚了。

「我已經看過妳拿給萊特布爾先生的文件。」他最後啓口道。

「嗯，還有比那更糟糕的事嗎？」

「沒有。」

她稍微調整了姿勢，抬起手來遮住眼睛。

「妳應該明白，」亞契繼續說：「若是妳丈夫選擇打這場官司——就如他所威脅的……」

「怎麼樣呢？」

「他可能說出一些、一些不愉……可能會惹妳生氣的事情。他公開說這些事情，會傳揚開來，傷害到妳，即使……」

「即使怎樣呢？」

「我的意思是……無論那是多麼缺乏根據的事情。」

她沉默了好半天，久到他不想一直盯著她遮起來的臉，而有時間牢牢記住她放在膝上那另一隻手的形狀及戴在她第四隻與第五隻手指上的三只戒指的每個細節。他發現在那些戒指中，獨缺結婚戒指。

「即使他將事情公諸於世，像這樣的指控在這裡對我會造成什麼樣的傷害？」

他差點脫口喊道：「我可憐的孩子，那樣的傷害比任何地方都還要嚴重！」然而，他的回答卻像是萊特布爾先生在他耳邊說的話：「跟妳以前生活的社會比較起來，紐約社會是個相當小的世界。無論外表看起來如何，這是一個被少數一些……思想相當守舊的人所統治的世界。」

她不發一語，於是他又繼續說：「我們對婚姻及離婚的觀念尤其保守。我們的法律支持離婚，但我們的社會傳統卻不會。」

「絕不會？」

「嗯。哪怕那個女人受到怎樣傷害、有多純潔無罪，只要外界對她有半點不利之言或本身有任何不照傳統行事之舉，就會招致攻擊……」

她的頭垂得更低了。他再次靜候著，亟盼看到她發出一點憤怒，或至少抗議的叫聲。但什麼也沒有。一個小型的旅行鐘在她手肘邊滴答地走著，爐內一根柴火燒裂成兩半，迸出一陣火花。整個籠罩在靜默中的房間，彷似默默地陪亞契一起等候著。

「沒錯，」她終於低聲說：「我的家人就是這麼告訴我的。」

他皺了皺眉，「這並非不合情理……」

「我們的家人，」她自己改口道，這讓亞契紅了臉。「因爲你也即將成爲我的表親了。」她輕聲地添了一句。

「我希望如此。」

「那麼你也認同他們的看法嗎？」

聽及此，他站了起來，在房間裡走著，茫然眼神盯著掛在舊紅緞上的一幅畫，接著又躊躇地走回她身邊。他怎麼能說出底下這句：「是的，倘若妳的丈夫所說的是事實，或者妳無法反駁的話」？

「說實話！」正當他要開口說話時，她打斷他這麼說道。

他低頭看向爐火，「說實話……那麼，妳從這場官司能得到什麼，可以彌補妳可能——必然會——在這場官司中所受到的各種流言的傷害？」

「我的自由……難道那不算什麼嗎？」

那一剎那，他腦中掠過的念頭是，那封信的指控屬實，她想嫁給幫她逃走的那個人。他要怎地告訴她，倘若她眞想這麼做，國家法律絕對不容許呢？光是懷疑她有這樣的想法，便讓他對她起了苛刻的反感。「但是妳現在不也很自由嗎？」他回道：「誰干涉得了妳呢？萊特布爾先生跟我說財務問題都已經解決了。

「哦，是的。」她漠然應道。

「嗯。那麼，還值得冒這會受到大眾抨擊與痛苦的風險嗎？想想那些報紙有多惡毒！淨是些愚蠢且狹隘不公的報導——這是誰也無法改變的社會。」

「你說得對。」她勉強同意。她的語氣如此虛弱淒涼，突然讓他自責起自己那些冷酷的想法。

「在這樣的情況下，個人幾乎難免被犧牲在群體利益中，畢竟人們總是死抓著那些維繫家族的常規——保護孩子……若有的話。」他繼續東拉西扯，吐出所有跑到他嘴邊的陳腔濫調，迫切想掩蓋她的沉默所暴露的醜陋事實。既然她不想或說不出任何可以澄清事實的話語，那麼他希望不要讓她覺得自己在挖她的祕密。以老紐約的保守做法，若是無法治癒他將揭開的傷口，那還不如停留在表面便好。

「妳也知道的，我的工作是，」他接著說下去，「幫助妳看清楚那些最愛妳的人對這件事情的看法，明戈特家、維蘭家、范德盧頓家以及妳所有的親友。如果我不講明他們對這些問題的看法，那就是我的失職了，不是嗎？」他繼續頑固地說，為了趕快打破這令人窒息的沉默，他幾乎是在懇求她了。

她緩緩地說：「沒錯，不應該如此。」

爐火漸成灰燼，一盞燭火發出嗞嗞聲響，似在吸引人的注意。奧蘭卡夫人站起身來，將燭芯捻熄，回到爐火前，但並沒坐回原本的位置。

她繼續站在那裡，像是暗示他們的談話已經結束，因此亞契也站了起來。

「很好，我會照你的意思做。」她驀地開口道。一股熱血猝然衝向他腦門，意外於她會突然屈服，笨拙地握住她的雙手。

「我、我眞的很想幫妳。」他說。

「你的確幫了我。晚安，我的表弟。」

他俯身親吻她毫無生氣的冰冷雙手。她抽回手，他也走向大門，在門廊的昏黃燈光下找到他的外套和帽子，不久走進冬夜，心中卻滔滔湧出一些遲來未說的話語。

譯註：

①華盛頓・歐文（Washington Irving，一七八三至一八五九），美國知名作家、短篇小說家，最著名作品為《沉睡谷傳奇》（*The Legend of Sleepy Hollow*，電影《斷頭谷》原著）；費茲─格林・哈雷克（Fitz-Greene Halleck，一七九〇至一八六七），有「美國拜倫」之稱的詩人；〈犯罪的仙女〉（*The Culprit Fay*）一詩由詩人羅曼・德瑞克（Joseph Rodman Drake，一七九五至一八二〇）所作。

②梅里美（Prosper Mérimée，一八〇三至一八七〇），法國現實主義作家，代表作為《卡門》（*Carmen*），此作品被比才改編為著名歌劇；威廉・摩里斯（William Morris，一八三四至一八九六），英國小說家及詩人，同時也是位工藝設計師兼畫家。白朗寧介紹參見本書第十六章譯註①。

③「世紀俱樂部」（the Century）是紐約作家、藝術家聚集的男性俱樂部，創立於一八四七年。

④保羅・波傑（Paul Bourget，一八五二至一九三五），法國知名作家；于斯曼（Charles-Marie-Georges Huysmans，筆名 Joris-Karl Huysmans，一八四八至一九〇七），法國小說家；龔固爾兄弟，為愛德蒙・德・龔固爾（Edmond de Goncourt，一八二二至一八九六）和儒勒・德・龔固爾（Jules de Goncourt，一八三〇至一八七〇），兩人一同創作，以反映生活現實為宗旨，撰寫前必先進行詳盡廣泛調查工作，開創「文獻小說」一派。

⑤法國皇家繪畫與雕刻學院每年在巴黎羅浮宮舉辦的藝術展。

⑥新教徒（Protestants）在當時不像羅馬的天主教明文規定不可離婚。

第十三章

華拉克劇院那天晚上擠滿了人。

上演的劇碼是《流浪漢》①，由迪翁・鮑希考特飾演主角，哈利・蒙塔和雅達・黛絲飾演一對戀人。當時正是這個優秀英國劇團的鼎盛時期，因此《流浪漢》這齣戲總是場場爆滿。樓上觀眾的熱情毫無保留，前排及包廂的觀眾對於陳腐的情感與譁眾取寵的劇情總不吝報以微笑，就跟樓上的觀眾一樣喜愛此戲。

其中有一場戲，尤其抓住滿場觀眾的注意力。那是當哈利・蒙塔與黛絲分手時候，傷心欲絕地幾乎只說得出幾個字向她道別，爾後轉身離去的一幕。女演員站在壁爐邊，低頭凝視著爐火，她那一身沒有任何時髦裝飾或滾邊的灰色喀什米爾羊毛衣，緊貼著她修長身軀，垂曳在她腳邊。一條細細的黑絲帶繫於頸上，絲帶兩端飄垂在身後。

當她的情人轉身離去時，她將雙臂撐靠在爐架上，整個臉埋在手心裡。他走到門口停下來回頭看她，接著又偷偷走了回來，拉起絲帶的一端吻了一下，然後悄然離去。她則完全沒有聽到他的動靜或改變她的姿勢。帷幕就在這寂然的分手中落下了。

紐蘭・亞契總是爲了這一場戲來看《流浪漢》的。他認爲蒙塔跟黛絲離別的這場戲，毫不遜色於他在巴黎看到的克羅塞和布列桑或者在倫敦的梅傑・羅伯斯頓和肯道爾兩組配對。這場戲靜默無聲的哀傷，比其他著名道白更引他動容。

那天晚上，這一小幕劇情給他的感受更爲深刻，讓他想起自己——他也不知道爲什麼——一個星期或十天前，跟奧蘭卡夫人傾談後離別的景象。

要在這兩個情景中找到共同點，就像要從這兩組人的外表中找到共同點一樣難。紐蘭・亞契無論如何也裝扮不出年輕英國演員那樣浪漫俊俏的外表，而黛絲小姐是位高眺的紅髮女子，她那張蒼白可人的醜臉，跟愛倫・奧蘭卡充滿生氣的臉孔也不相像。再者，亞契和奧蘭卡夫人也不是在令人心碎的無言中分離的情人，他們是以委託人與律師的身分交談後，律師覺得這個案子十分棘手的情況下分手的。那麼，這之間到底有何相似之處，教這位年輕人回想起來會如此怦然心動？看來應該是奧蘭卡夫人蘊含一股神祕力量，每每令人想到那些不同凡響的悲劇與動人情事。她幾乎沒說過什麼會使他產生這種感覺的話，但那已然成爲她內在的一部分，不是來自她那神祕的異國背景，就是來自她本身具有的戲劇性、熱情、與眾不同的特質。亞契總認爲，相較於人天生喜歡惹事端的傾向，機緣與環境對人的影響實際上是很小的。他這樣的想法，其實就是從奧蘭卡夫人身上開始感受到的。這位沉靜近乎消極的年輕女子讓他覺得，無論她怎地費盡心力迴避，會發生的事情終究會發生。有趣的是，她往昔那種充滿濃厚戲劇性的生活，讓她本身挑起事端的傾向反倒隱而不現了。正是這種奇特的淡然態度，使他覺得她曾從大漩渦中爬出來：那些她泰然面對的事情，便是她曾奮力反抗過的陳跡。

亞契離開時認爲奧蘭卡伯爵的指控亦非全然毫無根據。那位以「祕書」身分出現在他妻子生活中的神祕人物，在幫助她逃亡後，不大可能沒有得到報償。她所逃脫的環境是令人無法忍受的，無法啓齒、無法相信：她當時還很年輕，既害怕又絕望——感謝救助她的人難道不是理所當然應做的嗎？令人遺憾的是，她的感謝以法律及世人之觀點來看，讓她就跟她那位惡劣丈夫一樣。亞契使她瞭解了這點，因爲這是他的職責。他也讓她瞭解到，她滿心以爲紐約社會善良純潔又慈悲爲懷，但這裡反倒是她最無法盼獲寬容的地方。

將這殘酷的事實攤在她面前，並眼睜睜地看著她認命接受，簡直是種難以忍受的痛苦。他覺得自己因爲隱晦不明的忌妒與同情而被她吸引，彷彿她默認自己的錯誤後便落入他的保護範圍內，這似乎貶低了她，卻又讓人憐憫。他頗高興她是向自己吐說出她的祕密，而不是面對萊特布爾先生的冷酷盤問，或她家人尷尬的目光。隨後他立刻去知會這兩方她已經放棄了離婚的念頭，因爲她現已明瞭這項訴訟是無用的。他們聽了之後均覺如釋重負，不想再看那些她本可能會帶給他們的「不愉快事件」。

「我就知道紐蘭會處理好這件事。」維蘭太太驕傲地提起她未來的女婿。而召他來密談的明戈特老太太，也稱讚他很聰明，接著又氣惱地加了一句：「傻女孩，我都已經告訴她那有多胡鬧了。當她有幸做已婚女子及伯爵夫人時，卻想當回愛倫・明戈特及老姑婆！」

這些事情使他與奧蘭卡夫人最後一次談話的回憶歷歷在目，因此當帷幕落在兩位即將分離的演員時，他的眼眶充滿了淚水，起身準備離開劇院。

恰在此時，他轉身面向劇院的另一側，看到他所想的那位女士正跟鮑弗夫婦、勞倫斯・萊佛茲及其他幾位男士坐在包廂裡。自從那天晚上之後，他未曾與她單獨交談過，也盡量避著她。現在，他們的目光相遇了，鮑弗太太也看到他，因此做出她那慵懶的邀請手勢，看來他得進那個包廂不可。

鮑弗和萊佛茲騰出位置給他，與那位只想看起來漂漂亮亮、不願多講話的鮑弗太太寒暄過後，亞契落坐奧蘭卡夫人後方。包廂內希勒頓・傑克遜正小聲地在跟鮑弗太太提述史特拉斯太太上週日的宴會（據說宴會中還有人跳舞），鮑弗太太帶著她完美的笑容聆聽這段詳盡描述，她側頭的角度剛好可讓前排座位看到她的側臉。奧蘭卡夫人則轉身低聲細語。

「你覺得，」她問道，同時朝舞台看了一眼，「他明天早上會送一束黃色玫瑰花給她嗎？」

亞契心驚膽跳地聽著。他只拜訪過奧蘭卡夫人兩次，每次都送她一盒黃色玫瑰花，皆未附上名片。她之前不曾提過花的事情，他也認爲她不會想到是他送的。現在她卻突然知道是誰送的，並與台上依依不捨的離別情景聯想在一起，讓他充滿了激動的喜悅之情。

「我也剛想到這點——我正想著要帶著那一幕畫面離開劇院呢。」他說。

教他驚訝的是，她竟然臉紅了，還是不情願的滿面通紅。她低頭看著她戴著手套的手上拿的珍珠母歌劇望遠鏡，停了少頃後她又問：「梅不在時，你都做些什麼？」

「我專心工作。」他回道，對這個問題略生反感。

由於維蘭先生容易感染支氣管炎，維蘭一家長久以來習慣到聖奧古斯丁②過冬，他們一週前就已經離開了。維蘭先生是位溫和、沉默寡言的人，凡事沒什麼意見，但卻有很多習慣，且都是些誰也無法改變的習慣。其中一個習慣便是要求他的妻子和女兒每年要陪他到南部去，保持家庭歡樂是他心靈平靜最重要的一點。此外，倘若維蘭太太不在身邊的話，他就不知道梳子在那裡、要怎麼貼郵票寄信了。

他們一家相親相愛，而且維蘭先生是他們最崇拜的人，所以他太太和梅從未想過讓他隻身到聖奧古斯丁度假。從事法律事務的兒子們冬天總是無法離開紐約，因此都在復活節時過去，再隨他一塊回紐約。

亞契根本不可能跟梅討論陪她父親到南部度假的必要性。明戈特家的醫生之所以如此出名，主要即是因爲維蘭先生從未患過肺炎。因此對於赴聖奧古斯丁度假這件事，根本毫無轉圜之地。原本，他們想在梅從佛羅里達回來後再宣布訂婚的消息，不過事實上，提前宣布也不可能指望維蘭先生改變他的計畫。亞契也想跟他們一起去旅行，陪他的未婚妻享受幾個星期的陽光與大海。唯他也受傳統習俗所束縛。他的工作職責雖然不重，但他若提出想在嚴冬時向公司告假，明戈特一家肯定會覺得他是個輕浮的人。他只好無可奈何地讓梅離開，並體認到，這般情況將會是他日後婚姻生活的主調。

他察覺到奧蘭卡夫人正瞇著眼看他。「我照你說的做了，照你的建議行事。」她驀地開口說。

「啊，我很高興。」他回道，因爲她突然提及這樁而略感尷尬。

「我瞭解你是對的，」她口氣顯得有點急促地繼續說道：「但是有時候生活是很艱難……很糾結的……」

「我明白。」

「我那時想跟你說，我眞心認爲你是對的，而且也很感激你。」她說完後迅速舉起她的歌劇望遠鏡，包廂的門登時開啓，鮑弗洪亮的聲音打斷了他們。

亞契站起身來，離開包廂及劇院。

他前一天才剛收到梅．維蘭的信，她在信中以她特有的直率，要他在他們不在時「善待愛倫」。「她很喜歡你，也很崇拜你。你也知道的，即使她沒有表現出來，她現在還是寂寞憂傷的。我不認爲外婆或洛維爾舅舅瞭解她，他們眞的認爲她非常世俗、偏好上流社會，其實不然。我看得出來，紐約對她來講有點沉悶，即使我們家族並不會承認這點。我想她已經習慣了許多我們所沒有的事物，比如美妙的音樂、畫展、名人——藝術家、作家及各種你喜愛的聰明人。外婆不瞭解她爲什麼想要其他東西，偏不愛晚宴和華服——但我看得出來，全紐約可能只有你，能跟她聊聊她眞正喜歡的東西。」

他聰明的梅——那封信教他有多愛她啊！但他無意眞的照辦。他太忙了，再加上他是個已訂婚男子，不想太引人注目地去扮演奧蘭卡夫人的護花使者。他認爲她比聰慧的梅所想像的，還懂得怎樣照顧好自己。她有鮑弗臣服在她腳下、范德盧頓像個守護神般保護著她，此外還有許多候選人（尤其是勞倫斯・萊佛茲）隨時等候在旁。然而，他每次見到她或跟她交談幾句時，都覺得梅的直率之言簡直有如未卜先知。愛倫的確是寂寞又憂傷。

譯註：

①《流浪漢》（*The Shaughraun*）是愛爾蘭劇作家暨演員迪翁・鮑希考特（Dion Boucicault，一八二〇至一八九〇）創作的，於一八七四年首次在紐約演出後，成為一八七〇年代最受歡迎的歌劇作品之一。

②聖奧古斯丁（St. Augustine）位在佛羅里達東北角，是西班牙人於一五六五年登陸之地，亦是美國最古老城鎮。當地氣候舒爽，加上歷史背景，成為觀光勝地。

第十四章

亞契走近劇院門口時，巧遇他的朋友奈德・溫塞特，恰是珍妮口中的「聰明人」當中唯一想跟他深入探討一點問題的人，至少比俱樂部及餐館中那些玩笑話還要有深度一點的話題。

他方才在劇院瞥見溫塞特寒酸的圓肩膀背影，並留意到溫塞特注視著鮑弗的包廂。這兩位男士握手問好，溫塞特提議到街角的德國小餐館喝一杯。亞契現在對於他們到那裡可能會談的事情興致缺缺，因此託故須回家辦點事情而婉拒了。溫塞特也說：「哦，我也是，我也要當個勤奮的學徒呢！」

他們一塊往前走，溫塞特隨即說道：「聽著，我眞正關心的是你們高級包廂內那位黑髮夫人芳名……她跟鮑弗夫婦在一起，對吧？你的朋友萊佛茲爲之著迷的那一位。」

亞契自己也不曉得爲什麼，聽了這話後竟有點生氣。奈德・溫塞特到底問愛倫・奧蘭卡的名字做甚？而且，他爲什麼要將她跟萊佛茲的名字扯在一起？溫塞特通常並不會對這種事情有興趣，然亞契想到他畢竟是名記者。

「我希望，這不是爲了要採訪吧？」他笑言。

「哦，並不是爲了報導，純粹是我自己想知道而已。」溫塞特回道：「她其實是我的鄰居，會有這款美人住在我們那區著實奇怪，而且她對我的小兒子太好了。上次我兒子爲了追他的小貓，在她家門口跌倒，割傷了自己，她連帽子也沒戴就抱著他急忙跑過來，膝蓋的傷還已經包紮好了。她是那麼善良又漂亮，我老婆看得竟然忘了問她的名字。」

一陣喜悅充塞了亞契的心，這個故事實無什麼特別之處，任何女人都會爲鄰居的孩子做這樣的事。但他覺得，這就是愛倫，沒戴帽子便抱著孩子跑出去，還讓可憐的溫塞特太太看得忘了問她的名字。

「她是奧蘭卡伯爵夫人，明戈特老夫人的孫女。」

「哇，伯爵夫人！」奈德．溫塞特吹了聲口哨，「哦，我不知道伯爵夫人原來這麼友善，明戈特家的人就不是這樣。」

「他們也會的，如果你給他們機會的話。」

「啊，可是……」這就是所謂的「聰明人」頑固地不願常與上流社會往來的老掉牙爭論，他們倆都明白，多說也無益。

「我不懂。」溫塞特突然說：「堂堂伯爵夫人怎會住在我們貧民窟裡？」

「因爲她根本不在乎住在什麼樣的區域，也不在乎我們小小的社會標籤。」亞契答道，暗自爲自己心中的她感到自豪。

「嗯。我想，她應該待過世面更廣的地方吧。」對方下了如此評論，「啊，我該在這裡轉彎了。」

他低垂著頭穿過百老匯街，亞契站在那裡看著他的背影，想著他最後的那幾句話。

奈德．溫塞特擁有極佳洞察力，是他這個人最有趣的一點，也老是教亞契納悶不已，爲什麼當他這個年紀的男人大部分都在努力打拚時，他的這項能力卻允許他默默地接受失敗。

亞契以前就知道溫塞特有老婆和孩子，但從未見過他們。他們倆總是在「世紀俱樂部」，或幾處記者和戲劇演員聚會的場所，像是溫塞特方才提議去喝一杯的那種地方碰面。他曾跟亞契提過他老婆是個

「殘疾人士」，那位可憐的女士可能眞是如此，或者他只是指她缺乏社交能力或不適合參加晚宴，抑或兩者都是。溫塞特本人討厭極了上流社會那些社交禮儀。亞契穿著晚宴服乃因爲他覺得較乾淨舒適，但他從不曾停下來想過，乾淨和舒適即是窮人拮据預算中最昂貴的兩項支出，而將溫塞特的態度視爲「波希米亞式文人」專屬的不羈姿態，這種態度往往讓上流社會的人——那些不會刻意提及自己又添購多少服飾，不會老將自己有多少僕從掛在嘴邊的人——顯得單純自然多了。然而，他總是受溫塞特所啓發，每次只要看到這位記者長滿鬍鬚的瘦臉及憂鬱的雙眼，他就會把對方拉出來，帶去長談一番。

溫塞特並非自願選擇記者職業的。他是位徹頭徹尾的文人，不幸生在一個不需要文學的時代。他出版過一部極短篇文學賞析，其中賣出了一百二十本、送出三十本，剩下的都被出版社銷毀了（按合約），以便多騰出空間放置銷售得較好的出版品。這之後，他便更弦易轍在女性週刊擔任助理編輯，負責一些時尙報導、新英格蘭愛情故事與酒類廣告。

跟他談《爐火》這份報刊的話題，總能聊出無窮樂趣。但在他風趣調侃的背後，卻是這個年輕人曾經努力過而已放棄的無奈與苦澀。他的談話內容總引領亞契檢視自身的生活，並察覺到自己的生活有多貧乏。可畢竟，溫塞特的生活更爲貧乏，雖然他們在追求知識方面有共同的興趣，讓對話妙趣橫生，唯在觀點交流方面通常亦僅限於淺談輒止而已。

「事實上，我們的生活都不算好。」溫塞特曾這麼說：「我曾經努力過，但已經失敗無望了，再怎麼努力也沒用了。我只擅長一件事，這裡卻乏它的市場，在我有生之年應該也不可能再出現。但是你自由又富有，爲什麼不放手一搏呢？唯一的途徑就是參與政治。」

亞契仰頭大笑。由此可見，像溫塞特這樣的人跟亞契這類的人之間，存在著無法跨越的鴻溝。上流社會圈子裡的人都知道，在美國，「紳士是不可以碰政治的。」但他不大可能跟溫塞特說這般話，遂便託辭道：「看看美國政治界中那些正直人士的遭遇！他們不要我們這樣的人！」

「他們，指的是誰？你們爲什麼不團結在一起，讓你們成爲『他們』？」

亞契笑著，卻略覺得自尊受損。繼續這個話題也無益，大家都知道少數幾位紳士冒著自己清白身家參與紐約市政或州政後的悲慘命運。那個時代已經過去了，那種事情不可能再發生，皆因這個國家已然掌握在老闆及移民者手中，正直的人只能退居到體育或文化領域。

「文化！是啊，如果我們還有文化的話！事實上這裡僅剩少數幾塊田地，也就是你們祖先帶過來且還殘留的那些歐洲傳統。不過現也已逐漸乾枯，因爲缺乏……嗯，耕耘灌溉。但你們只是可憐的少數族群，既沒有靈魂中心、沒有競爭，也缺乏觀眾，就像荒廢宅子裡牆上所掛的『紳士的畫像』。永遠也成就不了什麼，直到你捲起袖子，願意走進田裡耕作。唯有如此，否則乾脆移民……老天！要是我能移民的話……」

亞契暗地裡聳了聳肩，接著便將話題拉回書本上。儘管溫塞特有點反覆無常，他的見解總歸有趣。移民！簡直像在說紳士可以捨棄自己的國家似的！一位紳士既不可能移民，也不能捲起袖子踩進田裡髒泥。紳士只能待在家裡管好自己，偏偏你無法讓溫塞特這樣的人瞭解這點。也因爲如此，紐約的那些文學俱樂部及充滿異國風情的餐館，乍看之下貌似萬花筒那般繽紛，實際上組合起來，比第五大道那些小包廂還要單調。

* * *

隔天早上，亞契找遍全城也找不到黃玫瑰。因此，他晚到辦公室了，且意識到自己姍姍來遲，其實對任何人皆無半分影響。他突然對自己沒用的人生憤怒不已。他現在怎麼不是跟梅‧維蘭在聖奧古斯丁的沙灘上呢？他假裝工作也騙不了人。像萊特布爾先生主導的這種傳統律師事務所主要業務在大型產業及「穩健」投資，總是有兩三位家境富裕、沒什麼事業心的年輕人，每天花幾個小時坐在辦公桌前處理一些瑣事，或只是看看報紙。雖然他們應當有份正當職業，但賺錢這殘酷的事實仍被視爲有損名聲。從事律師這份工作，一般來講還是比從商更適合紳士。這些年輕人並不眞的想在專業上有所作爲，或甚至根本未懷任何這樣的想望。而且他們當中很多人得過且過的青苔已開始在蔓生了。

亞契光是想到自己也開始有這樣的習氣，就心驚不已。他確實有些其他嗜好和興趣，他到歐洲度假旅行，結交梅口中的「聰明人」，同時就像他之前跟奧蘭卡夫人所說的，希望自己能試著「盡力瞭解」他們。然而一旦他結婚之後，他過去曾經驗過的這個狹小生活圈，會變成什麼樣呢？他已經看夠其他年輕人——雖然可能不像他這麼熱烈——曾經夢想過他這樣的夢想，卻也逐漸陷入長輩們那種安逸奢華的日常生活。

他請信差從辦公室送了封便函給奧蘭卡夫人，詢問今天下午是否方便過去拜訪，並請她將回函送至俱樂部。但他在俱樂部沒收到回函，隔天還是毫無音訊。這意外的沉默令他羞愧難當。他次日早上在花店櫥窗看到一大束燦爛的黃玫瑰時，亦只任由它留在那裡。第三天早上他才收到奧蘭卡伯爵夫人捎來的一封短信。令他驚訝的是，那封信來自斯庫特克利夫，范德盧頓夫婦將公爵送上船後便立刻回到那裡。

「我逃走了。」寫信者突兀地以這句話做爲開頭（完全忽略一般人會寫的開場白），「我在劇院看到你的隔天，這些好心的朋友收留了我。我只想靜一靜，好好想想。你說得對，他們待我很好，在這裡我覺得很安全。眞希望你也在這裡。」她最後以慣用的「謹啓」結束，未提及返回時間。

那封信函的口吻讓這位年輕人頗爲驚訝。奧蘭卡夫人想逃離什麼，爲什麼她需要覺得安全呢？他首先想到的是國外的某種威脅，接著又想到，自己並不清楚她的寫信風格，或許這純是過於誇張的說法。女人總喜歡誇大，尤其她還無法輕鬆自如地運用英文。她說的話經常像是從法文直譯過來。這麼看來，「Je me suis évadée……」（我逃走了……）這樣的開場白，似只意味著她想逃離那些無聊的社交活動。很可能就是這樣的，因爲他認爲她是個善變的人，容易厭倦一時的快樂。

想到范德盧頓夫婦已經是二度帶她去斯庫特克利夫了，這次還沒有特定的逗留期限，他不由覺得新奇。斯庫特克利夫莊園的大門難得打開來接待賓客，少數享有這種特權的人，最多也只是度過一回清冷週末而已。不過亞契上回到巴黎時，曾看過拉比錫很棒的一齣戲《培里尙先生的海上之旅》①。他想到培里尙先生對於那位他從冰川裡救出來的年輕人，有著一種頑固且無法割捨的情感。范德盧頓夫婦就是從那個彷若冰川之厄運中救出奧蘭卡夫人的人。雖然這也是因爲她本身具有許多吸引人之處，但亞契知道讓人想繼續拯救她的眞正原因是那股類似培里尙先生的決心。

聞知她離開之後，亞契心裡有種難隱的失望之情，同時想到前一天他才剛拒絕雷吉・奇佛斯邀請他下週日到他們距離斯庫特克利夫幾英里外的哈德遜宅邸度假。

他很久以前就曾跟朋友在「高岸」充分享受過瘋狂的派對，像是出海、乘破冰船、玩雪橇、在雪中長途步行等，此外還有些無傷大雅的打情罵俏及玩笑。他才剛收到倫敦書商寄來的一箱新書，原本想在家跟他的戰利品度過安靜的週日，但他現在卻走進俱樂部的寫字間，匆匆寫了封電報讓侍者立即送出。他知道雷吉太太並不在意她的客人臨時改變主意，她那間寬敞的大房子總是能再騰出一間房。

譯註：

①《培里尚先生的海上之旅》（*Le Voyage de M. Perrichon*）這齣戲，是法國劇作家尤金・拉比錫（Eugène Marin Labiche，一八一五至一八八八）於一八六〇年所創作。其作品常從生活中蒜皮小事，衍生成複雜糾紛，由此反映出人性愚昧脆弱的一面。

第十五章

紐蘭・亞契週五晚間抵達奇佛斯家，週六他盡責地完成所有在「高岸」度週末該做的儀式。早上跟女主人和幾位較大膽的賓客乘破冰船出海轉了一圈，下午則跟雷吉「逛了一圈農場」，並在精緻的馬廄內聽了一場關於馬的深刻講評。午茶過後，他在映照著溫暖爐火的大廳角落陪一位小姐談話，她曾跟他說過聽到他訂婚的消息時，心都碎了，但現在卻急著跟他聊自己想結婚的對象。最後，臨近午夜時，他幫一位客人在床邊擺上金魚，又裝扮成小偷躲到一位神經質姨媽的浴室裡，凌晨再加入一場由育嬰室戰至地下室的枕頭大戰。然而，週日午餐過後，他便借了一台輕便雪橇往斯庫特克利夫駛去。

人們總說斯庫特克利夫的那棟宅子是義式別墅。那些從未去過義大利的人信以爲眞，有些去過的人卻也這麼認爲。那棟房子是范德盧頓夫婦年輕時所建造的，那時他剛「壯遊」回來，即將和露薏莎・達戈贔小姐完婚。那是棟壯觀的方形木造建築，凹凸槽壁漆成淡綠色和白色，柯林斯式的門廊，窗戶之間嵌上半露方柱。從宅子所在的高地往下延伸著一個又一個花壇，邊緣均有著扶欄和葫壺樹，如雕花般延展到一座不規則的小湖。湖邊鋪上柏油，種著罕見的松柏。以不長雜草聞名的草地，從右到左種了「標本」樹（每一款樹種都不同），一直延曳到以精緻鑄鐵裝飾的大草坪。下方的一塊窪地上，則是第一位「莊主」於一六一二年建造的一棟四房石屋。

在一片白雪及冬日灰濛天空的襯托下，那棟義式別墅顯得更加森然，即使是夏天，仍然巍峨地難以靠近；即使是最大膽的錦紫蘇，也始終跟它可怕的大門保持著三十英尺以上的距離。此時亞契正按下門鈴，那長長的鈴聲彷似在陰森陵墓中迴響著。管家終於來應門了，他詫異的程度，就好像從最後安息中被喚醒般。

幸運的是，亞契終歸親戚，即使他的到訪很唐突，仍有權得知奧蘭卡伯爵夫人已外出，三刻鐘前跟范德盧頓夫人一起去做午后禮拜了。

「范德盧頓先生，」管家繼續說道：「則在家，先生。但我想他現在不是還在午休，就是在看昨日的晚報。我聽他早上禮拜結束回來時說，午休過後要看晚報的。先生，如果您希望的話，我可以去書房外聽聽……」

亞契婉謝了，說他會前去和那些女士們碰面。管家顯然鬆了口氣，莊嚴地關上門。

一名馬夫從馬廄中取出雪橇，亞契穿過庭園到主道上。斯庫特克利夫村莊雖僅一哩半之遙，但他知道范德盧頓夫人從不走路的，因此他必須沿著主道走才能遇上她們的馬車。然而，由步道往主道走時，他看見一個穿著紅色斗篷的纖細身影，前頭有隻大狗跑著。他快步走向前，奧蘭卡夫人則停下腳步，露出微笑迎接他。

「啊，你來啦！」她說，同時從暖手筒伸出手來。

那身紅色斗篷使她顯得快樂活潑許多，就像以前的愛倫．明戈特。他握著她的手，含笑回說：「我來看看妳在逃避什麼。」

她臉都紅了，但口中應道：「啊，那麼……你馬上就會知道了。」

這樣的回答令他費解。「爲什麼——妳是說妳遇上什麼意外了嗎？」

她聳了聳肩，動作略似娜塔西，接著以輕鬆口吻回答：「我們繼續往前走好嗎？做完禮拜後我覺得好冷。再說此刻有你在這裡保護我，我還有什麼好怕的？」

一股熱血湧上他額頭，他抓住斗篷的一角說：「愛倫，到底怎麼了？妳得告訴我才行。」

「哦，馬上就告訴你。我們先來賽跑吧！我的腳都快結冰了。」她嚷道，繼而拉起斗篷飛奔過雪地，大狗在她面前跳了起來，挑戰似的叫了叫。亞契兀立在那裡看著，雪地上那道紅色身影讓他眼睛爲之一亮。接著他開始追向她，兩人在通往庭園的柵門前會合，一起笑喘著。

她微笑地抬頭看他，「我就知道你會來！」

「所以妳希望我來囉。」他回答，對於他們的嬉鬧交談異常地興奮。樹上白雪閃閃發亮猶如散發著神祕光輝，當他們走過雪地時，大地彷彿在他們腳下哼唱著。

「你從哪裡來的？」奧蘭卡夫人問道。

他告訴她後，又說：「因爲我收到妳的回函了。」

她停了一會兒，口氣中帶著顯而易見的冷意說：「是梅要你照顧我的。」

「我不需要別人叮囑我這麼做。」

「你的意思是，我是如此無助且缺乏自我保護的能力？你們肯定都把我想得太可憐了！但這裡的女人似乎都不……似乎都不覺得有這樣的需要哩，個個像是天堂裡受祝福的人。」

他低聲問道：「什麼樣的需要？」

「啊，別問我！我說了你也不懂。」她反唇相譏。

這樣的回答宛似賞給他一個當頭棒喝，他呆立在小路上，低頭看著她。

「倘使我聽不懂妳說的話，那我來這裡做什麼？」

「哦，我的朋友！」她輕輕將手放在他的手臂上。他懇切地央求道：「愛倫，妳爲何不告訴我發生了什麼事？」

她又聳了聳肩，「天堂幾曾出過半點事？」

他沉默不語，他們就這麼不發一語地走了幾碼路。最後她終於啓口：「我想告訴你……但能在哪裡、哪裡、哪裡說呢？在那座有如森嚴神學院的宅子裡，根本沒有獨處一分鐘的時間，所有的門都是開著的，隨時都有僕人走進來倒茶、添柴火或送報紙！難道在美國的房子裡，人都不能獨處的嗎？你們是如此地害羞，但又如此地開放。我總覺得我又住進修道院裡了，或者說是在舞台上，站在一群禮貌得可怕、卻又不鼓掌的觀眾面前。」

「啊，妳不喜歡我們！」亞契喊道。

他們正走過那座首代莊主所建的石屋，這座屋子的矮牆及方窗擁簇著中央的主煙囪。百葉窗全都開著，亞契從一扇新刷洗過的窗子，看到屋內的火光。

「怎麼，這屋子開放了呢！」他說。

她站著不動，「不是那樣，頂多只有今天開放，因爲我想看看這石屋，范德盧頓先生才請人升火、開窗的，以便我們早上從教堂回來時，順便在這裡坐一下。」她奔上階梯並試著打開門，「還沒鎖上，眞幸運！進來吧，我們可以在這裡安靜地聊聊。范德盧頓夫人剛乘馬車去萊恩貝克探訪她的一位老姑媽，我們應該可以在這屋裡待上一個小時。」

他跟著她走進那條窄小通道。他的心情，因她先前話中最後一句而相當低落，現在卻又驀然心情大好。那座溫馨小屋佇立在那裡，嵌鑲板和銅器在爐火照耀下閃閃發亮，就像用魔法變出來迎接他們的。廚房煙囪下的老鉤架上掛著一只鐵鍋，鍋下面還有一大盆灰燼悶燒著。瓷磚壁爐前，擺著兩把迎面相對的草編墊扶手椅，牆邊的餐具架上，放著幾排荷蘭台夫特陶瓷餐具①。亞契蹲下來，朝火堆餘燼扔了塊木柴。

奧蘭卡夫人脫下她的斗篷，在其中一把椅子上坐了下來。亞契靠向煙囪壁，看著她。

「妳現在終於笑了。妳寫信給我時，可不大快樂。」他說。

「是的。」她停頓了少頃，「但現在你人都在這裡了，我怎可能還不開心呢。」

「我無法在此逗留太久。」他回道，且緊閉著雙唇，努力控制自己不再多說話。

「我知道你不能，但我這個人一向目光短淺。當我開心時，我只活在當下。」

這些話像一種誘惑穿過他全身，為了躲開這樣的誘惑，他從壁爐邊走開，站在窗前凝視外頭雪地上黑黝黝的樹幹。但她好像也挪了位置，因為他還是看得到她，就在他和樹木之間，帶著她那慵懶的笑容，俯身看著爐火。亞契的心狂亂地跳著。倘若她想逃離的是他，要是她等到他們獨處在這間密室裡，欲跟他說的就是這個呢？

「愛倫，要是我真的能幫得上妳……若是妳真的希望我過來，告訴我到底是怎麼一回事，說說妳究竟想逃離什麼？」他追問道。

他說這些話時，並未改變他的姿勢，甚至沒有轉頭看她。事情若真要發生，那就來吧。一整個房間橫隔在他們之間，他仍緊盯著外邊雪景。

她沉默了很長一段時間，在這期間，亞契想著——幾乎聽見她的聲音了——躡手躡腳地走到他身後，將她輕盈的雙手摟在他的脖子上。當他這麼等待著時，整個人激動地期盼著這奇蹟的到來。他目光無意間瞥見一位穿著毛領大外套的男士出現，正沿著小徑往石屋走來。這個人是朱利斯・鮑弗。

「啊！」亞契叫道，同時笑出聲來。

奧蘭卡夫人跳了起來，挨近他身邊，將自己的手伸到他手裡。可當她瞥見窗外時，臉色瞬變，趕忙縮了回去。

「原來是這麼一回事啊？」亞契嘲弄地說。

「我根本不知道他在這兒。」奧蘭卡夫人低語，她的手還拉著亞契的手。他卻把手縮了回來，爾後大手一推將門打開，走到小徑上。

「你好啊，鮑弗，在這裡！奧蘭卡夫人正等著你呢！」他說。

* * *

翌日早上回紐約的途中，亞契想起他在斯庫特克利夫最後那段記憶猶鮮得令人疲憊的時光。儘管鮑弗看到他跟奧蘭卡夫人在一起時不大高興，但仍舊擺出一副不可一世的姿態。他忽視人的方式，讓人覺得——如果夠敏感的話——自己彷如隱形、不存在似的。當他們三個穿過庭園走回去時，亞契就有如許感覺，有種失去形體的奇異感。雖然這傷了他的自尊心，倒也剛好給了他從旁清楚觀察的機會。

鮑弗以他慣有的從容自信姿態走進小屋，然他的微笑仍抹不掉兩眼間皺起的那條直紋。奧蘭卡夫人明顯不知道他要來，儘管她跟亞契說的話裡暗示了這樣的可能性。無論如何，她離開紐約時應該沒告訴他自己要去哪裡，而她的不告而別顯然令他氣急敗壞。他出現在此的理由是，他前一晚找到一間尚未上市且恰適合她的「完美小屋」，要是她不趕快買的話，馬上會被其他人搶走。他還故作姿態大聲責備說她讓他像無頭蒼蠅般四處找她，就跟他找那間小屋一樣。

「要是那個可透過一條電線通話的新玩意再完美一點，我這會兒可能坐在俱樂部的爐火邊烤著我的腳，從城裡告訴妳這些，不必踏上雪地追著妳來了。」他嘟噥道，企圖掩飾他生氣的眞正原因。奧蘭卡夫人聽及此，便將話題轉到將來那神奇的可能性，他們眞的可以隔著街聊天，或甚至更不可思議地，隔著城鎭聊天呢！這讓他們三個想到艾德加・愛倫坡及儒勒・凡爾納②這些聰明人每次消磨時間，談及新發明時總會說的一些陳腔濫調，認爲太早相信是很傻的行爲。電話這個話題遂將他們安全地帶回主屋。

范德盧頓夫人還未回到家。當鮑弗和奧蘭卡夫人走進屋時，亞契向他們告辭，走去取他的雪橇。儘管范德盧頓夫婦頗不喜歡不速之客，但鮑弗應該還是會受邀一起用餐，之後送他回車站趕九點的火車。除此之外，他應該不會受到其他款待了，畢竟這位主人認爲一名未帶行李出門的紳士，不應在外面過夜。再說對於像鮑弗這種交往甚淺的人，他們也不大可能提出此般邀請。

鮑弗瞭解這些事情，且應已猜到會是怎樣情況。他如此的長途旅行，僅爲了得到這小小報酬，可見他有多麼急躁。足以確定他在追求奧蘭卡伯爵夫人。而鮑弗追求美女只有一個原因，他早已厭煩了那個膝下沒有兒女承歡膝下又乏味無趣的家。除了較長期的慰藉之外，他還常在自己的社交圈裡獵豔。他顯然就是奧蘭卡夫人極欲逃離的人。問題只在於，她想逃離是因爲厭煩他的糾纏不清，還是因爲她不確定自己是否能抗拒他的追求。當然，除非她所說的逃離純是個障眼法，她離開紐約其實只是個幌子。

亞契不認爲實情眞是如此。雖然他跟奧蘭卡夫人眞正見面次數很少，他仍漸覺得自己可以從她的表情或者口氣猜出端倪，而無論是她的表情或聲音，都顯得頗厭煩鮑弗的突然來訪，甚至不悅。畢竟她離開紐約若眞的是爲了和他會面，豈不是更荒唐？倘眞如此，她將不再是他感興趣的對象，這無異於自甘墮落的行爲：一個和像鮑弗這種人物牽扯緋聞的人，她的「地位」將沉淪不復。

不，若是她看得清鮑弗這個人，或甚至鄙視他，卻又因爲他比周遭其他男士優越而受吸引，那可就更糟糕一千倍了。他的優勢在於：他熟悉歐美兩邊世界及兩個上流社會的習俗，他跟藝術家、演員和有名望的人士交往甚密，且根本不在意他所處社會的狹隘偏見。鮑弗是個粗俗、缺乏教養、財大氣粗的人，唯他生活的環境及他精明的本性，使得他比那些生活圈僅局限於貝特利街和中央公園且在道德或社會地位上備加優越的男士，還値得交談。一個見過更大世面的人，怎可能沒感覺到其間的差異、不受其所吸引呢？

雖然奧蘭卡夫人說他們兩人沒有共同的語言是氣話，這位年輕人則明白，在某些方面而言確實如此。但鮑弗瞭解她話中的那些意涵，且應對如流；他對生命的看法、他的語氣和態度，只不過是奧蘭卡夫人在信中所說的粗俗版，這或許是他跟奧蘭卡伯爵的配偶交往的不利之處。亞契太聰明了，他不認爲像愛倫・奧蘭卡這樣的年輕女子，有必要畏懼所有會使她想起過去的事情。她大概認爲自己完全厭惡過去的種種，可過去讓她著迷的事情，至今仍令她著迷，即使那有違她的意願。

因此，年輕人就在這痛苦的公正中，釐清鮑弗以及被鮑弗迫害的這個受害者的情況。他心中強烈渴求能夠引導她，有時候他也覺得，她所要的，不過是希望有人來引導自己而已。

那天晚上，他打開從倫敦寄來的書。那箱裡全是他迫不及待想看的東西。赫博特・史賓賽的一部新作、產量豐富的阿爾豐斯・都德另一卷精彩的故事集，還有一部叫做《米德爾馬契》③的小說，是頗獲行家好評的有趣作品。爲了這一大享受，他已經拒絕了三個晚餐邀約。然而，儘管他以愛書人的喜悅翻閱那些書，卻完全讀不進去，他放下一本又一本書，突然間，他在這堆書中看到一本小詩集，他當初訂這本書純只因爲書名吸引他：《生命之屋》④。他拿起這本書，沉浸在一種從未在其他書中感受到的氛圍，是如許溫暖豐富，同時還有一種難以言喻的溫柔，賦予人類最初始的情感全新且難以忘懷之美。他整個晚上透過這些迷人篇章覓逐著一位女子的身影，那位女子的臉龐便是愛倫・奧蘭卡。翌晨醒來時，他望著對街那棟棕色石屋，一想到他在萊特布爾先生事務所裡的那張辦公桌以及懷恩堂內的家族座席，他在斯庫特克利夫庭園裡度過的那幾個小時，變得就像夜間幻影般虛無縹緲。

「天啊，紐蘭，你臉色怎這麼蒼白！」珍妮早餐喝咖啡時訝道。他母親也說：「紐蘭，親愛的，我注意到你最近一直在咳嗽，是否工作太累了？」因爲這兩位女士均認爲，他那幾位專制統治的老合夥人必定會讓年輕人負責那些最累人的公務，而他也從不認爲需要跟她們說明這件事。

接下來兩三天眞是度日如年。日常生活的滋味可眞是苦澀，有時候甚至覺得自己活生生地被埋在未來了。奧蘭卡伯爵夫人或甚至那所完美小屋全都毫無音訊，不過他在俱樂部見到了鮑弗，他們只隔著桌子點頭打招呼。直到第四個晚上，他回家時才收到一封短信。「明天傍晚過來吧，我得向你解釋。愛倫。」信中只有這寥寥幾個字。

年輕人要外出用餐，他隨手將短信放進口袋中，對信中「向你」這個法式用語莞爾一笑。晚餐過後他去看了場戲，直到午夜回到家後，才又將奧蘭卡夫人的信拿出來，仔細看了幾次。回信方式有許多種，他在這激動難眠的夜晚仔細斟酌著每一種回覆方式。到了清晨拂曉，他決定將幾件衣服丟進行李箱中，跳上當天下午開往聖奧古斯丁的船。

譯註：

①台夫特（英語：Delf，荷蘭語：Delft）為荷蘭東印度公司在荷蘭六大據點之一，同時期由中國引入瓷器，發展成聞名世界的台夫特藍陶。

②儒勒・凡爾納（Jules Gabriel Verne，一八二八至一九〇五），法國小說家，科幻小說的重要開創者，著作等身，包括《地心歷險記》（*Voyage au centre de la terre*，一八六四）、《海底兩萬里》（*20000 lieues sous les mers*，一八六九），被譽為「科學小說之父」。

③赫博特・史賓賽（Herbert Spencer，一八二〇至一九〇三），英國哲學家，有「社會達爾文主義之父」稱號，將適者生存理論應用在社會學；阿爾豐斯・都德（Alphonse Daudet，一八四〇至一八九七），法國寫實派小說家，代表作為《最後一課》（*La Dernière Classe*）；《米德爾馬契》（*Middlemarch*），以喬治・艾略特（George Elliot）為筆名的英國女作家於一八七四年出版的長篇小說。

④《生命之屋》（*The House of Life*）是義大利裔英國畫家及詩人羅塞蒂（Dante Gabriel Rossetti，一八二八至一八八二）的詩集，其為開啓「前拉斐爾派」畫風的三位創始人之一。

第十六章

亞契在路人指引下，沿著聖奧古斯丁的沙地大街找到維蘭先生的房子，看見梅．維蘭站在木蘭樹下，陽光正灑落在她髮梢上。他不禁想道，自己爲什麼等了許久才來。

這裡才是眞實的，這裡才是現實，這裡才是屬於他的生活。他這個以爲自己藐視專制束縛的人，竟然害怕別人可能會認爲他偷懶度假，而不敢離開自己的辦公桌！

她第一句話是：「紐蘭，出了什麼事嗎？」他心想，要是她可以立刻從他的眼神看出他到這裡的原因，那就更具魅力了。但是當他回道：「是的，我覺得自己必須見妳。」梅快樂的紅暈讓她的驚訝悄然消失，使他意識到自己能輕鬆地獲得這家人的寬容與諒解，也能很快把萊特布爾先生稍微的不悅消融於他們的笑容中。

在這麼早的時刻，他們所處的大街只允許他們互相禮貌性的問候，但亞契迫切想和梅獨處，一吐他滿心的柔情與熱切。離維蘭家較晚的早餐時刻尚有一個鐘頭，因此她未邀他進屋，而是提議到鎭外的一座老橘子園走走。她剛在河上划了一會兒船，由金色陽光織成的瀲灩波紋似乎也將她網羅其中，她那被吹亂的秀髮拂過蜜棕色雙頰，如銀絲般閃閃發光。她的眸子也顯得更明亮了，幾乎透放在青春的明澈中。當她邁開大步走在亞契身旁時，她臉上表情就像大理石雕刻而成的年輕運動員那樣平靜祥和。

對於神經緊繃的亞契來講，這等景象堪比湛藍天空與悠緩河流那樣舒心。他們坐在橘子樹下的長凳上，他伸手摟住她並親吻了她。那種感覺就像在烈日下暢飲清泉。但他可能抱得太緊了，因此她臉一紅，彷彿被他嚇了一跳似的縮回身。

「怎麼啦？」他問道，露出微笑。她則驚訝地看著他，回答：「沒什麼。」

兩人之間的氣氛突然變得稍許尷尬，她的手也抽了回來。除了上次在鮑弗家溫室短暫地擁抱過她之外，這是他第一次親吻她的唇。他看得出來她有點不安，失去了她那男孩般的冷靜表情。

「跟我說說妳整天都做了些什麼。」他說道，雙臂交叉放在後腦勺上，並將帽子往前挪了挪，遮住燦爛朝陽。讓她說些她熟悉且單純的事情，是讓他自己思緒繼續飛馳最簡單的方式，他坐著聽她大概地報告流水帳，說她去游泳、划船、騎馬，偶爾有軍艦停靠到鎮上時，去參加小旅店舉辦的舞會。來自費城和巴爾的摩幾個有趣的人，會在旅店野餐，還有賽佛奇・梅里一家也要來這裡待上三週，因爲凱特・梅里患了支氣管炎。他們計畫在沙地上造一座草地網球場，但是除了凱特和梅之外，其他人都沒有網球拍，大部分人甚至沒聽過這項運動。

她忙著做這些事情，根本無暇閱讀亞契上週寄給她的那本上等牛皮小詩集《葡萄牙人的十四行詩》。不過她將〈他們如何將好消息從根特帶到艾克斯〉牢記在心，因爲這是亞契第一次朗讀給她聽的一首詩。而且她興奮地告訴他，原來凱特・梅里從未聽過羅勃・白朗寧這位詩人①。

她突地驚跳了起來，喊道他們吃早餐要遲到啦，便急忙趕回那座破舊的房子。

那座門廊沒有粉刷、藍雪花和粉紅色天竺葵花叢亦未修剪的房子，是維蘭一家在此過冬的居所。維蘭先生對於居家環境非常敏感，因此他害怕南方骯髒旅館的種種不適。維蘭太太面對這幾乎無法解決的龐巨開銷難題，每年都得勉強湊出一座度假居所該有的配置，一部分來自滿心不情願的紐約僕人，一部分則雇用當地的非裔僕人。「醫生希望我丈夫覺得像住在自己家裡，否則要是他心情不好的話，好天氣對他也無益。」她每年都這麼向那些表示同情的費城及巴爾的摩人解釋道。

維蘭先生愉快地看著餐桌上如奇蹟般出現的豐富菜餚，立刻對亞契說：「你看，我親愛的夥伴，我們在露營——我們眞的是在露營。我告訴我太太和梅，我想教她們如何過艱苦的日子。」

維蘭夫婦跟他們的女兒一樣，對於這位年輕人的突然出現感到意外。他已事先想好理由，說他覺得自己快得重感冒，而這個說法對維蘭先生來講，似就足以說明他爲何會暫時將自己的職責丟在一旁了。

「你再怎麼小心也不爲過，尤其是快接近春天時。」維蘭先生一面說，一面在盤裡裝盛麥色烤蛋糕，並淋上金黃色糖漿，「要是我在你這個年紀就跟你一樣謹愼的話，梅現在應該在國會上跳舞，而不是跟一個沒用的老人在荒野中過冬。」

「哦，但是我很喜歡這裡啊，爸爸，您知道我很喜歡的。要是紐蘭也能在這裡的話，我喜歡這裡可要比紐約還多上一千倍。」

「紐蘭得待在這裡，直到他感冒完全好爲止。」維蘭太太疼愛地說。年輕人笑著，嘴裡說著還是要顧及工作。

不過，他跟事務所打了幾封電報溝通之後，便順利地讓自己的感冒延長了一週。得知萊特布爾先生如此寬容大量，部分是因爲他很滿意這位聰明的年輕合夥人成功處理好令人頭痛的奧蘭卡離婚案，這不禁讓他覺得有點諷刺。萊特布爾先生已經告訴維蘭太太，亞契先生爲整個家族「做出了極大的貢獻」，明戈特老太太對此尤感欣慰。當梅和父親有天搭乘當地唯一一輛馬車外出兜風時，維蘭太太趁這個機會提起總是避免在她女兒面前談論的話題。

「我擔心愛倫的想法跟我們一點也不相合。梅多拉・曼森帶她回歐洲時，她才剛滿十八歲。你還記得她穿著黑色禮服出現在她初入社交界的舞會時所造成的騷動吧？又是梅多拉的另一個怪主意——那可眞像個預兆！那至少應該是十二年前的事了，之後愛倫都沒回過美國，難怪她已經完全歐化了。」

「但是歐洲社會也不贊同離婚這種事。奧蘭卡伯爵夫人以為要求自由，較符合美國的自由思想。」這是這位年輕人離開斯庫特克利夫後，頭一次說出她的名字，他感覺到自己臉紅了。

維蘭太太露出同情的微笑，「那就像是外國人針對我們的生活習慣所發明的那些新奇事兒。他們認為我們都兩點鐘吃晚餐，還支持離婚！正是如此，讓我覺得當他們來紐約時招待他們實在有點傻。他們接受我們的招待，回家後還是重複同樣的蠢話。」

亞契對這番話並沒有發表任何意見，因此維蘭太太又繼續說：「但我們眞的很感謝你說服愛倫放棄這個念頭。她奶奶和叔叔洛維爾拿她一點法子也沒有。他們倆都在信上說，他們認為她會改變心意，完全是受你影響——事實上，她也是這麼跟奶奶說的。她對你崇拜不已。可憐的愛倫，她過去一直是個任性的孩子，我眞擔心她以後會變成什麼樣？」

「變成我們努力造就的那樣，」他想這麼回答，「假如你們寧願她成為鮑弗的情婦，也好過另嫁為某個正派人士的妻子，那麼你們肯定是走向正確之道。」

他心想道，他若眞的講出這些話，非僅在心裡想著，維蘭太太會怎麼說呢？他可以想像她那習於掌管日常事務而有點裝腔作勢的沉靜表情，會突然大驚失色。她的臉上仍可看到一點跟她女兒相仿的那種清秀餘韻。他也問自己，梅的臉龐是否也注定會變成跟她母親一樣的無知中年婦女形象？

哦，不，他不希望梅有這樣的無知形象，這樣的無知令人失去了想像力，讓人的心靈失去了對生活經驗的感受力！

「我的確相信。」維蘭太太繼續說：「要是這可怕的新聞眞的登上報紙，會對我丈夫帶來致命的打擊。我不清楚事情詳細情況，但是當可憐的愛倫試著跟我討論這件事時，我只告訴她，我希望她別這麼做。我有個病人要照顧，務得保持樂觀愉悅的心情。只是維蘭先生非常地生氣。當我們在等待最後決定的那幾天早上，他總是有點發燒。他好怕自己的女兒發現這樣的事情是可能發生的——當然，紐蘭，你一定也有同樣的感覺。我們都知道你全是爲了梅著想。」

「我全是爲了梅。」這位年輕人回答道，起身中斷這個話題。

他本想抓住這個私下談話的機會，說服維蘭太太將結婚日期提前。但他想不到說服她的理由，因此他看到維蘭先生跟梅的馬車出現在門口時，不覺鬆了口氣。

他唯一的希望就是再央求梅，他離開的前一天，又和她一起散步到那座西班牙傳教館荒廢的花園。花園背景讓人彷覺置身於歐洲。梅戴著她那頂寬邊帽子，她清澈無比的雙眼被帽子陰影遮住而略顯神祕，這讓梅看起來異常可人。且當他提到格拉納達及阿爾罕布拉宮時，梅兩眼興奮地閃閃發亮。

「我們這個春天應該就可遊覽到這幾處了，甚至還可以在塞維亞②見識復活節的慶典活動。」他加把勁誇張地說出他的要求，以期獲得較大的讓步。

「在塞維亞過復活節？下週就是四旬齋了！」她笑應。

「我們何不乾脆於四旬齋完婚？」他回答道。

她看起來如此地驚訝，讓他瞭解到自己所犯下的錯誤。

「當然，我不是眞想這麼做，親愛的。但若是能在復活節過後不久結婚就好了，這麼一來，我們四月底便可出發。我確定事務所那邊不會有問題的。」

她微笑地夢想著這個可能性，他看得出來，光是夢想即能讓她感到滿足。就像聽他大聲朗讀那些詩集，美麗的事情永遠都不可能發生在現實中。

「啊，請繼續講下去，紐蘭，我眞喜歡你描繪的未來。」

「但爲什麼這些事情只能是描繪中的未來呢？我們爲什麼不能讓一切成眞呢？」

「我們當然會的，親愛的，明年。」她拖長聲音說道。

「妳不想早點讓這成眞嗎？我還是無法讓妳改變心意嗎？」

她低下頭，帽簷擋開了他的注視。

「我們爲什麼還要夢想一年呢？看著我，親愛的！難道妳不明白我有多麼想讓妳成爲我的妻子嗎？」

她就這麼紋絲不動，繼而才抬起眼來看著他，眼中充滿了絕望之情，讓他不覺略微鬆開放在她腰間的手。她的表情突然變了，變得如此高深莫測。「我不確定我的理解是否正確，」她說：「是因爲……是因爲你不確定自己是否能繼續喜歡我嗎？」

亞契從他的座位上跳了起來。「我的老天！或許吧，我也不知道。」他生氣地說出這些話。

梅．維蘭跟著站起來，他們倆面對面，她那女性的氣質及尊嚴似漸增高。他們兩人沉默了半晌，像是被他們這些以前從未有過的話語給驚愣了。接著她低聲說道：「若是這樣的話……有第三者嗎？」

「第三者！妳我之間？」他慢慢重述她的話，彷彿聽不懂這句話，需要對自己重複這個問題。她似乎聽到他語調中的不確定，又繼續以更沉重的口吻說：「讓我們坦白相對吧，紐蘭。我有時覺得你變了，尤其在我們宣布訂婚消息之後。」

「親愛的，妳在胡說什麼傻話！」他回過神後喊道。

她以虛弱的微笑面對他的抗議。「不是的話，那聊聊也沒什麼關係。」她停頓了一下又說道，以她高尚的舉止抬起頭來，「或者，即使眞是如此，爲什麼我們不能談呢？你可能輕易犯下錯誤。」

他低下頭，緊盯著他們腳下灑滿陽光的小徑上的黑色葉子圖案，說：「錯誤總是容易犯下的，但若是我犯了妳所指的那種錯誤，我還可能求妳提早完婚嗎？」

她也垂著頭，在努力想著該怎麼回答時，用陽傘傘尖撥亂了地上的圖案。「是的，」她最後終於說：「你可能想……『徹底』解決這個問題，這也是一種解決方式。」

她沉靜清晰的敘述令他感到意外，但並沒有讓他誤以爲她麻木不仁。在她的帽簷下，他瞧見她慘白的側臉，而她力持鎮靜的雙唇上，是微微顫抖的鼻翼。

「所以呢？」他問道，在長凳上坐了下來，試著裝出開玩笑的樣子，皺著眉抬頭看她。

她坐回她的座位後繼續說：「你不應該認爲女孩總是像父母以爲的那麼天眞。每個人都會聽、會觀察，有自己的感受及想法。當然，早在你告訴我你喜歡我之前，我便知道你對另一個人有意了。兩年前，大家在新港就在談論這件事。而且我曾經看見你們並肩坐在舞會的陽台上……當她回到屋裡時，臉上的表情好悲傷，我爲她感到難過。我是在我們訂婚後，才想起這件事情的。」

她的聲音幾乎變成了喃喃自語，她坐在那裡一下子抓緊、一下子又鬆開陽傘的把手。年輕人將他的手放在她的雙手上，並輕輕按住，他終於放寬心，有種說不出的輕鬆。

「我親愛的傻孩子，就因爲那件事啊？要是妳知道眞相就好了！」

她立刻抬起頭來，「那麼，的確有我不知道的眞相嗎？」

他的手仍然放在她手上，「我指的是，妳所提那段往事的眞相。」

「但那就是我想知道的，紐蘭，那是我應該知道的。我不能將自己的幸福，『不公平地』構築在另一個人的痛苦上。我也想相信，你的想法跟我一致。我們能在這樣的基礎上，建立起什麼樣的生活？」

她臉上露出一種英勇犧牲的悲劇性表情，讓他覺得自己快要匍伏在她足下了。「我很早就想跟你說這件事了。」她繼續說：「我想告訴你的是，當兩個人相愛，我知道有時候必須、必須挺身反對公眾的輿論。若是你覺得自己做了某種承諾，對那個我們提到的人許下承諾，如果有任何能實踐承諾的方式——即使是要她離婚，紐蘭，別因爲我而放棄了她。」

他驚訝地發現原來她所擔心的，竟然是他與索利・拉許沃夫人那段早已結束許久的戀情，尤令他驚訝的是，她的心胸是如此寬宏大量。她表現出一種拋開一切的超凡態度，若是他心裡沒有其他煩惱壓著他，他肯定會完全陷於維蘭夫婦的女兒催促他跟以前情婦結婚的震驚當中。然而他們剛才在懸崖邊瞥見的險境，讓他暈眩猶存，同時又對少女心境的高深莫測起了一種全然的敬畏感。

他有好半天說不出話來，接著才又啓口：「我們之間根本沒有任何承諾，也沒有任何義務……那種妳想的義務。像這種事情，並不一定就像它表面的那麼單純，但那不重要，我愛妳的寬容大量，因爲對於這些事情，我的感覺跟妳一樣。我認爲每件事都要個別來看，以它個別的情況來論斷，拋開那些愚蠢的俗見——我想說的是，每個女人都有權享有她的自由……」他站起身來，驚訝於自己思想上的轉折，微笑地看著她並繼續說：「既然妳瞭解這麼多事情，親愛的，能不能再進一步想想，試著去瞭解我們遵循另一種形式的愚蠢俗見是毫無意義的？我們之間並沒有任何人或事，只是爲了早點結婚，故不該再延遲結婚的時間了，不是嗎？」

她高興得漲紅了臉，抬起頭迎視他。他低頭看她時，見到她眼中盈滿了喜悅的淚水。她好像從高高在上的女人，又回復成了羞澀無助的少女。這才讓他明白，她的勇氣與自發，都是爲別人奮戰才產生的，面對自己的問題時卻一點也不勇敢。顯然，說出這番話所費的心力，遠大於她努力維持鎮靜的表面。一聽到他的保證，她便回到原來的樣子，就像個冒險過度的孩子躲入母親懷抱尋求庇護般。

亞契無心再懇求她了。那位曾用她清澈雙眸深深注視著他的新生命已然消失無蹤，這實在太令人失望了。梅似乎察覺到他的失望之情，但不曉得該如何安慰他，於是他們站起身來，默默地走回家去。

譯註：

①《葡萄牙人的十四行詩》（*Sonnets from the Portuguese*）是伊莉莎白・巴雷特・白朗寧（Elizabeth Barrett Browning，一八〇六至一八六一）所作，本書第二十二章提到的〈傑拉汀女士的求婚〉亦是其作品，她是英國維多利亞時期著名詩人，與羅勃・白朗寧為夫婦；〈他們如何將好消息從根特帶到艾克斯〉（*How they brought the Good News from Ghent to Aix*）一詩，正是英國詩人及劇作家羅勃・白朗寧（Robert Browning，一八一二至一八八九）所作。

②前述的阿爾罕布拉宮是摩爾人在西班牙南部格拉那達統治時期所建立的著名遺跡，塞維亞亦是摩爾人統治下的重要港口城鎮，遺留下不少摩爾風格建築。

第十七章

「你不在家時，你的表姊伯爵夫人來看過媽媽。」哥哥返家的那晚，珍妮・亞契這麼說。

年輕人當時正和母親、妹妹共進晚餐，聞言訝異得抬起頭來，只見亞契夫人目光嚴肅地低頭用餐。亞契夫人並不覺得自己與世隔絕，就有被遺忘的理由。紐蘭猜想她應該是有點生氣自己居然對奧蘭卡夫人的拜訪如此驚訝。

「她穿了件波蘭黑絨連衫裙，上頭有墨黑色扣子，外加一副小巧的綠色猴皮暖手筒。我從未看過她穿得這樣時髦。」珍妮繼續說：「她自己一個人來，週日下午早早就到了，還好那時客廳已經升好火。她帶了一款新名片盒過來，說她想認識我們，因爲你對她太好了。」

紐蘭笑著說：「奧蘭卡夫人總是這麼說她朋友的，她很高興又回到自己人身邊。」

「是的，她也是這麼告訴我們的。」亞契夫人說：「我得說，她似乎很慶幸自己回到這裡。」

「我希望妳還喜歡她，母親。」

亞契夫人抿起嘴，接腔道：「她的確盡力討人歡心，即使她拜訪的是一位老太婆。」

「母親覺得她不是個單純的人。」珍妮插口道，雙眼緊盯著哥哥的臉。

「那只不過是我這個老古板的感覺，親愛的梅還是最得我心的。」亞契夫人說。

「啊，」她兒子回說：「她們並不一樣。」

*　　　　*　　　　*

亞契離開聖奧古斯丁時帶了許多要捎給明戈特老太太的訊息，因此他回來後一、兩天即登門拜訪。老夫人異常熱情地接待他，感謝他說服奧蘭卡伯爵夫人放棄離婚的念頭。他告訴老夫人他未向事務所告假便匆匆趕去聖奧古斯丁，就只爲了見梅一面時，她咯咯地笑了起來，用那雙圓滾滾的手拍了拍他的膝蓋。

「啊，啊！所以你是脫韁了，不是嗎？我猜奧古絲塔跟維蘭八成拉長了臉，一臉像世界末日到了吧？但是小梅，她應該比較能理解，不是嗎？」

「我希望她是這樣的，偏偏她還是不肯答應我去求她的事情。」

「當眞如此？你去求她什麼？」

「我希望她答應我們四月結婚，我們爲什麼還要浪費一年的光陰呢？」

曼森．明戈特老太太噘起她的小嘴，裝起一本正經模樣，瞇著眼打量著他，「問我媽媽，我猜她鐵定會這麼說——老是這樣。唉，這些明戈特家的人啊，全都一個樣！他們全都住在窠臼裡，拉也拉不出來。當我建造這棟房子時，大家還以爲我要搬到加州去呢！從沒有人在四十大街外的地方蓋房子，沒有。我敢說，在哥倫比亞發現新大陸以前，沒人落腳在貝特利街以外的地方。沒有，沒有，他們全都不敢特立獨行，就跟害怕得天花一樣。啊，我親愛的亞契先生，感謝老大讓我只是個史派瑟家的粗人，但是我的孩子當中，除了我的小愛倫之外，沒人像我。」她停頓了一會兒，仍瞇著眼盯著他，然後像上了年紀的人老是前言不搭後話地問：「哎呀，你怎麼不娶我的小愛倫呢？」

亞契笑答：「因爲，我無法娶她呀！」

「當然，當然如此，眞是可惜啊。現在一切都太晚了，她的人生是完了。」她講話的口氣，就像老年人將年輕人的希望埋進土裡那般冷酷自然，聽得這位年輕人的心都寒了。他急忙說道：「我是否能說服您行使您對維蘭夫婦的影響力呢，明戈特老夫人？我不是那種可以久等的人。」

老凱瑟琳讚許地看著他，「嗯，我看得出來你不是那種人。你的眼睛可尖了。當你還小時，我就看得出來你喜歡先受人幫助。」她仰頭大笑，笑得下巴像小波浪般顫動著。「啊，我的愛倫現在可來了！」她喊道，這時她背後的門簾也被掀了開來。

奧蘭卡伯爵夫人微笑走上前，她的表情看起來清亮又開心。當她一面傾身向前讓奶奶親吻時，一面歡快地將她的手伸向亞契。

「親愛的，我才跟他說，你怎麼不娶我的小愛倫呢？」

奧蘭卡伯爵夫人看向亞契，依舊面帶微笑，「那他怎麼回答？」

「哦，我的寶貝，我留給妳自己去弄明白吧！他剛去佛羅里達見他的甜心。」

「是的，我知道。」她仍然看著他，「我去拜訪過你母親，問你到哪裡去了。我送去一封便函給你，可是遲遲沒有收到回音，擔心你生病了。」

他喃喃地說自己是臨時起意，離開得很匆忙，原本想從聖奧古斯丁回封信給她的。

「當然，一旦到了那裡，你就不會再想起我了！」她繼續笑看著他，那神情很可能是故作不在乎。

「就算她還需要我，她也下定決心絕不讓我看出了。」他心想道，並被她的態度給刺傷了。他想謝謝她去拜訪他母親，可在這位老太太精明目光下，他覺得自己根本說不出口，顯得相當拘泥。

「瞧瞧他，急著想結婚，居然蹺班趕去跪求那個傻女孩！這才像情人，那位英俊的鮑勃・史派瑟就是這樣把我可憐的媽媽拐走的，之後又在我還沒出世前就厭倦她了——他們只消再等八個月，我就出生了！不過話說回來，你並不是史派瑟，年輕人。算你跟梅運氣好，只有我可憐的愛倫還流著他們的怪血統，其他都是典型的明戈特人。」那位老太太輕蔑地嚷道。

亞契察覺到，坐在她奶奶旁邊的奧蘭卡伯爵夫人，仍滿懷思緒打量著他。她的目光不再是那愉快的神情，接著她十分溫柔地說：「當然，奶奶，我們可以一起說服他們，讓他如願以償。」

亞契起身準備離開，當他們握手時，他覺得她正在等他提那封未答覆的信函。

「我什麼時候能見見妳呢？」當她陪他走到房門口時，他這麼問道。

「隨時都行，但你若還想看那棟小房子的話，得盡早。我下週要搬家了。」

想起在那間低矮客廳燈光下度過的幾個小時，讓他不禁一陣心痛。雖然只是他們共同度過的幾個小時，卻充滿了回憶。

「明天晚上？」

她點了點頭，「好的，明天。但請早點來，我晚上得出門。」

隔天是週日，若是她週日晚上要「出門」的話，那當然只可能去史特拉斯太太家。他感到有點氣惱，並非因爲她要去那裡（他寧願她是去她喜歡的地方，而不是范德盧頓家），只是因爲她在那種地方定會遇到鮑弗，而她八成也早知道如此——她可能就是爲此才去的吧。

「很好，明天晚上。」他複述道，暗自決定他不會早到。晚點到她家的話，不是可以阻止她去史特拉斯太太家，抑或是到的時候她已經離開了——他仔細斟酌後，覺得這乃是最簡單的解決之道。

*　　　　*　　　　*

他按下紫藤下的門鈴時，才不過八點半，非他原本預計的晚半個小時——因爲有種強烈的不安感催促著他。然而，他又想，史特拉斯太太家週日晚宴並不像舞會，她的賓客彷彿要將自身惰性降到最低似的，通常會早到。

只是他沒料想到，走進奧蘭卡夫人家玄關時會瞧見幾頂帽子和外套。倘她邀請客人過來用餐的話，爲何還要他早點來呢？仔細看過娜塔西放置他衣帽旁邊的那些衣物，他的憤怒被好奇心所取代。

事實上，那些大衣是他在體面人家裡看過最奇怪的。再看一眼便確定那不屬於朱利斯・鮑弗所有，其中一件是廉價的黃色粗毛絨長大衣，另一件則是舊得褪色的連帽斗篷，有點像法國人說的「披肩斗篷」。這件衣服似是專爲身材特別高大的人所製，可明顯看出已經日久年深，而且它墨綠色摺領還散發出一股濕霉的木屑味，顯然經常掛在酒吧牆上。斗篷上頭放著一條灰色圍巾，和一頂略仿牧師帽的奇特軟帽。

亞契挑起眉疑惑地看向娜塔西，她也挑眉回視他，同時推開客廳的門，認命地說聲：「請！」

年輕人立即察見女主人並不在客廳裡，接著驚訝地發現爐火邊站著另一位女士。這位女士又高又瘦又垮，一身衣服披掛著環圈與流蘇，素色衣服上的設計充斥了各種格紋、細條紋及寬條紋，完全看不出個所以然。她那頭還未完全轉白便已失去光澤的頭髮，以西班牙髮梳和黑色蕾絲巾綁成髮髻，還戴著一雙明顯可看到補丁的露指長手套，遮住她患風濕的雙手。

她身旁的雪茄煙霧中，站著那兩件外套的主人，他們兩位都穿著晨服，看來他們自早上下床後就沒換過。而其中一位，亞契驚訝地發現，竟然是奈德・溫塞特。另一位較老的男士，他則不認識，從其龐大身軀看來，應當是那件「披肩斗篷」的主人。這位老男士有氣無力的獅子頭上，是一頭蓬亂的灰髮，他揮動著彷彿想抓住什麼東西的手臂，像在賜福給一群跪倒在前的信眾。

他們三人一起站在壁爐前的地毯上，眼睛緊盯著一大束豔麗的紅玫瑰花，花束上繫著一撮紫羅蘭，那束花朵放在奧蘭卡夫人慣常坐的沙發上。

「這束花在這個季節得要價多少啊——不過人們關心的，當然是它所代表的心意！」亞契走進來時，那位女士正道出如此感慨。

他的出現讓他們三人驚訝地轉過頭來，那位女士隨即走向前，伸出她的手。

「親愛的亞契先生，就快成為我的紐蘭表親了！」她說：「我是曼森侯爵夫人。」

亞契行禮致意後，她繼續說道：「我的愛倫讓我在這兒住幾天。我剛從古巴回來，跟一些西班牙朋友在那裡過冬，他們都是有趣的名流，西班牙古王朝時最有身分的貴族。眞希望你也有機會認識他們！但我被阿加森・卡佛博士這位親愛的朋友給喚回來啦。你不認識卡佛博士吧？他是愛之谷協會的創辦人。」

卡佛博士點了點他那顆獅子頭。侯爵夫人接著又說：「啊，紐約、紐約——這裡的靈性生活實在太少了！不過，我看你倒是認識溫塞特先生。」

「哦，是的。我認識他一段時間了，但並不是透過那個管道。」溫塞特乾笑道。

侯爵夫人責怪地搖搖頭，「何以見得，溫塞特先生？傾聽者，聖靈必至。」

「聽！哦，聽啊！」卡佛博士大聲地咕噥道。

「請坐，亞契先生。我們四個人剛一起用過愉快的晚餐，我的孩子上樓更衣了。她在等你，待會兒就下來。我們只是在欣賞這些美麗的花朵，等她下樓時，一定會很驚豔的。」

溫塞特仍然站著，「我恐怕得走了。請轉告奧蘭卡夫人，她拋棄我們這條街後，我們必會覺得很失落的。這座房子宛如我們的綠洲。」

「啊，但是她一定不會拋棄你的。詩與藝術都是她生命的泉源。你寫詩吧，溫塞特先生？」

「哦，不，不過我有時也讀讀詩。」溫塞特說道，接著向大家點了點頭，便離開了。

「眞是個刻薄的人啊，有點孤僻，不過很聰明。卡佛博士，你覺得他聰明嗎？」

「我從不想聰明這類的事情。」卡佛博士嚴肅地回應。

「啊，啊，你從不想聰明這類的事情！對我們這些軟弱的俗人，他是如此無情啊，亞契先生！但是他只沉浸在靈性生活中。而他現正準備今晚要在布蘭克家發表的演說。卡佛博士，在你動身前往布蘭克家之前，可有時間向亞契先生談談你在『直接接觸』方面極具啓發性的發現？哦，不，已經快九點了，這麼多人在等著你傳遞訊息，我們不能耽擱你的時間。」

卡佛博士似乎對最後這句話有點失望。但他拿出自己那只笨重的金錶跟奧蘭卡夫人的小旅行鐘對照之後，還是不情不願地撐起他龐大的身軀，準備離開。

「我待會兒會見到妳嗎，親愛的朋友？」他問侯爵夫人，對方微笑答道：「愛倫的馬車一到，我就過去找你，希望能在演講還未開始前趕到。」

卡佛博士若有所思地看著亞契，「或許，若是這位年輕人對我的經驗有興趣的話，布蘭克太太應該會歡迎妳帶他一道去？」

「哦，親愛的朋友，若是可能的話，我想她會很高興的。但是愛倫恐怕在等著亞契先生呢。」

「那麼，」卡佛博士說：「眞是太可惜了。這是我的名片。」他將名片遞給亞契，他見到上面以哥德字體寫著：「阿加森．卡佛／愛之谷／基塔斯垮塔密，紐約」。

卡佛博士欠身致意後旋即轉身離去，曼森侯爵夫人發出一聲不知是遺憾、還是鬆了口氣的嘆息聲，再次示意亞契坐下。

「愛倫馬上就下來了。在她下來之前，我很高興能和你一起享受這安靜的時刻。」

亞契喃喃表示幸會。侯爵夫人繼續用她低沉的喉音說：「我什麼都知道，親愛的亞契先生，我的孩子將你爲她做的一切都告訴我了。你明智的忠告，你的勇敢堅決——感謝老天，一切還不算太遲！」

年輕人尷尬地聽著。他想著，可還有誰，是奧蘭卡夫人尚未說出自己干預她私事這件事？

「奧蘭卡夫人言過其實了，我純粹依照她的要求，提供給她一些法律上的建言而已。」

「啊，但是這麼做、這麼做，你不知不覺中已經成爲、成爲……我們現代人怎麼稱呼神呢，亞契先生？」那位女士嚷道，歪著頭，神祕地垂下眼簾，「你有所不知，那個時候也有人向我求助。事實上，有人找過我幫忙呢，從大西洋的另一邊！」

她往後看了一眼，就像怕被人偷聽似的，接著又將椅子往前挪了挪，拿起一把小象牙扇遮住雙唇，悄聲說：「就是伯爵本人哪，我可憐、氣憤、愚蠢的奧蘭卡。他只要求她回去，所有條件都依她。」

「我的老天！我的老天！」亞契跳了起來喊道。

「你嚇壞了吧？是的，理當如此，我可以理解。我不會爲可憐的史坦尼斯拉斯說話的，即使他總說我是他最好的朋友。他也不爲自己辯解——他跪在她跟前，就當著我的面。」她輕拍她細瘦的胸部，

「我這裡還有他的信呢。」

「信？奧蘭卡夫人看過了嗎？」亞契結結巴巴地說，腦子因為這令人震驚的消息略有點發昏。

曼森侯爵夫人輕輕搖頭，「時間、時間，我需要點時間。我瞭解我的愛倫，她高傲又倔強，或者應該說，不輕易原諒？」

「可是，老天，原諒是一回事，回去那個地獄，又是另一回事……」

「啊，是的。」侯爵夫人同意道。「所以她是這麼形容的——我敏感的孩子！可是在物質方面，亞契先生，倘考慮這方面的話，你知道她放棄了什麼嗎？那些放在沙發上的玫瑰——好幾畝這樣的玫瑰田，包括在溫室及露天的，就在他尼斯那塊無敵的台地庭園中！珠寶——有歷史價值的珍珠、翡翠，加上貂皮——但是她一點也不在乎這些！藝術與美，這才是她真正關心的，她生活的重心就跟我一樣。還有那些她生活中的東西，畫、無價的家具、音樂、充滿智慧的談話。啊，就是這些，我親愛的年輕朋友，請恕我無禮，這些就是這裡的人所不知曉的！她曾擁有這全部，而且還都是最受尊崇的！但是她告訴我，紐約人並不覺得她很漂亮——我的老天！她的肖像被畫過九次，歐洲最棒的藝術家懇求自己有這等榮幸。難道這些都不算什麼嗎？還有那位愛慕她的丈夫的懺悔，也不算什麼嗎？」

當曼森侯爵夫人講到激動處時，臉上因回想起過去而出現心醉神迷的表情，要不是亞契已經先被驚愣了，準會笑出來的。

假如有人事先告訴他，初見到可憐的梅多拉．曼森會是撒旦使者的姿態，他肯定會大笑。可是他現在根本沒有心情笑，對他來講，她就像直接從愛倫．奧蘭卡剛逃脫的那個地獄來的。

「她還不知道……這些事情吧？」他突然問道。

曼森夫人將一隻紫色的手指放在唇上，「還沒直接告訴她，不過她是否已經猜到，誰又知道？其實，亞契先生，我一直在等著見你。打從我一聽到你所採取的堅定立場，以及你對她的影響力，我希望能得到你的支持，說服你……」

「她應該回去？我寧願看她死去！」這位年輕人激動地吶喊。

「啊……」侯爵夫人咕噥道，沒顯出生氣的跡象。她靜坐扶手椅上好半晌，那把古怪的象牙扇拿在她戴著露指長手套的指間，打開、又闔上。突然，她抬起頭來聆聽著。

「她來了。」她急促地低語，接著，指向沙發上的那束花說：「這麼說，你比較喜歡那個囉，亞契先生？畢竟，婚姻是婚姻……而我姪女仍然是個有夫之婦……」

第十八章

「你們倆在密謀些什麼啊，梅多拉姑媽？」奧蘭卡夫人走進房間時大聲說道。她打扮得像要去參加舞會，全身散發著柔和的光輝，就好像她的衣服是由燭光編織而成的。她抬高頭，好似一位美女在向一屋子的競爭者提出挑戰。

「親愛的，我們正說這裡有件讓妳驚喜的美麗玩意兒。」曼森侯爵夫人回道，起身頑皮地指向那束花。

奧蘭卡夫人倏地停下腳步，看向那束花。她的臉色沒變，然有道像夏天閃電的白色怒氣一閃而過。「啊！」她以年輕人從未聽過的刺耳聲音喊道。「誰這麼荒唐送這束花來？爲什麼是束花？而且，偏偏還選在今天晚上？我又不是要去舞會，也不是訂婚等著出嫁的姑娘。但有些人總是這麼荒唐可笑。」

她轉身走到門口，打開門，喊著：「娜塔西！」

那位無所不在的女僕立刻出現，亞契聽到奧蘭卡夫人跟她說義大利話，且似乎刻意說得很慢，以便讓他能跟得上：「來，將這個扔到垃圾桶去！」

見到娜塔西抗議地瞪大眼睛，她又說：「算了！錯又不在這可憐的花。讓男僕將這束花送到隔壁第三家，給那位剛在這兒吃晚餐的憂鬱紳士，溫塞特先生的家。他太太生病了，這束花或許能讓她心情好轉些……妳說男僕外出了嗎？那麼，親愛的，妳親自跑一趟吧。來，穿上我的斗篷，趕快跑過去。我希望這個東西馬上從我屋裡消失！還有，千萬別說是我送的！」

她將她的歌劇絲絨斗篷披在女僕身上，回到客廳，用力關上門。她的胸部在蕾絲下劇烈起伏，亞契覺得她快要哭了。她卻放聲大笑，看了看侯爵夫人後，又看向亞契，突然說：「你們兩個，已經是朋友了嘛！」

「這得由亞契先生來說，親愛的。妳在更衣時，他一直耐心候著。」

「是啊，我給了你們足夠的時間哩，我的頭髮老是不聽話。」奧蘭卡夫人說道，舉起手摸了摸她假髻上束起的鬈髮，「這倒讓我想到，卡佛博士已經走了，妳去布蘭克家可要遲了。亞契先生，可以麻煩你送我姑媽上馬車嗎？」

她跟侯爵夫人走進走廊，看著姑媽穿上那堆鞋套、披肩與圍巾，接著站在門口喊道：「記得，讓馬車十點鐘回來接我！」她隨後便回到客廳。當亞契再次走進客廳時，發現她正站在壁爐邊，仔細照著鏡子。在紐約社會，一位女士叫自己的女僕「親愛的」，還讓她披著自己的斗篷出去辦事，並不尋常。亞契對自己置身於這種隨著心意、以彷如奧林匹克競賽速度行事的世界，感受到一股美妙的刺激感。

他從背後走近時，奧蘭卡夫人未加移動。有那麼一瞬間，他們的目光在鏡中對上了。她接著轉過身來，窩在沙發的一角，然後嘆口氣說：「還有時間抽根菸。」

他遞了菸盒給她，又為她點燃一片紙捻。火苗燃起照在她臉上之際，她笑盈盈看了他一眼後說道：「你覺得我發脾氣時怎麼樣？」

亞契停了一會兒，爾後突然下定決心似地說：「那讓我明白了妳姑媽方才所講那些關於妳的事。」

「我就知道她在講我的事，所以呢？」

「她說妳已經太習慣了所有那些事情——精彩、享樂、刺激，都是我們這裡不能給妳的。」

奧蘭卡伯爵夫人淡淡的笑容消失在她嘴邊那圈煙霧中。

「梅多拉是個無可救藥的浪漫主義者，這讓她在許多方面好過許多！」

亞契再度遲疑了一下，繼而再次大膽說道：「妳姑媽的浪漫是否一向眞確？」

「你的意思是，她是否說眞話？」曼森侯爵夫人的姪女想了想，回道：「嗯，我會說幾乎她所講的每一件事裡，有眞也有假。可是你爲何這樣問？她跟你說了些什麼？」

他移開目光看向爐火，甫又轉回來看她那耀人的外表。他的心驀地緊縮一下，想到這是他們在這爐火邊的最後一個夜晚，不久後馬車就要來接走她了。

「她說……她假裝奧蘭卡伯爵請求她說服妳回去他身邊。」

奧蘭卡夫人沒有回應，只靜靜地坐著，半抬起的手裡仍拿著香菸，臉上表情也不見任何變化。亞契想起自己先前即注意到她從未展現過驚訝表情。

「那麼，妳已經知道了？」他脫口而出。

她沉默許久，久到菸灰都從她的香菸落下了。她將菸灰撥到地上，「她提到有一封信。可憐的人！梅多拉的暗示……」

「她是受妳丈夫請託，才突然來此的嗎？」

奧蘭卡夫人似乎也在思考這個問題。「又來了，誰知道呢！她告訴我是受卡佛博士的什麼『聖靈的召喚』來的，我擔心她會跟卡佛博士結婚……可憐的梅多拉，總是有她想嫁的人。或許古巴的那些人對她厭倦了！我想她在那邊是受雇拿錢伴遊。說眞的，我也不曉得她爲什麼而來。」

「但是妳眞的相信她有封妳丈夫的信吧？」

奧蘭卡夫人再次陷入默然沉思，然後說：「畢竟，這是預料中的事。」

年輕人站起身走過去靠在壁爐上。他乍湧一陣焦躁，覺得他們剩下時間無幾而緊張得說不出話，他隨時都可能聽到馬車返回的聲音。

「妳知道妳姑媽認爲妳應該會回去嗎？」

奧蘭卡夫人立即抬起頭，她的臉燙紅了起來，直紅透到頸子和肩膀。她鮮少臉紅，因此顯得很痛苦，好像眞的被燙傷似的。

「外界對我有許多殘酷的評論。」她說。

「哦，愛倫。請原諒我，我眞是個傻瓜、渾蛋。」

她露出一點笑容，「你太緊張了。你也有自己的煩惱，我知道你認爲維蘭家對於你的婚事做法實在太不通情理，我當然贊同你的看法。歐洲人無法理解我們美國人的婚期爲何要拖這麼久，唔，我想他們可能不像我們這樣冷靜吧。」她說「我們」時稍微加重了語氣，透出諷刺的意味。

亞契察覺到諷刺意味，但不敢接話。畢竟，她可能只是故意要將話題從自己身上轉移開，在他說出最後那幾句顯然惹她難過的話之後，他也只能隨她說了。然而，隨著時間分秒流逝，讓他不顧一切：他再也無法忍受他們之間再度被言語的障礙給隔離開來。

「沒錯，」他突然開口說：「我南下懇求梅復活節過後結婚，沒有理由我們到那個時候還不結婚。」

「梅這麼愛你，但你仍舊無法說服她？我還以爲她很聰明，不會受制於這種荒唐的迷思。」

「她是很聰明，也沒有受制於迷思。」

奧蘭卡夫人看著他，「嗯，那麼……我就不明白了。」

亞契漲紅了臉，急忙說：「我們坦誠地談了這件事，應該是頭一回這樣。她認爲我耐不住性子，是一種不好的徵象。」

「我的老天爺——不好的徵象？」

「她認爲這表示我無法相信自己還能繼續喜歡她。總之，她認爲我想盡快結婚，是因爲我想逃離一位……我更喜歡的人。」

奧蘭卡夫人好奇地思索這件事情。「但若是她這麼想的話，爲什麼她還不急著結婚呢？」她問。

「因爲她不是那種人。她是如此地高尙，她更堅持保留這麼長的訂婚時間，以便讓我有時間……」

「有時間拋棄她，去找另一個女人？」

「若我想這麼做的話。」

奧蘭卡夫人俯身向前，凝視著爐火。亞契聽到寂靜街道上傳來馬車逐漸接近的蹄聲。

「這的確很高尙。」她如是說，聲音略帶沙啞。

「是的，不過也很荒謬。」

「荒謬？因爲你並沒有喜歡別的人？」

「因爲我並不打算娶別人。」

「啊。」又迎來很長一陣沉默，她終於抬起頭看向他問道：「那個另一位女人……她愛你嗎？」

「哦，沒有另一位女人。我的意思是，那位梅想像的人，從來就不存在。」

「那麼，你到底爲什麼這樣著急呢？」

「妳的馬車到了。」亞契說。

她半站起身來，茫然地看了看身邊。她的扇子和手套都放在身旁的沙發上，她不加思考地拿起。

「是啊，我想我得走了。」

「妳要赴史特拉斯太太家嗎？」

「是的，」她微笑道：「我得去歡迎邀請我的地方，否則我就太寂寞了。你何不隨我一道去？」

亞契覺得自己得盡全力地將她留在身邊，讓她今晚的時間都跟自己在一起。他忽視她的問題，繼續靠在壁爐邊，緊盯住她拿著手套和扇子的手，彷彿要看看自己是否能夠讓她放下那些東西。

「梅的猜測是對的，」他說：「的確有另一個女人——不過不是她所想的那位。」

愛倫．奧蘭卡未作回應，也沒有移動。過了一會兒，他坐在她身旁，握著她的手，輕輕拉開她的手指，讓手套和扇子落在他們之間的沙發上。

她驚跳起來，從他身邊移到壁爐的另一側。「啊，別跟我調情！太多人做過這種事了。」她皺著眉頭說道。

亞契臉色乍變，同站起身來，這是她對他最難堪的指責了。「我從來就沒想過要跟妳調情，」他說：「永遠也不會。但若是我們兩人尚存半分可能，妳會是我想娶的女人。」

「我們兩人尚存半分可能？」她毫不掩飾驚訝地看著他，「你還說這種話——當你自己讓這個可能變成了不可能時？」

他瞪著她看，宛若在黑暗中摸索，僅憑著一根光箭照亮那令人迷惘的路。

「我讓這變得不可能……？」

「你，你，就是你！」她喊道，雙唇儼似一個快要落淚的孩子般顫抖。「不就是你要我放棄離婚——因爲你告訴我那有多自私、多罪惡，我必須犧牲自己，維持婚姻的尊嚴……不讓家族曝光、受醜聞的傷害？因爲我的家族即將成爲你的家族——爲了梅及你本身著想，我照你的話做了，照你認爲我應該做的方式做了。哈！」她突然大笑了起來，「我可沒隱瞞，我是爲了你才這麼做的！」

她又跌坐回沙發，蜷曲在她那身節慶穿的褶紋盛裝中，像個深受打擊的化裝舞會賓客。而那位年輕人仍站在壁爐邊，繼續動也不動地盯著她看。

「老天，老天，」他喃喃道：「當我想到……」

「當你想到？」

「啊，還是別問我想到什麼！」

他仍盯著她看，看到她又從脖子漲紅到臉上。她坐直身子，正襟危坐地面對著他。

「我想問你。」

「嗯，好吧。妳之前要我讀的那封信裡有些事情……」

「我丈夫的那封信？」

「是的。」

「那封信裡沒寫什麼好怕的事情，一丁點也沒有！我怕的不過就是帶給我的家族，帶給你和梅——惡名和醜聞。」

「我的老天！」他又喃喃道，兩手捂住臉。

隨後落到他們之間的沉默，簡直就像事情已成定局且無可挽回一般，沉重地壓著他們。對亞契來講，有如被自己的碑石擊倒似的，他在無盡的未來中，看不到可以移除他心頭重負的東西。他站在原地紋絲不動，臉也沒有從雙手中抬起，捂住的雙眼繼續盯著無邊的黑暗。

「至少我愛過妳。」他吐出這句話。

在壁爐的另一邊，從他認爲她還蜷曲的那個沙發角落，聽到孩子般的抽泣聲。他大吃一驚，來到她身邊。

「愛倫！別傻啦！怎麼哭了呢？沒有什麼不可改變的事情。我還單身，而且妳也可以的。」他將她摟進懷裡，埋在他唇下的那張臉宛如被雨打濕的花朵，他們所有無謂的恐懼，亦如太陽底下的鬼魂般全都消失無蹤了。令他吃驚的是，只要一碰到她，就好像可以讓所有事情變得無比簡單，他竟然站在屋裡的另一端跟她爭論了五分鐘之久。

她回報他的每個吻，過了一會兒，他察覺到她在自己懷中漸變得僵直，隨後將他推開並站起身來。

「啊，我可憐的紐蘭——我想事已成定局了，什麼也改變不了。」她直言，這回她從爐火邊低頭看著他。

「這反轉了我整個生命。」

「不，不！不該如此，不可以的。你已經和梅・維蘭訂婚，我也已經結婚了。」

他隨之站起，漲紅著臉決然地說：「胡說！說這種話太遲了。我們不能對人對己說謊。先不論妳的婚姻，難道妳認爲經過這一切之後，我還會跟梅結婚嗎？」

她默然站著，將她細瘦的雙肘放在壁爐上，她的側影倒映在身後玻璃上。其中一個假髻鬆脫，落在她頸側。她看起來很憔悴，甚至有點蒼老。

「我不認為，」她終於說：「你能向梅提出這個問題，你能嗎？」

他不顧一切地聳了聳肩，「事已至此，無法再回頭。」

「你說這話，是因為這是眼下最容易說的話，但並不是眞的。事實上，現在只能做我們原本決定的事情，其他念頭都嫌太晚了。」

「啊，我不懂妳的意思！」

她勉強露出憐憫的微笑，卻沒有讓她的臉舒展開，反而皺了起來。「你還不明白，是因為你還不知道你讓我的改變有多大。哦，打從一開始——早在我知道你所做的一切之前。」

「我所做的一切？」

「是的。我一開始完全不知道這裡的人躲著我，不知道他們全都認為我是個糟糕透頂的人。他們甚至拒絕參赴宴會認識我。我後來才知曉，你是如何說服你的母親跟你一起去范德盧頓家，以及你如何堅持在鮑弗家舞會上宣布你訂婚的消息，這麼一來，我就有兩個家族支持我，而不僅只有一個……」

聽到這話，他不禁大笑了起來。

「你想想看，」她說：「我是多麼愚蠢又缺乏眼力的人！我什麼事情都不曉得，直到奶奶有天不小心說出口。那之前，紐約對我來講就等於和平與自由，像是回到了家。我當時好開心回到自己人身邊，因為我遇到的每個人似乎都十分和善，也很高興見到我。不過打從一開始，」她接著說下去，「我就覺得其他人不若你這麼友善，沒有人跟我說我聽得懂的道理，勸我去做那些一開始覺得很難——不必要的事情。那些好人不會勸我，我覺得他們從沒想過要這麼做。但是你知道、你懂，你體會過被外面世界的金鎖鍊拉扯的滋味，甚且你還討厭它對人的要求，討厭不忠、殘酷及冷漠換來的幸福。這是我以前從不知道的事情，而這比任何我所知曉的事情都還要美好。」

她低沉平和地說著，沒有淚水，也沒有表現出激動之情，但每個從她嘴裡吐出的字，皆宛如滾燙鉛塊落在他胸膛。他躬身坐著，頭埋在手中，盯著爐邊的地毯，以及從她衣襬露出的緞質鞋尖。他突然蹲下身來，親吻那隻鞋子。

她俯身向前，將她的雙手放在他肩膀上，以深邃眼眸看著他。他在她的注視下，動也不動。

「啊，我們還是別改變你已經做了的事！」她喊出聲，「我現在無法轉移到另一種思考方式。除非放棄你，否則我無法愛你。」

他的手臂渴望地伸向她，她卻縮身離開，仍然四目相對，中間隔著她的言語所製造出的距離。這，讓他的憤怒頓時爆發開來。

「那麼鮑弗呢？他是來取代我的嗎？」

說出這句話後，他已準備好面對憤怒的回話，且還期望在自己怒火上加點油。但奧蘭卡夫人的臉色只變得更蒼白，垂著手站在那裡，頭略往前傾，就像她平常在深思那樣。

「他現在正在史特拉斯太太家等妳，妳怎麼還不去找他呢？」亞契冷笑道。

她轉身搖鈴。「我今晚不出門了，讓馬車去接馬契莎夫人吧。」當女僕走進來時，她這麼吩咐。

門再度關上時，亞契繼續以苦澀目光看著她說：「何必做這種犧牲呢？妳都說孤單了，我不能不讓妳去找妳的朋友。」

她在濕潤的眼睫毛下露出一絲笑容，「我現在不孤單了。我過去很孤單畏懼，可是那種空虛與黑暗已經不再。現在當我回到自己的世界時，就像個小孩走進一個永遠都點亮燈光的房間。」

她的語氣及神情仍散發出一種淡淡令人無法接近的氣息，這驅使亞契再度咕噥道：「我無法瞭解妳！」

「但你卻瞭解梅！」

聽到這句反駁時，他紅了臉，眼睛仍盯著她說：「梅準備好放棄我了。」

「什麼！就在你跪著求她趕快結婚後的三天？」

「她拒絕了，這讓我『有權』……」

「啊，你讓我明白這個字眼有多醜惡。」她說。

他轉過頭，感到無比的疲憊。他覺得自己像掙扎了好幾個小時要爬上陡峭懸崖，而現在，就在他終於奮力爬到山頂時，卻又鬆掉了手，一頭墜入黑暗中。

要是他能再度擁她入懷，定然可以將她這些爭論一掃而去。唯她仍然跟他保持著距離，神情和態度俱有著一股令人無法捉摸的冷漠，以及他自己對她的眞誠的畏懼。最後，他只得再次開口懇求。

「若是我們現在照這樣下去，之後事情還會更糟——對每個人都很糟。」

「不、不、不！」她幾乎是在尖叫，彷彿他嚇壞了她。

這時，一陣長長鈴聲傳遍整個屋子。他們並沒有聽到馬車停在門口的聲音，因此兩人都站著不動，驚訝地看著彼此。

只聽房門外娜塔西的腳步聲穿過走廊，打開外面的門，過了一會兒她拿著電報走進來，交給奧蘭卡伯爵夫人。

「那位太太看到花非常高興。」娜塔西說道，順了順自己的圍裙，「她以為那是她丈夫送的，還掉了點眼淚，說他怎麼做這種傻事。」

女主人笑了笑後接下黃色信封，她打開信，拿到燈下。當門再度關上時，她將那封電報遞給亞契。那是從聖奧古斯丁發來的，指名要給奧蘭卡伯爵夫人。他讀著信裡的內容：「外婆的電報奏效，爸爸媽媽同意復活節後結婚。正要發電報給紐蘭。興奮難言。愛妳，滿懷感激的梅。」

*　　　*　　　*

半小時後，亞契打開他家的前門，發現玄關小几上那疊信件最上方，也有一封類似的信。信裡的訊息同樣來自梅・維蘭，上頭寫道：「父母已同意復活節過後的週二正午在懷恩堂舉行婚禮，八位伴娘。請去見教區長。太高興了，愛你的梅。」

亞契將那張黃色紙張揉成一團，彷彿那個動作可抹掉上頭消息似的。接著他抽出一本小日誌，用顫抖的手翻開它。但是他找不到他想找的，又將那封電報塞進口袋，上樓去。

珍妮拿來做爲更衣間及閨房的小門廳，猶可看到門縫透出的燈光，她哥哥不耐煩地敲著門。門打開了，妹妹穿著那件古老的紫色法蘭絨睡衣、頭上別著髮夾站在他面前，她的臉色看起來很蒼白，一副擔憂模樣。

「紐蘭！電報可沒什麼壞消息吧？我刻意在等你，以防……」（他的信件總逃不過珍妮的眼睛。）

他沒留意她的問題。「聽著，今年復活節是哪一天？」

她對於非基督教徒的無知大爲驚愕。

「復活節？紐蘭！怎麼啦，當然是四月的第一週啊，怎麼了？」

「第一週？」他又翻了翻他的日誌本，喃喃地算著日子。「妳說是第一週？」他仰頭大笑不止。

「看在老天的分上，到底怎麼了？」

「沒什麼事，只是我一個月內就要結婚了。」

珍妮摟住他的脖子，將他緊緊地摟在她紫色法蘭絨睡衣上。「哦，紐蘭，眞是太好了！我眞高興！但親愛的，你爲什麼笑個不停呢？安靜點，否則你會吵醒媽媽的。」

第十九章

那天天氣非常清爽，宜人的春風含帶著塵沙。兩個家族的每位老太太都取出褪色的黑貂和變黃的白貂皮長袍，前面幾排座位傳來的樟腦味，幾乎掩蓋了聖壇上百合花散發的淡淡春日氣息。

紐蘭・亞契，在教堂司事手勢指示下步出小禮拜堂，伴郎陪他站在懷恩堂聖階前。

這個手勢表示已經看到載著新娘和她父親的馬車了。當然，他們必然還會在大廳停留好一會兒整理服飾及討論儀式。伴娘群則早就像復活節的一簇鮮花，於此處候著了。在這段無可避免的等候時間裡，人們期待新郎獨自面對聚集在此的賓客們，以顯示他迫不及待的心情。亞契就像履行其他儀式那樣，順從地履行了這一項儀式。十九世紀的紐約社會，依然充斥著這些彷如盤古開天時期的儀式。每件事都很輕鬆，同時也很痛苦，端視個人怎樣看待「自己承諾要走的那條路」。而他執行了伴郎慌慌張張下所發的每個指令，就跟以前那些照著自己的指示走出同樣一座迷宮的新郎們那樣虔誠。

到目前為止，他很確信自己完成了所有該盡的義務。伴娘的八束白色丁香花和紫羅蘭準時送達，那八位引導員的青玉金質袖扣與伴郎的貓眼石領巾夾也是。亞契熬了大半夜，試著擬出不同的措辭，感謝男性朋友及舊情人送來的最後一批禮物。要給主教和教堂司事的禮金亦已準備妥當，放在伴郎口袋裡。他自己的行李已經放在曼森・明戈特老太太家裡，也就是舉行婚宴的地方，還有他旅行要穿的裝束。準備帶領著這對新人前往未知目的地的火車包廂也已訂好——在那些遠古的規矩中，不對外宣布新婚之夜地點是其中最神聖的規矩之一。

「戒指放好了嗎？」小范德盧頓・紐蘭低聲問道，這個毫無經驗的伴郎，對自己所擔負的重責大任緊張不已。

亞契做了個他見過許多新郎都做過的動作，亦即用他沒戴手套的右手摸了摸深灰色背心上的口袋，再次確認那只小金環（環內刻著：紐蘭致梅，一八七——，四月——）在口袋中。接著，他又換回原來的姿勢，左手拿著高禮帽和黑針繡珍珠灰手套，站在那裡盯著教堂大門。

韓德爾的結婚進行曲響徹仿造石拱頂的教堂上方，越來越宏亮。隨著這樂音，許多已淡忘的婚禮片段又浮現出來，他站在同樣的聖階上，歡樂卻又事不關己地看著別的新娘翩然走進教堂，走向別的新郎。

「多像歌劇的首場演出啊！」他想道，並在同樣的包廂中（不，教堂的座席上）看到同樣的面孔，還在心裡猜想著，當最後一聲喇叭響起時，賽佛奇・梅里太太會不會戴著同一頂鴕鳥毛軟帽，而鮑弗太太會不會戴著同樣的鑽石耳環、露出同樣的笑容——另外，在天國裡，是否也爲他們安排好前排座位了。

於此之後，他還有暇逐一仔細觀察坐在前幾排座位上的這些人。女士們因好奇興奮而顯得生氣勃勃，男士們則因爲午餐前須穿上長禮服、婚宴時得爭搶食物而緊繃著臉。

「婚宴是在老凱瑟琳家舉辦的，眞糟糕啊。」新郎想到雷吉・奇佛斯免不了會這麼說，「但我聽說洛維爾・明戈特堅持讓自家廚師掌廚，所以若吃得到的話，味道應當不錯。」他還想像得到希勒頓・傑克遜會權威地補充道：「我親愛的夥伴，你聽說了麼，喜宴要按照英國最新的流行方式辦，在小桌上用餐呢！」

亞契的目光稍許停留在左手邊座席上的母親，她剛牽著亨利・范德盧頓先生的手走進了教堂，躲在她香蒂莉①面紗後輕輕抽泣，兩隻手則放在她祖母的貂皮手套裡。

「可憐的珍妮！」他看著妹妹想道，「即使拉長脖子，也只能看到坐在前幾排的人，而他們泰半都是紐蘭家及達戈聶家一些穿著邋遢的人。」

白色絲帶隔出來的親戚座位區裡，他瞧見了鮑弗，高挺且紅光滿面，以其傲慢目光打量著女士們。鮑弗身旁坐的是他太太，夫妻倆都穿著銀色栗鼠皮毛、別著紫羅蘭花。離絲帶較遠的那一邊，勞倫斯·萊佛茲梳得油亮的頭，像是在守護隱身幕後主持著婚禮的那位「優雅女神」。

亞契揣想，以萊佛茲心中那場神聖典禮來看，其挑剔的眼睛發現了多少瑕疵。隨後，他突然想到自己也曾經非常看重這個問題。那些曾經是他生活重心的事情，如今看來就像反諷幼稚人生的滑稽劇碼，或者像中世紀學者無止盡地爭辯那些沒人聽得懂的形上學。婚禮前幾個小時，大家對於結婚禮物是否要「展示」出來進行了一場激烈爭論。令亞契難以置信的是，一群成年人怎會爲這點小事把自己弄得如此激動。而且這件事最後竟然是因爲維蘭太太的一句話才得出結論（否定的），她憤怒地流著淚說：「我乾脆直接讓那些記者進來這屋裡好啦。」亞契也曾經對眼前種種問題有過絕對且挑剔的意見，所有關乎他這個小部族行爲及習俗的事情，都深具意義。

「再且我想，我始終認爲，」他心想道，「在某些地方，應該還有些人眞實地活著，正經歷、面對著眞實的事物……」

「他們來了！」伴郎興奮地叫著，然新郎早就知道了。

教堂大門小心翼翼地開啓，這準只是馬車行老闆布朗先生（身穿黑色禮服，偶爾客串教堂司事的角色）在帶領他手下大隊進場前，先查看裡面場地的動作。門又輕輕關上。再等了一會兒後，門才正式打開，教堂響起一片交頭接耳聲：「女方進場了！」

維蘭太太先進場，挽著她大兒子的手。她紅撲撲的大臉莊重得體，那身鑲著淡藍鑲片的梅紅色緞料服和藍色鴕鳥毛裝飾的小緞帽，普遍受到大家稱讚。可還沒等她在亞契夫人對面的座位坐定前，大家早已伸長脖子去看接著是誰走進來。婚禮前一天大家就沸沸揚揚地傳說，曼森・明戈特老太太不顧自己身體不便，堅決要出席這場婚禮。這個想法與其好動的個性相符，俱樂部人士對於她能否走入教堂擠進座位中的賭注越下越高。據說她曾堅持要讓她自己的木匠去看看是否可能將前排座位的板子拆下，並測量座位前方空間。但結果令人失望。她的家人憂心忡忡地看著她忙了老半天，因爲她打算坐在她帶輪子的巨大扶手椅，讓人推進教堂，像女皇那樣堂堂端坐在聖壇前觀禮。

她想以這種怪異方式露面，使她家人苦惱不已，故當某人突地想到那張椅子過大而無法通過從教堂大門通往道路所設置的涼棚鐵柱時，他們簡直想在這位聰明人身上掛滿金牌。儘管她也想過要將這些鐵柱拆掉，可是讓新娘暴露在那群奮力想接近涼棚邊的裁縫師與新聞記者前，就連老凱瑟琳都缺乏如許勇氣。她只稍微想了一下，衡量這件事情的可能性。「怎麼行呀，他們可能會拍到我的孩子，將照片刊在報紙上！」當老夫人對維蘭太太稍微提起這項最後計畫時，後者急忙嚷道。面對這種想都不敢想的傷風敗俗之事，整個家族齊打了個冷顫。老祖宗不得不讓步，然她是以婚宴必在她家舉辦爲條件讓步，儘管（就如華盛頓廣場的親戚所言）維蘭家地點方便得多，畢竟要送客人到這麼偏遠的地方實在很難跟布朗討個好價錢。

雖然傑克遜兄妹已經四處報告這番情況，少數一些好事者仍舊相信老凱瑟琳會現身教堂。當他們發現她的兒媳婦取代她出現時，大家的熱情才明顯降下來。洛維爾・明戈特太太總是刻意穿上新裝，因爲這般習慣，再加上有了年紀，導致她一副滿面紅光、目光呆滯的模樣。待她婆婆沒露面所引起的失望之情消退後，大家都認同她那身黑色香蒂莉薄紗的淡紫色緞料服和帕爾瑪紫羅蘭帽，恰與維蘭太太身上藍色與梅紅色衣服形成最歡樂的對比。緊隨在後，挽著明戈特先生入場的這位女士，枯瘦憔悴又裝模作樣，給人的印象截然不同。她身上所穿戴條紋裝與流蘇及飄動的圍巾，全都攪在一起。當最後這位與幽靈無異的女士走進亞契視線時，他的心糾結了起來，進而停止跳動。

他一直以爲曼森侯爵夫人還在華盛頓，她約四週前偕她姪女奧蘭卡伯爵夫人一起去了那裡。她們突然離開的原因是奧蘭卡夫人想讓姑媽離開演說大師阿加森．卡佛博士，博士差點就要成功說服她加入成爲「愛之谷」的會員了。因此，沒人想到這位女士會回來參加婚禮。亞契有好一會兒時間逕直兀立在那裡，緊盯著梅多拉奇幻的身影，極力想看看誰走在她後面。不過這一小列人已經走完了，家裡的次要成員亦皆入座。那八位引導員好似遷徙的候鳥或昆蟲聚在一起，從側門悄悄走進大廳。

「紐蘭，嘿，她來了！」伴郎低嚷道。

亞契猛然驚醒。

他的心跳顯然早就停止跳動好一段時間了，因爲那隊白色和玫瑰色的隊伍實際上已經走到教堂中間。主教、教堂司事及兩位穿著白衣的助理全都站定在堆滿花的聖壇旁，而史博交響樂②的第一和弦，已將那彷如花一般的音符灑落新娘面前。

亞契睜開眼（只是他的雙眼眞如他所想的那樣閉上過嗎？），感到自己的心臟又恢復正常運作。音樂、聖壇上百合花散發的香氣，新娘的薄紗和香橙花團越來越近。亞契夫人的臉驟因喜悅的啜泣而抖動著，教堂司事低聲唸誦祝禱詞，那八位穿著粉紅禮服的伴娘及八位穿著黑色禮服的引導員，井然有序地前進。所有場景、聲音與感覺均如此熟悉，但現在自己跟他們的新關係，卻變得這麼陌生而毫無意義，亂哄哄地充斥他腦海。

「我的天啊，」他想道，「我帶戒指來了嗎？」他又重複了一次新郎的驚慌動作。

轉眼間，梅已經來到他身旁。她散發出燦爛光輝，傳送了一股輕柔暖流給呆掉的亞契。他挺了挺身子，對她的雙眸露出微笑。

「親愛的朋友們，我們聚集在此……」教堂司事開口說話。

戒指戴到了她手上，主教也已爲他們祝禱，伴娘們均重新排好隊、做好準備，管風琴開始奏出孟德爾頌結婚進行曲的前奏。少了這首曲子伴奏，新婚夫婦是不能出現在紐約社會的。

「你的手——我說，手給她！」小紐蘭緊張地輕聲提醒。亞契再次意識到自己又神遊到遙遠的地方去了。他納悶著，是什麼將他送到那裡去的呢？或許是因爲那一眼——在教堂翼廊那些不知名群眾中，瞥見一頂帽簷下露出黑色鬈髮。但稍一回神，他馬上發現那一撮鬈髮屬於一位不認識的長鼻子女士所有。可笑的是，她的樣貌跟讓他想起的那位迥然不同，不禁讓他自問是否已經開始出現幻覺了。

現在，他和新婚妻子正緩緩步出教堂，隨著孟德爾頌輕快的音韻前進，美好春日正召喚著他們穿過敞開的大門。維蘭太太的棕馬繫著大大的白色緞飾花結，在涼棚通道另一端跳躍著吸引大家的注意。

而馬車夫在他領子也繫上一個更大的白色緞飾花結。亞契幫梅披上白色斗篷，接著跳上馬車坐在她身旁。梅帶著喜悅的笑容轉向他，他們的雙手於她的薄紗下交握在一起。

「親愛的！」亞契說道——之前那個黑暗深淵於他面前大展開來，他覺得自己再次陷入其中，越來越深。此時他的聲音卻顯得平靜愉快，「是的，我當然也以爲自己把戒指弄丟了，要是可憐的新郎沒有經歷過這個，婚禮就不算完整。但是，妳眞的讓我久等了，妳知道的！讓我有時間去想種種可能發生的可怕事情。」

讓他驚訝的是，途經擁擠的第五大道時，她竟然轉過身來，將自己的手臂摟在他脖子上。「不過，只要我們倆在一起，便不用擔心任何事情了，不是嗎，紐蘭？」她說。

這一天的每個細節都經過無比詳盡的計畫，婚宴過後，他們有足夠時間換上旅行裝束，在笑容滿面的伴娘群及揩著眼淚的父母陪同下，步下明戈特家寬敞階梯，且在傳統習俗不可缺的撒米及彩帶下，登上馬車。他們有半個鐘頭時間乘車前往車站，並像經驗豐富的旅行家那樣，先在報攤買最新一期週刊，然後坐進預訂的包廂，而梅的女僕早先將她鴿子色的斗篷及從倫敦新添購的嶄新化妝袋放在裡邊了。

萊茵貝克的杜拉克老姑媽已經將他們的房子備妥給這對新人使用，她之前到紐約來跟亞契夫人住了一週，因而萌生這念頭。亞契則頗慶幸自己毋須入住費城或巴爾的摩旅館內的那些「蜜月套房」，故也欣然接受這項安排。

梅相當著迷於到鄉間度蜜月的計畫，她像孩子般興奮地看著那八位伴娘即使費盡苦心，還是猜不出他們神祕的落腳處。將鄉間度假屋借出被視爲是「非常英國化」之作風，再加上最後這項安排，讓大家咸認這堪稱今年最棒的婚禮。然而，除了新郎與新娘的父母外，誰也不能得知蜜月所赴地點。當大家不斷追問他們時，他們就會噘起嘴，神祕兮兮地說：「啊，他們根本沒有告訴我們哪。」這話的確屬實，因爲他們也無必要再告訴父母。

他們在包廂安頓好之後，火車飛馳過郊區無邊無境的樹林，開進白茫茫春色中，聊天變得比亞契所預期更輕鬆。梅無論在外表或是口吻上，仍像昨天那位單純的姑娘，急著跟亞契討論婚禮上發生的所有細節，就像伴娘跟引導員客觀地討論相關事情那樣。亞契初始以為這種超脫的態度，純是為了掩飾她內心的激動之情。但她清澈雙眼只流露出平靜無波的寧和。她第一次和丈夫單獨在一起，她丈夫不過就是昨天那位迷人的夥伴。沒人能讓她如此傾心、讓她完全信賴。而在訂婚及結婚這整趟愉快冒險當中，最令人雀躍的莫過於和他單獨踏上旅程了，就像成年人那樣，事實上該說就像個「已婚女子」。

奇妙的是——正如他在聖奧古斯丁的教區花園所發現的——這麼深沉的感覺竟然能與如此貧乏的想像力並存。不過他還記得，即使在那時，當她心中煎熬一解除就馬上表現出幼稚的少女個性時，教他多驚訝。他瞭解到，她或許能夠發揮她最大的才能應付生命中遇到的種種難題，唯永遠也不可能單憑看一眼便能預料事情的發展。

或許，是因為缺乏覺察力才讓她的眼睛看起來如此清澈，她的表情所代表的是某種類型的人，而非某個個體。就像她可能會被選去扮道德女神或希臘女神，流在她肌膚底下的血液較像防腐液，而非讓人衰老的物質。她那不可磨滅的青春容顏，使她看起來既不冷酷也不呆板，僅會讓人覺得天真純樸而已。亞契深陷在這些思緒的同時，發現自己正以一個陌生人的詫異眼光看著她，因此他突然開始談起婚宴的種種，以及明戈特外婆那樂得合不攏嘴的得意笑容。

梅毫不掩飾地開心加入這個話題，「不過，我很意外，你也是吧？梅多拉姑媽還是來了。愛倫寫信說她們倆的狀況都不適合旅行。我真希望她現在已經恢復健康了！你看到她寄給我的那塊精緻古典蕾絲布了嗎？」

他知道這一刻遲早會來，但他多少還是想藉助意志力阻止它。

「是的——我——沒有。是的，那很漂亮。」他回應道，茫然地看著她，同時在心裡想著，是否每次聽到這個名字，所有他小心翼翼建立起的世界，即會像紙牌屋在他面前倒塌。

「妳不累吧？我們到的時候若能喝個茶就太棒了，我相信姑媽肯定已將所有事情都安排好了。」他叨叨絮絮地說，同時將自己的手放在她手裡。梅的思緒馬上飛到鮑弗贈送那套華貴的巴爾的摩茶杯組，那組餐具應該能完美配上洛維爾・明戈特舅舅送的托盤和小碟子。

在春天暮色中，火車停在萊茵貝克車站，他們沿著月台走向等候的馬車。

「啊，范德盧頓夫婦眞是太好心了，他們從斯庫特克利夫派自家僕人過來接我們。」當一位未穿著制服的穩重僕人走過來接下女僕手中袋子時，亞契這麼喊道。

「非常抱歉，先生，」這位特使說：「杜拉克小姐家出現一點小問題——發現水箱漏水了。那是昨天發現的，范德盧頓今早獲知後，急遣一位女僕搭今天早班火車去準備好莊主的那座石屋。您會覺得那屋子十足舒適的，先生，杜拉克小姐也讓她的廚子過去了，那裡應該會跟您在萊茵貝克一樣。」

亞契茫然地盯著那個說話的人，導致對方以更爲抱歉的語調再次說道：「那裡會完全一樣的，我向您保證……」

梅熱切的聲音突然響起，蓋過那尷尬的沉默，「就跟萊茵貝克一樣嗎？那座莊主的石屋？但那可要好上一萬倍呢，不是嗎，紐蘭？范德盧頓先生這麼爲我們著想，實在是太好心了。」

他們上路之後，女僕坐在馬車夫旁，那些閃閃發亮的新娘袋放在他們的座位前，她繼續興奮地說：「眞是太棒了，我從沒進去過——你去過嗎？范德盧頓夫婦只讓少數一些人看過。但他們讓愛倫去過，她告訴我那是個相當溫馨的小地方，還說那是她在美國看過唯一讓她覺得置身其中感到十分幸福的房子。」

「啊，我們就是會這樣，不是嗎？」她丈夫興奮地喊道。

她以孩子氣的笑容回應：「哎呀，這只是我們幸運的開端而已，這美妙的幸運將永遠降臨在我們身上！」

譯註：

①香蒂莉（Chantilly）採用十七、十八世紀之交以手工針織蕾絲物出名的法國香提小鎮之名，此織物甚受路易十五情婦巴依夫人和路易十六王后瑪麗安東尼所喜愛，製造中心後轉往比利時，於一八六〇年代達於流行巔峰。

②德國作曲家、小提琴家、指揮家路易．史博（Louis Spohr，一七八四至一八五九），為十九世紀歐洲樂壇首屈一指的人物，其小提琴協奏曲作品數量十分可觀。

第二十章

「親愛的，我們當然得和卡佛萊夫人用餐。」亞契說。而他的太太隔著住宿處早餐餐桌上那些壯觀的不列顛餐具，焦慮地皺著眉頭看向他。

在這場淒然的倫敦秋雨中，紐蘭夫婦僅認識兩個人，這兩個人正是他們盡力不去打擾的人。因為按照紐約習俗，在國外刻意讓自己引起熟人的注意，是有失「體統」的行為。

亞契夫人和珍妮在遊訪歐洲的旅途中，致力遵守此一原則，並以頑固矜持面對那些向她們示好的旅人，幾快創下只跟旅館及車站服務人員說話、絕不與任何一個「外國人」交談的紀錄。對於自己的同胞，除了那些之前就認識或信賴的人外，她們更是毫不掩飾地擺出鄙視態度。這麼一來，除非她們巧遇奇佛斯、達戈聶或明戈特家的人，否則她們在國外的那幾個月，始終是兩人相依相守。然而，再怎地嚴密防範，難免有例外發生。在義大利北部波札諾的某個晚上，兩位住在走廊對面的英國女士（珍妮後來詳細查明她們的名字、穿著及社會地位）敲了她們的門，詢問亞契夫人是否有一種塗抹型藥膏。因為另一位女士，也就是來敲門者的姊姊卡佛萊夫人，突然患了支氣管炎。旅行總會帶齊所有家用藥品的亞契夫人，恰有她所需的藥品。

卡佛萊夫人病得很嚴重，再加上只有她和妹妹單獨旅行，因此她們尤其感謝這兩位為她們提供無比安慰，並讓能幹女僕協助照顧病人康復的亞契母女。

亞契母女離開波札諾時，壓根沒想過會再見到卡佛萊夫人和哈爾小姐。對亞契夫人來講，刻意讓自己受到她們意外幫助的「外國人」注意，是最失禮的事情了。然而對卡佛萊夫人及她的妹妹來講，她們毫不知悉這種想法，再說即使她們知道，應該也無法理解，只覺得自己對於在波札諾善待她們的「友善美國人」有著無盡的感激之情。懷著這種感人的真摯，她們抓住每個機會去會見來歐洲旅行的亞契夫人和珍妮，並精確地打聽出她們往返美國時，途經倫敦的時間。這種親密的關係逐漸變得牢不可破，且每當亞契夫人和珍妮一抵達布朗旅館，總會看到兩位熱情的朋友已經等在那裡了。她們發現這兩位朋友跟自己一樣，會在沃德箱中種植蕨類，做流蘇蕾絲編織，閱讀邦森男爵回憶錄①，對倫敦那些重要牧師也有自己的見解。就像亞契夫人所說的，認識卡佛萊夫人和哈爾小姐，讓倫敦「完全變得不一樣了」。因此當紐蘭訂婚時，這兩個家族已經相當親密，他們認爲寄婚禮邀請函給她們「才是對的」。而她們也回寄了一束裝在玻璃盒裡的阿爾卑斯山押花。紐蘭和他的新婚妻子準備搭船到英格蘭那時，亞契夫人在碼頭所說的最後幾句話是：「你得帶梅去探望卡佛萊夫人。」

紐蘭和他太太根本不打算照做，卡佛萊夫人卻以她一貫的精準找到了他們，送來餐宴邀請函。梅正是爲了這份邀請函，隔著茶和鬆餅對亞契皺著眉頭。

「這對你來講當然沒有問題，紐蘭，你認識他們。但我面對一堆不認識的人會很害羞，再說我應該穿什麼呢？」

紐蘭往後靠在椅背上，微笑地看著她。她看上去越來越標緻，更像黛安娜女神了。英格蘭濕潤的空氣似乎讓她雙頰更添紅潤，亦讓她略顯冷硬的少女容顏更趨柔和，否則應該只是內在的幸福，就像冰層下的光那樣閃閃發亮。

「穿什麼，親愛的？我記得上週才從巴黎運來一箱衣物啊。」

「是這樣沒錯。我想說的是，我不知道要穿哪一件。」她微微噘起嘴，「我在倫敦從未外出用餐過，不想讓人笑話。」

他試著瞭解她的煩惱。「英國女士晚上不是跟其他人穿得一樣嗎？」

「紐蘭！你怎會問這樣好笑的問題？她們若是去劇院，會穿上舊式舞會禮服，而且不會戴帽。」

「啊，那或許她們在家會穿新的舞會禮服呢。但無論如何，卡佛萊夫人和哈爾小姐並不會那樣的，她們戴的帽子就跟我母親一樣，還有披肩，很軟的那種披肩。」

「好，但是其他女士會穿什麼呢？」

「不像妳穿得那樣漂亮，親愛的。」他回答道，納悶著她打哪時變得跟珍妮一樣對衣服有那種病態的興趣。

她嘆口氣，將椅子往後推，「你眞好，紐蘭，可這對我沒有太大的幫助。」

他突然靈光一閃，「何不穿上妳結婚的禮服呢？那絕對不會出錯的，不是嗎？」

「哦，親愛的！要是那件禮服在這裡就好了！偏偏那件禮服已經送去巴黎修改，以便下一個冬季穿，而沃斯②還沒將禮服寄回來。」

「哦，那麼……」亞契說著，同時站起身，「妳看，霧散了。我們若能抓緊時間去國家美術館，應該還可以看一會兒畫。」

* * *

經過三個月的蜜月旅行後，紐蘭・亞契夫婦正踏上他們的歸途。梅在寫給女友的信中，對這趟旅行的總評是「樂而忘返」。

他們並沒有去義大利湖區，反覆思索後，亞契無法想像他太太置身於那特殊場景中的模樣。她個人偏好七月爬山、八月游泳（在巴黎跟裁縫師混了一個月後）。他們確確實實做了這些事情，七月在瑞士山區茵特拉肯和格林德瓦度假，八月則在諾曼第海岸一個叫做厄特塔的小地方度過，推薦者說那裡古雅又寧靜。在那片山區時，亞契有一兩次指著南邊說：「那裡是義大利。」梅站在龍膽花圃上，快活地微笑著答道：「下個冬天要是你不需待在紐約的話，能去那裡就太好了。」

但實際上，她對旅遊的興趣比他所預期還低。旅行對她來講（一旦她訂製好衣服），只是增加了散步、騎馬、游泳及嘗試草地網球這項迷人新運動的機會而已。等他們終於回到倫敦時（他們在此待上兩週以便訂製「他的」衣服），她不再掩飾自己歸心似箭的渴望。

除了劇院及商店之外，梅對其他東西皆興趣缺缺。她覺得倫敦劇院的精彩程度，還不如巴黎咖啡館的演唱。在香榭麗舍大道盛開的七葉樹下，她首次體驗到從餐廳陽台俯看底下那群聽眾的全新經驗，並讓丈夫盡可能向她解說他認為適合新娘聽的曲子。

亞契已然重拾所有他對婚姻既存的觀念。遵循傳統跟他周圍朋友那樣對待妻子，比試著實行他自由單身時主張的那些輕率理論還要輕鬆得多。試圖解放一位全然不覺得自己不自由的人，根本毫無用處。加上他早就發現，梅只會將她自認為擁有的自由奉獻在婚姻聖壇上，她內心的尊嚴不會讓自己濫用這份禮物。或許有那麼一天（比如上次那樣），當她鼓起勇氣將之全部收回時，她會認為這也是為了他著想。但是，像她這種對婚姻的概念如許簡單又毫無好奇心的人，這樣的危機只可能在他個人行為過分出軌時才會發生。而她是如此愛他，這情況根本不可能發生。他知道，無論發生什麼事，她都會一直忠於他、勇敢、毫不怨恨。這也讓他不得不誓守同樣的美德。

這一切都極易將他拉回他固有的思想。倘使她的單純是那種器量狹小的單純，即會惹惱並使他心生反感，可儘管她的性格特點是如此地少，卻俱跟她的面容同等美好，因此她便成了他所有那些舊傳統的美德之神。

這些性情特質雖然不大可能讓國外旅行趣味橫生，仍讓她成爲一位輕鬆愉快的伴侶。他也很快發現，這些個性在適當時機就會發揮其效力。他並不怕被壓制，因爲他的藝術及知性生活與從前無兩樣，將在家庭生活之外繼續進行。況且家庭生活亦非狹隘沉悶，回到妻子身邊絕不像從曠野漫步回到悶熱的屋子那樣。當他們有了孩子之後，他們生活中那塊空虛的角落，自然會被填滿。

他們從梅菲爾到卡佛萊夫人與她妹妹居住的南肯辛頓這趟緩慢旅程中，他腦海裡想的淨是這些事情。亞契也想推掉朋友的邀約：按照家庭傳統，他總是以觀光客及旁觀者身分旅行，老無視於其他人的存在。僅只一次，他剛從哈佛畢業，在佛羅倫斯和一夥歐化的奇怪美國人度過幾週快活日子。他們在豪宅中陪一些名媛跳整晚的舞，在時髦俱樂部裡跟那些紈袴子弟賭上大半天。那一切對他來講，雖說是世界上最快樂的事，卻跟嘉年華會一樣不眞實。那些以四海爲家的奇怪女子，深陷在複雜情事中，似乎覺得需要跟每個她們所遇到的人推銷自己；那些高尚的年輕軍官以及染了頭髮的老才子，都是她們的對象或信賴的人，可與亞契成長環境的人實在太不相同了，太像溫室裡那些昂貴卻難聞的異國花種，無法觸發他的遐思奇想。將他太太介紹到這樣的社交圈，是絕對不可能的事。再說在他的旅途中，也沒有哪個人強烈表示想和他作伴。

他們到倫敦後不久，亞契便遇到聖奧斯特公爵。公爵馬上認出他來，並說：「來找我，好嗎？」但是沒有一位腦筋清楚的美國人會把這話當眞，兩人的會面自然沒有下文了。他們甚至成功避開梅住在英國的姑媽，那位銀行家的太太現今仍居住在約克郡。事實上，他們刻意將赴倫敦的時日延到秋天，免得讓那些不認識的親戚認爲他們在社交季抵達，是想要趨炎附勢。

「卡佛萊夫人家可能沒什麼人——倫敦這個季節等同荒城，妳將自己打扮得太漂亮了。」亞契對梅這麼說。梅坐在亞契旁邊，身披一件天鵝絨邊的天藍色斗篷，看起來十足完美耀眼，讓人覺得將她暴露在倫敦的黑暗面簡直是種罪過。

「我不想讓他們覺得我們穿得像野蠻人。」她回答道，語氣中嘲弄的意味都足以激怒印第安公主寶嘉康蒂③了。亞契再次驚訝，就連最不諳世事的美國女人，也對衣著的社會優勢如宗教般尊崇不已。

「這是她們的盔甲，」他想道，「她們對未知事物的防禦，等於她們的一種反抗。」他遂頭一次瞭解到，爲何這個不會在頭髮繫上髮帶取悅他的梅，也愼重地完成挑選及訂製大批服飾的隆重儀式。

他原本就期待卡佛萊夫人家的宴會是場小餐宴。除了女主人和她妹妹之外，他們在冷清的長型客廳中看到另一位披著披肩的女士與她親切的牧師丈夫，一位卡佛萊夫人說是她姪子的安靜少年，以及一位雙眼炯炯有神、個子矮小的黑黝紳士，他是她姪子的家庭教師，在她介紹時說了個法文名字。

走進燈光昏暗下形容模糊的人群中，梅．亞契儼似一隻沐浴在日落餘暉中的天鵝，她丈夫覺得她看起來比以往更高大、美麗且急躁。而他發現，她臉上出現的紅暈與不寧，正是她極爲幼稚的羞怯使然。

「他們究竟想要我說什麼呢？」當她慌亂的靈魂使在座者跟著焦躁起來時，她無助的雙眼哀求地看向他。但美貌，即使自己都對自己的美貌失去信心時，還是能夠喚起男人內在的信心。因此牧師及那名有個法國名字的家庭教師馬上表示要讓梅自在些。

儘管他們盡了最大的努力，那場餐會依舊稍嫌沉悶。亞契發現，他的妻子爲了在外國人面前表現出自在姿態，她談話的內容反變得更狹隘生硬，這麼一來，即使她的甜美很吸引人，可談話內容讓人不知如何接續下去。牧師很快就放棄了，那位英語流利精湛的家庭教師卻義氣十足地繼續支持著她，直到女士們上樓到客廳去，這眞讓所有人都鬆了口氣。

牧師喝了一口葡萄酒後，得趕去赴另一個約會。那位看似生病的害羞姪子也該準備就寢了。亞契和那位家庭教師仍坐著對飲，亞契突然發現自從上次和奈德．溫塞特交談後，便從未如此和人交談過。卡佛萊家的姪子因患了肺癆，不得不離開哈羅公學到瑞士去，在氣候溫和的雷夢湖待了兩年。因爲他是個愛好讀書的年輕人，遂便把他委託給里維埃先生照顧，里維埃先生後來將他帶回英國，伴他待到翌年春天進牛津大學爲止。而里維埃先生也不諱言，說到時自己就得另謀高就了。

亞契想道，像里維埃這種興趣廣泛又多才多藝的人，不可能花太長時間找到工作的。他年紀大概三十歲，一張臉削瘦而難看（梅肯定會說他是相貌平平的人），能夠暢談自己的想法，但在他活潑的談吐中卻無半點輕浮或粗鄙之感。

他很早就過世的父親，原任職於一個小外交官的職位，本來打算要兒子承襲父業。但對文學的熱愛，讓這位年輕人投入記者行業，接著轉爲作家（顯然並沒有成功），而最後——經過一些他未跟聽者詳述的嘗試與經歷後——他當上了在瑞士教英國少年的家庭教師。然在此之前，他大半時間都住在巴黎，頻繁出入龔固爾的住處，莫泊桑④也曾勸他別嘗試寫作（即使如此，亞契仍覺得這是莫大的殊榮！），並常在他母親家與梅里美交流。他顯然長期處於貧困憂慮的境地（他得照顧生病的母親和未婚的妹妹），他的文學夢想亦已破滅。他的情況若認眞說來，實不比奈德・溫塞特來得好，可他所住的世界如他所言，充滿愛好思想的人，精神永不匱乏。然而就是這種愛，讓可憐的溫塞特餓得快死掉。亞契卻帶著一種深切的忌妒心，看著這位在貧困生活中活得如此富足的年輕人。

「你看，先生，保持心智的自由、不讓自己鑒賞及批判的權力受到壓制，這就足夠了，不是嗎？正是因爲這個，我才離開記者職位，做了這麼多無趣的工作，當家庭教師及私人祕書。當然，這些工作雖然非常單調沉悶，卻能保持個人精神上的自由，在法語我們稱之爲『忠於自我』（*quant à soi*）。當人聽到富有內容的談話時，可以加入談話，但不必對任何看法妥協；或者可以聆聽，在心裡默默回應就好。啊，有內容的談話——那可是無與倫比的，不是嗎？充滿各種思想的氣氛，才是最值得呼吸的。因此，我從不後悔丟了外交或新聞工作，那都只是放棄自我的兩種不同形式罷了。」當亞契又點燃一支香菸時，年輕人目光炯炯的眼神緊盯著他說：「你瞧，先生，即使住在閣樓也值得這樣的生活，不是嗎？但畢竟，人都要賺錢付閣樓的房租。我也承認，人老了還擔任私人家庭教師，或任何『私人』職務，幾乎跟在布加勒斯⑤當二等祕書一樣，教人不敢想像。有時候，我覺得自己應該放手一搏，大膽去做！例如，你覺得在美國——在紐約我能找到任何工作嗎？」

亞契以驚訝目光看著對方。紐約，對一個經常與龔固爾兄弟和福樓拜⑥見面，並認爲唯有精神生活才眞正値得過的年輕人！他繼續爲難地盯著里維埃先生，不知道該怎麼告訴對方，這些長才及優勢肯定會是他成功的障礙。

「紐約、紐約……一定得是紐約嗎？」他結結巴巴地說，實在無法想像他生長的城市，能給這位認爲有內容的談話才是唯一必要的年輕人什麼樣的賺錢機會。

一陣紅暈浮上里維埃先生黯淡的肌膚。「我、我以爲你的城市，那裡不是知性生活較爲活躍的地方嗎？」他回道，接著就像怕對方以爲自己在要求提供幫忙，急忙說：「當人隨口說說時，多半只是說給自己聽的，而非眞正對著別人。實際上，事情並不急……」他從座位上站起來，看不出任何拘束的跡象，又說道：「話說回來，卡佛萊夫人會覺得我應該帶你上樓了。」

回家的路上，亞契仔細斟酌這件事。里維埃先生在與他共度的時光裡，爲他注入一股清流。他一開始衝動地想邀請對方隔天一起用餐，不過他後來逐漸明白，爲什麼結了婚的男人總是無法立即將他們的衝動付諸行動。

「那位年輕教師眞是個有趣的夥伴。晚餐過後，我們愉快地聊了一些書籍和事情。」他在馬車上時試探地說道。

梅從夢境般的沉默甦醒過來，婚前他完全捉摸不出這種沉默代表著什麼意義，婚後才讓他抓到訣竅。

「那位小法國人？他不是個很平凡的人嗎？」她漠然地問道。他猜想她心裡應該有點失望，覺得在倫敦受邀去用餐，結果遇見的卻只是牧師及家庭教師。這種失望非出於一般人以爲的勢利，而是老紐約人的某種觀念作祟，也就是覺得在國外遇到有損尊嚴的事。假如梅的父母在第五大道接待卡佛萊一家，他們會找些比牧師及教師更具身分地位的人。

亞契心情也欠佳，便跟她槓上了。

「平凡——哪裡平凡？」他反問道。她也格外犀利地回答：「怎麼，難道我應該說除了在他的教室之外，每個地方都很平凡。這些人總是不擅於社交，不過，」她爲了緩和氣氛又接腔，「我想我並不清楚他是否聰明。」

亞契不喜歡她用「聰明」這個字眼，幾乎就跟她用「平凡」一樣反感。他擔心自己已經開始只看她身上的缺點，畢竟她的觀點一直都沒變過，就跟他生活中的所有人一樣，他也總認爲那是必然卻可忽視的。直到幾個月前，他從來不認識任何對人生有不同看法的「好」女人，而男人一旦要結婚，便得娶個好女人。

「啊，那麼我就不邀他一塊用餐了！」他笑著結束這個話題。梅卻困惑地說：「老天……請卡佛萊家的家教？」

「嗯，不會與卡佛萊夫人同一天。若是妳不願意，那我就不會這麼做。但我的確想再找他談談，他想到紐約找份工作。」

她顯得更驚訝與冷漠了，他幾乎認爲她懷疑起自己得了「異國情調病」。

「在紐約找工作？找什麼工作？沒人雇用法文老師的，他想做什麼呢？」

「據我所知，主要是能享受有內容的談話的工作。」她的丈夫故意揶揄道。她忍不住發出讚賞的笑聲，「哎呀，紐蘭，實在太好笑了！這不是很法國嗎？」

總體而言，她拒絕他認眞考慮邀請里維埃先生用餐的要求，這件事便這麼結束了，他也很滿意這樣的結果。否則再來一次餐後談話，就很難迴避關於紐約的問題。況且亞契越是認眞想，越是無法想像里維埃先生置身於他所認識的紐約是何模樣。

他突然心寒地意識到，未來許多問題也會這麼被否決掉。然而，他支付馬車費，跟著妻子長長的裙襬走進屋時，他以俗話說「婚後六個月是最難熬時期」來安慰自己，「過了這個階段，他們彼此的稜稜角角也磨得差不多了。」他心想。偏偏最糟糕的是，梅的壓力正對準了他最想保留的那個尖角。

譯註：

①邦森男爵夫人（Frances Waddington Bunsen，一七九一至一八七六）為其丈夫邦森男爵撰述生平事蹟，於一八六八年出版的兩冊作品。邦森男爵為德國駐英使節。

②巴黎是十九世紀的時尚之都，而沃斯（Worth）為法國時尚界的知名品牌，當時紐約上流社會的女士每年都要向沃斯訂購服裝。

③寶嘉康蒂（Pocahontas，一五九五至一六一七），印第安酋長之女，傳言她救下了英國探險家，在戰爭中被俘虜至英國，後與英國人結婚並活躍於倫敦社交界，成為美洲開發史上的一大傳奇人物。

④莫泊桑（Guy de Maupassant，一八五〇至一八九三），是法國名作家，有「短篇小說之王」譽稱，代表作品為《羊脂球》（*Boule de Suif*）。

⑤布加勒斯（Bucharest），為東歐國家羅馬尼亞首府。

⑥福樓拜（Gustave Flaubert，一八二一至一八八〇），法國現實主義作家，代表作為《包法利夫人》（*Madame Bovary*）。

Chapter 21 第二十一章

那片翠綠的草坪緩緩地延伸到湛藍大海。

豔紅色天竺葵及薄荷點綴在草坪四周，漆成巧克力色的鐵製花瓶錯落相間於通往大海的蜿蜒小徑，齊整的鋪石路上蔓延著牽牛花和天竺葵。

在懸崖邊與方形木屋之間（木屋也漆成巧克力色，陽台的錫製頂棚卻漆成黃、棕色相間的條紋，就像個涼棚），兩座大箭靶放置在灌木林前。草坪的另一端，面向箭靶處建了頂眞正的帳篷，四周放置著板凳和休閒椅。一群身穿夏裝的女士及穿著灰色長禮服、頭戴高帽的紳士，或站著、或坐在長凳上。不時會有位穿著漿棉布服的曼妙女子走出帳篷，手持著弓，朝其中一個箭靶射出箭去，此時觀眾們也會中斷交談觀看結果。

紐蘭·亞契站在木屋陽台上，好奇地俯瞰這一景象。在漆得光亮的階梯兩邊，藍色陶瓷大花盆放在鮮黃色陶瓷盆座上，每個花盆都種著帶刺的綠色植物，陽台下則是一大排繡球花，邊緣堆簇著豔紅色天竺葵。從他身後客廳那些法式窗門搖曳的蕾絲簾帷間，他看到光亮的鑲木地板、印花布椅墊、矮腳扶手椅，一張絨布桌面上頭的銀盤擺滿了小東西。

新港射箭俱樂部每年八月的聚會總選在鮑弗家舉辦。在此之前，這項運動除了槌球之外，別無其他運動可與之比擬。但因爲今日人們漸始著迷於網球運動，而慢慢屏棄這項運動。然一般仍認爲網球太過粗俗不雅，不適合社交場合。射箭運動則有機會讓人展示美妙服飾及優雅體態，因此仍占著一席之地。

亞契驚奇地看著這幅熟悉的景象，令他驚訝的是，即使自己對生活的觀點已然完全改變，仍還過著原本的生活。他就是在新港這個地方，第一次發覺自己的改變有多大。去年冬天，當他和梅在紐約那棟弓形窗及龐貝式門廳的黃綠色新房子安頓下來後，他如釋重負地回到以前的常規工作。回復日常活動就像是一個連結，讓他找回以前的那個自我。接著他們又很興奮地爲梅的馬車（維蘭家送的）選了一批漂亮的灰色駿馬，並搬進了永久的住家，完全不顧家人的質疑與不認同，興致勃勃地布置自己的新書房，依照他的夢想採用了黑色浮雕壁紙、伊斯萊克書櫃及「純正」的扶手椅和桌子。他在「世紀俱樂部」又碰到了溫塞特，另也在「紐約人」咖啡館結識一群趣味相投的年輕人。他把部分時間花在法律事務上，部分時間則外出用餐或在家接待朋友，夜晚偶爾上歌劇院或戲院，那時過的生活倒算實際，而且顯然也必須如此。

唯新港給人一種擺脫責任、純然放鬆度假的氛圍。亞契試著說服梅到緬因海岸一座偏遠小島過夏天（那座小島有個名符其實的名字「荒山」），有幾個大膽的波士頓人和費城人曾在「土著」村裡野營，聽說那裡有著迷人的景致，且過著幾乎像在林木與大海捕獵的野生生活方式。

但維蘭家的人習慣赴新港度假，他們在崖邊擁有一棟小方屋。他們的女婿也說不出一個梅不能跟他們一同到那裡度假的理由。就像維蘭太太略顯犀利的說法：若是不能讓梅穿這些夏裝，那麼她又何必在巴黎試穿這些衣服。而對於這類說法，亞契尚未找到反駁的說辭。

梅自己也無法理解他爲什麼對這樣舒適又愜意的度假方式，表現出如此令人費解的勉強。她提醒他，他單身時可是一直很喜歡新港的。既爲不爭的事實，他也只得聲稱這一次他肯定會更喜歡的，因爲他們是兩人一起去的。但是當他站在鮑弗家的陽台，看著草地上那群快樂人們時，不禁心裡一驚，發現自己根本不喜歡這裡。

這並不是梅的錯，可憐的她。他們旅行時，有時會出現稍微不合的狀況，但回到梅熟悉的環境後，自然便回到原本的和諧氣氛。他早就看出，梅不會讓他失望的，在這點上他也確實沒錯。他結婚了（像大部分的年輕男子那樣），因為正當他嘗試過一連串毫無目標的感情而提早厭倦這場冒險後，剛好遇上一位完美又迷人的女孩。而她一直代表著平靜、穩定、友愛，對於無法逃避的職責抱有堅定信念。

他不能說自己做了錯誤的選擇，畢竟她滿足了他所期待的一切。自己成了全紐約最美麗、最受歡迎少妻的丈夫，當然是令人開心的事情。更何況她誠屬一位個性最甜美、又最通情達理的妻子。亞契一直都將這些優點看在眼裡。至於婚前那突如其來的瘋狂事件，他也已經讓自己將之視為最後的掙扎。他恢復理性時，對於自己想娶奧蘭卡伯爵夫人的夢想，簡直覺得不可思議。她僅只是存在他記憶中，那個最哀傷、最痛苦的一道魅影。

然經過這一連串抽絲剝繭的檢視，他的心卻成了空蕩蕩的回音室。他不由得想，讓他赫然覺得鮑弗家草坪上那些庸庸碌碌的快樂人們就像一群在墓地嬉戲的孩子，這可能即是其中一個原因吧。

他聽到身旁一陣衣裙所發出的窸窣聲，曼森侯爵夫人從客廳窗口飄飛而出。她一如往常，依舊打扮得花枝招展，頭戴著一頂軟趴趴的草編帽，上頭繫了許多褪色薄紗，外加一把象牙雕柄的黑絨傘，滑稽地在比它還大的帽簷上晃來晃去。

「我親愛的紐蘭，我不知道你跟梅已經到了！你是昨天自個兒來的吧？啊，工作、工作，專業職責……許多我認識的先生當中，覺得自己除了週末之外，無法陪妻子到此度假。」她頭偏向一邊，瞇起眼睛苦惱地看著他，「婚姻可是一種長期的犧牲，就像我過去常跟愛倫說的……」

亞契的心突然一縮、停止跳動，這以前也曾發生過一次，彷彿突然「砰」的一聲關上一道門，將他與外面世界隔絕開來。但這樣的中斷必然極爲短暫，因爲他馬上聽到梅多拉回答問題的聲音，那肯定是他找回自己聲音後提出的。

「不，我並不打算待在這裡，而是跟布蘭克一家待在他們在樸茲茅斯那迷人的隱居地。鮑弗今天早上好心地派他那批名駒來接我，讓我至少可以看一眼雷吉娜的花園派對，不過我今晚就要回去過我的鄉間生活了。布蘭克一家實在太特別了，在樸茲茅斯租了一間古樸的老農舍，在那裡接待一群很有名望的人……」她躲在帽簷下的頭稍微低了一下，臉略帶紅暈又說下去，「阿加森・卡佛博士這週將在那裡舉辦一系列的內在心靈講座。那的確與這世俗消遣的快樂景象有著強烈的對比——不過我一直活在對比中！對我來講，最要命的便是單調。我總跟愛倫說，那就是一切致命罪惡的根源。但我可憐的孩子正處於反叛期，憎恨這個世界。我想你應該知道，她拒絕新港的所有邀約，甚至拒絕跟明戈特奶奶待在一起。我根本沒辦法說服她陪我一起去布蘭克那裡，你相信嗎？她過的生活是不健康、不正常的。啊，要是當初事情還有挽回餘地之時，她願意聽我的話就好了……那時一切都還有可能……但我們還是去看這有趣的比賽吧，我聽說你的梅也參加了。」

鮑弗從帳篷那邊穿過草地，向他們走來。他高大笨重的身軀被身上那件倫敦長禮服的鈕扣扣得緊緊的，扣孔上插著一朵自家種的蘭花。亞契已有兩、三個月時間沒見到他了，驚詫地看到他身材上的變化。在夏季豔陽下，他的臉顯得有點過重且浮腫。若非虧得他抬頭挺胸的闊步姿態，恐會讓人以爲他是位打扮過度的臃腫老頭。

鮑弗目前飽受各種流言纏身。今年春天他駕駛自己的新遊艇進行一趟長期的西印度群島之旅。聽人說，他所到之處，都有一位看起來很像芬妮．琳的女士相伴。那艘遊艇是在克萊德河建造的，裡頭有貼了瓷磚的浴室及各種前所未聞的奢華配備，據說花了他五十萬美元。他回來時送給了妻子一串可謂贖罪禮物般華美的珍珠項鍊。鮑弗的財產足以讓他如此揮霍，然令人不安的謠言仍持續不斷，不只在第五大道，還在華爾街流傳著。有人說他在鐵路事業的投機事業估測失誤，也有人說他被一個貪得無厭的妓女榨乾了。而鮑弗每次都是以更大的揮霍來破除他破產危機的謠言，像是蓋一座新的蘭花花房、購買一批新賽馬，以及為他的畫廊添購一幅梅森尼葉①或卡巴內爾的新畫作。

他面帶著慣常的半譏諷笑容走向侯爵夫人與紐蘭。「妳好啊，梅多拉！那些馬有沒有做好自己分內的工作啊？四十分鐘，對吧？嗯，為了不讓妳嚇壞，這還不算太差。」他與亞契握了握手，接著跟他們一起轉過身，走在曼森侯爵夫人身旁，低聲說了幾句他們同伴聽不到的話。

侯爵夫人用她那奇特的外國話答道：「你想要做什麼？」這句話讓鮑弗的雙眉皺得更緊了。但他看到亞契時，旋換上祝賀的笑容，裝成一副老好人模樣說：「我看梅要得第一名了。」

「啊，那麼獎盃要留在自家人手上了。」梅多拉回道。當他們走到帳篷前，穿著淡紫色棉布衣和面紗的鮑弗太太像少女般迎接。

梅．維蘭剛好從帳篷走出，身著一身白衣，腰間繫著一條淡綠色帶子，帽子上放著一圈常春藤編織環。她臉上那副有如黛安娜女神的超凡神情，就跟訂婚那天晚上走進鮑弗家舞廳時一樣。此時，她眼底似乎毫無雜緒、心中毫無任何感覺。她的丈夫雖已知她擁有這兩種能力，仍然再一次為她能如此超凡而驚訝不已。

她手握弓箭，站在草坪上粉筆畫的標記線上，將弓舉到肩頭處，瞄準目標。她的姿勢相當典雅，獲得一片輕聲讚美。由於亞契也感受到她的喜悅，因此常讓自己誤入這短暫的幸福中。她的對手，包括雷吉・奇佛斯太太、梅里家小姐，還有索利、達戈羃及明戈特家幾位面色紅潤的女孩，緊張地站在她身後，形成一個可愛的團體。褐色、金色的頭都彎身緊盯著分數板，淺色棉布衣與繞著花環的帽子，構成一道柔和的彩虹。每個女孩皆如此青春貌美，沐浴在豔陽下，但她們都不像他太太呈現出女神般的泰然自若。這時，只見她繃緊肌肉、笑眉一蹙，全神貫注。

「天啊，」亞契聽到勞倫斯・萊佛茲說：「沒人像她這麼持弓的。」鮑弗回道：「沒錯，不過那只會讓她射中標靶。」

亞契聽了感到非常憤怒。男主人對梅的「美好」所顯出的輕蔑，本應是丈夫期望聽到的，因為一位粗鄙的人認為她缺乏吸引力，只不過是她高尚品格的另一項證明。然而這些話卻令亞契一陣寒顫，倘使在那「高尚品格」帷幔背後只是一片空洞呢？當他看著梅時，她剛從最後一輪射中靶心走回來，面色紅潤而平靜，驀地讓他覺得，自己從未掀起過那片帷幔。

她坦率地接受對手及其他夥伴的祝賀，這就是她女皇般的優雅。沒人能夠忌妒她的勝利，因為她給人的感覺是，即使她輸了亦會如此心平氣和。然當她的目光看到丈夫那刻，他眼神中流露出的快樂，讓她的臉霎時為之一亮。

維蘭太太送的那輛小馬車正等著他們。他們在往各方奔馳的馬車陣中駕離現場。梅握著韁繩，亞契則坐在她身旁。

午后陽光仍徘徊在那片翠綠草坪上和灌木中。貝爾鄔大道來回兩側馬路上，有雙座四輪馬車、雙輪小馬車、蘭道馬車及「面對面」座位設計的馬車，不是載著盛裝的女士及紳士們離開鮑弗的花園派對，便是剛結束每天下午的海洋道兜風行程，正準備返家。

「我們去看望外婆好嗎？」梅突然提議道。「我想親自告訴她我得獎的消息，現在離晚餐還有段時間。」

亞契默許了，她遂調轉馬車往納拉甘西特大道走，穿過春日街，朝郊外崎嶇的荒地飛馳而去。向來不在乎社會觀點且節儉成性的老凱瑟琳，早在她年輕時，就在一塊可眺望海灣的廉價土地上，給自己造了一棟有許多尖簷及橫梁的鄉村別墅。她的陽台在矮小橡木林間，延伸到環繞著島嶼的水域。蜿蜒車道的兩旁，在天竺葵花叢中安置著鐵柱和藍色玻璃球，直到條紋狀迴廊屋頂下漆得光亮的核桃木門。門後方是一條窄長廊廳，鋪著黑黃相間的星形拼花地板，廳內闢了四個方形小房間，貼著厚厚的壁紙，天花板則由一位義大利民宅畫匠將奧林帕斯山所有神祇都繪在上頭。當明戈特老太太肥胖的問題開始困擾著她之後，便將其中一個房間改為她的臥房，白天都在鄰近房間消磨時光，坐在一張放置於敞開門窗之間的大扶手椅上，不停揮動著一把棕櫚葉做的扇子。但因她的胸部太過肥凸，扇子難以挨近，以致搧起的風僅能讓扶手椅罩邊緣微微飄動一下而已。

由於小倆口的婚事是在老凱瑟琳干預下才提前完成的，因此她總是對亞契展現出一種施惠者對受惠者的熱情。她以為壓抑不了的熱情是他等不及的原因，而她本身最支持的就是衝動行事了（只要不讓她破費）。故而每次見到他時，她總是像共謀者那樣對他親切地眨眨眼、說些隱喻性的玩笑，所幸梅對這樣的情況似乎毫無感覺。

她興致勃勃地檢視著比賽結束時別在梅胸前的那枚鑲鑽箭形胸針，說起在他們那個年代，一枚金銀絲飾胸針足已教人萬分滿足了。但不可否認的是，鮑弗在這些事情上誠然做得夠大方。

「事實上，親愛的，這可是件傳家之寶呢。」老夫人咯咯地笑道：「妳得將這傳給妳的長女。」她捏了捏梅白皙的手臂，看梅的臉紅了起來。「哎呀，哎呀，我可說了什麼，讓妳的臉打出紅旗來？難道妳不要女兒，只要兒子嗎？老天爺，看她又滿臉通紅了！怎麼……我連這都不能說嗎？老天！當我的孩子們求我將所有神祇都畫在頭頂上時，我總是說：『太好了，這麼一來我身邊就會有個什麼都嚇不倒的傢伙啦！』」

亞契大笑出來，梅也跟著笑，兩人都笑紅了眼。

「好啦，現在跟我說說那場聚會吧，麻煩你們了，親愛的。從傻梅多拉口中，我別想打聽到實際情況。」這位老祖宗繼續說著，但梅喊道：「梅多拉阿姨，我以爲她要回去樸茲茅斯的？」老祖宗平靜地回答：「是這樣沒錯，不過她得先到這兒接愛倫。啊，妳不知道愛倫今天跟我待在這兒吧？她不在這裡過夏天，可眞是太傻了。不過我大約五十年前就已經放棄跟年輕人爭論了。愛倫啊，愛倫！」她用她蒼老的尖銳語調喊道，一面試著俯身向前，看一眼戶外草坪。

明戈特老太太沒有得到僕人的回應，不耐煩地用枴杖敲了敲光亮的地板。一名戴著明亮頭巾的混血女僕應聲而來，告訴女主人她看到「愛倫小姐」沿著小徑走往海邊去了。明戈特老太太轉向亞契。

「我的好孫子，快下去帶她回來，讓這位漂亮女士跟我講講聚會的情況。」她說。

亞契則像置身夢裡那樣站起身來。

自從他們最後一次見面迄今的這一年半裡，他常聽到「奧蘭卡伯爵夫人」的名字，甚至熟知這段時間發生在她生活中的主要事件。他知道去年夏天她是在新港度過的，投入了許多社交活動。到了秋季時，她突然將鮑弗費盡心力幫她找的「完美小屋」轉租出去，決定搬到華盛頓去。冬季時，亞契聽說她（大家總是能聽到關於華盛頓美女的事情）在一個應該是爲了彌補政府在社交方面之不足而設的「卓越外交學會」大放光彩。他聽到這些事情，以及各種關於她外表、言談、觀點、擇友上的矛盾說法，就像在聽一位逝世已久的親人的事情那樣超然。直到梅多拉在射箭比賽上突地提及她的名字，才讓他再度意識到愛倫．奧蘭卡是個活生生的人。侯爵夫人那愚昧之言，讓那幅升著小爐火的客廳景象再度浮現他眼前，以及那空蕩蕩街上響起的馬車聲。他想起一則以前看過的小故事：幾個托斯卡尼的鄉下孩子，在路旁洞穴裡點燃一捆乾草，見到墳墓裡畫著一幅幅故人影像的壁畫……

通往海濱的小徑從房子這側堤岸向下延伸到種著垂柳的濱水步道。亞契從垂柳間，瞥見閃閃發光的石灰岩崖，以及崖上刷白的塔樓與英勇守塔人依妲．路易斯居住的小屋，她在此度過令人尊敬的晚年。那之後是一片平坦水域及山羊島上醜陋的官署煙囪，金光瀲灩的海灣往北伸展到普魯登斯島，島上種滿低矮橡樹，遠處的康納尼科海岸正籠罩在日落餘暉中。

一座小小的木造碼頭從垂柳步道築起，底端有間像涼亭的夏屋。亭子裡站了一位女士，斜靠在欄杆上，背對著海岸。亞契看到這幅景象時，停下腳步，彷彿剛從睡夢中醒來。往日的記憶都是夢，現實則在上面堤岸的房子裡等著他：維蘭太太的馬車是否正繞著門外那個橢圓圈跑了一圈又一圈；梅坐在傷風敗俗的奧林帕斯山眾神祇下，因心裡頭一些希望而顯得容光煥發；貝爾郞大道路底的維蘭別墅裡，維蘭先生已經穿好衣服，在客廳手拿懷錶踱著步，面色難看、一副不耐煩之狀，因爲住在這家裡的人都清楚知道某個特定時刻應做什麼事。

「我是誰？一個女婿……」亞契想道。

碼頭盡頭的那抹身影並沒移動。年輕人在堤岸半途站了許久，看著海灣上來來往往的帆船、遊艇、漁船以及吵雜的黑煤大貨船所曳起的層層漣漪。亭內的女士似乎也受到這幅景象所吸引。亞當斯城堡的灰色堡壘外，拉長的日落迸裂成萬道光芒，那光輝映照在剛從石灰岩崖及岸邊夾道間駛出的小帆船。亞契看到這一幕時，油然憶起在《流浪漢》所看到的那一幕，哈利・蒙塔悄悄拉起雅達・黛絲的絲帶輕輕親吻，沒讓她知曉自己在屋裡。

「她不知道，不會猜想得到的。那麼，如果她出現在我身後，我會知道嗎？」他沉思著。他乍然這麼對自己說：「若是那艘帆船駛過石灰岩崖的燈塔，她還不轉過身的話，我就回去。」

船隻隨著退流的潮水向前滑行，滑到石灰岩崖前，遮住依妲・路易斯的小屋，接著通過那座掛著燈的塔樓。亞契繼續等待著，直到島上最後一塊礁石及船尾之間，重現一片水光淋漓的寬敞水域。然而夏屋裡的人影依然紋絲未動。

他轉過身，往山上走。

*　　*　　*

「眞可惜你沒找到愛倫——我本想再看看她的。」他們穿過暮光驅車回家時，梅這麼說道。「但或許她根本就不在乎，她似乎變了許多。」

「變了？」她丈夫以平淡語調回答，眼睛則緊盯著小馬抽動的耳朵。

「我的意思是，她對朋友這麼無情哪，離開紐約及她的家，跟那些古怪人物混在一起。想想她跟布蘭克家那些人在一起，會有多不自在！她說她這樣做是爲了防止梅多拉姨媽做傻事，不讓她再嫁給可怕的人，但我有時候想，她可能覺得我們有點無聊。」

亞契沒回話，她繼續說下去，話中帶著一絲冷酷語氣，這是他從未在她坦率清脆聲音中聽過的：「我有時會想，若是她跟她丈夫在一起，會不會比較快樂一點。」

亞契大笑了起來。「眞是太天眞了！」他喊道。她困惑地皺著眉轉過來看他，他又說：「我想我從未聽妳說過任何冷酷的事情。」

「冷酷？」

「嗯，看那些被打入地獄的痛苦掙扎，可能是天使最愛的活動。但我想，即使是他們，也不認爲人在地獄會比較快活。」

「那麼，她曾嫁到外國可眞是件憾事。」梅應道，那種語調就像她母親在對付維蘭先生的奇怪要求時那般冷靜。這使亞契覺得自己已經默默地被歸爲不通情理的丈夫。

他們沿著貝爾鄔大道行駛，從掛著鐵鑄燈的木門柱間轉入，這表示他們抵達維蘭家別墅了。燈光從窗戶透出，馬車一停下來，亞契便看到岳父正如自己所想的那樣，手拿著錶在客廳踱步，面帶著他早就發現比生氣還要有效的痛苦表情。

年輕人跟著太太走進屋裡時，察覺到自己的心境有種奇怪變化。維蘭家奢華的裝潢和濃厚的維蘭家氛圍，充滿了嚴苛的規矩及要求，總像麻醉劑那樣悄然滲入他的身體。厚厚的地毯、小心翼翼的僕人、日日夜夜滴答提醒人的鐘、玄關小几上不斷湧入的名片和邀請函，所有這些不間斷的專橫瑣事，讓人每一分鐘都得緊緊跟著，家裡的每個人也都跟其他人緊緊綁在一起，讓任何較乏體制或富裕的事物都顯得不眞實、不可靠。如今，是維蘭家的房子以及這個等著他的生活，讓他覺得不眞實、不相干；而在岸邊那短暫的景象，當他站在往堤岸的半路上躊躇不前時所注視之種種，卻像流在他血管中的血液那樣貼近他。

他整晚都醒著躺在梅身邊，在那間印花布布置的大房間裡看著月光斜落地毯上，想著愛倫・奧蘭卡坐在鮑弗的馬車後面，經過熠熠發亮的海灘回家。

譯註：

①梅森尼葉（Jean-Louis Ernest Meissonier，一八一五至一八九一），法國著名的古典派畫家，其擅長摹繪拿破崙肖像與其領軍場景。

Chapter 22 第二十二章

「爲布蘭克家舉辦派對——布蘭克家？」

維蘭先生放下刀叉，焦慮且不可置信地看著餐桌對面的妻子。她挪了挪金邊眼鏡，以她極具喜劇效果的音調大聲朗讀：「埃默森・希勒頓教授與夫人敬邀維蘭伉儷於八月二十五日下午三點光臨『週三午后俱樂部』的聚會，會見布蘭克夫人及小姐們。凱瑟琳街，紅山牆。懇請賜覆。」

「我的老天！」維蘭先生倒抽了口氣，彷彿需要再讀一遍才能讓他明白這件事有多荒謬。

「可憐的艾咪・希勒頓……你永遠也不知道她丈夫接下來要做什麼。」維蘭太太嘆道：「我想他可能才剛發現有布蘭克這個家庭。」

埃默森・希勒頓教授是新港上流社會的一根刺，一根無法拔掉的刺，因爲他來自於一個受人尊敬愛戴的家族。就像人們所說的，他是個擁有「一切優勢」的人，他父親是希勒頓・傑克遜的舅舅，母親則來自波士頓的彭尼洛家族，雙方都相當富裕又有地位，可謂門當戶對。沒有理由——就像維蘭太太常說的——沒有任何理由要讓埃默森・希勒頓去做考古學家或任何領域的教授，也沒有理由讓他在新港過冬或做任何革命性之舉。但如果他眞的想和傳統決裂、嘲弄社交界，那至少不該娶可憐的艾咪・達戈顰小姐。她本來有權期待「不一樣的生活」，有足夠的錢爲自己添置一輛馬車。

明戈特家的人，沒人能夠理解艾咪・希勒頓爲何甘受丈夫那等奇怪行徑，讓家裡常出現一些長頭髮的男人及短頭髮的女人；旅行的話，則帶她去猶加敦半島考察墓地，而不是去巴黎或義大利。但他們就是這樣，按自己的方式過活，且顯然不覺得自己與他人有何差異。當他們舉辦一年一度的無聊花園派對時，克里夫的每個家庭因爲希勒頓、彭尼洛、達戈聶三者這層關係，不得不抽籤派一位不情願的代表去參加。

「眞是奇妙，」維蘭太太說：「他們竟然不是選擇賽馬日！你們還記得嗎？兩年前，他們在茱利亞・明戈特辦舞會那天，爲一個黑人辦了場宴會？幸好這次據我所知，並沒有什麼其他事情，畢竟我們還是得派幾個人去參加。」

維蘭先生緊張地嘆口氣，「幾個人……親愛的，不止一個人嗎？三點鐘眞是個尷尬時刻。我三點半得在家吃藥呢，要是我沒按時服藥，那麼嘗試班康的新處方就毫無意義了。而且，要是我稍後才去跟妳會合，那肯定會錯過我駕車兜風的時間。」想到這裡，他再度放下刀叉，焦慮的紅暈浮上那張布滿細紋的臉頰。

「你根本不用去啊，親愛的。」他妻子以一種習慣性的愉快口吻回答：「我還要到貝爾鄔大道另一頭送幾張請帖，大約三點半時才會過去，並待久一點，才不會讓可憐的艾咪覺得自己受人怠忽了。」她遲疑地看了女兒一眼，「要是紐蘭下午有安排的話，或許梅可以駕著小馬帶你出去兜風，試試新馬具。」

這是維蘭家的一項原則，每個人每一天、每個小時都應該像維蘭太太說的「有安排」。「得殺時間」這可怕的悲傷景象（特別是對不喜歡獨處或安靜的人），好似慈善家被失業者的幽魂纏身那樣。她的另一項原則是，父母絕不應（至少表面上）干涉已婚子女的計畫。若是既要尊重梅獨立的空間，又要考慮維蘭先生宣稱的那些要緊事，也只有神的安排才辦得到，因此維蘭太太自己的每一秒都安排得非常滿當。

「我當然可以駕車帶爸爸出去，我相信紐蘭一定可以自己找點事情做的。」梅說道，語氣溫和地提醒丈夫應有所回應。女婿對自己的生活老沒什麼安排，這也是常讓維蘭太太煩惱的問題。亞契住在她家的這兩個星期裡，每次問及他要怎樣打發午后時光，他常模糊地回答：「哦，我想換個方式，要把時間省下來，而不是把時間打發掉。」有一次，當她和梅下午得進行一趟延遲了許久的拜訪時，他說自己要在屋前的海灘躺一整個下午。

「紐蘭似乎從不替將來打算。」維蘭太太有次大膽地跟女兒抱怨。梅平靜地回答：「沒錯，不過這也沒關係，因爲若無特別的事情要做時，他會選擇讀書。」

「啊，是呢，就像他父親！」維蘭太太同意道，彷彿能容許這種遺傳怪癖似的。自此之後，紐蘭無所事事的問題遂沒再被提起。

不管怎樣，希勒頓家的歡迎會臨近時，梅開始對他表現出自然的關懷：因爲自己將暫時無法陪他，而建議他去參與奇佛斯家的網球比賽，或者搭朱利斯．鮑弗的小艇出遊。「我應該六點就回來，親愛的。你知道的，爸爸從不晚於這個時間。」她始終不放心，直到亞契說，他想租輛馬車到某座島上的種馬牧場幫她再物色一匹馬；他們已經物色了好一段時日。這項計畫十分令人滿意，梅看了母親一眼狀似在說：「妳看，他跟我們一樣曉得如何安排自己的時間。」

首次提到埃默森．希勒頓的邀約那天，亞契即有了去種馬牧場選馬的念頭，不過他一直沒說出來，彷彿這個計畫隱藏著什麼祕密似的，一旦說出來就會妨礙計畫的執行。然而，他還是先預訂了一輛馬車和車行裡一對在平路可跑上十八英里的老馬。兩點鐘時，他匆匆忙忙離開餐桌，跳上輕便馬車離開。

那天天氣相當宜人，北方微風將一朵朵白雲吹過蔚藍天空，下面則是清闊的大海。這個時間貝爾鄔大道空蕩蕩的，在米爾街街角放下馬車夫後，亞契轉往老濱海大道，經過伊斯特曼海灘。

這麼做令他有種莫名的興奮感，宛若學生時期得到半天假期，他總會前往某個陌生地方。他讓兩匹馬慢慢地跑，預計三點鐘之前即可抵達天堂崖不遠處的種馬場。這麼一來，看過馬之後（若看上的話，也可以試試馬），仍餘四個寶貴的鐘頭可利用。

一聽說希勒頓的派對，他便在心裡想著，曼森侯爵夫人肯定會跟布蘭克一家到新港來，奧蘭卡夫人可能會順便去陪她奶奶。無論如何，布蘭克家應該會空著，他能夠不顯唐突地看看這房子，滿足自己的好奇心。他也不確定自己是否還想再見到奧蘭卡伯爵夫人。但自從上次從海灣上的步道見到她之後，他莫名地想看看她住的地方，追隨他腦海中那個影像的一舉一動，猶如當時注視亭中那道眞實的身影那樣。這般想望日夜困擾著他，一種無法消停的莫名渴望，彷似病人突然想吃一種很久以前嘗過但已經忘記味道的食物或飲料。除了這個渴望之外，他什麼也看不到、也想像不出會有什麼樣的結果，因爲他並不期盼和奧蘭卡夫人談話或聽她的聲音。他僅僅覺得，倘能夠將她在這世界上走過的地方，還有那之間的天與海印在腦海中，剩下的世界就不會顯得如此空虛了。

他到種馬場後，才看了一眼即知沒有他中意的馬。然他還是在裡頭轉了一圈，證明自己不趕時間。三點鐘一到，他便甩開馬轡，轉進往樸茲茅斯的路。風已經停了，地平線上的那層薄霧，將在退潮後悄悄覆蓋薩康內特地區，而他周圍的田園、林木全都籠罩在金光中。

他駕車經過果樹園中的灰色木造農舍、乾草田、橡木林，還經過許多有白色尖頂聳入昏暗天空的村落。最後，他停下車向田裡工作的人問路後，轉入兩旁矮坡長滿菊花和黑莓的小巷。巷底是一條碧光瀲灩的河流，他在河左岸一排橡樹及楓樹前，看見一棟搖搖欲墜的長型房子，護牆板上的白漆都掉了。

面向入口處的路旁有一間開放小棚屋，那是新英格蘭人用來存放農具及讓訪客綁牲口的地方。亞契跳下馬車，將他那兩匹馬牽進棚屋裡，將牠們綁在木樁上後，轉身朝屋子走去。屋前的一片草坪已經變成乾草場，左側那片長得太過茂盛的方形花園則種滿大麗花與赭色玫瑰花叢，環繞著一個如幽靈般的格架涼亭。那亭子原本是白色的，亭子頂端有尊木雕邱比特，手上弓箭消失無蹤，但仍徒然保持瞄準前方的姿態。

亞契倚在門上一會兒，他沒見到半個人，開啟的窗裡也沒傳出任何聲響。一隻灰色紐芬蘭犬在門前打盹，看來也跟那尊丟了箭的邱比特一樣是個無用的守護者。想想眞是奇怪，這安靜又破敗的地方，竟然是愛熱鬧的布蘭克家住的房子。不過亞契確定自己未找錯地方。

他佇立在那裡好半天，心滿意足地看著眼前景象，慢慢落入它昏昏欲睡的魔法中。他最終還是打起精神，意識到時間的流逝。他是不是應該看夠了就離開呢？他猶豫不決地站在那裡，突然又想看看房子內部，這樣他就可以想像奧蘭卡夫人的起居室了。沒有什麼能夠阻止他走上門拉鈴。如果，恰如他所想的那樣，她跟其他人去了派對，那麼他即可直接報上名，要求進去客廳寫張便函。

他並沒有那麼做，而是穿過草坪，轉向方形花園。他走進花園時，看見亭子裡有樣色彩鮮豔的東西，他馬上認出是把粉紅色陽傘。那把陽傘像磁鐵般吸引著他，他很確定是她所有。他走進亭子，在搖搖晃晃的椅子上坐了下來，拿起那把絲質陽傘，看著雕花把手；那是稀有的木頭打造的，散發出一種香氣。亞契舉起把手，放到唇邊。

聽見花園對面傳來細微聲響，他定住不動，雙手緊握著把手，任憑那個聲音越來越近，沒抬頭去看。他早知道這遲早會發生的……

「哦，亞契先生！」一個年輕的聲音喊道。他抬頭瞧見站在他眼前的是布蘭克家最小卻最高大的女兒，金髮、皮膚黝黑，穿著髒兮兮的棉衣。從她臉上一塊紅印痕可以看出，她不久前應還枕在枕頭上。她惺忪的雙眼友善而困惑地盯著他看。

「天啊，你從哪裡來的？我一定在吊床上睡熟了。大家都去新港了。你拉鈴了嗎？」她前言不搭後語地問道。

亞契比她還困惑，「我——沒有——這個，我正要這麼做呢。我到這座島上看馬，趁便來這裡看看是否能遇上布蘭克夫人及你們的客人。但屋裡似乎沒人，所以我坐在這裡等候。」

布蘭克小姐甩開睡意，興致昂然地看著他，「家裡是沒人。媽媽不在、侯爵夫人也不在——大家都不在，只有我留下而已。」她目光露出些許責備的意味。「你不知道希勒頓教授和夫人今天下午幫媽媽跟我們辦了一場花園派對嗎？可惜我不能去，因爲我喉嚨痛，媽媽怕要等到晚上才能搭車回來。還有什麼比這更掃興的嗎？」她又快樂地添了一句：「當然，假如我知道你要來的話，就不會那麼在意了。」

她笨拙賣弄風騷的跡象越來越明顯，亞契鼓起勇氣插嘴問道：「奧蘭卡夫人，她也去了新港嗎？」

布蘭克小姐驚訝地看著他，「奧蘭卡夫人！你不知道她已經被叫走了嗎？」

「被叫走了？」

「啊，我最漂亮的陽傘！我借給了大笨鵝凱蒂，因爲這把傘剛好搭配她的緞帶，八成是那個粗心傢伙把傘落在這裡了。我們布蘭克家的人都像……眞正的波希米亞人！」她用她那隻有力的手拿回陽傘，將玫瑰色的傘在她頭上撐開來，「是的，愛倫昨天被叫走了。哦，她讓我們喚她愛倫，你知道的。波士頓發來一封電報，她說可能得去兩天。我眞喜歡她的髮型，你也喜歡嗎？」布蘭克小姐隨意漫談。

亞契繼續盯著她，彷彿她是透明人，可以看穿似的。他眼中所看到的，只不過是一把廉價陽傘，在她傻笑的頭上張著那粉紅色的傘頂。

過了片刻，他試探地追問道：「妳不會碰巧知道奧蘭卡夫人爲什麼去波士頓吧？希望不是壞消息才好？」

布蘭克小姐親切地消除對方疑慮。

「哦，我想應該不是。她並沒跟我們提起電報的內容，我想她是不想讓侯爵夫人知道。她看起來眞浪漫，不是嗎？當她在朗讀〈傑拉汀女士的求婚〉這首詩時，是不是會讓人想起名伶史考特希登夫人？你沒聽她朗讀過吧？」她說。

亞契腦海裡思緒翻湧，他未來的一切似乎倏然展現在他眼前。往空白的深處裡看去，他看到一個逐漸變小的男子身影，什麼事情也不會發生的徒然過一生。他望著四周未修剪的花園、搖搖欲墜的屋子以及暮色漸濃的橡木林。這原本是他有機會可以見到奧蘭卡夫人的地方，但她卻走遠了，甚至那把粉紅色陽傘都不屬於她……

他皺著眉，猶豫地開口：「妳可能不知道，我應該……我明天就要去波士頓，如果能設法見到……」

儘管布蘭克小姐仍面帶著笑容，但他感覺到她已經對自己失去興趣。

「哦，當然，你人眞好！她住在帕克屋旅館，這個季節的波士頓想必會把人熱壞了。」

這之後，亞契僅斷斷續續聽進他們的談話。他只記得自己堅定地拒絕她讓他等家人回來，跟他們喝杯茶再回去。

最後，在女主人的陪同下，他走過那尊邱比特木雕，解開馬韁駕車離去。在小巷的轉角，他看到布蘭克小姐站在門口，揮動著那把粉紅色陽傘。

第二十三章

翌日早上，亞契步出「秋河號」火車，出現在熱氣蒸騰的波士頓仲夏裡，車站附近街道充斥啤酒、咖啡和腐壞水果的氣味。一位穿著襯衫的人帶著乘客穿過通道走向廁所的那般縱恣神態，越街而去。

亞契租了一輛馬車前往「薩默塞特俱樂部」吃早餐。連高級區域也出現骯髒雜亂的景況，歐洲那些城市，即使天氣再熱也不會墮落到這樣地步。穿著印花棉衣的門房斜靠在有錢人家的台階上，公園看起來像是共濟會野餐的遊樂場。就算亞契想像過愛倫．奧蘭卡曾處於各種無法想像的環境中，可怎麼也想不出有哪個地方，比這被熱浪淹沒、為人所棄的波士頓更不適合她了。

他津津有味、慢條斯理地享用著早餐，先呑了一塊甜瓜，然後在等吐司和炒蛋的空檔，一面讀著早報。自從昨夜跟梅說他今天得到波士頓出差，當晚就得搭「秋河號」出發，隔天晚上才回紐約時，他整個人便充滿了全新的活力與精神。大家都知道他週一須返回紐約，而他從樸茲茅斯探險歸來後，發現玄關小几上躺著一封辦公室發來的信，命運顯然為他臨時改變的計畫提供了充足的安排。他甚至為事情如許輕易辦妥感到羞愧：這讓他想到勞倫斯．萊佛茲那些為了確保自身自由所要的小手段，心裡因而一度產生短暫的不安感。但這並未困擾他太久，因為他此時已經無暇細想這些了。

早餐過後，他點燃一支香菸，瀏覽著《商業廣告》。此時有兩三個他認識的人走了進來，他們彼此寒暄問候——畢竟這還是同一個世界，即使他有種偷溜出時空網的奇異感覺。

他看了看錶，發現已經九點半了，便起身走進寫字間。他在那裡寫了幾行字，請信差租車送到帕克屋旅館等待回覆，接著又坐下來看另一份報紙，試著計算搭車到帕克屋旅館需要多久時間。

「那位女士外出了，先生。」他突然聽到身旁的服務生這麼說。他結巴地回道：「外出了？」彷彿那句話是以陌生語言說出的。

他起身走到玄關。鐵定是弄錯了，她這個時間應該不會外出的。他氣惱於自己的愚蠢而漲紅了臉。他爲什麼不一抵達就派人送信過去呢？

拿起自己的帽子和手杖，他一逕地走到街道上。這個城市乍然變得很陌生，空曠又荒蕪，他彷彿是來自遙遠國度的旅人。他站在門前躊躇了一會兒，繼而決定前往帕克屋旅館——要是那位信差聽錯了，她還在那裡呢。

他舉步穿過公園，就在樹下的第一張長凳上，他看到她坐在那裡。她頭上撐著一把灰色絲質陽傘——他怎會將她想成是撐著粉紅色陽傘呢？他走上前時，詫異地看到她滿面無精打采坐在那裡，一副無所事事的寂寥樣。他看到她低垂著頭的側影，黑色帽子下的髮結低繫在頸子上，手上拿著皺巴巴的長手套。他又往前走了一兩步，她也轉過頭來，看著他。

「哦！」她出聲。亞契頭一次看到她臉上露出驚訝表情，但沒多久便轉爲疑惑又滿足的徐徐微笑。

「哦……」當他站在那裡低頭看她時，她再度低語道，唯這次語氣不一樣。

她在長凳上讓出一個位置來，沒站起身。

「我來出差，剛剛才到。」亞契解釋道。不知道爲什麼，他突然開始假裝意外見到她。「但妳跑到這荒郊野地做什麼？」他還眞不知道自己在說什麼，覺得自己似是從很遠的地方對她喊著，而她可能在自己趕上她之前，再度消失。

「我？哦，我也是來辦事的。」她回答，轉過頭來面對著他。他幾乎聽不到這些話，只察覺到她的聲音及一個令人驚訝的事實，原來她的聲音竟然未曾留在自己腦海裡。他甚至不記得那低沉與略帶粗啞的子音。

「妳的髮型變了。」他說道，心怦怦跳，彷彿吐出什麼無法挽回的話。

「變了？沒有——只是娜塔西不在時，我自己盡最大努力整理的。」

「娜塔西，她沒跟妳來嗎？」

「沒有，我自己來的。因爲我只來兩天，沒必要帶她來。」

「妳自己一個人住在帕克屋旅館？」

她露出以前那種揶揄的眼神，「你覺得這很危險嗎？」

「不，不是危險。」

「但是不合常規？我明白了，我想是這樣的。」她想了片刻，「我之前都沒想到這點，因爲我方才做了一件更不合常理的事情，」眼神中帶點嘲諷意味，「我剛拒絕拿回一大筆錢，一筆屬於我的錢。」

亞契跳了起來，往後退了一兩步。她收起陽傘，坐在那裡，心不在焉地拿傘往鋪石地上畫著。接著他又馬上回神，站在她面前。

「有人來這裡見妳了？」

「是的。」

「帶著這項提議？」

她點了點頭。

「而妳拒絕了——因爲附加的條件？」

「我拒絕了。」她過了一會兒說道。

他又坐回她身邊，「是什麼條件？」

「哦，不是什麼苛刻的條件，只是偶爾坐在他餐桌的首席。」

又是一陣沉默。亞契的心以一種前所未有的奇怪方式猛地停止跳動，他徒然地坐在那裡找話講。

「他希望妳回去——不惜任何代價？」

「嗯……很高的代價，至少那對我來講是一筆巨額。」

他又停了少頃，焦急地想著他覺得自己必須要問的問題。

「妳到這裡就是來見他的？」

她瞪大眼睛，接著大笑了出來。「見他——我丈夫？在這裡？這個季節他總待在考斯或巴登。」

「他派人過來？」

「是的。」

「帶了信來。」

她搖搖頭說：「不，只是口信。他從不寫信的。我想我總共就收過他一封信而已。」提到這件事，她臉紅了起來，亞契也滿臉通紅。

「爲什麼他從不寫信？」

「他何必寫？有祕書的人何必親自寫？」

年輕人的臉更紅了。她說出這句話的口吻，彷似沒什麼比這更顯而易見之事。一時間，他幾乎要問出口：「那麼，他是派他祕書過來囉？」對於奧蘭卡伯爵寫給他妻子唯一那封信的記憶，他仍覺得歷歷在目。他又沉默了一會兒，接著再大膽提問。

「那個人呢？」

「那位信差嗎？那位信差？」奧蘭卡夫人回道，依然面帶著笑容，「按照我此刻決心來看，早就該走了，但他卻堅持要等到明天傍晚……以防……可能……」

「所以妳是外出考慮這等可能性？」

「我出來透透氣，旅館太悶了。我要搭下午的火車返回樸茲茅斯。」

他們默默地坐著，沒有看向對方，而是看著前面路過的行人。她再次轉頭過來面對他說：「你一點也沒變。」

他很想回答：「我變了，直到我再度看到妳。」但是他沒將話說出口，反而猛然站起身，看看周圍這個又髒又悶熱的公園。

「這裡真是糟透了，我們何不到海邊走走？那裡有風，會涼快些。我們也可以搭船去亞利港。」她猶豫地抬頭看了他一眼，他又繼續說：「週一早晨，船上不會有什麼人。我搭傍晚的火車離開，返回紐約。我們何不去搭趟船呢？」他低著頭堅持道，忽然又說了一句：「我們彼此不是都已盡全力克制自己了嗎？」

「哦！」她低聲回道，站起身來打開陽傘，看了看四周的景色，彷彿在跟風景商量似的，接著才確定不可能再待在這裡了。她的目光轉回他臉上。「你千萬不可以對我說這類的話。」她說。

「妳要我說什麼，我就說什麼，或者什麼都不說也行。除非妳讓我說，否則我就不開口，沒關係的，我只想聽妳說話。」他結結巴巴地說。

她取出一只帶著琺瑯瓷鍊的金面小懷錶。

「哦，別看時間。」他脫口而出，「給我一天！我想讓妳忘記那個人。他幾點會來？」

她再次紅了臉，「十一點。」

「那麼妳應該馬上跟我去。」

「你不需要擔心——要是我不去的話。」

「妳也不需要擔心——如果妳來的話，我發誓我只是想聽聽妳的近況、瞭解妳最近做了些什麼。我們上次見面都已經是一百年前了吧，下次再見面可能又是幾百年後。」

她依舊無法下定決心，目光焦慮地看著他的臉，質問道：「那天我在奶奶家時，你爲什麼沒到海邊來接我？」

「因爲妳沒回頭——因爲妳不知道我在那裡。我對自己發誓說除非妳回頭，否則我就不會去接妳。」他驀然意識到這句話太幼稚而笑了出來。

「但我是故意不回頭的。」

「故意的？」

「我知道你人在那裡。當你們駕車來時，我認出那匹馬，才到海邊去的。」

「爲了避我避得遠遠的？」

她低聲重複說著：「爲了避你避得遠遠的。」

他又放聲大笑，不過這次帶著男孩的滿足感。「嗯，妳看，這是沒用的。我還要告訴妳，」他繼續說下去，「我到這裡要辦的事情就只是來找妳。但看著，我們得出發了，否則會錯過我們的船。」

「我們的船？」她困惑地皺著眉頭，旋而笑了起來，「哦，可是我得先回旅館一趟，留張便函……」

「妳愛留多少便函，就留多少。妳可以在這裡寫。」他取出便函盒及一支新式原子筆。「我還有信封呢，妳看，萬事俱備了！來，把這放在妳的膝蓋上，我馬上可以讓筆乖乖辦事。等著！」他拿著筆敲了敲椅背，「就像把溫度計的水銀甩下來，純粹是個小把戲。好，現在試試看。」

她笑著，俯身在他擺於便函盒上的紙開始寫了起來。亞契站離幾步，兩眼幸福、視而不見地盯著經過的路人，那些路人卻停下腳步來觀賞這罕見景象，一位穿著時髦的女士伏在公園座椅上寫著信。

奧蘭卡夫人將信放進信封裡，書寫上名字，收入她的口袋中。接著她也站起身來。

他們往回走向畢肯街，靠近俱樂部時，亞契瞧見之前幫他送信到帕克屋旅館的馬車，車夫正在街角的消防栓前洗把臉好解除疲憊。

「我跟妳說過了，萬事均已俱備！妳看，這兒不就有輛馬車等著！」他們都笑了起來。因爲馬車招呼站在這個城市仍是相當新奇的「外來品」，能夠在這節骨眼找到一輛公用馬車，簡直是奇蹟。

亞契，看了看錶，發現還有時間先驅車到帕克屋旅館，再去搭船。他們急忙乘車穿過那片悶熱的街道，停在旅館前。

亞契伸手要拿那封信，「讓我送信進去吧？」奧蘭卡夫人搖了搖頭，跳下車不久消失在那些玻璃門後。那時還不到十點半。然而，要是那個人等不及她的回覆，也不知該怎麼打發時間，剛好坐在亞契於她進門時所看到那些喝著冷飲的旅人當中，那可怎麼辦？

他等著，在馬車前來來回回踱步著。一位眼睛像娜塔西的西西里青年提議幫他擦鞋，一位愛爾蘭女人要賣他桃子。每隔幾分鐘，玻璃門就會打開來，走出幾位熱到將草帽推得老高的男人，當他們經過他身旁時，總會瞄他一眼。他納悶那扇門怎地這麼常被推開，而且走出來的每個人都長得相仿，全都像這個時間，來自世界各地一直進進出出各家旅館旋轉門的人。

這時，突然出現一張與眾不同的臉。他只瞥見一眼，因爲他走到踱步範圍最遠處往旅館方向走回來時，在一堆典型臉孔中，包括一張張疲憊瘦臉、驚訝圓臉和溫和長下巴裡頭，察見一張不一樣的臉孔，帶著多變表情而特別突出。那是位年輕人的臉，臉色異常蒼白，可能是因爲熱浪或是擔憂，抑或兩種都有，將他折騰得疲憊不堪，但不知爲何卻讓那張臉看起來更爲機敏、生動、清醒。或者，是因爲那張臉太過迥異，才顯得如此。亞契猛然間好像想起了什麼，可隨著那張臉消失，那一絲記憶旋又不見了，看來那應該是某個外國商人的臉，尤其在這般環境下看起來更像外國人。那人消失在人流中，亞契遂又重新開始他的巡視。

他不想讓旅館的人看到他手拿著錶，在缺乏錶之情況下所估算的時間，使他認定奧蘭卡夫人這麼久還沒出現，只可能是遇上那位信差，被他給攔住了。想到這裡，亞契憂心不已。

「倘若她還不出來，我就進去找她。」他說。

門又打開了，她來到他身邊。他們坐進馬車，馬車駛動後他拿出錶，這才發現原來她僅離開三分鐘而已。鬆掉的車窗發出嘈雜聲，使得他們根本沒辦法談話，就這麼在鵝卵石路上顛簸到碼頭。

他們肩並肩坐在船上半空的位置，發現他們幾乎沒有話要跟對方傾訴，或者應該說，沉浸在這種解脫又與世隔絕的幸福沉默，一切便已盡在不言中了。

槳輪開始轉動，碼頭與船隻逐漸消失在蒸騰熱氣中。對亞契來講，所有舊傳統的束縛亦隨之消失。他很想問奧蘭卡夫人是否有同樣的感覺：覺得他們像要啓程遠行，永遠不再回來了。可他終不敢將這話說出口，或者說出任何會破壞她對他那種微妙信任的話語。事實上，他也不想辜負這種信任。曾有多少的日夜，他們親吻的記憶如此炙熱，灼燙著他的雙唇，甚至昨天前往樸茲茅斯的途中，對她的思念猶如火一般炙熱。但現在她已經在他身邊了，他們正一齊飄往未知的世界，他們似乎更親近彼此，到了那種輕輕一碰肉體便瓦解的深層境界。

船離開港口，向大海駛去時，一陣微風向他們吹來，灣上劃出一道泛油的長浪，接著變成浪花飛濺的陣陣漣漪。騰騰熱氣仍然籠罩在城市上空，他們眼前卻是一片平靜水域的清新世界，陽光照耀著遠處燈塔聳立著的海岬。奧蘭卡夫人倚靠船欄，張開雙唇暢飲著這份清涼。她在帽子上繫著一條長面紗，反讓她的臉露了出來，亞契被她表情中那種寧靜的快樂所震懾住。她似乎將他們這趟探險視為理所當然的事，毫不擔心意外碰到熟人，（更糟糕的是）也不因為這種可能性而過度興奮。

在旅店的簡陋餐廳裡，他原本期望他們能夠獨處，惜卻發現有一群模樣天眞的青年男女在那裡辦派對。店家說他們是一群到此度假的學校教師。一想到兩人得在這麼吵鬧的環境中談話，亞契的心不由得往下一沉。

「這行不通，我得要間私人包廂。」他如此說道。

奧蘭卡夫人並未提出任何異議，當他去找包廂時，她靜靜地等著。

那間包廂開在木造長廊上，窗外就是大海。房間簡陋但很涼爽，桌上罩著一塊粗糙的格子布，放著一瓶醃黃瓜和放在紗罩裡的藍莓派。一眼即可看出這是最適合情侶幽會的地方。奧蘭卡夫人在他對面坐下來時，亞契覺得自己看到她因理會此間包廂之安全性，流露在臉上的莞爾笑容。一個逃離丈夫的女人，且聽說還是跟一個男人逃走的，很可能早已相當熟悉「將所有事情視爲理所當然」的藝術。唯她表情中透出某種特質，無法讓他嘲諷她。她是如此安靜、沉穩又坦然，她已經將所有世俗的束縛拋開，讓他覺得他們好似兩個有許多話要談的老朋友，尋覓一處安靜地方乃是最自然不過的事……

第二十四章

他們悠閒地享用午餐，暢快談話間偶爾才會出現須臾沉默。因爲魔咒一旦破除，他們有許多話要說，可有時候，話語只不過是兩人默默溝通的一種陪襯。亞契避談自己的事情，但他並非有意這麼做，而是因爲他不想錯失她過去的每件事。她倚著桌子，下巴靠放在交疊的雙手上，告訴他這一年半以來所發生的事情。

她已經逐漸厭倦人們口中的「社交界」。紐約確實是個友善的地方，好客到令人難以忍受的地步，她永遠也忘不了當初大家是怎麼歡迎她回來的，然經過第一次的新奇經驗之後，她發現自己就像她所說的，太「與眾不同」，無法去在意這個社會所在意的事情。因此她才決定要去華盛頓試試看，在那裡應可遇見不同的人及視野。總之，她或許該在華盛頓安頓下來，幫可憐的梅多拉找個家——當她最需要受照顧和保護以免受到婚姻傷害時，她卻把所有親戚的耐心都磨光了。

「那位卡佛博士……妳不擔心他嗎？我聽說他一直跟妳們待在布蘭克家。」

她微笑道：「哦，卡佛造成的危險已經不再。卡佛博士是個很聰明的人，他需要一個有錢的老婆來支持他的計畫，而梅多拉只是個改變信仰的活廣告。」

「改變成哪種信仰？」

「各種新奇又瘋狂的社會計畫啊。你知道嗎？對我來講，這些計畫有趣多了，勝過盲從地恪守傳統——別人的傳統，比如我在我們朋友間看到的那些情況。發現新大陸竟是將它轉變成另一個翻版國度，這看起來簡直愚蠢透頂。」她隔著桌子大笑，「你能想像哥倫布費盡千辛萬苦，只是爲了要跟賽佛奇·梅里夫婦去看歌劇嗎？」

亞契臉色一變。「那麼鮑弗……妳也會跟鮑弗說這些感受嗎？」他忽然問道。

「我很久沒見到他了。但我以前常跟他說，他可以理解這些感受。」

「啊，這就是我一直跟妳講的，你不喜歡我們，而喜歡鮑弗，都是因爲他太不像我們了。」他看著這空蕩蕩的房間，再看向外面那片空曠的海濱，以及岸邊那排荒涼的白色小屋。「我們眞是愚蠢透頂，沒有個性、單調乏味……」他脫口道：「我想，妳爲什麼不回去呢？」

她眼神黯淡下來，他等著她憤怒的反擊。她卻一言不發地坐著，彷似在仔細思量他所說的話，接著他開始害怕她回答說自己也這麼想過。

終於，她開口說：「我想是因爲你。」

沒有比這種不帶感情或者以如許平淡的口吻告白，更能激起聽者的虛榮心了。亞契的臉紅到耳根，既不敢動彈也不敢開口說話，彷彿她的話是某種珍稀的蝴蝶，任何一點小動作就會讓那對受驚嚇的翅膀振翅而飛，但要是不驚動牠的話，又會引人駐足觀看。

「至少，」她繼續說：「是你讓我瞭解到，這些愚蠢背後還存在一些細緻敏感又精雅的事物，甚至那些我喜歡的東西與之相比，都顯得相形失色。唉，我也不清楚該如何說明白，」她皺起苦惱的眉頭，「但似乎我從前從未瞭解過，爲了獲得絕妙樂趣，可能要付出多少艱辛及屈辱。」

「『絕妙樂趣』，是值得追求的事情！」他想這麼回話，但她懇求的目光令他保持沉默。

「我想要……」她繼續說下去，「完全坦誠面對你，還有我自己。我期待這樣的機會許久，我能讓你知道你對我的幫助有多大、讓我改變了什麼……」

亞契緊皺著眉頭、瞪大眼睛，他笑著打斷她，「那妳知道自己怎麼改變了我嗎？」

她臉色有點蒼白，「改變了你？」

「沒錯，妳對我的影響力，遠比我對妳的來得大很多。我是聽了一個女人的話，才去娶了另一個女人的男人。」

她蒼白的臉變得滿臉通紅，「我以爲……你答應過，今天不會提這些事的。」

「啊，果然是女人呀！妳們全都不想認眞看清不好的事情。」

她壓低聲音說：「這，對梅來講，是件不好的事情嗎？」

他站在窗前，敲打著推起的窗框，覺得每根神經都感受到她提起表妹名字時所帶的眷懷之情。

「因爲這不就是我們一直要記掛在心裡的事情，不是嗎？——以你自己的表現來看？」她繼續固執地追問。

「我自己的表現？」他重述道，茫然的雙眼仍盯望著大海。

「或者，若不是的話，」她繼續道，痛苦地專注在自己的思緒中，「爲了不使別人夢想幻滅或痛苦而放棄或錯失一些事情的努力這般不值得的話，那麼我回家的理由、讓我昔日生活顯得貧乏可憐的所有理由，不就都虛假不存在了……」

他轉過身來，但未移動位置。「若是這樣的話，那妳豈非更沒有不回去的理由了嗎？」他爲她下此結論。

她兩眼絕望地緊盯著他，「哦，沒有理由了嗎？」

「倘若妳將所有一切都押注我的婚姻上，那就沒有。我的婚姻，」他粗暴地回應，「不會是把妳留在這裡的那道風景。」她默不作聲，亞契接著說：「那有什麼意義呢？妳讓我開始窺見眞實生命的同時，還要我繼續過那種虛假的生活。這簡直超過一般人所能忍受的——事情就是這樣。」

「哦，別這麼說，我也在忍受這一切呢！」她大聲喊道，眼裡盈滿了淚水。

她的雙臂垂下桌去，坐在那裡任憑他盯著自己的臉，像是鋌而走險那樣不顧一切。那張臉彷彿將她整個人都暴露出來，包括裡面的靈魂。亞契愣在那兒，因那張臉突然告訴他的一切而崩潰。

「妳也……哦，一直以來，妳也是嗎？」

她任由緩緩淌下的淚水來回答。

半個房間的距離猶隔在他們之間，他們卻都沒有移動的意向。亞契意識到自己對她實存的肉體毫不關心；要不是她一隻手突然伸到桌上吸引他的目光，他根本沒有察覺到她身體的存在。他就像在第二十三街的小屋那樣，直盯著她的手，以免自己老看著她的臉。他的想像力在這隻手上轉，彷似在漩渦邊緣打轉那樣。但他還是不想靠近她。他知道愛撫所引起的愛情是怎麼樣的，亦曾滿足過這樣的愛情。然而這種比自己肉體還要貼近心靈的愛，是身體的接觸所無法滿足的。他唯恐自己的任何一個動作，都可能消損她言語中的聲音及印象，他現在唯一的心思是，從此之後他再不會感到孤單了。

然過了一會兒，一種虛擲時光的感覺向他襲來。他們在這裡無比親近又與世隔絕，卻也分別被自己的命運所綁住，彷彿隔了半個世界。

「這有什麼意義呢？——既然妳要回去！」他喊道，宛似「我要怎麼留住妳」的無助呼喊。

她一動也不動地坐著，低垂著眼，「哦，我還沒要走！」

「還沒？那麼，到某個時候就會囉？妳已經預定了時間？」

聽到這兒，她抬起她清澈的雙眼，「我答應你，只要你不放開手，我就不走。只要我們還能像這樣看著彼此，我就不走。」

他頹然坐回自己的椅子。她真正的意思是：「你只要舉起一根手指，就能讓我回去，回到你所知道令人厭惡的一切，回到你幾乎猜到的那些誘惑中。」他清楚明白箇中之意，就像她明白說出了那些話。而這番想法讓他以一種感動又虔誠的心情潛坐在桌子的這一邊。

「妳會過著什麼樣的生活啊！」他嚷嚷道。

「哦，只要這樣的生活也是你的一部分。」

「只要這樣的生活也是我的一部分？」

她點了點頭。

「那就完整了──對我們兩人來說？」

「是啊，那就完整了，不是嗎？」

聽到這裡，他跳了起來，將所有一切全拋諸腦後，眼中只收進她可愛的臉。她也站起身來，沒有走向他、也沒有避開他，只是靜靜的，彷若最難的階段已經達成，她現在唯一要做的就是等待。她是那樣的沉靜，因此當他走近她時，她伸出的手不是在阻止他，反是在引導他。她的雙手落入他手中，但她的手臂仍往前伸著，不是僵硬地抵住他，只是將他隔在一定的距離外，讓她已投降的臉說完剩下未說的話。

他們或許就這麼站了許久，亦或許只有很短一段時間，卻已足以讓沉默道盡她想說的一切，也讓他感覺到唯僅一件事是最重要的。他絕不可輕舉妄動，以免讓這次成爲他們最後一次會面。他必須將他們的未來交給她安排，只要求她緊緊抓住它不放手。

「別、別難過。」當她抽開手時，聲音嘶啞地說。他回答：「妳不會回去了，妳不回去了嗎？」彷若這是他唯一無法忍受的事情。

「我不會回去。」她回應道，繼而轉身打開門，往公共餐室走去。

那群唧唧喳喳的教師們正收拾他們的行李，零零散散地奔向碼頭。沙灘那側的碼頭停靠著白色船隻，隔著閃耀著陽光的水面，波士頓已然隱現在朦朧霧靄中。

第二十五章

再回到船上，亞契置身於眾人面前，感受到一股寧靜的情緒。這種情緒在支持著他的同時，也讓他感到詫異不已。

根據任何時下的價值標準來看，那一天算是荒謬的失敗。他甚至沒有親吻奧蘭卡夫人的手，也沒從她口中索取一句對未來機會的承諾。然而，對於一位厭倦了不美滿愛情，且與熱愛對象分開已久的男人來說，他覺得自己的表現簡直近乎恥辱般的平靜與滿足。是她完美地掌握了他們對他人的忠誠與對自己坦誠這兩者間的平衡，引他既激動又平靜。尤其這種平衡不是事先精心設計好的，乃是來自她問心無愧的眞誠，她的眼淚及躊躇的心情即可證明這點。這讓他心中充滿了溫柔的敬畏，現在危機都已經過去了，他感謝命運沒讓個人的虛榮心或在人前演戲的那些複雜心態致使他去引誘她。甚至當他們在「秋河」車站握手道別時，亦是如此。他獨自轉身離去，堅信他們這次會面所挽回的，比犧牲的還要多得多。

他信步走回俱樂部，獨自坐在空蕩蕩的圖書室，一再回想他們在一起的分分秒秒。他很清楚，尤其仔細檢視過後更加清楚，若她最後決定回歐洲——回到她丈夫身邊，也不是因爲過去的生活誘使她回去的，即便對方提出更好的條件。不，唯有當她覺得自己變成亞契的誘惑，成爲背離他們倆共同所訂立標準的誘惑時，她才會離開。她的選擇唯僅有他不要求她再多靠近他一步，她便留在他附近。能否將她安全又隱密地留在那裡，完全取決於他。

在火車上，這些思緒仍然徘徊他腦中，彷似一片金色霧氣包圍著他，透過這道霧氣，他四周的面孔看起來既遙遠又模糊。他有種就算是他跟周旁乘客交談，他們也聽不懂他想表達什麼的感覺。他陷於這般魂不守舍狀態，發現自己翌晨已經走在紐約九月天悶熱的現實中了。長長列車上一張張被熱昏的面孔經過他，他繼續透過那片金色濛霧盯著他們看。突然間，當他步出車站時，其中一張臉孔逼近，越來越清晰。他立刻想起那是前一天見過的年輕人，那張他在帕克屋旅館外無法將對方的臉歸於任何一種類型，也不像在美國旅館中常見的臉孔。

同樣的感覺再度湧現，又讓他覺得似曾相識。那位年輕人站在那裡，帶著外國旅人在美國闖蕩時受盡苦頭的困惑望著四周。接著他朝亞契走來，舉起帽子示意，用英語說：「先生，我們肯定在倫敦見過面吧？」

「啊，當然，在倫敦！」亞契好奇又同情地握著對方的手，「所以你最終還是來了？」他大聲說道，一面以驚訝目光看向少年卡佛萊的法國家庭教師那張機靈又憔悴的臉龐。

「哦，我來了，是的。」里維埃先生撇嘴笑說：「但我不會待太久，後天就回去了。」他用戴著平整手套的那隻手抓著他的小行李箱，站在那兒，一臉焦急困惑，近乎哀求地緊盯亞契的臉。

「我在想，先生，既然我有幸在此遇見你，是否可以……」

「我正想跟你說呢。一塊去吃午餐，好嗎？我的意思是到市中心，若是你到辦公室來找我，我帶你去一家那一帶很棒的餐廳。」

里維埃先生顯然很感動又驚訝。「你眞是太客氣了。不過我只是想請教你怎麼找到交通工具。這裡沒有腳夫，好像也沒人聽得懂……」

「我知道，我們美國的車站肯定讓你困惑不已。你要找腳夫，他們卻給你口香糖。不過請跟我來，我幫你找一輛車。記得啊，請務必來找我一塊吃頓午餐。」

年輕人經過一番明顯可見的猶豫後，再三感謝之餘，用一種全無說服力的口氣說他已經有約了。但當他們走到那塊較令人安心的街區時，他問下午是否方便前去拜訪。

亞契正處於仲夏時節工作清閒的日子，便跟他訂好時間並寫下地址，法國人連聲道謝的同時將地址放在口袋中，使勁地揮動他的帽子。一輛馬車接他離開，亞契隨後也跟著走開了。

里維埃先生準時出現，儘管刮了鬍子、熨平衣服，看起來仍然相當憂鬱、嚴肅。亞契獨自坐在他的辦公室裡，那位年輕人還沒坐下就突然說：「先生，我想我之前在波士頓見過你。」

這句話不足以證明什麼，亞契正要做肯定的表示時，他的話旋被訪客那種帶點神祕又清楚的眼神給打住了。

「想不到、眞是想不到，」里維埃先生繼續說：「我們竟會在我目前所處的境況中相遇。」

「什麼境況？」亞契問道，有點粗鄙地想到他是否需要錢。

里維埃繼續以試探性的目光打量他，「我來這裡，並不是我們上次見面時說來找工作的，而是肩負特殊使命……」

「啊！」亞契喊道。他們這兩次會面馬上在他腦中連結起來，他停了一下，仔細思考後豁然明白。里維埃先生也保持沉默，彷彿知道自己透露的已然足夠。

「一項特殊的任務。」亞契終於重述道。

這位年輕法國人張開自己的手掌，稍微舉起，他們兩人繼續隔著辦公桌看著彼此，直到亞契突然回神說道：「請坐。」於是里維埃先生點頭致謝，在較遠的那張椅子坐下來，再度靜待著。

「你是想跟我談這項任務嗎？」亞契終於問出口。

里維埃垂下頭，「並非爲了我自己。那方面，我已經自行解決了。我想，若是可以的話——跟你談談奧蘭卡伯爵夫人。」

亞契前幾分鐘就猜知對方會說出這些話。唯當這些話眞的說出口時，仍不免覺得有股熱血衝上腦門，像在草叢裡被一根倒彎的樹枝絆倒似的。

「那麼，你這回是爲誰而來的呢？」他說。

里維埃先生態度堅定地面對這個問題，「嗯，我會說是爲她而來的，如果這麼說不太冒昧的話。或者我應該說，爲了抽象的正義而來的。」

亞契嘲諷地琢磨著對方說的話，回道：「換句話說，你是奧蘭卡伯爵的信差？」他看到里維埃蒼白的臉變得比自己漲紅的臉還紅。

「我不是爲了他來找你的，先生。我來找你，完全出於不同的立場。」里維埃答說。

「在這種情況下，你有何權利站在其他立場？」亞契反駁道：「你是個信差，那就是個信差。」

年輕人思考了一下，「我的任務已告結束，從奧蘭卡伯爵夫人的回覆來看，我的任務失敗了。」

「我幫不了你。」亞契以同樣嘲諷的語氣回道。

「不，你幫得上忙……」里維埃先生停住口，那雙仍愼重戴著手套的手轉了轉帽子。他看著帽子的內裡，接著又看向亞契的臉，「你幫得上忙的，先生，我相信你可以幫我，讓我的任務在她家人那裡也同樣失敗。」

亞契將椅子往後一推，站起身來。「啊，我才不會呢！」他大聲喊道，雙手插在口袋內，站在那裡生氣地低頭瞪視那個矮小的法國人。對方雖然也站了起來，仍比亞契的視線還要矮一兩寸。

里維埃先生回復尋常臉色，白得幾乎超出他膚色所能轉變的程度。

「到底是爲了什麼，」亞契繼續咆哮道：「你會認爲……既然你來求我是因我跟奧蘭卡夫人的親戚關係，我的看法哪裡會跟她家族其他那些人不一樣？」

里維埃先生表情上的變化成了他現在唯一的回答方式。他的表情從原本的膽怯轉爲完全的沮喪，對他這種平常頗爲足智多謀的年輕人來說，罕會落入如此束手無策、無從反擊的窘況。「哦，先生……」

「我不明白，」亞契繼續說下去，「還有那麼多與伯爵夫人更親近的人，你爲何偏偏找上我。我更不明白的是，你何以認爲我可能接受你奉命帶來的論點。」

里維埃先生以令人不安的謙遜接受這番抨擊。「先生，我想跟你講的論點，乃是我自己的論點，實非奉命帶來的。」

「那麼我就更不需要聽了。」

里維埃先生再次看著自己的帽子，像在思量最後這句話是否明顯暗示他應該戴上帽子走人。接著，他突然下定決心似地說：「先生，請你告訴我一件事好嗎？你質問的是，我來此的權利，還是你認爲這整件事情已經結束了？」

對方沉靜堅定的態度讓亞契覺得自己的咆哮顯得很幼稚。里維埃先生已經成功地讓人不得不佩服他。亞契稍微紅了臉，再次回座，並示意那位年輕人坐下。

「抱歉，但是爲什麼這件事情還沒落幕呢？」

里維埃先生苦惱地看向他，「那麼，你也跟那個家族的其他成員一樣，認爲以那個我帶來的新提議，奧蘭卡夫人幾無可能不回到她丈夫身邊？」

「我的老天！」亞契喊道。

他的客人低聲確認此事，「見她之前，我按照奧蘭卡伯爵的指示，見過洛維爾・明戈特先生。我到波士頓之前，跟他談過好幾次，知道他所代表的就是他母親的看法，而曼森・明戈特老夫人對她的家族有極大影響力。」

亞契靜靜地坐著，彷彿攀在一塊鬆動的懸崖上。發現自己被排除在談判之外，甚至沒讓自己知曉這些事情，教他大爲吃驚，因此他對於剛得知的消息，反而有點見怪不怪了。他猛然明白過來，若是這個家族不再與他商量，那是因爲某種深植的家族本能警告他們，他已經不再站在他們這邊了。而他突然完全明白射箭大會那天，他們從曼森・明戈特老太太那裡駕車回家時，梅所說的那句話：「或許，愛倫還是跟她丈夫在一起會快樂點。」

即使亞契正處於這些新發現的混亂思緒中，他猶記得自己當下發出一聲憤怒的吼叫，此後他太太未曾再對他提起奧蘭卡夫人的名字。她漫不經心地提及這件事，無疑是想試探他的意向。顯然她已經將這個結果向她的家族報告了，因而從此之後，亞契就這麼被悄悄地排除在外。他相當佩服讓梅遵從這一決定的家庭紀律。他知道，倘這有違她的良心，她不會這麼做的。但她可能跟家人一樣，也認爲讓奧蘭卡夫人做一個不快樂的妻子，可能比分居來得好。而且她認爲這跟紐蘭商量也無用，他有時會突然不將最基本的事情視爲理所當然，讓人很是爲難。

亞契抬起頭來，看到訪客憂慮的眼神。

「你不知道呀，先生——你很可能不知道——她的家人開始懷疑，他們是否有權勸伯爵夫人拒絕她丈夫的提議。」

「你帶來的提議？」

「我帶來的提議。」

亞契幾乎就要對里維埃先生吼出，不管他知道什麼或是不知道什麼，都不關他的事。但里維埃先生目光中有種恭謙又堅定的眼神，讓他否決自己的結論。因此他用另一個問題回答了年輕人的提問，「你跟我說這件事情的目的是什麼？」

他馬上聽到答案。「請求你，先生——我全心全意地請求你——哦，別讓她回去、別讓她回去！」里維埃先生喊道。

亞契越發驚訝地看著里維埃，他的苦惱絕對是眞誠的，他的決心是堅定的，他顯然已決定不顧一切地表明自己的心意。亞契思量著。

「是否可以請問，」亞契終於開口，「你原本就是站在奧蘭卡伯爵夫人這邊的嗎？」

里維埃先生紅了臉，但眼神未閃爍，「不是的，先生，我當初認爲這麼做是對的，才接下任務。我眞的相信——毋庸贅述——奧蘭卡夫人恢復她的身分、財富，以及她丈夫帶給她的社交地位，對她比較好。」

「所以我想，若非如此，你不大可能接受這樣的任務。」

「我不會的。」

「嗯，那麼後來呢？」亞契再次停住，他們又再次互相打量著。

「啊，先生，見過她、聽過她的想法之後，我才明白她留在這裡更好。」

「你才明白……？」

「先生，我忠實地履行了我的任務，亦即申明伯爵的主張、說明伯爵的提議，未加入任何個人的意見。伯爵夫人寬厚地耐心聽我說完，並好心地見了我兩次，而且不帶偏見地考量了我到這裡所轉達的提議。就是這兩次談話使我改變心意的，讓我以不同角度看待這件事。」

「我是否可以知道，是什麼改變了你的想法？」

「純粹只是看到她身上的轉變。」里維埃應道。

「她身上的轉變？你以前就認識她了？」

年輕人臉又紅了，「我以前常在她丈夫的家裡見到她。我已經認識奧蘭卡伯爵許多年了。你應當可瞭解，他不會派一個陌生人來執行這項任務。」

亞契的目光看向辦公室那道空白牆壁，停在印著嚴肅美國總統肖像的掛曆上，想著像這樣的談話居然會發生在他治下幾百萬平方英里土地上，怪得超乎一般人的想像。

「改變——是什麼樣的轉變呢？」

「啊，先生，要是我能說得明白就好了！」里維埃先生停頓了一下，「我想……這次所見到的，是我以前從未想過的。她是美國人，而像她這樣的美國人——你們這樣的美國人，對於某些在其他社會認可的事情，或者至少被視爲是收受關係中普遍存在的行爲，可能會覺得不可思議，完全的不可思議。若是奧蘭卡夫人的親屬瞭解這些事情，他們絕對會跟她一樣，反對她回去。但他們似乎認爲她丈夫希望她回去，是因爲他極度渴望家庭生活。」里維埃先生停了一下，又繼續說：「然而實情遠非如此簡單。」

亞契又回頭瞥了一眼那位美國總統，繼而低頭看著他的辦公桌，以及桌上散亂放著的文件。他有一度說不出話來，在這期間，他聽到里維埃先生的椅子往後推，察覺到這位年輕人站了起來。當他再度抬頭看時，他看到他的訪客跟他一樣激動難抑。

「謝謝你。」亞契只說了這麼一句話。

「沒有什麼好謝的，先生。應該是我……」里維埃先生倏然停住，彷彿說話對他也很困難。「然而我想，」他聲音較爲鎭靜了，「再補充一件事，你剛才問我是否受雇於奧蘭卡伯爵。近日我的確是。幾個月前，我回去他那裡工作，基於必須照顧家中老弱婦孺這樣的個人需求而回去的。但當我決定來這裡對你說這些事情的那一刻起，我便認爲自己已經被解雇了。我回去時將會這麼告訴他，並說明理由。就這樣了，先生。」

里維埃鞠了個躬，往後退一步。

「謝謝你。」亞契在他們握手時再次說道。

第二十六章

每年到了十月十五日這天，第五大道即會打開窗簾，鋪開地毯，掛起三層窗簾。這項居家習俗在十一月一日結束，社交界也開始觀望、摩拳擦掌。到了十五日這天，社交季盛大展開，歌劇院與劇場推出新的劇碼、晚宴邀約逐漸增加、定下舞會日期。每年大約這個時候，亞契夫人總會說，紐約實在變太多了。

她站在一個旁觀者的高度來觀察社交界，加上傑克遜先生與蘇菲小姐的協助，她能夠覓見浮現出來的缺陷，以及這井然有序社會生態中冒出的每一根陌生雜草。亞契自年少時代就期待母親一年一度的評判，聽說細述他粗心忽略的每項細微衰變。對亞契夫人來講，紐約改變也只是變得更糟罷了，而蘇菲小姐對這一觀點亦深感贊同。

見識多廣的希勒頓．傑克遜先生，往往先保留自己的看法，饒富興味且客觀地聆聽女士們的哀嘆，但即使是他也從未否認紐約變了。紐蘭．亞契婚後的第二個冬天，他本人亦不得不承認，若說紐約還沒變，如今肯定也開始改變了。

這些觀點一如往常，是在亞契夫人的感恩節晚餐上提起的。這一天，當她表面上應須感謝主對這一年的恩賜時，她總習慣對自己的生活環境進行一番雖稱不上怨恨卻很悲傷的審視，然後想不出有什麼好感謝的。無論如何，上流社會已經走了樣。上流社會，倘說還存在的話，早已被斥爲受《聖經》詛咒的奇異景況——而且事實上，每個人都清楚明白艾許莫牧師何以選擇耶利米的那一段話（《耶利米書》第二章第二十五節①）當作感恩節布道詞。艾許莫牧師為聖馬修教堂的新任教區牧師，他獲選原因是他很「前衛」，他的布道內容在思想方面卓然大膽、用語新穎。當他抨擊上流社會時，總要談起它的「趨勢」。對亞契夫人來說，這些話既可怕又令人著迷，感覺到自己也是這趨勢中的一分子。

「毫無疑問，艾許莫牧師的話是對的。有一種明顯趨勢存在，」她說：「像是某種看得見、摸得到的東西，就像房子的裂縫。」

「不過在感恩節這天說這個，未免有點奇怪。」傑克遜小姐提出此番意見。她的女主人揶揄地回道：「哦，他要我們對剩下還未改變的東西心存感謝之意。」

亞契對母親一年一度的預言總習慣微笑以對。但是今年，聽到他們所說的那些變化，他也不得不承認，這種「趨勢」相當明顯。

「就說在服裝上的浮奢吧！」傑克遜小姐開始說起，「希勒頓帶我去看首場歌劇，我只能跟妳說，我只看到珍・梅里是唯一穿著去年衣裳的人，即使是那件衣裳，也修改過前襟。據我所知，她兩年前才從沃斯購入那件衣裳，因為我的裁縫師常去那裡，幫她將那些巴黎的衣服改過後方得穿出門。」

「唉，珍・梅里跟我們還是同一代人呢。」亞契夫人嘆道，活在這個女士們一出海關就到處炫耀她們在巴黎買的衣服，而非像她們以前總先把衣服鎖藏在櫃子的年代，可不是什麼值得讓人羨慕的事。

「是的，她是少數人中的一個。在我年輕時，」傑克遜小姐回應：「穿上最新流行的衣服被視為粗俗。艾咪・希勒頓總跟我說，波士頓的規矩是要把自己在巴黎買的衣服先放兩年再穿。老巴克思特・彭尼洛夫人出手一向闊綽，她過去每年總會進口十二套衣服，兩套絲絨、兩套緞子、兩套絲綢，外加六套府綢和上好的喀什米爾。那是長年預訂的，因此她過世之前病了兩年，留下了四十八套從沒拆封過的沃斯服飾。服喪期過了之後，她的女兒們在交響樂音樂會穿上第一批，一點也不顯得太過前衛。」

「啊，哎呀，波士頓到底比紐約保守。但我向來認爲女士們將巴黎服飾先放一季再穿的規矩，還是較適切些。」亞契夫人妥協地說。

「那是鮑弗開的新例，新裝一到就馬上讓他太太穿上。我必須說，雷吉娜可得盡一切所能才不會讓自己看起來像……像……」傑克遜小姐看了大家一眼，瞧見珍妮瞪大眼睛，於是這話便支支吾吾帶過去了。

「不像她的競爭對手。」希勒頓．傑克遜先生接話，那口氣簡直像在說一句睿智之言。

「哦、哦……」女士們喃喃道。接著亞契夫人又繼續說，部分原因是想將女兒的注意力從禁忌話題上轉開，「可憐的雷吉娜！恐怕她的感恩節過得並不怎麼愉快。你聽到關於鮑弗投機生意的傳言了嗎，希勒頓？」

傑克遜先生不在意地點了點頭。大家都聽過傳言，他不屑去證實那些大家都已經知道的事情。一陣沉悶的靜默落在餐宴上。沒人眞正喜歡鮑弗，故把他的私生活往最壞方面想，不全然是不愉快之事；然而他財務上的不名譽事件也讓他妻子家族蒙上恥辱，這實在是太令人震驚了，就連他的敵人都無法幸災樂禍。亞契時代的紐約社會，可以容忍私人關係的欺騙，唯在商業方面則要求絕對的清明與誠實。已有許久一段時間沒出現過知名銀行家背信的醜聞，大家均還記得，最後一次類似事件發生時，那些企業家受社會唾棄的景況。不管鮑弗的權力、他太太的名望有多高，都會遭受到同樣下場。要是她丈夫非法投機的事情屬實，即便達拉斯家全部動員也救不了可憐的雷吉娜。

他們繼而轉到較不那麼糟的話題，但他們所談每一件事情，似皆印證了亞契夫人所感覺到的那種趨勢確實在加速。「當然啦，紐蘭，我知道你讓親愛的梅去參加史特拉斯太太的週日宴會。」她開始說道。

梅興高采烈地插口說：「哦，您知道，現在大家都到史特拉斯太太家去了，外婆上次的宴會也邀請了她呢。」

亞契心想，這就是紐約因應轉變的方式：大家一起視而不見，等到轉變完全結束後，再打從心底把它想成是前一個時代發生的。唯再堅固的堡壘也免不了出現背叛者，當他（或者通常是她）投降並交出鑰匙後，還一直假裝城堡堅固得難以攻陷又有何用？人一旦體驗過史特拉斯太太輕鬆快活的週日款待，很難再呆坐在家裡回想她家的香檳有如鞋油。

「我知道，親愛的，我知道。」亞契夫人嘆道：「只要人們外出純為了找樂子，那麼我想，事情就會這樣。但我還是無法完全諒解妳表姊奧蘭卡夫人，因為她是頭一個站出來支持史特拉斯太太的。」

年輕的亞契太太霎時滿臉通紅，這讓她丈夫及在座的每個人都大吃一驚。「哦，愛倫……」她喃喃道，口氣中既有指責又有袒護的意味，宛似她父母在說：「哦，布蘭克那家人……」

自從奧蘭卡夫人頑固拒絕丈夫的主動提議，令大家震驚且不可置信後，家人每次提到她時便如這種口氣。話從梅的口中說出尤變得饒富意味，亞契以一種陌生的眼光看著她。有時候，當她的態度與周圍串通一氣時，就引他湧起這般感覺。

他母親今天卻對周圍氣氛比平常還不敏感，仍堅持道：「我向來認為，像奧蘭卡伯爵夫人這種生活在貴族社會中的人，應當幫助保持我們的社會優勢，不該忽視它。」

梅依舊滿臉通紅，這番話除了暗示奧蘭卡夫人對上流社會不忠之外，似乎另有含義。

「我毫不懷疑，對外國人來講，我們看起來全是一個樣。」傑克遜小姐苛刻地說。

「我不認爲愛倫在乎上流社會，但沒人知道她眞正在乎的是什麼。」梅繼續說道，似乎一直在尋找某種不置可否的說辭。

「啊，嗯……」亞契夫人又嘆了口氣。

大家都知道奧蘭卡伯爵夫人在家人間現已失寵，連她最忠實的擁護者曼森．明戈特老太太都無法爲她拒絕回到丈夫身邊這件事辯護。明戈特家並沒有大聲說出他們的不滿，他們的團結意識太強了。就像維蘭太太說的，他們只是讓可憐的愛倫去找她自己的位置，而令人痛心與無法理解的是，那個位置卻是在幽暗深淵中，大部分是在布蘭克家以及那些「搞寫作的傢伙」舉行的亂七八糟儀式中。教人不可置信的是，愛倫事實上的確罔顧自己的機會與特權，簡直就成了「波希米亞人」。這樣的情況讓人們更加認爲她沒回到丈夫身邊乃是致命錯誤。畢竟，一位年輕女人的位置應該是在她丈夫的屋簷下，尤其她是在那種情況下……嗯……那種沒人有興趣探究的情況下離開的。

「奧蘭卡夫人可是大受那些紳士們的喜愛呢。」蘇菲小姐用一種表面上狀似息事寧人，實則暗地裡煽風點火的口吻說道。

「啊，這就是像奧蘭卡夫人這樣的年輕女子總會遇到的危險處境。」亞契夫人悲傷地同意道。作出這樣的結論後，女士們拎起裙襬往客廳走去，亞契跟希勒頓．傑克遜則移到那間哥德式書房去。

在壁爐前坐定後，傑克遜先生拿出他美妙的雪茄以慰晚餐的不足，接著自命不凡地滔滔說起話來。

「鮑弗一旦破產的話，」他說：「很多事情必定會被挖出來。」

亞契立刻抬起頭。每次只要一聽到這個名字，他就會清晰地想起鮑弗龐大身影穿著昂貴毛皮與皮鞋，在斯庫特克利夫雪地上闊步前進的模樣。

「肯定會，」傑克遜先生繼續說：「挖出最骯髒的那些。他的錢不全都花在雷吉娜身上啊。」

「哦，也不盡然，不是嗎？我相信他會度過難關的。」年輕人說道，想以此結束這個話題。

「或許吧，或許。我知道他今天要去見一些有影響力的人物。當然，」傑克遜先生勉爲其難地表示認同，「當然啦，希望他們能幫他度過難關——至少這一次。我可不想看到雷吉娜因爲破產而在國外某個寒酸的度假村度過她的餘生。」

亞契默不作聲。對他來講，得了不義之財的人，無論有多悲慘，本來就該受到殘酷報應。他的心思幾乎沒放在鮑弗太太的厄運上，而是又回到眼前的問題。當他們提到奧蘭卡伯爵夫人時，爲什麼梅會漲紅了臉？

他與伯爵夫人一同度過的那個仲夏日，至今已有四個月之久，他未再見到她。他知道她又回華盛頓了，回到她與梅多拉共同租下的那間小屋。他曾寫過一次信給她，僅簡短的幾句話，問他們何時再見面，豈知她的回覆則更簡短：「還不行。」

自此之後，他們便沒再通過信。他似已在他的內心建造起一座聖殿，她在裡頭掌管著他的祕密心思與想望，那逐漸變成了他眞實存在的地方、他唯一理性活動之處。他將他所讀的書、滋養他的想法和感覺，以及他的判斷與見解，全都帶進那裡。在這之外，也就是他現實生活的環境中，卻逐漸有種不眞實且無法滿足的感覺，與那些熟悉的偏見與傳統觀點衝撞，彷似一個失了心的人，撞倒自己屋裡的家具。失了心——那正是他現在的狀態：看不到他周圍之人覺得眞眞實實存在的東西，以致於當他發現他們仍然認爲他在場時，自己都會嚇一跳。

他注意到傑克遜正在清喉嚨，準備進一步披露事情。

「當然，我不知道你太太的家人對於人們針對……嗯，奧蘭卡夫人拒絕她丈夫最近一次提議的看法瞭解多少。」

亞契沉默不語，傑克遜先生拐彎抹角地繼續說下去：「可惜，眞是可惜——她竟然拒絕了。」

「可惜？老天，怎麼說呢？」

傑克遜低頭看著自己的腿，又一直往下看向平整的襪子及那下面擦得發亮的便鞋。

「嗯，從最基本的說起吧。現在她準備拿什麼過活？」

「現在？」

「若是鮑弗……」

亞契立刻跳了起來，一拳打在黑胡桃木寫字台的邊角，墨水在銅製雙槽墨水罐中晃動著。

「你到底想說什麼，先生？」

傑克遜在椅子上稍微換了個姿勢，平靜地打量著年輕人那張狂怒的臉。

「唔，我從某個相當可靠的來源得知——事實上，是老凱瑟琳本人——在奧蘭卡夫人拒絕回到丈夫身邊之後，家裡便大大減少了她的零用金。而且由於她拒絕回去，因此喪失了她結婚時給她的那筆錢——奧蘭卡原本想在她回去時轉到她名下的——爲什麼，你還會問我到底想說什麼，我親愛的孩子？」傑克遜和氣地回話。

亞契往前走向壁爐，俯身將菸灰彈進爐子裡。

「我對奧蘭卡夫人的私事一無所知，不過我不需要知道，就可以確定你所暗指的是什麼。」

「哦，我並沒有。那是萊佛茲，是他。」傑克遜打斷他說道。

「萊佛茲——那個向她求愛，碰了一鼻子灰的傢伙！」亞契鄙夷地喊道。

「啊，是嗎？」對方立即回道，彷彿這正是對方設好圈套讓他說出來的實情。傑克遜仍然安坐在爐火旁，那雙老狐狸般的目光彷如鋼環那樣緊鎖住亞契的臉。

「哎呀，哎呀，眞可惜她沒在鮑弗垮了之前就回去。」傑克遜再度接腔，「假如她現在離開，又假如鮑弗垮了，那只會印證一般人的看法，況且這可不只是萊佛茲一個人的看法而已。」

「哦，她現在不會回去的，更不會回去了！」亞契一說出口，馬上又覺得這正是傑克遜先生所等的答案。

那位老紳士仔細打量著他，「這就是你的意見，是吧？嗯，你當然是知道的。但是大家都知道，梅多拉・曼森手上所剩的那一點錢全落在鮑弗手裡。那麼這兩個女人沒有他的幫忙，要怎樣生活，這還眞讓人無法想像。當然，奧蘭卡夫人也許還是能讓老凱瑟琳的態度軟化，雖然她一直堅決反對她留下來。老凱瑟琳愛給她多少零用金都可能，不過我們都曉得，這位老夫人最討厭的就是花錢。再說，家族其他成員讓奧蘭卡夫人留下來的意願實不是很高。」

亞契徒然地生氣著。他正處於一個男人明知道自己在做蠢事，但仍一逕要做的狀態。

他知道傑克遜先生馬上就看出他並不清楚奧蘭卡夫人與她奶奶及其他家屬的分歧，而他們不再找亞契商量這件事的理由，這位老紳士已經自行歸納出結論。這件事讓亞契警醒自己必須小心行事，但是關於鮑弗的那些影射，惹亞契氣得不顧後果。可儘管他不在乎自己的安危，猶得提醒自己，無論如何，傑克遜先生仍在他母親的屋簷下，依然是他的客人。老紐約人非常注重待客之道，絕不容許與客人的討論變成爭執。

「我們上樓加入我母親她們，好嗎？」當傑克遜先生將他的菸蒂丟進手邊的銅質菸灰缸時，亞契唐突地提議道。

駕車回家的路上，梅異常地安靜。黑暗中，他仍能感覺到她那不善的紅暈充滿全身。他猜不透這樣的不善代表著什麼，但那是因爲奧蘭卡夫人的名字所引起的，這就足以讓他提高警覺了。

他們相偕上了樓，他走進書房。通常她會跟他進去，可他聽見她繼續穿過走廊轉進臥室。

「梅！」他不耐煩地喊道，因此她又走了回來，對於他的口氣頗顯訝異。

「這盞燈又在冒煙了，我以爲僕人應該會留意把燈蕊剪齊些。」他神經質地咕噥道。

「抱歉，以後不會再發生了。」她答道，以那種她從她母親那裡學來的堅定愉快口吻。這讓亞契更加惱火，覺得自己開始像年輕的維蘭先生那樣被她玩弄了。她彎腰去將燈蕊拉低些，當燈光照在她白皙的雙肩及輪廓分明的面孔時，他心想道：「她眞年輕！這生命還得沒完沒了地持續多少年啊！」

帶著一種恐懼，他感覺到自己年輕旺盛及奔騰的血液。「聽著，」他突然說：「我可能得去華盛頓幾天，就在近期，可能下個星期吧。」

她慢慢轉向他，手仍停在燈鈕上。燈火的熱氣讓她的臉稍恢復了一點氣色，然待她抬起頭時，又變蒼白了。

「要出差？」她問道，那語氣彷彿暗示不可能有其他原因，且還是未加思索地直說出這個問題，就像幫他說完他那句話而已。

「出差，當然。有個要提上最高法院的專利案……」他講出那位發明家的名字，接著又用勞倫斯・萊佛茲慣用的能言善道添些細節。她則仔細聽著，不時說聲：「啊，我瞭解了。」

「換個環境對你是好的。」等他說完時，她坦率地應道。「你一定得去看看愛倫。」她又說了一句，帶著她坦然的微笑看向他的眼睛，語氣有如在敦促他別忘了某種令人厭煩的家庭義務。

這就是他們兩人針對這個話題唯一說的話，然而照他們倆所受訓練那套規矩來看，這話的眞正含義卻是：「你當然瞭解我都知道大家對愛倫的那些說法，且眞心同情我的家人盡力讓她回到丈夫身邊所做的努力。我也知道，你基於某種理由並沒有告訴我，你曾勸她反抗這一切，反抗家裡所有的長輩，包括我們奶奶都贊同的做法。而且，在你的鼓勵下，愛倫才公然違抗大家，讓她自己受到希勒頓・傑克遜先生今晚大概已經告訴你的那些批評，那個讓你如此氣憤的暗示……那似乎是你不想聽到的暗示。但既然你不想從他人那裡聽到這些暗示，那乾脆由我自己來給你吧，以像我們這種有教養的人相互溝通不愉快事件的唯一方式：讓你明白，我知道你到華盛頓是打算去見愛倫，可能就是爲了這個目的才去的。對於這點，由於你已經打定主意要去見她了，我希望你這麼做是在我充分的同意下而做的——藉此機會讓她明白，你鼓勵她去做的那些行爲，可能會導致什麼樣的結果。」

這番無言的訊息最後那句話傳達給他時，她的手仍放在燈鈕上。她將燈火關小點，取下燈罩，對著將熄的火苗吹了口氣。

「吹一下，氣味就不會那麼濃了。」她像個幹練的家庭主婦解釋道。走到門口時，她轉過身，停下來等他親吻。

譯註：

①《耶利米書》第二章第二十五節文句如下：「我說：『你不要使腳上無鞋，喉嚨乾渴。』你倒說：『這是枉然。我喜愛別神，我必隨從他們。』」

第二十七章

翌日，華爾街傳出對鮑弗處境較令人安心的報導。雖非十分明確，但讓人猶懷一絲生機。一般人皆曉，若是遇到緊急情況時，他可以向有力人士求援，而他已經成功辦到了。這天晚上，當鮑弗太太帶著熟悉的笑容及新的祖母綠項鍊出現在歌劇院時，實讓社交界大大鬆了一口氣。

紐約社會對於不法商業行爲的譴責可謂毫不留情。迄今，這條大家默認的規矩仍無例外，違反廉正法規之人均須付出代價。大家都知道，即使對象是鮑弗及鮑弗太太，同樣會祭出這項法則。然而要將他們獻到祭台上，還是相當痛苦且麻煩的。鮑弗夫婦消失在他們緊密的小社交圈中，將會留下很大的缺洞，而那些對於道德太過無知或不在乎的人，已經在哀嘆紐約即將失去最棒舞廳了。

亞契早打定主意要去華盛頓。他只在等待他跟梅所講的那件訴訟案開庭，以便讓開庭日期跟他前往華盛頓的日期相符。偏偏隔週的星期二，他從萊特布爾先生那裡得知，訴訟案可能要延後幾週。他那天下午回家時，已下定決心無論如何隔天傍晚都要動身出發。梅不大可能知道，她對他的工作一向沒什麼興趣，無從得知那件案子延期的事。要是眞的知道了，即使在她面前提起當事人的名字，她也不會記得。無論如何，他都無法再延遲去見奧蘭卡夫人的時間，他有太多事情要跟她說了。

星期三早上，他抵達辦公室時，萊特布爾先生滿面愁容過來見他。鮑弗最後恐怕還是無法「度過難關」，但藉由散布自己度過難關的傳言讓存款人安心，因此到前一天入夜前仍有大批錢存進銀行。隨後令人不安的報導再度傳遍滿城，致使大家開始擠兌，今天銀行可能得提早關門。大家尤其不恥鮑弗卑鄙的行徑，他的失敗極可能成為華爾街有史以來最不名譽事件。

這場大難的嚴重程度，讓萊特布爾先生臉色慘白、一籌莫展。「我曾見過很多糟糕的情況，但沒有比這更糟的了。我們所認識的每個人多多少少將遭逢其害。鮑弗太太會怎麼樣？她能怎麼辦？我跟大家一樣同情曼森·明戈特老夫人，唉，都已經到了這個年紀哪，還真不知道這件事對她的影響有多大。她一向很信任鮑弗，把他當朋友！還有達拉斯家族所有親戚，可憐的鮑弗太太跟你們每個人都有親戚關係。她唯一的機會只有離開她丈夫了——但有誰能跟她這麼說呢？留在他身邊是她的本分。幸運的是，她似乎一直都不知道他私下的那些缺點。」

敲門聲響起，萊特布爾先生猛然轉過頭去，「怎麼啦？別來打擾我。」

一名職員送來一封信給亞契，退了出去。年輕人認出那是他太太的筆跡，打開信封閱讀：「你可以盡快進城嗎？外婆昨晚輕微中風，她不知道怎地提前得悉銀行的可怕消息。洛維爾舅舅外出打獵了，這件事讓可憐的爸爸緊張得發起燒來，離不開他的房間。媽媽很需要你，我也希望你能立刻動身，直接來外婆這裡。」

亞契將便函拿給他的資深合夥人看，幾分鐘後，他便坐上擁擠的馬車緩慢往北行去。他在第十四街換乘搖搖晃晃的第五大道公共馬車專線。正午過後，這輛緩如牛步的馬車才將他載到老凱瑟琳家門口。一樓的客廳窗戶，也就是老凱瑟琳習慣坐的位置，被她女兒維蘭太太不相稱的身形給占據了。維蘭太太看見亞契時，做出有氣無力的歡迎手勢。他在門口見到梅，這座一向光鮮亮麗的豪宅，突然被疾病所襲擊而出現奇特的景況：椅子上放著一堆堆披肩和皮裘，醫生的袋子和外套放在桌上，旁邊堆著一疊沒人理會的信件及邀請函。

梅看起來很蒼白，但仍面帶著微笑，簡略交代說：來了第二趟的班康醫生，對病情抱著較樂觀的看法了，而明戈特老太太勇敢活下去並恢復健康的決心，教家人放心許多。梅帶亞契到老太太的起居室，裡面通往臥室的門已經關上，厚重的黃緞門簾也已放下。維蘭太太在這裡低聲向亞契敘述這可怕災難的細節。昨天晚上似乎發生了什麼神祕又可怕的事情。大約八點鐘時，明戈特老太太才剛結束她平常餐後玩的單人紙牌，門鈴響起，一位戴著厚厚面紗的女士求見，僕人一時沒認出是誰。

管家聽那聲音很熟悉，遂通報道：「朱利斯．鮑弗太太來訪」，然後關上門。他想，這兩位女士在一起談話約一個鐘頭，當明戈特老太太的鈴聲再度響起時，鮑弗太太已經悄然離去。只見老夫人臉色慘白得可怕，獨自坐在那張大椅子上，示意管家扶她進房。那時候，她看起來雖然痛苦，仍完全能夠控制自己的身體及神智。混血女僕扶她上床，跟往常一樣送來一杯茶，把屋裡頭東西收拾妥當才離開。但是到凌晨三點時，鈴聲再度響起，兩個僕人聽到這不尋常的鈴聲急忙趕來（因爲老凱瑟琳通常睡得像嬰兒一般甜），發現他們的女主人頭靠在枕頭上，臉上帶著歪斜的微笑，一隻小手從大胳臂上無力地垂下。

這次中風顯然是輕度的，因爲她還能清楚說話，表達自己的意思。在醫生第一次診療後，臉上肌肉的控制能力開始恢復。這樣的警訊已經夠讓人震驚了，可從明戈特老太太斷斷續續的話語中得知眞相後，更讓他們氣憤不已。雷吉娜．鮑弗來請求明戈特老太太（眞是令人無法置信地厚顏無恥！）支持她丈夫，幫他們度過難關——而不要「拋棄」他們，這是她的說法——事實上是，讓全家人幫忙掩蓋、開脫他們不名譽的行徑。

「我跟她說：『名譽』終究是『名譽』、『誠信』終究是『誠信』，在曼森・明戈特家裡，在我還沒被抬出這個家之前，絕不會改變。」老太太用半癱瘓病人的濁重聲音，在女兒耳邊斷斷續續地說道：「當她說：『但是，舅婆，我的名字、我的名字是雷吉娜・達拉斯。』時，我說：『讓妳穿金戴銀的是鮑弗，如今讓妳蒙上一身恥辱的，也是鮑弗。』」

維蘭太太流著眼淚，帶著極大的驚恐喘息轉述了這段話。由於不得不正視這不愉快又不名譽的事件，她臉色慘白、形容憔悴。「要是我能瞞住你岳父就好了，他總是說：『奧古絲塔，可憐可憐我，別毀了我最後的幻想。』唉，我怎麼瞞得住這些可怕的事件呢？」這位可憐的夫人悲嘆道。

「畢竟，媽媽，他不會看到這些的。」她女兒提出。維蘭太太則嘆口氣道：「啊，他不會的，感謝老天呢，他人躺在床上。班康醫生答應要讓他躺在床上，直到媽媽好轉些，而雷吉娜已經不知去向了。」

亞契坐在靠近窗邊的位置上，茫然地看著外頭空蕩蕩大街。他被喚來這裡，很明顯並不是要他提供什麼實質上的幫助，只是給這些嚇壞的夫人們精神上的支持。她們已經打電報給洛維爾・明戈特先生了，另外也派人通知住在紐約的其他家族成員。在此同時，她們也沒什麼事情可做，只能悄聲談論鮑弗不名譽事件所造成的後果，以及他妻子的不當之舉。

洛維爾・明戈特太太一直在另一間房裡寫信，現在才又出現，加入她們的討論。這些年長女士們皆一致認爲，在她們那個年代，要是丈夫在生意上做了任何不名譽的事情，做妻子唯一能做的就是：悄悄離開，跟他一塊銷聲匿跡。「可憐的史派瑟外婆正是個活生生的例子。就是妳的曾外婆，梅，當然。」維蘭太太隨又補上幾句，「妳曾外公的財務困難是私人問題——不知是賭輸了，還是幫人擔保——我從沒弄清楚過，媽媽從不提這件事。但她得在鄉下長大，因爲她母親在出了這些不名譽的事情後，不得不離開紐約。她們獨自在哈德遜河畔生活，度過無數寒暑，直到媽媽十六歲。外婆絕不會像雷吉娜那樣，要求家人『支持』她。雖然說個人的不名譽事件，根本無法跟毀了廣大無辜民眾的醜聞相比。」

「是啊，雷吉娜把自己的臉藏起來，會比要別人幫她留面子來得適當多了。」洛維爾・明戈特太太同意道。「我知道上週五她在歌劇院上戴的祖母綠項鍊是『鮑爾與布萊克珠寶店』那天下午剛送去的試戴品，我眞懷疑他們是否還拿得回來？」

亞契無動於衷地聽著這些沒完沒了的閒言閒語。財務上的清廉是身為一位紳士的首要法則，這已經深深駐紮在他心中，即使感情用事也無法削弱它。像勒米爾・史特拉斯這類投機分子可能是靠無數見不得人的買賣才建立起他數百萬的鞋油店，但對於老紐約金融界來講，毫無瑕疵的誠實才是最高尙的。因此鮑弗太太的命運並沒能觸動亞契的心。跟她那些親戚相比，他誠然較為她感到遺憾，可是對他來講，夫妻之間的連結，或許同甘時難能緊繫，但苦的時候應該堅不可摧。就像萊特布爾先生所說的，當丈夫遇難時，妻子應該站在他那邊。只是上流社會絕不會站在他那邊，而鮑弗太太冷靜的臆斷，幾乎讓自己看起來像他的幫兇。單是讓一個女人請求自己家族幫忙掩蓋丈夫的不名譽事件，就是不容許之事，因為這是像一個機構體般的家族不能做的。

那名混血女僕請洛維爾・明戈特太太到走廊，後者隨即皺著眉頭走回來。

「她讓我發電報給愛倫・奧蘭卡。我已經寫信給愛倫了，當然，還有梅多拉。現在看來似嫌不夠，我得馬上發封電報給她，要她自己一個人回來。」

聽到這起消息後，大家一片沉寂。維蘭太太認命地嘆口氣，梅則起身收拾散落在地上的報紙。

「我看這電報非發不可了。」洛維爾・明戈特太太繼續說道，彷如希望有人反對似的。

梅轉身回到屋子中央。

「當然得發。」她說：「外婆知道自己想做什麼，我們必須執行她所有的要求。讓我來幫您寫這封電報訊息好嗎，舅媽？現在就發的話，愛倫可能趕得及明天早上的火車。」她將那個名字的音節說得特別清楚，像在敲兩個銀鈴似的。

「嗯，沒辦法馬上發，賈斯博跟那個餐僮都外出送信和發電報了。」

梅微笑地轉向她丈夫，「這裡還有紐蘭待命啊。你願意去發電報嗎，紐蘭？午餐前還有點時間。」

亞契站起身來喃喃說自己隨時可出發，於是梅在老凱瑟琳的黑檀木桌上坐了下來，用她大而粗的手寫起電報訊息。寫好後，她仔細地吸乾墨水，交給亞契。

「眞是可惜啊，」她說：「你跟愛倫要錯過彼此了！」她又轉向她母親及舅媽，「紐蘭得為一件要提上最高法院的專利案去一趟華盛頓。我想洛維爾舅舅明晚就會回來了，而且外婆身體也慢慢好轉，應該不需要讓紐蘭放棄事務所的這項重要工作，不是嗎？」

她停了一下，彷彿在等待回答。維蘭太太急忙說：「哦，當然不需要，親愛的。妳外婆尤其不希望他這麼做的。」當亞契拿著電報訊息走出房間時，他聽到岳母又說道——可能是對洛維爾．明戈特太太說的：「但是她到底是讓妳發電報給愛倫．奧蘭卡做什麼？」梅清晰的聲音回答道：「可能是要再敦促她，畢竟她還是要回到她丈夫身邊……」

外面的大門在亞契身後關上，他快步朝電報局走去。

第二十八章

「奧、奧……這名字到底要怎麼寫？」那位尖刻的年輕小姐，將梅手寫的電報訊息從西聯銅製窗口那邊推向亞契問道。

「奧蘭卡……奧、蘭、卡。」他重複道，拿回那封電報訊息，在梅潦草字跡上重寫清楚。

「這個名字在紐約電報局可不常見，至少在這區是這樣。」一個聲音突然說道。亞契轉頭過去，看到勞倫斯・萊佛茲在他身旁，捻著修剪整齊的鬍子，擺出根本不看電報內容的樣子。

「你好，紐蘭，我猜可以在這裡遇上你。我剛聽說明戈特老夫人中風了。我在回家的路上恰巧見到你轉進這條街，便追著你過來了。我想你是從那裡來的吧？」

亞契點了點頭，將電報訊息推進窗口。

「很嚴重，是吧？」萊佛茲繼續說：「我想你是要發訊給家人。既然你們連愛倫・奧蘭卡也通知上了，我猜應該很嚴重。」

亞契緔緊雙唇，他感到一股野蠻的衝動，想揮拳打他身旁那張徒有其表的英俊長臉。

「怎麼說？」他質問道。

素以迴避爭論的萊佛茲，挑起眉裝出一副譏諷的怪表情，警告對方窗口內的那位小姐正看著他們。那副表情讓亞契想到，其可笑的樣子可比當眾發火還糟糕。

亞契從未如此不在乎舉止，不過他想傷害勞倫斯・萊佛茲的念頭純屬一時的衝動。在這種情況下將他與愛倫・奧蘭卡的名字聯想在一起，無論是基於什麼理由，都是不可思議的事情。他付了電報費，兩個年輕人便一起走到街上。此時亞契已然恢復自制力，開口說：「明戈特老夫人已經好多了，醫生認爲不需要太過擔心。」萊佛茲擺出一副大爲寬心的表情，並問他是否聽說現在又傳出鮑弗的不好傳聞……

這天下午，鮑弗經營失敗的消息上了各大報，蓋過曼森・明戈特老太太中風的報導，只有少數瞭解這兩個事件有關聯的人知道，老凱瑟琳的病絕非因爲肥胖與年齡所致。

整個紐約都籠罩在鮑弗不名譽事件的風暴中，就像萊特布爾先生所說的，他記憶中從沒發生過比這更糟糕的事件，甚至在那位創辦這家事務所的萊特布爾的記憶中也從未有過。那家銀行確定經營失敗後，竟還收了一整天的錢；由於它大部分的顧客不是屬於那個大家族，便是屬於這個大家族，因此鮑弗的詐欺顯得格外諷刺。若是鮑弗太太沒說出這次的「不幸」（她所用的字眼）是「對友誼的考驗」這樣的話，大家或許會出於對她的同情，不那麼怨恨她丈夫。她卻這麼做了——尤其當大家獲悉她夜訪曼森・明戈特老太太的目的之後，令人覺得她的惡劣行爲遠超過她丈夫，況且她還不能以「外國人」爲藉口——那些批評者也無法以此爲口實。對那些財產未受損失的人來講，想起鮑弗是個外國人，倒爲他們帶來一點安慰。但畢竟，若是南加州的達拉斯家站在他那邊，然後油腔滑調地說他很快會「重新站穩腳步」，那麼外國人的爭議便不復存在，大家也就別無選擇，只能接受婚姻是牢不可破的明證。社交界必須設法在沒有鮑弗夫婦的情況下繼續，事情總會有個結果——除了這場災難的不幸受害者，像是梅多拉・曼森、可憐的老蘭寧小姐以及另外幾位受騙的良家婦女，她們要是早聽亨利・范德盧頓先生的話就好了……

「鮑弗夫婦最好的後路是，」亞契夫人像在宣告診斷結果、歸納出治療處方似的說道：「住在雷吉娜在北卡羅萊納的那種小地方。鮑弗一直養著賽馬，他最好訓養能夠拉車的馬。我敢說，他具備一名成功馬販的所有條件。」大家均同意她的話，但沒人願意放下身段來問鮑弗夫婦究竟有何打算。

曼森・明戈特老太太隔天好轉許多，聲嗓已經恢復，足以下達不准在她面前再提及鮑弗夫婦的命令，還在班康醫生再來回診時問他，整個家族對她的健康如此大驚小怪到底是怎麼回事。

「像我這個年紀的人晚上若仍吃雞肉沙拉，能指望她的健康有多好？」她問道。醫生這才及時調整了她的飲食，中風旋又變成消化不良。儘管老凱瑟琳的聲音十足堅定，卻未完全恢復她原先對人生的態度。隨著年紀與日俱增的淡泊，雖沒讓她減少對鄰居的好奇心，但讓她原本就對別人的困難不怎有同情心的情況更加嚴重了。將鮑弗的災難拋諸腦後，對她來講似乎一點也不難。而她開始非常關注自己的症狀，亦漸喜歡那些她從前根本不屑一顧的家庭成員。

特別是維蘭先生，有榮幸引起她的注意。在她的女婿當中，他一直是最不受她重視的。他妻子盡她一切所能將他描述為一位擁有強烈個性及才智超群（如果他「願意」的話）的人，大家往往一笑置之。這位過分擔心自己健康而出名的人，現在卻因此備受關注，明戈特老太太還下令要他退燒後立刻來研究飲食。凱瑟琳現在成了第一個認為大家絕不可輕忽發燒的人。

傳喚奧蘭卡夫人的二十四小時後，便接到她的電報，說她將在次日傍晚從華盛頓趕到。紐蘭・亞契碰巧在維蘭家午餐，應該由誰去澤西城接她的問題馬上被提了出來。維蘭家家務素來總像前哨部隊那樣在困境中掙扎，故大家熱烈地討論這個問題。大家一致認為維蘭太太無法去澤西城，她那天下午必須陪丈夫到老凱瑟琳那裡。再說也沒辦法騰出馬車，因為維蘭先生在岳母中風後第一次見面之時若覺

「不適」，即須馬上送他返家。至於維蘭家的兒子們當然在「城內」，洛維爾・明戈特先生今天應該會從狩獵場趕回來，明戈特家的馬車得去接他。當然也不能讓梅在冬日傍晚獨自搭船到澤西城去，即使是乘她自己的馬車過去。然而，要是讓奧蘭卡夫人自己回來，家裡沒人去車站接她，未免顯得太無情了——加上還得考慮到老凱瑟琳意向。維蘭太太厭煩的聲音暗指，就是像愛倫這樣的人，老讓家人陷入這樣的爲難處境。「事情總是一樁接著一樁，」這位可憐的夫人哀嘆道，難得出現抱怨命運的口氣，「媽媽也不想想去接愛倫有多麻煩，硬要她立刻回來。這只讓我覺得是一種病態的想望，她一定不像班康醫生所說的那麼健康。」

這些話都是未加思考說出的，就像人不耐煩時所說的碎語。而維蘭先生馬上抓住這些話追問。

「奧古絲塔，」他臉色轉白並放下叉子，說：「有什麼其他原因讓妳覺得班康醫生不像以前那麼值得信賴了嗎？在檢查我和妳母親的身體時，妳發現他不像以前那麼認眞盡責了嗎？」

現在可輪到維蘭太太臉色發白了，她一時失言所造成的後果開始在她眼前展開來。不過她設法讓自己掛上笑容，在說話之前，又吃了一口烤生蠔，努力擠出她慣有的那副愉快面孔說：「親愛的，你怎會這麼想呢？我只是想說，原本媽媽已經堅決認爲愛倫回到丈夫身邊是她的職責，現在又突然要見她，另外還有一堆孫輩們媽媽都不找，實在有點奇怪。但我們別忘了，儘管媽媽依舊精力旺盛，畢竟年紀很大了。」

維蘭先生額頭上的疑慮猶在，顯然他那狂亂的想像力又立刻注意到她最後那一句話。「是的，妳母親年事已高，而班康先生對老人或許不是那麼在行，就像妳說的，親愛的，事情總是一樁接著一樁。我想再過十年或十五年，我得花工夫另覓新的醫生了。未雨綢繆總是比事到臨頭才換人好。」做出這勇敢的決定後，維蘭先生又堅定地拿起他的叉子。

「可是說到底，」維蘭太太離開餐桌，帶領大家走進那間掛滿紫緞和孔雀石的後客廳，接著又開啓這個話題，「我還是不知道愛倫明天傍晚要怎樣來這裡。我希望至少能在二十四小時前先把事情安排好。」

亞契正專心欣賞著鑲放在八角形烏木框裡，一幅兩位紅衣主教對飲的畫。他聞言回過神來。

「要我去接她嗎？」他提議道，「要是梅能先派馬車到碼頭，我應有充裕的時間從事務所過去那裡會合。」他說話時，心臟激烈地跳個不停。

維蘭太太感激地吁了口氣，而已經走到窗口的梅，轉頭對他露出讚許的微笑。「您看，媽媽，事情總是能在二十四小時前安排妥當的。」她說完，彎下身去親吻母親憂慮的額頭。

梅的馬車在門口等候，她要送亞契到聯合廣場，以便轉搭百老匯大道的公用馬車回辦公室。當她在她的位置上坐好後，說：「我不想提出新的問題教媽媽操心，但是你明天得去華盛頓，要怎麼接愛倫回紐約呢？」

「哦，我不去了。」亞契答道。

「不去了？怎麼了，發生什麼事了？」她的聲音像銀鈴般清脆，充滿妻子的關切。

「案子推……延期了。」

「延期了？奇怪！我今天早上看到萊特布爾先生捎給媽媽的一封便函，說他明天爲了一件大的專利案得跑一趟華盛頓，要到最高法院抗辯。這是你說的那件專利案，不是嗎？」

「嗯，正是那個案子。總不能整間辦公室的人都去啊，萊特布爾先生決定今天早上去。」

「那麼，這個案子並沒有延期囉？」她追問道，十分反常的執拗模樣，讓他漲紅了臉，就像爲她難得發生有失一切傳統美德的樣子感到難爲情似的。

「沒有，不過我去的時間延期了。」他回應著，詛咒自己說要去華盛頓時爲何還要作那些多餘的解釋。想到自己不知道在哪裡看過這句話：「聰明的騙子編造細節，最聰明的則什麼都不提。」對梅說謊所造成的難過，遠不及他發現她努力假裝自己沒瞧破他的謊言。

「我晚一點才去，『湊巧』可提供你們一點幫助。」他接著說道，用一句玩笑話來掩飾。當他說話時，覺得她正盯著自己看，所以他轉過頭來迎向她的眼睛，以免顯得自己在迴避。

他們四目交接了片刻，但那目光或許注入太多無聲之語到對方的眼中，多到兩人都不希望承受。

「是啊，眞是太湊巧了。」梅愉快地贊同道：「你可以去接愛倫，你沒看到媽媽有多感謝你願意這麼做。」

「哦，我十分樂意的。」

馬車停住，他下車時，她靠在他身上，並將手放在他手上。「再見，親愛的。」她說。她的雙眼如此湛藍，讓他不禁想著那是否是透過淚水閃耀出來的藍。

他轉身走開，匆匆穿過聯合廣場，在心裡像唸著禱歌般重複道：「從澤西城到老凱瑟琳家總共需要兩個小時，有兩個小時……或許更久。」

Chapter 29 第二十九章

梅的深藍色馬車（馬車上面仍掛著婚禮裝飾）在碼頭跟亞契碰頭，堂而皇之地將他送到澤西城的賓州車站。

那是個陰沉的降雪午后，寬敞車站內已經點上煤燈。當他在月台上來回踱步，等待華盛頓過來的快車時，驟想起有人認爲有一天哈德遜河底下會開一條隧道，賓州來的火車可以直接開往紐約。他們都屬於夢想家，預言將會造出五天即可橫越大西洋的船艦，發明飛行器、電力照明、不需電線的電信溝通，還有其他一些天方夜譚般的驚奇事物。

「我一點也不關心他們哪個夢想先實現，」亞契心想道，「只要別先建起那條隧道來就好。」他懷著青春少年幸福洋溢的心情幻想奧蘭卡夫人從火車走下來的模樣，他從大老遠的地方，在一張張毫無意義的面孔中發現她。她挽著他的手，跟著他走向馬車。他們將在路上奔馳而過的馬車、載重貨的車輛、吆喝的馬車夫間，緩緩前往碼頭；爾後搭上靜得出奇的渡輪、並肩坐在紛飛雪片下穩定行駛的馬車中，大地似乎從他們腳下滑過，滾向太陽的另一邊。不可思議的是，他有好幾件事想跟她說，這些事將會以什麼樣的順序溜出他的嘴……

火車鏗鏘有力的轟隆聲越來越近，宛似載著獵物的怪獸走回巢穴那樣蹣跚駛進車站。亞契往前推擠過人群，茫然地盯著列車，行經一扇又一扇的車窗。接著，他驀然看見奧蘭卡夫人蒼白又驚訝的臉孔出現在眼前，而忘記她模樣的窘迫感再度湧現。

他們見到彼此，雙手交握，他挽起她的手臂。「往這裡走，我安排了馬車。」他說。

之後的情景就跟他的夢境一樣。他扶她上了馬車，放妥她的行李，繼而大略說明她奶奶的病情讓她放心，又讓她瞭解鮑弗的情況（她好心地說了聲：「可憐的雷吉娜！」頗令他感動）。在此同時，馬車也從混亂的車站鑽出，緩慢地沿著滑溜的坡道往碼頭方向駛去。沿路令人心驚膽跳的還有搖搖晃晃的煤車、受驚的馬車、凌亂的貨車及一輛空的靈車─啊，一輛靈車！靈車經過時她閉上了眼，緊緊抓住亞契的手。

「但願這不是個預兆，可憐的奶奶！」

「哦，不、不，她好多了，快要康復了，眞的。妳看——已經過了！」他喊道，就像這便可改變一切似的。她的手仍然握在他手中，當馬車搖搖晃晃通過渡輪船板時，他俯身解下她的棕色手套，像在吻聖物般親吻她的手掌。她淺淡一笑，把手抽回。於是他說：「妳沒想到今天是我來吧？」

「哦，沒有。」

「我原本打算到華盛頓看妳的，我全都安排好了——差點跟妳在火車上錯過了。」

「哦！」她喊道，彷彿被千鈞一髮的危險給嚇壞了。

「妳知道嗎？我都快想不起妳的模樣了。」

「幾乎想不起我的模樣了？」

「我的意思是……我該怎麼解釋呢？我——總是如此，妳每次出現在我眼前，總是讓我再重新認識妳一回。」

「哦，是的。我懂！我懂！」

「我……對妳來講，也是如此嗎？」他繼續追問。

她點頭，看向窗外。

「愛倫……愛倫……愛倫！」

她沒有回答，他則靜靜地坐著，望著她的側臉在窗外雪花紛飛的暮色下，逐漸模糊。在這漫長的四個月裡，她到底都做了些什麼呢？他這樣想著。畢竟，他們對彼此瞭解得實在太少了！這段珍貴的時光不斷在消逝，他竟忘了自己想跟她說的話，只能無助地思量著他們之間遙遠又親近的奧祕。就像現在他們倆雖然肩並肩坐著，但卻看不到對方的臉。

「這馬車眞漂亮！是梅的嗎？」她問道，臉倏地從窗戶那邊轉過來。

「是的。」

「那麼，是梅讓你來接我的囉？她眞是太好心了！」

他未立刻回應，突而暴躁地說：「我們在波士頓碰面的隔天，妳丈夫的祕書來找過我。」

他並沒有在寫給她的短信中，提及里維埃先生來訪之事，他原本打算將這件事埋在自己心裡。但她提醒他們正坐在他太太的馬車中，激起他報復的衝動。他想看看，當她聽到里維埃的名字，是否會比他聽到梅時好過些！就像其他幾次，每當他想撼動她一貫的神態時，她卻絲毫沒露出半點驚訝表情，因此他立刻得出了結論：「所以，他寫了信給她。」

「里維埃先生去見過你了？」

「是的，妳不知道嗎？」

「不知道。」她簡短地回答。

「妳對此不感到意外？」

她遲疑著，「爲什麼我要感到意外呢？他在波士頓時便說過他認識你，我想他應該是在倫敦認識你的吧。」

「愛倫，我想問妳一件事。」

「好。」

「我見過他之後就想問妳這件事，但不知如何在信中問妳。妳離開妳丈夫時，是里維埃幫妳逃走的嗎？」

他的心跳都快停止了。她還是會以同樣的鎮靜神情回答這個問題嗎？

「是的，我欠了他許多。」她回答道，平靜的聲音裡沒出現一絲顫音。

她的語氣是如此自然，近乎淡漠，這讓亞契混亂的心思開始沉澱下來。她再一次憑她全然的坦直，讓他發現當他以爲自己已將傳統抛到九霄雲外時，卻仍然如此愚蠢地守舊。

「我想妳是我見過最誠實的女人！」他大聲說道。

「哦，不。不過，可能是最不會大驚小怪的女人吧。」她回答，聲音中透著一絲笑意。

「不管妳怎麼說，妳總是能看到事情的本質。」

「啊！我只能如此，不得不正視蛇髮女妖①。」

「哎呀，她並沒害妳瞎了！妳看清楚她不過跟其他老妖怪一樣罷了吧。」

「她不會害人瞎了眼，只會使人的眼淚乾涸。」

這句回答阻止了亞契溜到嘴邊的懇求，那似乎發自他所無法理解的經驗深處。緩緩前進的渡輪漸趨停止，船頭猛然撞在碼頭的木樁上，讓馬車搖晃了一下，導致亞契與奧蘭卡夫人撞在一起。年輕人感受到她肩膀的壓力，渾身一顫，進而伸手摟住她。

「如果妳沒瞎，那麼，妳應該看到事情不能再這樣下去。」

「什麼不能再這樣下去？」

「我們在一起……卻又不在一起。」

「的確，你今天不應該來接我的。」她的口氣變了，突然轉過身來伸出手臂摟住他，吻上他的唇。在此同時，馬車開始移動，碼頭上一盞煤燈的燈光照進車窗內。她抽身離開，待渡輪停妥，馬車奮力從擁擠的馬車陣擠出，他們動也不動地默默坐著。當他們到街上後，亞契急忙啓口。

「別怕我……妳不需要像這樣把自己縮在角落，我要的並不是偷偷一吻。妳看，我甚至不會試著去碰妳的衣袖。我瞭解妳不想讓我們的感情降爲一般見不得光的私情。我昨天還說不出這樣的話，因爲自從我們分開以來，我一直渴望再見到妳，每一份思念都化成熊熊烈火。但現在我終於盼到妳了，妳遠不止是我記憶中的那樣，而我對妳的渴望不只是偶得的一、兩個小時，之後又是無止盡的焦急等待。我現在之所以能像這樣平靜地坐在妳身邊，是因爲我心中懷著另一個夢想，只默默地相信夢想將會成眞。」

她默不作聲，接著幾乎像是喃喃低語地問道：「你說『相信夢想將會成眞』是什麼意思？」

「怎麼，妳知道夢想一定會成眞的，不是嗎？」

「你我結合的夢想？」她突然發出一陣苦笑，「你倒選了個好地方跟我說這話！」

「妳是指我們坐在我妻子的馬車上嗎？那麼，我們下車走路如何？我想妳應該不介意這點雪吧？」

她又笑了，較顯溫和些。「不，我不會下車走路的，因爲我最緊要的是盡快趕到奶奶那裡。現在你坐在我身旁，我們要看的不是夢想，應是現實。」

「我不知道妳所指的現實是什麼，這對我來講就是唯一的現實。」

她聽了這話後沉默許久。這段時間馬車沿著一條昏暗小路前行，然後轉入明亮的第五大道。

「所以說，你是想讓我跟你在一起，當你的情婦——因爲我無法成爲你的妻子？」她問道。

這問題的直白，讓他嚇了一跳。這個詞是他所處階層的女性最羞於說出口的，即使他們所談的就是這個話題。他注意到奧蘭卡夫人說出這個詞時，彷彿已經相當熟悉它了。他想著，在她已逃脫的那段可怕生活中，是否常聽到這個詞彙。她的問題猛然將他一拉，而他掙扎地說：「我想……我想跟妳逃到一個世界，在那裡，像這樣的語彙——這種分類是不存在的。我們在那裡只是單純兩個相愛的人，是彼此生活的全部，其他事情都不重要。」

她深深嘆了口氣，最後又笑了起來。「哦，親愛的，那樣的地方在哪裡呢？你曾到過那樣的地方嗎？」她問。他繃著臉說不出話來，於是她繼續說下去，「我知道很多人試著在找這樣的地方，但相信我，他們全都下錯站了。比如波隆納、比薩或蒙地卡羅這幾處，這些地方跟他們離開的舊世界根本無異，只是更狹隘、骯髒、墮落而已。」

他從未聽她以如許口氣說話，乍然想起她不久前說過的一句話。「是啊，蛇髮女妖的確讓妳的眼淚乾涸。」他說。

「唉，她也打開了我的視界。說她會讓人眼睛瞎了是錯的，她所做的剛好相反——她將人們的眼瞼撐開，讓他們永遠不會再墮入幸福的黑暗中。中國不就有種這樣的行刑方式嗎？應該有的。啊，相信我，那是個悲慘的小地方！」

馬車穿過第四十二街，梅那匹結實的馬像肯塔基快馬似的，載著他們往北行。亞契眼看著他們虛擲光陰講這些空話，悶得快喘不過氣來了。

「那麼，妳對我們到底有什麼打算呢？」他問。

「我們？從這個觀點來看，根本就沒有『我們』！我們唯有在彼此相隔遙遠時才親近。如此，我們才能眞正在一起。否則我們只是……紐蘭・亞契——愛倫・奧蘭卡表妹的丈夫，而愛倫・奧蘭卡，則是紐蘭・亞契太太的表姊。這兩個人試圖在信任他們的人背後尋歡作樂。」

「唉，我可不是那種人。」他咕噥道。

「不，你沒有！你從沒跨過那條線，但我卻跨過了，」她以一種奇怪的聲音說：「而且我知道那是什麼樣的景況。」

他啞然靜坐，因心中說不出口的苦痛而感到一陣恍惚。接著他在黑暗中摸尋那個向車夫傳令的小鈴。他記得梅想停車時是拉兩下。他拉了鈴，馬車旋即在路邊停下。

「我們爲什麼停在這裡呢？這不是奶奶家。」奧蘭卡夫人嚷道。

「不是，我想在這裡下車。」他支吾道，同時打開門跳到人行道上。藉著路燈光線，他看見她那張驚愕的臉，以及她直覺想留住他的動作。他關上門，倚靠在窗口一會兒。

「妳說得對，我今天不該來的。」他放低聲音說道，以免讓馬車夫聽見。她俯身向前，似乎有話要說，但他已指示馬車夫啓程了。

馬車離開時，他仍站在街角。雪停了，刺骨的寒風呼嘯而起，於他兀立在那裡凝望時，吹刮著他的臉。他突然感到睫毛上出現又硬又冰的東西，才發覺自己哭了，寒風凍結了他的淚水。

他將雙手插入口袋中，快步沿著第五大道走回自己的家。

譯註：

①蛇髮女妖（Gorgon），希臘神話中長滿一頭毒蛇的可怕怪物，目睹其容顏者將化為石頭。其名之希臘字根即意味「恐怖」。

第三十章

那天晚間，亞契下樓用餐時，發現客廳空無一人。

他跟梅獨自用餐，自從曼森·明戈特老太太病倒之後，家裡所有的約會都推遲了。由於他們兩個人當中，梅總是較準時的，因此他很訝異沒看到她先到。他知道她在家，他更衣時聽到她在房間裡走動的聲響，不禁納悶是什麼事情令她耽擱了。

他已經養成推敲事情的習慣，好使自己的思緒與現實緊密相連。他有時似乎能夠瞭解岳父專注在瑣事上的原因。或許，就連維蘭先生很久以前也曾有過夢想和逃離的念頭，因此集結起一堆家務來抵抗這些念頭。

當梅出現，他看她好像很疲憊。她已換上按照明戈特家規矩來講，在最不正式場合穿的低領束腰服，頭髮則像平常那樣盤成一圈圈髮捲。相形之下，她的臉色蒼白無色，但仍對他露出慣常的溫柔，眼眸依舊散發著前一天的藍色光彩。

「你怎麼啦，親愛的？」她問道，「我在外婆家等你，愛倫獨自抵達時說你在半路下車了，趕著去辦一點事。應該沒出什麼事吧？」

「只是忘了處理幾封信件，想在晚餐前先處理好。」

「啊。」她說，停頓了一會兒，「可惜你沒去外婆家——那些信件應該很緊急吧。」

「是的。」他回道，頗訝異於她的追問。「再說，我看不出爲什麼一定要去妳外婆家，我不知道妳在那裡。」

她轉過身，走近壁爐前的那面鏡子。她站在那裡，舉起她的長手臂整理一撮滑落的髮髮。亞契感到她的態度有點無精打采又僵硬，心想著他們單調乏味的生活是否也讓她覺得沉重。接著他想起今早離家時，她從樓上喊說她在外婆家等他，再一起駕車回家。他也高高興興地回說「好」，然而他的心已經轉移到其他事情上，忘了自己的承諾。現在他很內疚，可對她爲了這麼點小疏忽嘔氣，感到有點惱怒——他們都結婚快兩年了。他厭煩了要生活在這種沒完沒了的冷淡蜜月期中，明明熱情已不再，卻仍要維持那些苛刻的要求。若是梅直接吐說出自己的不滿（他想應該有很多），他或許可以將事情笑開來。偏偏她從小的訓練就是要將自己以爲的痛苦藏在斯巴達式笑容背後。

爲了掩飾自己的惱怒，他詢問她外婆的情況，她回答說明戈特老太太情況持續好轉，不過鮑弗夫婦的最新消息讓她有點煩心。

「什麼消息？」

「他們似乎要留在紐約，我想他打算轉到保險業還是什麼的。他們正在找間小房子。」

這件事的荒謬性，顯然不值得他們多加討論，因此他們直接進去用餐。用餐時他們的談話繞在平常的那些話題，他發現太太根本不想談奧蘭卡夫人以及老凱瑟琳見她的事情。他其實也爲此感到慶幸，但卻隱約有著不祥的感覺。

他們上樓到書房喝咖啡，亞契另外點上一根雪茄，取下一本法國歷史學家米榭勒①的書。自從梅每次一看到他拿出詩集總要他大聲朗讀，他晚上便開始改看歷史書；並非他不喜歡自己的聲音，而是因爲他總能預先猜到她會有什麼樣的評論。在他們訂婚那段期間，她只是（現在才察覺到）重複他對她說過的話。當他不再說自己的看法時，她開始試著提出自己的觀點，唯每次都破壞了他對作品的喜愛。

看到他選了本歷史書後，她拿起自己的女紅籃，拉了把扶手椅到罩著綠色燈罩的檯燈旁，打開一塊她正在幫他的沙發刺繡的靠墊。她其實不擅長女紅，她那雙能幹的雙手是專為騎馬、划船、戶外活動而生的，但所有的妻子都要為丈夫繡靠墊，所以她也不想忽略最後這個表現愛丈夫的機會。

她位置選得極好，只要一抬起眼，就可看到她俯身在繡架上。她挽到肘處的袖子從她結實的圓手臂上滑落下來，左手那顆訂婚藍寶石在寬面金色婚戒上閃閃發光，右手則緩慢又費力地在帆布上繡著。她如此坐姿，讓燈光完全落在她乾淨的額頭上。他沮喪地對自己說，他總是知道那額頭裡的思緒，在未來歲月裡，她絕不會出現讓他意外的情緒——新的想法、脆弱的感情、冷酷或激動。她的詩意及浪漫已經在他們短暫的戀愛期間用光了，那些機能已經因需求不再而消逝。現在她只是逐漸變成她母親的翻版，且在這個轉變過程中也悄悄地將他變成維蘭先生。他不耐煩地放下書，站起身，她立刻抬起頭來。

「怎麼啦？」

「屋裡稍悶，我需要一點空氣。」

他之前堅持書房的窗簾應該裝在桿子上以便來回拉關，晚上可以拉上，而不是釘在鍍金窗簷上，像客廳的窗戶那樣被帶子纏住無法拉動。他拉開窗簾，推起窗戶，探出窗到外面那片冰冷的黑夜裡。只要不看坐在他桌邊檯燈下的梅，看看其他的房子、屋頂、煙囪，感受到除了自己之外還有其他生命，除了紐約之外還有其他城市，除了他自己的世界之外還有整個世界——就足以讓自己的腦袋清醒、更輕鬆地呼吸。

當他將頭伸到黑暗中幾分鐘後，他聽到她說：「紐蘭！關上窗戶，你會害死你自己的。」

他拉下窗戶轉回來。「害死我自己！」他重複道，覺得自己想再說：「我已經害死自己了，我已經死了——已經死了好幾個月、好幾個月了。」

在玩弄著這些字詞時，某個瘋狂的念頭突然浮上心頭：要是她死了，又會怎麼樣呢！要是她快死了，很快就要死了—放他自由！站在那裡，在那間熟悉而溫暖的房間看著她，希望她死的感覺是如此奇怪、誘人、難以抗拒，因此他並無立即感覺到這股念頭有多兇惡。他只覺得這可以讓他病態的靈魂找到新的依託。是的，梅可能會死—人總是會死的：年輕人，像她這麼健康的人。她可能會死，讓他突獲自由。

她看了他一眼，從她瞪大的雙眼，他發現自己的眼神肯定有些奇怪。

「紐蘭！你生病了嗎？」

他搖了搖頭，然後轉向他的扶手椅。她又埋頭到她的繡架上，當他經過她身邊時，把手放在她頭髮上輕聲低語：「可憐的梅！」

「可憐？爲什麼可憐？」她勉強地笑著說。

「因爲我不應該打開窗戶，以免讓妳擔心。」他回道，也笑了起來。

她沉默少頃，仍舊低頭做著女紅，非常小聲地說：「只要你開心，我就不擔心了。」

「啊，親愛的，我要是不把窗戶全打開，是無法開心的！」

「在這樣的天氣？」她抗議道。

他嘆了口氣後，便埋首到他的書裡。

* * *

六、七天過去了，亞契沒聽到任何關於奧蘭卡夫人的消息。他逐漸瞭解到，只要他在場，就不會有任何一位家人提起她的名字。他也沒試著去見她。去老凱瑟琳小心監視的床邊見她，幾乎是不可能的。現況不明的情形下，他遂任由自己、任由意識漂游在思緒的表面下，在他那天探身到書房窗外冰冷夜色時浮現的決心底下。在這個決心的支持下，他才能不動聲色地從容等待。

後來有一天，梅跟他說曼森·明戈特老太太要見他。這個要求並不令人意外，因爲老夫人正穩定康復中，而且她總是跟大家說在她所有孫女婿中，她最中意亞契。梅顯然是以愉悅心情傳達這個訊息，很爲老凱瑟琳賞識自己丈夫感到驕傲。

停頓了好一會兒，亞契義不容辭地說：「好的，我們今天下午一起去嗎？」

妻子逐漸笑開來，不過她立刻回道：「哦，你還是自己去吧，太常看到同樣的面孔會讓外婆覺得厭煩的。」

亞契按著明戈特老太太家的門鈴時，心臟怦怦猛跳。他巴不得隻身前來，因爲他知道這次拜訪定有機會私下跟奧蘭卡伯爵夫人說句話。他決定要等待那樣的機會自己出現。而現在正是，他站在門階上，她一定就在門內那個黃緞房的門簾後等著他。再等一會兒，應該就可以見到她了，在她領他到病人的房間前，能夠跟她說說話。

他只想問一個問題，問明後，他就清楚往後該怎麼做了。他只想問她何時回華盛頓，而她幾乎不可能拒絕回答這樣的問題。

但在那間黃緞房裡等他的，卻是一名混血女僕，她潔白的牙齒似白鍵般閃亮。她推開拉門，引他到老凱瑟琳面前。

老太太坐在床邊一張像王座的大扶手椅上，身旁的桃心木茶几擺著一盞鑄銅檯燈，檯燈上有顆雕刻燈球和綠色紙燈罩。手邊可及之處看不到任何一本書或報紙，也沒有任何女紅的跡象；談話向是明戈特老太太唯一的嗜好，她根本不屑裝出對刺繡有興趣的樣子。

亞契發現中風並未在明戈特老太太臉上留下半分扭曲症狀，她只是看起來臉色較爲蒼白，贅肉的摺顏色顯得較爲暗沉而已。她戴著一頂室內女帽，蝴蝶結繫在她前兩層下巴之間，棉質方巾罩在她寬鬆的紫色晨衣上。她仍舊像她自己這樣，一位恣意放縱口慾、精明又和藹的老祖宗。

那雙小手宛如寵物窩放在她龐大的大腿側，她伸出其中一隻手，對女僕喊道：「別讓任何人進來，要是我女兒來了，就說我睡了。」

女僕退下後，這位老太太轉向她的孫女婿。

「親愛的，我是不是醜得嚇人啊？」她快活地問道，一隻手伸去摸搆不著的胸膛那邊的布褶。「我女兒都跟我說，我已經這把年紀了，無所謂——好像醜樣子越難掩飾越不打緊似的。」

「親愛的，您比以前更漂亮了！」亞契以相仿語氣回應道，逗她聽了仰頭大笑。

「唉，可還不及愛倫漂亮！」她突然說了這麼一句，一面不懷好意地對他眨了眨眼。沒等他回話，她又說道：「那天你到碼頭接她時，她是不是也這麼漂亮啊？」

他笑了起來，而她繼續說：「是不是因爲你這麼跟她說，她才半路趕你下車的呀？我年輕時，男人是不能丟下漂亮姑娘的，除非迫不得已。」她又咯咯笑了，停下笑聲後，她幾乎像在抱怨般說：「她沒嫁你實在太可惜了，我老是這麼跟她說，這樣我就不需要擔這麼多心了。但有誰想過不讓我這個老奶奶操心呢？」

亞契正納悶，她的病是不是讓她變糊塗了。她突然大聲說道：「哎呀，無論如何，事情已經解決了。她會跟我住在這裡，不管家裡其他人怎麼說！她才來不到五分鐘，我就要下跪求她留下來了——只是二十年來，我早看不到地板在那裡啦！」

亞契默默地聽著，接著她繼續說：「他們一直勸我，你也知道，當然是要說服我。洛維爾、萊特布爾、奧古絲塔，還有其他所有人，都要我堅持住並不再給她零用金，直到她明白回到奧蘭卡身邊才是她的職責。他們以為那名祕書還是什麼人來提出最後一項提議時，能夠說服我。我承認，那筆金額的確可觀，但畢竟，婚姻是婚姻，金錢是金錢——兩種有用的東西各有其用。我當時不曉得要怎麼回答……」她突然打住，深深吸了一口氣，彷彿說話變得很費力似的。「可是當我看著她的那一刻，我就說：『妳這隻可愛的小鳥！再把妳關回那個籠子？絕不可能！』現在事已成定局，她要待在這裡照顧她奶奶——只要她奶奶還有一口氣在。未來的路應該不好走，但是她不在乎，當然囉，我已經要萊特布爾給她足夠的零用錢。」

年輕人激動地聽著她說話，唯在他混亂的心裡，分不清這個消息帶給自己的是快樂還是痛苦。他原本已經毅然決定好自己想追求的方向，一時無法將思緒調整過來。然漸漸地，困難延遲、機會奇蹟般出現，讓他不禁喜上眉梢。倘若愛倫同意回來和奶奶住在一起，那必然是因為她已經認清自己根本放不下他。對他那天最後一次懇求，這即是她的答覆：她不肯採取他竭力催促的極端步驟，因此接受了折衷的退讓。他又陷入一個男人原已準備孤注一擲，卻突然嘗到化險為夷的安全感時，那種不禁鬆了一口氣的感懷。

「她不會回去，不可能的！」他喊道。

「啊，親愛的，我知道你一直都站在她這邊。這就是我今天找你來的原因，也是爲什麼當你那位美麗太太提議說要跟你一起來時，我對她說：『不，親愛的，我非常想見紐蘭，不想跟人分享我們在一起的喜悅。』因此你看，親愛的……」她盡量將頭仰到下巴允許的程度，完全直視他的雙眼，「你看，我們還有一場仗得打。家裡的人都不想讓她待在這裡，他們會說因爲我生病了，我現在是個軟弱的老太婆，才被她給說服。我還沒完全康復，沒辦法一個一個對付他們，因此你得幫我。」

「我？」他支支吾吾地回道。

「你，有何不可？」她隨即反問。她那雙圓眼睛馬上變得銳如小刀，雙手激動地從扶手椅上舉起，像鳥爪般的蒼白指甲抓住他的手，再次追問道：「有何不可？」

亞契在她注視下，恢復了原本的沉著。

「哦，我沒辦法，我太微不足道了。」

「哎呀，你可是萊特布爾的夥伴，不是嗎？你必須藉助萊特布爾去說服他們。除非你另有不能幫我的原因。」她堅持道。

「哦，親愛的，即使沒有我的幫助，您也可以對付他們全部的。不過，只要您需要，我當然會盡力幫忙。」他向她保證。

「那我們可就安全了！」她嘆道，在她把頭靠在墊子上時，臉上露出一副老謀深算的笑容，接著又說：「我早知道你會幫我們的，因爲當他們在談論回去才是她應盡之責任時，從沒引述過你的話。」

在她可怕的審視下，他有點畏縮了，甚至想問：「那梅呢，他們引述過她的話嗎？」但他想了一下，覺得還是別問較好。

「奧蘭卡夫人呢？我什麼時候可以見到她？」他說。

老夫人又咯咯地笑瞇了眼，打了個淘氣的手勢，「今天不行，一次一個，拜託。愛倫外出了。」

他臉紅了起來並感到有點失望，於是她繼續說：「她出去了，我的孩子，她搭我的馬車去看望雷吉娜・鮑弗。」

她說完後停了一下，等待這消息產生的效果。「她已經讓我屈從到這般地步啦。她到的當天便戴上最好的帽子，一派冷靜地跟我說，她要去見雷吉娜。『我不認識她，她是誰啊？』我說。『她是妳的孫姪女，一個最不幸的女人。』她回道。『她是惡棍的太太。』我回答。『啊，』她說：『我也是，而我所有的家人都要我回去他身邊。』哎呀，這可讓我說不出話來，我就這麼讓她去了。後來有一天她跟我說雨太大了，她無法走路過去，要我將我的馬車借她用。『妳要做什麼？』我問她，而她答道：『去見雷吉娜表姊。』——表姊！瞧，親愛的，我望向窗外，外面一滴雨也沒下。但我瞭解她的用意，便讓她搭我的馬車過去了……畢竟，雷吉娜是個勇敢的女人，而她也是。我一向最欣賞『勇氣』的。」

亞契彎下腰親親仍放在他手上的那隻小手。

「哎、哎、哎！你當自己是在吻誰的手啊，年輕人——你太太的，希望是？」這位老夫人嘲弄地喊道。當他起身告辭時，她在他身後喊著：「跟她轉達外婆的愛，但可別跟她說我們談的事情。」

譯註：

①米樹勒（Jules Michelet，一七九八到一八七四），法國歷史學研究巨擘，被譽為「法國歷史學之父」。

第三十一章

亞契被老凱瑟琳的消息給嚇傻了。奧蘭卡夫人在她奶奶的召喚下，急忙從華盛頓趕回來是再自然不過之事。但她竟然決定留在她家，尤其是明戈特老太太現在幾乎完全康復，這可就很難解釋了。

亞契確信奧蘭卡夫人的決定，跟她經濟狀況上的改變一點關聯也沒有。他知道她丈夫在他們分居時所給她那筆小錢的確切數目。明戈特家的人怎麼看都覺得，要是少了奶奶給她零用金補貼，靠那點錢哪能過活。而現在跟她一起生活的梅多拉・曼森又破產了，那一點點錢根本難以維持兩個女人的基本開銷。可是亞契確信，奧蘭卡夫人並非基於利益考量才接受奶奶的提議。

她具有習慣坐擁大筆財富之人那種對金錢恣意大方與隨性揮霍的性格，毫不在意金錢，但即使沒有許多親戚們認爲不可或缺的東西，她也可以過活。洛維爾・明戈特太太和維蘭太太常嘆道，任何享受過奧蘭卡伯爵家那種頂級奢華生活的人，就一點也不會關心「日子要怎麼過」這種事情。再加上，如亞契所知道的，她的零用金已經中斷了好個月。這期間，她亦不曾試圖去博取奶奶的寵愛。因此若是她改變心意，肯定另有其因。

他毋須漫尋其中原因。在他們從渡輪回家的路上，她曾告訴過他，他們必須分隔兩地。可是當她說這話時，頭靠在他胸上。他明曉這些話中實無玩弄男人的心機；她奮力與命運對抗，就跟自己一樣，努力堅持自己的決定，絕不可背叛那些信任他們的人。然在她回到紐約的十天裡，她或許已經從他的沉默以及他並未試著來見她的事實中猜到，他正思索著那決定性的一步，不留退路的一步。她想到此，突然害怕自己的怯懦。因此，她可能覺得在這般情況下最好還是接受常見的妥協方案，採取最保險的方式。

一個小時之前，在他按明戈特老太太家門鈴時，亞契幻想著自己的未來已然一片清明。他打算能和奧蘭卡夫人單獨說句話，若沒辦法的話，那就向她奶奶打聽她哪一天要搭哪班火車回華盛頓，去跟她會合，一起回華盛頓或者任何她想去的地方。他自己較傾向於去日本。無論如何，她會馬上瞭解無論她要去哪裡，他都會緊緊相隨。他準備留一封足可斷絕一切的信給梅。

他原本想像自己不但擁有足夠的勇氣，還急欲斷然採取行動。唯當他聽到事情的發展已然轉變，他頭一個感覺竟然是鬆了一口氣。現在，當他從明戈特老太太那裡走路回家時，卻覺得自己越來越厭惡眼前的事物。在他走的這條路上，幾無他不知道或不熟悉的事物，只是他以前走上這條路時，還是個自由無拘的男人，自己的行爲毋須向任何人負責，可以帶著超然心態從遊戲角色所需的謹慎、推諉、隱瞞和妥協中自得其樂。而這些過程稱爲「保護女人的名譽」。這是部最精彩的小說，再加上長輩們的餐後閒聊，他老早瞭解故事情節中的每個細節。

現在他以全新觀點來檢視，他在這遊戲中所扮演的角色似乎異常渺小。事實上，這種遊戲，就是他曾愚蠢地偷偷觀察索利．拉許沃夫人玩弄她那位癡情又遲鈍丈夫的把戲，亦即微笑、逗弄、迎合、提防、無止盡的謊言。白天一個謊、晚上一個謊，每一次觸摸、每一抹眼神都是一個謊，每次愛撫、每次爭吵也是一個謊，每一句話、每一回沉默裡，全都是謊言。

大體而言，妻子對丈夫玩這種把戲較輕鬆、較不卑鄙。大家心中對妻子的忠誠標準似乎較低，畢竟妻子是附屬物，她們熟悉受奴役的手法，故總能拿心情及神經過敏做爲擋箭牌，有權不承擔太大責任，即使在最拘謹的社會中，被嘲笑對象一向是丈夫。

在亞契的小圈子裡，沒人嘲笑被騙的妻子，而且對於婚後繼續拈花惹草的男人，也予以某種程度的鄙夷。在農作輪種的循環中，受認可種植野麥的季節有一季，卻絕不可超過一次。

亞契向來贊同這般觀點，在他心中，萊弗茲是個卑劣之人。但愛上愛倫‧奧蘭卡並非要成為像萊弗茲這樣的男人，亞契發現自己首次面對這個別情況的可怕爭論。愛倫‧奧蘭卡不像其他女人，他自己也不像其他男人，因此他們的處境絕不同於其他人的情況，只要他們過得了自己這關，不須接受其他人的裁決。

是的，但是再過十分鐘他就要踏上自家門階了。那裡有梅、有禮俗、有名譽，以及所有他跟他同圈子的人信奉的舊式禮教……

他在街角躊躇不前，然後沿著第五大道走下去。

在他前方，在這冬日夜晚，矗立著一座漆黑的大宅子。當他走近時，不由想起過去常見到它燈火通明，階梯上搭著棚子、鋪上地毯，兩排馬車綁在路邊等著。就是在那個延伸到小巷內的漆黑溫室裡，他初次吻了梅；在點上無數燭光的舞廳裡，他見到她，如同戴安娜女神的高䠷、銀亮身影。

如今這宅子漆黑得像墳墓，只有地下室還透出昏暗的煤燈，以及樓上一間沒放下百葉窗的房間有亮光。亞契走到轉角，瞧見停在門前的馬車竟然是曼森‧明戈特老太太的。倘希勒頓‧傑克遜剛好經過這裡，這對他來講該是多難得的機會啊！當老凱瑟琳講到奧蘭卡夫人對鮑弗太太的態度時，他深受感動，同時讓紐約義正嚴辭的譴責顯得格外無情。但他也清楚知道坐在俱樂部和華宅客廳裡的那些人，對於愛倫‧奧蘭卡拜訪她表親這件事會怎麼說。

他停下腳步，抬頭看那扇亮著燈的窗子。那兩位女子肯定一同坐在那個房間裡，而鮑弗可能到別處尋求慰藉了。甚至有傳言說他和芬妮．琳離開了紐約，不過鮑弗太太的態度讓這則報導顯得不足信。

亞契幾乎獨享第五大道的夜景。值此時段，大部分人都在家裡，更衣準備用餐，他暗自慶幸愛倫離開時應不會讓人瞧見。腦子才剛閃過這個想法，門即開啓。她走出門來，背後那道昏暗燈光像是有人幫忙提燈領她下樓。她轉頭跟那個人說了句話，接著門就關上了，她則走下台階。

「愛倫。」待她走到人行道，他低聲喚道。

她驚訝地停下腳步。在這當兒，他見到兩位穿著時髦的年輕人走過來，他們穿的外套及白領帶上那條時髦的絲巾摺法感覺格外眼熟。亞契不禁納悶，像他們這種有身分的年輕人，怎會這麼早外出赴宴。他倏而想起，住在這數屋之隔的雷吉．奇佛斯家，今夜舉辦大型宴會，邀請客人去會會《羅密歐與茱麗葉》的主角愛德蕾，這兩位想必就是他們所邀請的賓客。他們從燈下走過，他認出是勞倫斯．萊佛茲和小奇佛斯。

此時他感覺從她手中傳來一股溫暖人心的暖流，怕別人睹見奧蘭卡夫人出現在鮑弗家門口的擔心頓時消失無蹤。

「現在我可以見著妳了，我們可以在一起了。」他脫口而出，幾乎不知道自己在說什麼。

「啊，」她答道：「奶奶已經告訴你了？」

看著她的同時，他注意到萊弗茲與奇佛斯走至街角的另一端，悄悄地穿過第五大道避去。這是他自己也經常展現的男性默契。現在他厭惡了這種默許心態。她眞的認爲他和她可以這樣生活下去嗎？否則，她還有什麼其他想法嗎？

「明天我得見妳，去一個我們能夠獨處的地方。」他說，那聲音在他自己聽來也幾乎像在生氣。

她猶豫著，朝馬車走去。

「我得待在奶奶家，目前爲止我得這樣。」她又說道，彷彿覺得她必須解釋自己爲何改變心意。

「去兩人能夠獨處的地方。」他再度重申。

她輕笑了一聲，惹得他有些氣惱。

「在紐約？但是這裡沒有教堂……也沒有紀念館。」

「這裡有美術館啊，就在公園裡。」見她一臉困惑，他如此解釋。「兩點半，我會在大門入口處等妳……」

她不作回答，轉身迅速登上馬車。馬車駕離時，她俯身向前，他好像看見她在黑暗中揮了揮手。他懷著混亂又矛盾的心情從她後面凝望著，覺得自己似乎不是在跟心愛的女人談話，而是某一個爲了私己歡愉欠下感情債且已「厭倦」的女子。他爲自己仍被這陳腐的字眼所束縛住，感到憎惡不已。

「她會來的！」他這麼告訴自己，語氣近乎輕蔑。

他們避開熱門的沃爾夫收藏展，設在大都會博物館內一個主要畫廊，一棟由鑄鐵及彩釉瓦構築而成的瘋狂怪建築，展出的都是些有趣的油畫。兩人沿著小徑漫步到「塞斯諾拉古文物」這間人跡罕至的展覽室。①

他們獨享這個陰鬱的隱蔽處，坐在環繞著中央調節暖器的長椅上，靜靜看著裝設在黑檀木上的玻璃櫃，裡面放著出土的特洛伊遺跡文物。

「眞奇怪，」奧蘭卡夫人說：「我以前怎麼從沒來過這裡。」

「啊，嗯……我想，有一天這裡會變成一間很棒的博物館。」

「是啊。」她心不在焉地附和道。

她站起來，在展覽室裡走著。亞契仍坐在椅子上，看著她的身影輕盈地移動著，即使覆在厚重皮裘下仍是那麼女性化。她的毛帽上巧妙地插著一根鷺翅，深色鬈髮像螺旋狀藤蔓平貼在耳頂的臉頰。他的心，就跟他們初次相見時那樣，完全被那些讓她顯得如此獨特出眾的細節所吸引。他隨即站起身來，走到那個她駐足的玻璃櫃前。櫃子裡放滿各種殘碎的小物件比如無法辨識的家用器皿、裝飾品和個人用品等等，有的是玻璃，有的是陶器，有的是褪色的銅器，還有一些經過歲月洗禮的材質。

「看了眞心寒，」她說：「經過一段時間後，什麼事情都不重要了……就像這些小東西一樣，對於被遺忘的那些人來講，曾經是重要的必需物品，現在卻貼著『不可考』的標籤，擺在放大鏡下讓人猜著。」

「是的，但是在此同時……」

「啊，在此同時……」

她站在那裡，穿著一身海豹皮長外套，雙手插在圓圓的小暖手筒中，面紗像透明面具那樣落到鼻尖，他送她的那束紫羅蘭也跟著她急速呼吸微動著。實在不可思議，這些線條與色彩的和諧，竟會受那愚蠢的歲月所改變。

「在此同時，只要是跟妳有關的一切……都重要。」他說。

她若有所思地看著他，然後轉身回到長椅上。他坐在她身邊等待著，但當他突然聽到遠處空著的展示間傳來腳步聲時，立即感受到時間的壓力。

「你想對我說什麼？」她問，彷若她也收到同樣的警訊。

「我想跟妳說什麼？」他回應：「唉，我認爲妳來紐約是因爲妳害怕。」

「害怕？」

「怕我到華盛頓去。」

她低頭看著自己的暖手筒，他則看到她雙手不安地扭絞著。

「嗯？」

「唔，是的。」她說。

「妳是害怕了？妳知道？」

「是的，我知道……」

「嗯，那麼？」他追問。

「嗯，那麼，這樣比較好，不是嗎？」她嘆出一聲長長的疑問聲來回應。

「比較好？」

「我們帶給別人的傷害會少一點。畢竟，這不正是你一直期盼的嗎？」

「妳是說，讓妳留在這裡——近在眼前卻又遙若天邊？這樣跟妳密會？正好和我所想的相反，我那天跟妳說過我想要什麼了。」

她遲疑了。「你仍然認爲這樣……更糟？」

「糟上一千倍！」他停了一會兒又說：「跟妳說謊很容易，但其實我厭惡這樣。」

「啊，我也是！」她鬆了一口氣似地喊道。

他不耐煩地跳起來，「啊，那麼……換我來問妳，妳到底覺得怎樣做較好呢？」

她低著頭，雙手仍舊在暖手筒裡握住又鬆開。腳步聲越來越近了，戴著一頂穗飾帽的警衛無精打采地走過展覽室，像縷幽靈無聲無息走過墓地那樣。他們同時定眼看著對面的玻璃櫃。待警衛身影消失在那些木乃伊及石棺後側，亞契再度開口說話。

「妳認爲怎樣比較好呢？」

她並未回答他的問題，反而喃喃地說：「我答應奶奶跟她住在一起，是因爲我覺得在這裡會安全些。」

「以便逃離我？」

她微微低下頭，沒有看他。

「不愛我爲圖安全？」

她的側臉一動也不動，但他看到一滴眼淚滑落她的眼簾，掛在她那片面紗。

「安全些，不會做出無法挽回的傷害。不會讓我們落入其他人後塵！」她聲稱道。

「什麼其他人？我不想假裝跟我的同類有什麼不同，我有同樣的想望及渴求。」

她害怕地看了他一眼，而他見到一抹淡淡紅暈襲上她臉頰。

「我應該……去找你一次，然後回家？」她突然大膽地低聲質問。

一陣熱血湧上年輕人的腦門。「親愛的！」他輕嚷，一動也沒動，彷彿把他的心捧在手掌中，宛似一杯滿滿的水，稍稍一動就會溢出。

接著他倏然聽清楚她最後一句話，整個臉陰沉了下來。

「回家？妳說回家是什麼意思？」

「回到我丈夫家。」

「妳希望我同意妳這麼做？」

她抬起困惑的雙眼看向他，「否則還有別的辦法嗎？我不能待在這裡，對那些待我好的人撒謊啊。」

「正因爲如此，我才要求妳跟我一塊離開！」

「在他們幫我重建我的生活後，毀了他們的生活？」

亞契跳了起來，心裡充塞說不出口的絕望低頭看向她。他對她說：「好，來吧，來我身邊一次。」很容易，他知道若是她同意了，她會將多少權力交到他手上，屆時就不難說服她別回去她丈夫身邊。

然話到嘴邊他偏又說不出口。她身上散發的眞摯，讓人根本無法想像要將她拖入這種常見的陷阱中。「若是我讓她來，」他對自己說：「我也必須放她走。」而那是無法想像的。

他看到她濕潤臉頰上的睫毛陰影，不由動搖了。

「畢竟，」他又開口說：「我們也有我們自己的生活……不可能的事再怎麼嘗試都沒用。妳對某些事情能夠如此公正看待，就像妳說的，已經習慣正視蛇髮女妖。而我不明白爲何妳不敢面對我們的問題，正視實際情況——除非妳覺得犧牲是不值得的。」

她也站了起來，蹙起的眉頭下雙唇緊閉。

「那，就算是這樣吧。我得走了。」她說，從胸前拿出她的小懷錶。

她轉身離開，他追上去抓住她的手腕。「啊，那麼，來找我一次吧。」他說，一想到自己快要失去她便突然轉過頭去。有那麼一、兩秒鐘的時間，他們幾乎像仇敵般對視著彼此。

「什麼時候？」他追問道：「明天？」

她猶豫著，「後天吧。」

「我親愛的！」他又低嚷。

她已掙開手，他們仍彼此對視了片刻。他見到她原本非常蒼白的臉，散發著一種來自內心深處的光輝。他的心跳帶著一股敬畏，發現自己從不曉得愛是看得見的。

「哦，我快遲到了，再見。不要，別再跟我了。」她喊道，快步通過那個長長的展示間，彷彿映在他眼中的光輝嚇著了她。她走到門口時，轉過身來揮手匆匆告別。

亞契獨自走回家。跨進家門時，夜幕已低垂，他看著玄關裡各項熟悉的擺飾，就像從墳墓另一端看這些東西似的。客廳女僕聽見他的腳步聲，奔上樓點燃階梯平台的煤燈。

「亞契太太在家嗎？」

「不在，先生。亞契太太午餐過後就搭馬車出去了，還沒回來。」

他帶著鬆了口氣的感覺走進書房，一屁股坐進自己的扶手椅。女僕跟著入室，拿來閱讀燈並在快熄滅的爐火中添加幾塊煤炭。她離開時，他仍舊坐著一動也不動，手肘擱放膝蓋上，下巴撐在交握的雙手上，雙眼緊盯著紅色爐火。

他坐在那裡，腦中一片混亂，毫無察覺時間流逝，陷在深沉又悲傷的驚詫中，生命不是加快，而是停止了。「事情非得如此不可，那麼……事情非得如此不可。」他不斷對自己這樣說著，直如遭遇什麼厄運似的。這和他所夢想的相差太遠了，滿腔熱血彷彿被澆上刺骨冰水般。

門打開了，梅走進來。

「我回來得太晚了……沒教你擔心吧？」她問道，手放在丈夫肩膀上，難得親密地觸摸揉撫。

他訝異地抬起頭來，「已經很晚了嗎？」

「都過七點了。我還以爲你早睡沉了！」她含笑道，同時解開帽子的別針，將那頂絲絨帽放在沙發上。她臉色看起來比平常更顯蒼白，但散發著罕見的光彩。

「我去見外婆，正準備離開時，愛倫恰巧散步回來，所以我又留下陪她聊了很久。我們已經許久沒好好聊聊了……」她坐進自己慣坐的扶手椅，面對著他，手邊梳理著散亂的頭髮。他想她應該在等他開口吧。

「眞是一次美好盡興的談話。」她繼續說道，露出亞契覺得略爲刻意的活潑笑容，「她眞討人喜歡，就像以前的愛倫。我想自己最近對她的觀點可能有點偏頗了。我有時想……」

亞契站起身靠在壁爐上，燈光照不見他。

「是的，妳怎麼想？」當她停口時，他接話道。

「啊，或許我沒有公正地看待她。她是那麼獨特——至少表面上看來如此。她喜歡一些奇怪的人，似乎喜歡讓自己受矚目。我想這是她過去在歐洲放縱的生活所造成的。我們對她來講肯定無趣極了，但我不想對她做出不公允的評判。」

她再次停頓，因難得講這麼多話而有點喘不過氣來，只見她坐在那裡，嘴巴微啓、雙頰紅潤。

亞契看著她，想起在聖奧古斯丁教區花園時，她那張容光煥發的臉。他開始注意到她內心暗自在做著同樣的努力，同樣想抓住她一般所見事物外的某種東西。

「她討厭愛倫，」他心想道，「而且她想克服這樣的感覺，並要我幫她。」

這樣的想法讓他深受感動，他幾乎要打破他們之間的沉默，求她原諒他。

「你瞭解的，不是嗎？」她接著說：「爲什麼家裡人有時候被她惹惱？一開始我們都盡可能幫她，但她似乎不瞭解。而她現在卻去見鮑弗太太，還搭外婆的馬車過去！我怕就連范德盧頓夫婦都要離棄她了……」

「呵。」亞契不耐煩地笑了一下回應。他們之間那扇原已敞開的門又關上了。

「該換衣服了，我們要外出用餐，對吧？」他一邊說著，一邊離開爐火邊。

她也站了起來，卻仍待在爐火邊。當他走過她身邊時，她突然迎向他，像是要留住他似的；他們的雙眼對上彼此，他看到她的眼睛跟他離開她去澤西城時一樣泛著藍光。

她張開雙臂摟住他的脖子，將自己的紅頰緊貼在他臉上。

「你今天還沒吻我呢。」她低聲說道，他發現懷中的她正在發抖。

譯註：

①「紐約大都會藝術博物館」一八七二年於第五大道啓用，後遷移到中央公園東側為永久館址，至今占地已擴充近二十倍。館內收藏品包羅萬象，含括五大洲藝術品，從古埃及與拜占庭文物、歐洲名畫雕塑、中國佛像到現代美國視覺藝術作品皆有。博物館建立之初，採購了塞斯諾拉這位收藏家（Luigi Palma di Cesnola，一八三二至一九〇四）蒐集的賽浦路斯文物，賽浦路斯在歷史上一直是兵家必爭之地，曾被西台、亞述、埃及、波斯、阿拉伯、威尼斯及鄂圖曼土耳其帝國統治過。塞斯諾拉自一八七九年起任大都會博物館首任館長。

第三十二章

「在杜樂麗宮時，」希勒頓．傑克遜先生帶著回憶往事的笑容說：「大家頗能接受這樣的事情。」說話的場景是在麥迪遜大道上范德盧頓家的黑胡桃木餐廳，時間在亞契去博物館的隔天，范德盧頓夫婦從斯庫特克利夫進城待上幾天，他們是在鮑弗破產的消息宣布後，匆忙趕回來的。這可悲的事情發生後，紐約上流社會陷入一片混亂，沒有任何時候比現在更需要他們於城內坐鎮了。此時此刻他們必須像亞契夫人所說的，「對這個社會負應盡的義務」，應該在歌劇院露露臉，甚至敞開自家大門。

「親愛的露薏莎，我們絕不可讓勒米爾．史特拉斯太太那樣的人，以為他們可以取代雷吉娜的地位。就是在這節骨眼的時刻，新人準備進來取得立足之地。史特拉斯太太初抵紐約的那年冬天，因為流行水痘，才讓那些已婚男人有機會趁著妻子休養時，溜進她家裡。露薏莎，妳和親愛的亨利，絕對要跟以往一樣阻止這種事情發生。」

范德盧頓夫婦對這樣的召喚總是無法充耳不聞，儘管百般無奈，還是勇敢地回到城裡，敞開家門，發出邀請函舉辦兩場餐會及一場晚宴。

這天晚上，他們邀請了希勒頓．傑克遜、亞契夫人和紐蘭夫婦跟他們一同上歌劇院聆賞今年冬天首演的《浮士德》。在范德盧頓家屋簷下發生的事，俱少不得應有的禮節。即使他們僅有四位客人，仍須七點準時開動，這麼一來，他們才有暇慢慢享用一道道菜餚，紳士們猶有時間坐下來抽根雪茄。

昨晚過後，亞契到現在才見著妻子。他一早就到辦公室，一頭栽進這段時日累積下來的瑣事，下午時某位資深合夥人又突然要求他加班，因此他回到家已經很晚了；梅早先去了范德盧頓家，再遣馬車回來接他。

這時刻，隔著斯庫特克利夫的康乃馨和一大堆菜，他驚訝地看到她既蒼白又疲累，但是眼睛仍閃閃發亮，格外活潑地說著話。

提出這個希勒頓・傑克遜最熱愛話題的，乃是他們的女主人（亞契認爲她應該也是故意提起）。鮑弗的破產或甚至鮑弗對於破產的態度，依舊是客廳裡這批道德倫理學家們熱烈討論的話題。當他們進行完全盤的審視及譴責後，范德盧頓夫人將其審愼的目光轉過來看著梅・亞契。

「親愛的，我聽到的消息可是眞的？有人看見妳明戈特外婆的馬車出現在鮑弗太太家門口。」値得注意的是，她不再用教名稱呼那位冒犯到眾人的女士。

梅臉都紅了，亞契夫人急忙插言道：「若眞是如此的話，我想明戈特老夫人應該不曉得這件事。」

「啊，妳的意思是……？」范德盧頓夫人不再多言，嘆了口氣，然後瞄了她丈夫一眼。

「恐怕是，」范德盧頓先生說：「奧蘭卡夫人善良的心，讓自己輕率地跑去探視鮑弗太太。」

「或者是因爲她對那些特異人士的偏好。」亞契夫人冷冷說這話的同時，露出無辜眼神看著兒子的眼睛。

「這麼看待奧蘭卡夫人，實在令人感到遺憾。」范德盧頓夫人說。亞契夫人則喃喃道：「啊，親愛的，還是當妳在斯庫特克利夫接待了她兩次之後！」

傑克遜先生趁著這個時機，提出他最愛的話題。

「在杜樂麗宮，」他再度提說，看著大家將充滿期待的目光轉向他，「對於某些事情的標準過度鬆散。像是你問莫尼的錢是從那裡來的！或是誰爲宮廷裡的某位美女償付債款啦……」

「我希望，親愛的希勒頓，」亞契夫人說：「你該不是在暗示我們也採取這種標準吧？」

「我絕不是在暗示什麼，」傑克遜先生冷靜地回答道：「不過奧蘭卡夫人在異國長大，這可能讓她較不那麼講究……」

「唉！」兩位年長的夫人齊聲嘆道。

「儘管如此，也不該將她奶奶的馬車停在騙子家門口！」范德盧頓先生抗議道。亞契猜想，他如此憤慨，應該是想起自己送到第二十三街那座小房子的幾籃康乃馨。

「當然，我總說她看事情的角度非同尋常。」亞契夫人總結道。

一抹紅暈又浮上梅的額頭，她看向桌子對面的丈夫，突然說：「我相信愛倫是出於一番好意。」

「輕率的人總是出於好意。」亞契夫人答腔，彷彿這項事實依然難以減輕其罪。此話引得范德盧頓夫人喃喃道：「要是她能先找個人商量一下……」

「哎，她從不這麼做呀！」亞契夫人回道。

這時候，范德盧頓先生看了他妻子一眼，他妻子朝亞契夫人的方向微微頷首示意，三位女士便拖著光鮮亮麗的衣服翩然走出門，而男士們坐下來享受他們的雪茄。在歌劇之夜，范德盧頓先生拿給客人的是短雪茄，不過那雪茄品質特佳，使得客人們須準時離開時個個感到惋惜不已。

第一幕結束時，亞契離開他們的夥伴，往俱樂部包廂後邊走去。他從那裡瞧見許多奇佛斯、明戈特和拉許沃家的肩膀，跟兩年前所看到的場景一樣，也就是他與愛倫．奧蘭卡初次相逢的那個晚上。他半期待著她會再度出現在明戈特老太太的包廂中，但是那裡空空如也。他靜靜地坐著，眼睛緊盯著那個包廂，直到尼爾森夫人清亮的女高音突然劃破寂靜唱著：「我愛你……不，我愛你……」

亞契看向舞台，在那裡，熟悉的巨型玫瑰花及紫羅蘭布置，同一位高大的金髮受害者，正同樣受到那位矮小棕髮男子的引誘。

他的目光從舞台看向馬蹄形頂端，梅夾在兩位年長夫人中間，如同上次那一晚，她也是那樣坐在洛維爾・明戈特太太與她那位乍返的「外國」表姊中間。那天晚上，她穿著一身雪白，亞契方才並無留意到她穿戴什麼，現在才看到她穿的是婚禮上那件藍白緞子搭配古典蕾絲的禮服。

在老紐約社會習俗中，新娘在結婚後一、兩年要穿上這身貴重禮服亮相。據他所知，他母親一直將她自己的禮服收放在棉紙裡，希望珍妮哪天可能穿上它，雖然說可憐的珍妮已經到了適合穿珍珠灰府綢，不再適合當伴娘的年紀了。

亞契突然想到，自他們從歐洲返回後，梅就鮮少穿上她的新娘緞服，因此頗驚訝看到她穿上，且不自禁地與兩年前那個他滿懷幸福憧憬注視的年輕女孩相較。

雖說梅的體形略微胖了點，但她那女神般的體態早已預示這點了。她挺直的運動員體態及女孩般的坦誠表情依舊如昔未變，除了他最近注意到的那點疲憊感外，她幾乎跟訂婚之夜玩弄著鈴蘭的那位女孩如出一轍。這個事實格外引起他的同情，這樣的天眞，簡直像孩子令人信賴的擁抱那樣令人感動。接著，他想起潛藏在這淡漠冷靜下的熱情寬容。他回想起當他催促她提早在鮑弗家舞會上宣布訂婚消息時她那理解的目光；聽到她在教區花園所說的那些話：「我不能將自己的幸福構築在另一個人的痛苦上。」他有種克制不了的渴望，想告訴她實情，乞求她的寬容原諒，乞求那份他曾拒絕過的自由。

紐蘭・亞契是位沉靜且自制的年輕人，遵從這個小社交圈的紀律幾乎已經成了他的第二天性。他非常厭惡去做任何駭人聽聞、引人注目，或是范德盧頓先生鄙夷、俱樂部人士譴責爲壞榜樣的事情。但他突然忘了俱樂部、范德盧頓先生以及那些將他包覆在禮俗所織就的溫暖保護層中的一切。他穿過劇院後邊那個半圓形走道，打開范德盧頓夫人的包廂，彷彿那是扇通往未知世界的門。

「我愛你！」狂喜的瑪格麗特激昂地唱道。當亞契走進來時，裡頭的人驚訝地抬起頭來看他。他已然違反了他那個圈子的一項規矩：獨唱時段不可走進包廂。

他靜悄地從范德盧頓先生及傑克遜先生之間走過，傾身向他太太低聲說道：「我頭很痛，但別跟其他人講，我們回家好嗎？」

梅理解地看了他一眼，只見她對母親悄悄說了幾句話，她母親聽後同情地點了點頭。接著她低聲跟范德盧頓夫人說抱歉，在瑪格麗特跌進浮士德的懷抱之際，從座位起身。亞契幫她穿上斗篷時，注意到那兩位夫人交換了個意味深長的微笑。

待他們駕車離開，梅害羞地將她的手放在他手上。「聽到你不舒服，眞令人難過。他們恐怕又讓你在事務所太過勞累了。」

「不，不是這樣的。妳介意我開窗嗎？」他不安地應道，隨手拉下他這側的窗戶。他坐在那裡凝視著街道，覺得身旁的妻子就像在默默監視、審問他，而他則緊盯著一棟棟路過的房舍。

到家時，她的裙子被馬車階蹬絆了一下，倒向他懷裡。

「妳沒受傷吧？」他問道，雙手扶住她。

「沒有，但是我可憐的衣服——瞧我把它扯破了！」她喊道，彎下身拉起被泥污弄髒的裙襬，然後跟他步上台階進入玄關。僕人沒想到他們會這麼早回來，因此樓梯頂端只點上一盞微弱的煤燈。

亞契上樓添亮那盞燈，又劃柴點燃壁爐兩側的煤燈。窗簾已先拉上，房間裡溫馨的氛圍讓他覺得自己像在執行一項難以啓齒的差事，卻不巧撞見熟面孔。

他注意到妻子的臉色異常蒼白，便問她是否需要喝點白蘭地。

「哦，不用。」她喊道，臉紅了一下。「你不需要趕快上床休息嗎？」當他打開桌上的銀色盒子，拿出一根香菸時，她又這麼問道。

亞契放下香菸，走到他爐邊慣坐的地方。

「不用，我的頭沒那麼痛。」他停了少頃，「但我想跟妳說件事，一件非常重要的事……我得馬上跟妳說。」

她已坐進扶手椅，聽到他的話時她抬起頭。「是嗎，親愛的？」她回道。這讓他不禁納悶，她聽到這樣的開場白，口氣怎還會如此輕柔。

「梅！」他開始說，站在她所坐椅子幾英尺處，望著她的感覺彷彿他們之間的距離是一條無法跨越的鴻溝。在這舒適的靜謐中，他的聲音聽起來稍許怪異，他又再度說道：「我必須跟妳說件事……關於我自己……」

她靜靜地坐著，沒有半分動靜，連眼睛眨也沒眨一下。她的臉色仍然相當蒼白，臉上的表情卻出奇平靜，似乎來自某種神祕的內在力量。

亞契壓下湧到嘴邊那些陳腐的自責話，決定大膽吐說出來，不作無謂的自責或辯解。

「奧蘭卡夫人……」他開言道，可他太太一聽到這個名字便舉起手來，似在示意他別說。當她這麼做時，煤燈燈光照在她的黃金婚戒上。

「哦，我們今晚爲什麼要談起愛倫呢？」她問道，語氣略帶不耐煩。

「因爲我早就該說了。」

她臉上仍然保持一貫平靜，「眞的值得這樣嗎，親愛的？我知道自己有時候對她並不公平——或許我們都這樣。毫無疑問，你比較瞭解她，比我們都瞭解，畢竟你一直待她很好。但現在有什麼關係呢？既然事情都已經過去了。」

亞契茫然地看著她。他懷疑自己被束縛著的那種不眞實感，莫非也傳染給他妻子了嗎？

「都已經過去了……這是什麼意思？」他結結巴巴地含糊問道。

梅仍然以那雙清澈眼眸看著他，「怎麼……因爲她很快就要回歐洲了。外婆已經同意，也理解了，同時做好了安排，讓她不需要依靠她丈夫……」

她突然停住，亞契以一隻顫抖的手抓住壁爐一角，靠著壁爐穩持住身體，做著無謂的努力，企圖控制他紛亂的思緒。

「我以爲，」他聽見妻子平穩的聲音繼續說，「你今天傍晚都在辦公室忙著處理那些事務，我想這件事是今早安排好的。」在他視而不見的瞪視下，她垂下眼睛，臉上又掠過一抹紅暈。

他知道自己的目光必定讓人無法忍受，因此他轉過身，將手肘擱放在壁爐頂部，掩上自己的臉。他的耳朵鏗鏘作響，分不清是他血管中的鼓動之聲，還是壁爐上的鐘在敲打著。

鐘緩慢地走了五分鐘，梅坐在那裡沒有動也沒吭聲。一塊煤炭滾落下來，亞契聽到她起身將煤炭放回去，終於轉過來面對她。

「這不可能！」他喊道。

「不可能……？」

「妳怎麼知道——妳方才跟我說的事情？」

「我昨天見到愛倫，我跟你說過我在外婆家見到她。」

「她不是那時候跟妳說的吧？」

「不是。我今天下午收到一封她寄來的信，你想看嗎？」

他一時說不出話，她隨後走出房間，旋即又走了回來。

「我以爲你知道了。」她直率地說。

她在桌上放了張紙，亞契伸出手拿起那張紙。那封信上只寫了寥寥幾行字。

「親愛的梅，我終於讓奶奶明白，這次探訪只是單純的探訪而已。她一向都是如此仁慈大方。她現在瞭解，我若回歐洲便得自己過生活，或者跟可憐的梅多拉姑媽互相照應，姑媽要跟我一起回去。我得趕回華盛頓收拾行李，我們搭下週的船離開。我離開後，妳得好好照顧奶奶——就像妳一直這麼照顧我那樣，愛倫。

「若有我的朋友想勸我改變主意，請告訴他們，我不會改變主意的。」

亞契反覆看了兩、三遍，然後將信丟下，放聲大笑。

他的笑聲也把自己嚇著了。這讓他想起那天半夜收到梅通知結婚日期提前的電報時，珍妮看他高興得不能自己，那副令人不解的模樣著實嚇了她一跳。

「她爲什麼要寫這封信？」他問道，費盡力氣才忍住笑。

梅以堅定坦率的態度回答：「我想是因爲我們昨天談過一些事情……」

「哪些事？」

「我跟她說自己恐怕對她有點不公允……總是不能夠理解她在這裡有多辛苦，孤零零地在這些人之間生活，雖是親戚但又很陌生。大家都覺得有資格批評，卻都不明白整體情況。」她停頓了一下，「我知道你一直是她足以信賴的朋友，我想讓她知道我跟你一樣——在我們所有的感受上。」

她猶豫了片刻，像在等他說話，繼而又緩緩地說：「她瞭解我想跟她說這些話的原因，我想她瞭解所有事情。」

她走向亞契，抓起他一隻冰冷的手迅速按在她的臉頰上。

「我頭也痛了，晚安，親愛的。」她說道，轉身走向門口，拖著那件扯破又弄髒的禮服步出房間。

第三十三章

恰如亞契夫人微笑地跟維蘭太太說的，對年輕夫婦來講，頭一回辦大型晚宴可是樁大事。

自亞契夫婦成家以來，即已非正式地招待過許多朋友。亞契喜歡邀請三、四個朋友一起用餐，梅依循她母親在營造夫妻形象方面所樹立的榜樣，笑容滿面地迎接客人。她丈夫懷疑，倘由她自個兒打算，她會否邀請任何人來家裡。不過他早就放棄嘗試從塑造她的傳統及訓練中，剝解出她眞實的自我。一般期待紐約的年輕夫婦應該有許多非正式娛樂活動，而一個維蘭家的人嫁到亞契家，尤須遵從這項傳統。

然而大型晚宴，那又另當別論了：要雇用一位廚師，調借兩位男僕，準備羅馬潘趣酒、亨德森的玫瑰花、印金邊菜單卡。就如亞契夫人所說的，若有潘趣酒，便完全不一樣了。並不在酒本身，而是那所代表的各種含義——這意味著至少要有一道野鴨或鱉肉、兩道湯、一道冷的和一道熱的甜點、短袖無肩長禮服及有分量的客人。

年輕夫婦以第三人稱發出他們的第一份邀請函，素是件饒富趣味的事情，他們的邀請鮮少被拒絕，即使是那些經驗豐富的老手和熱門人物亦然。儘管如此，范德盧頓夫婦在梅的請求下，願意留下來參加她爲奧蘭卡伯爵夫人舉辦的告別宴會，大家都覺得很了不起。

那重要日子的午后，婆婆和岳母都聚集在梅的客廳，亞契夫人正在「蒂芬尼」最厚的燙金紙上書寫菜單，維蘭太太監督著擺置棕櫚樹及立燈。

亞契很晚才從辦公室回來，到家時看到她們還在這裡。亞契夫人正專注於桌上的名牌，維蘭太太則在斟酌將鍍金沙發往前移的效果，以便在鋼琴與窗戶之間再騰出個角落。

她們跟他說梅正在餐廳裡檢查長桌中間的玫瑰花束和孔雀草，以及燭台間每只鏤空銀籃裡的梅拉糖。鋼琴上放著一大籃范德盧頓夫婦從斯庫特克利夫送來的蘭花。簡而言之，面臨這麼一場重要盛宴，一切均已按部就班準備妥緒了。

亞契夫人仔細檢查著賓客名單，用她那支尖頭金筆勾點每個名字。

「亨利・范德盧頓、露薏莎、洛維爾・明戈特夫婦、雷吉・奇佛斯夫婦、勞倫斯・萊佛茲及葛楚——是啊，梅邀請他們是應該的——賽佛奇・梅里一家、希勒頓・傑克遜、范・紐蘭和他太太——時間過得眞快啊！他當你的伴郎彷彿昨天的事啊，紐蘭——還有奧蘭卡伯爵夫人——沒錯，我想就這些了……」

維蘭太太疼愛地打量著她的女婿，「沒人能嫌說你和梅沒幫愛倫辦一場風光的送別宴啊，紐蘭。」

「啊，嗯，」亞契夫人說：「我想梅是想讓她表姊跟那些外國人說，我們並不是一群野蠻人。」

「我相信愛倫會十分感激的。我想，她應該今天早上就到了。這場宴會將成爲她最後的美好回憶，搭船離開的前一天晚上通常都很無聊。」維蘭太太愉快地繼續說道。

亞契轉向門口，他岳母喊道：「去看看餐桌那邊，別讓梅把自己弄得太累了。」但他假裝沒聽見，爬上樓躲進自己的書房。書房在他看來，好比一張擺上客氣鬼臉的陌生臉孔。他看到房間被殘酷地「整頓」過了，經過深思熟慮地放上菸灰缸和松木盒，以便讓紳士們在裡頭吞雲吐霧。

「啊，嗯，」他想道，「不會長久如此的。」爾後走進他的更衣室。

* * *

奧蘭卡夫人離開紐約已經十天了。在這十天裡，亞契未收到她半點音訊，僅收到一把包在紙裡的鑰匙，放在她手寫地址的信封袋中，送到他的辦公室。這是對他最後懇求的回拒。原本可將之視爲常見遊戲中的典型行爲，年輕人卻寧願選擇另一種詮釋方式。她仍在跟自己的命運奮戰，她即將回到歐洲，但並不是回到她丈夫身邊。因此，沒什麼可以阻止他跟隨她去歐洲。而且一旦他踏出那無法回頭的一步，向她證明一切皆已無法挽回之後，他相信她不會趕他走的。

這種對未來的信心，支持著他能夠好好扮演目前的角色。讓他不寫信給她或露出任何痛苦懊悔的跡象。在他看來，他們之間這場極爲隱祕的遊戲，勝券掌握在他手中，於是他決定等待。

然而，也有些難以度過的時刻。比如說奧蘭卡夫人遠去的次日，萊特布爾先生要他負責處理曼森·明戈特老太太想爲孫女設置的信託基金細節。亞契跟資深合夥人花了好幾個小時審查各項條款。在此期間，他一直隱隱覺得找自己來商量這件事情，並非因爲表親關係這外顯的理由，而是還有其他討論結束後才會揭露的原因。

「唉，伯爵夫人不能否認這是相當大方的安排。」萊特布爾先生看著這份協議概要，喃喃說出此番結論。「事實上，我得說她在各方面都受到極好的待遇。」

「各方面？」亞契帶著一絲嘲諷意味回道：「你是指她丈夫說要將她的錢歸還給她的提案？」

萊特布爾先生濃密的眉毛微微往上挑，「親愛的先生，法律就是法律，再說你太太的表姊是依法國法律結婚的，她理當知曉那些含義。」

「即使她明白，但後來發生的事……」亞契不再說下去，因為萊特布爾先生早將筆桿抵在他皺起的大鼻子上，目光低垂，臉上表情猶如一位正直的老紳士希冀年輕人瞭解德行與無知並非同義詞。

「親愛的先生，我無意為伯爵的罪過找藉口，但是另一方面……我也不願自找麻煩……嗯，事情尚未到以牙還牙的地步……況且還有那位年輕護花使者……」萊特布爾先生打開一個抽屜，將一份文件推到亞契眼前。「這份報告，是祕密調查的結果……」由於亞契未展露想看那份文件或拒絕的意思，律師有點冷淡地繼續說下去：「我不能說這就是最後結果，你瞧，還早得很呢，不過見微知著……整體而言，獲得這麼有尊嚴的解決方式，對所有人來講均算是圓滿結果。」

「哦，非常圓滿。」亞契贊同道，將文件推了回去。

一、兩天後，曼森·明戈特老太太召他過去，他的靈魂更加疲累了。

他發現老夫人既沮喪又牢騷滿腹。

「你知道她拋下了我嗎？」她立刻開口說道，沒等他回答又說：「哦，別問我為什麼！她說了一串理由，我都記不得啦。在我看來，是她無法忍受無聊的生活。無論如何，奧古絲塔和我媳婦也都這麼認為。我不認為這全該怪在她身上。奧蘭卡是個十足的渾蛋，不過跟他一起生活絕對比第五大道還要有趣得多。家裡的人絕不會承認這點，他們總認為第五大道是個安樂天堂。可憐的愛倫當然不想回她丈夫身邊，她跟以往一樣堅持反對這點。所以她準備與那愚蠢的梅多拉定居在巴黎……哎呀，巴黎就是巴黎，即使沒多少錢也能養一輛馬車。不過……她好像一隻快樂的小鳥，我會想念她的。」老人乾枯的眼眶，擠出兩滴清淚落在她肥胖的臉頰，消失於她胸前的深淵中。

「我只有一個要求，」她最後說：「教他們別再來打擾我啦，該是讓我好好享清福的時候了……」

她帶著一點希冀意味望向亞契。

正是這天晚上，他回家後，梅說她想爲表姊辦一場告別餐宴。自從奧蘭卡夫人那晚匆忙趕回華盛頓後，她的名字就不曾在他們之間提起。亞契驚訝地看著他妻子。

「餐宴……爲什麼呢？」他追問，只見她臉色泛紅。

「你喜歡愛倫，我以爲你會高興的。」

「的確很棒，妳原來是這樣看事情的。但我實在不明白……」

「我眞的想辦，紐蘭。」她一邊說著，一邊靜靜地站起身走到她桌前，「邀請函已經全都寫好了。媽媽幫我的忙，她覺得我們應該這麼做。」

她停了一下，略覺尷尬，但仍微笑著。亞契倏地明白，站在他眼前的是這個「家族」的實體代表。

「哦，那好吧。」他回應道，開始茫然地看著她放在他手上的賓客名單。

*　　*　　*

餐宴前，亞契走進客廳，梅彎身傾向爐火，試著慢慢將那些木柴收攏好，設法讓它們在異常乾淨的瓷磚內燃燒。

高掛的燈全都點上了，范德盧頓先生的蘭花顯眼地放在各款現代瓷器及節狀銀質器皿中。眾人均認紐蘭．亞契太太的客廳布置得相當成功。一只及時更換了報春花與菊花的鍍金竹製花架，擋住前往凸窗的通道（守舊者總偏好在此擺設一尊米羅的維納斯銅像）；淺色錦緞沙發和扶手椅巧妙地圍置著幾張厚絨布小几，桌上放滿了各種銀質玩具、陶瓷動物和花邊相框；罩著玫瑰遮罩的立燈聳立在棕櫚樹之間，宛如綻放的熱帶花朵。

「我想愛倫從沒見過這房間點上燈的樣子。」梅說道，她不再撥弄那些木柴，紅著臉抬起頭來，用一種大家皆可理解的自豪目光環視著四周。她放在煙囪旁的銅火鉗鏗鏘一聲掉落下來，掩蓋了她丈夫的回答。他還沒來得及將火鉗放回去，就聽到范德盧頓夫婦抵達的通報。

其他客人陸續跟著抵達，因為大家都知道范德盧頓夫婦喜歡準時開動。房間幾乎要滿了，亞契正忙著向賽佛奇・梅里太太展示一幅韋伯伊克文①的《綿羊習作》作品，那是維蘭先生送給梅的聖誕禮物。這時他突然看到奧蘭卡夫人出現在他身旁。

她臉色異常蒼白，令她那頭黑髮看起來更顯濃密。也許是，或者實際上是因為她脖子上戴了好幾圈琥珀珠鍊，引他猛然想起曾在兒童派對上一起跳過舞的小愛倫・明戈特，那是梅多拉・曼森第一次帶她回紐約。

不曉得是琥珀珠鍊襯得她的臉色較差，還是她的衣服搭配不當，她的面容看起來黯然無光，幾乎有點難看，但他從沒像此時此刻這麼愛她。他們的手交握，他想他彷彿聽到她說：「是的，我們明天搭『俄羅斯號』離開……」接著又有幾次毫無意義的開門聲，過了少頃，梅的聲音說：「紐蘭！已經宣布開始用晚餐了，你不帶愛倫進去嗎？」

奧蘭卡夫人將手放在他臂上，他注意到那隻手並未戴上手套，想起那天晚上跟她坐在第二十三街那個小客廳時，自己是如何凝視著這隻手的。她臉上的美似乎全躲進搭在自己手上的白皙纖指及帶著小圓窩的指關節上了。他不由對自己說：「單只是為了再見到她的手，我就應該隨她而去。」

唯有以招待「外國賓客」之名義所辦的宴會，范德盧頓夫人才會忍受被貶低身分坐在主人左側。奧蘭卡夫人的「外國人身分」再無可能如這場送別會中如此巧妙被突顯運用。范德盧頓夫人和藹可親地接受自己改換座次，明顯表示她贊同這樣的安排。有些事情必須做，而且想做就要做得大方又徹底。按照老紐約的規矩來講，爲一位將被除名的女性家屬所舉辦的家族聚會，便屬於這些必須做的事情之一。既然現在奧蘭卡伯爵夫人前往歐洲的行程已定，維蘭家和明戈特家的人沒理由不盡全力展現他們對奧蘭卡伯爵夫人不變的愛。坐在餐桌首席的亞契，驚訝地看著這心照不宣又不屈不撓的活動，這讓她又重獲大家的喜愛，人們對她的抱怨平息了，她的過去也被接受了，現在的她在家人的支持下發光發熱。范德盧頓夫人對奧蘭卡夫人所表現出的那點善意，已是她最接近熱誠的表示；而范德盧頓先生從梅的右側看向桌面的目光，明顯表達自己從斯庫特克利夫送來的康乃馨是合理之舉。

亞契，在這樣場合中似乎怪異地無足輕重，他好像飄浮在吊燈與天花板之間的某處，納悶著自己在這活動中無所作用。他的眼睛掃過一張張平靜豐潤的臉孔，他看到這群看似無害的人都專注於梅的野鴨上，好像一夥沉默的共謀者，而他自己及他右手邊那位臉色蒼白的女子就是他們陰謀的目標。他驀地豁然明白，無數零星的小光點終於構成一道清明的亮光，他們這些人認爲他跟奧蘭卡夫人是一對戀人，是「外國」語彙中特有的那種情人定位。他猜想自己，一直是這幾個月來，無數雙眼睛默默觀察及那些耳朵耐心監聽的目標。他甫才明白，在他不知情的狀況下，已經成功將他和他的共犯分開了。現在整個家族的人都站在他妻子這邊，假裝什麼事情都不知道，也不曾猜想過任何事，這次的聚會純粹只是梅・亞契發自內心想爲她的朋友兼表姊的離去表示一點心意。

這就是老紐約人「殺人不見血」的方式，專屬於那些害怕醜聞尤甚疾病、將體面看得比勇氣更重要的人，他們認爲沒有什麼比「出洋相」更乏教養了，當然那些惹出這等事端的行爲最是糟糕。

這串思緒逐一掠過他心頭，亞契覺得自己彷如被包圍在武裝營中的囚犯。他看著在座的人，從他們說話的語氣，看得出俘虜他的人個個冷酷無情。他們一面吃著佛羅里達的蘆筍，一面談論鮑弗夫婦。「他們是要讓我知道，」他心想，「我的下場會如何……」暗示與影射比直接行動更可怕，沉默比激烈話語更惡毒，一種將死的感覺向他包襲過來，彷似關上家族墓穴的那扇門。

他笑了出來，恰迎上范德盧頓夫人驚駭的目光。「你覺得這很可笑？」她露出苦笑，「當然，我想可憐的雷吉娜想留在紐約的想法實有它可笑之處。」

亞契喃喃應道：「當然。」

這時，他開始注意到奧蘭卡夫人另一側的客人與其右手邊女賓客聊了半晌。同時，他看到正經八百坐在范德盧頓先生與賽佛奇・梅里先生之間的梅，隔著桌子向他使了個眼色。顯然男主人不能跟他右手邊的女士一言不發地用完這頓晚餐。他轉向奧蘭卡夫人，她蒼白的微笑對上他，似乎在說：「哦，讓我們撐過去吧。」

「這趟旅途累嗎？」他以令自己都吃驚的自然語調問道。而她回答，剛好相反，她很少有這麼舒適的旅行。

「除了，你知道的，火車上那讓人不敢恭維的悶熱。」她又補述。於是他表示等她到了那個她即將前往的國家後，就不消再受這種罪了。

「我從未有過悶熱的經驗，」他話中帶著強調的語氣，「可卻曾在四月天從卡萊開往巴黎的火車上，有過快凍僵的經驗。」

她說這並不奇怪，但也說畢竟每個人應該多帶上一條毯子，每一種旅行方式皆有它的困難處。針對這點，他突然回道，他認爲與遠走高飛的幸福相比，這根本算不得什麼。她臉色大變，他則又突然提高嗓門添了一句：「我是指不久之後，我自己也要多去旅行。」她臉上掠過一陣驚恐，於是他傾身向雷吉・奇佛斯喊道：「我說，雷吉，要不要去環遊世界啊，不如馬上行動，下個月就走？你敢我就敢。」聽到這裡，雷吉的太太尖聲說她沒辦法放雷吉走，得等到復活節那週她爲盲人療養院辦的瑪莎・華盛頓舞會結束後她才能考慮。她丈夫寧和地回答說，到那個時候，他得開始練習國際馬球賽了。

不過曾經搭乘私人遊艇環遊世界的賽佛奇・梅里，一聽見「環遊世界」這句話，便抓住機會告訴大家好幾個關於地中海港口過淺的驚人例子。接著他又說道，即使如此，說到底也算不了什麼，當你看到雅典、士麥那及君士坦丁堡後，還會想去什麼地方呢？梅里太太則說，她實在太感謝班康醫生要他們保證不去拿坡里，因爲那裡有熱病。

「但是你得花上三週的時間才能好好看完印度。」她丈夫接腔說道，急欲讓大家知道他並非膚淺的旅行者。

這時，女士們起身走向客廳。

書房裡，勞倫斯・萊佛茲無視在場還有幾位更具分量的人士，逕自掌握主導權。

他們的話題跟平常一樣，又轉回鮑弗夫婦身上。連范德盧頓先生和賽佛奇・梅里先生也坐在大家不需明說就曉得是專爲他們保留的扶手椅上，靜靜聆聽這位年輕人的猛烈抨擊。

萊佛茲從沒這樣懷有高貴情操，他推崇基督的精神、歌頌家庭的神聖。憤慨情緒使他話鋒犀利，顯然大家若皆效法他，依照他所言行動，那麼這個社會就絕不會弱到去接受像鮑弗這樣的外國暴發戶——不，諸位，即使他娶的不是達拉斯家的，也不會是范德盧頓或蘭寧家的人。萊佛茲還憤然質問，要不是鮑弗慢慢設法接近某個家庭，就像緊跟著他這麼做的勒米爾・史特拉斯太太那樣，他怎可能有機會跟達拉斯這家族聯姻？若是上流社會選擇向平民女子敞開大門，那傷害還不大，雖說應也不會帶來什麼益處。不過一旦容忍出身不明、沾上不義之財的人，那最後終會迎來全盤崩潰的後果——而且爲期不遠。

「倘若事情照這等速度發展的話，」萊佛茲咆哮道，他的樣子儼似一個穿著普爾西裝②、還未被石頭砸過的青年先知，「我們便要看到我們的孩子擠破頭就爲了受邀進騙子的家，跟鮑弗的雜種結婚啦。」

「哎，我說，別太誇大了！」雷吉・奇佛斯和小紐蘭抗議道，而賽佛奇・梅里先生看起來一臉驚恐，范德盧頓先生敏感的臉上則出現痛苦及厭惡的表情。

「他有嗎？」希勒頓・傑克遜先生喊道，還豎起耳朵聽著。萊佛茲欲一笑置之，那位老紳士在亞契耳邊嘰嘰喳喳地說：「眞是怪了，這些傢伙老想高喊正義之聲。家裡有最糟糕廚師的人，總愛跟你嚷說他們外出用餐就會中毒了。不過我聽說我們的朋友勞倫斯這頓怒罵有其急迫原因——據我所知，這一次是打字員……」

這番話從亞契耳邊飄過，儼似沒有知覺的河水不斷流啊流，因爲他們不知道何時該停下來。他從自己身旁那些臉孔看到了興致、趣味甚至快樂的表情。他聽著那位年輕人的笑聲，以及范德盧頓先生與梅里先生對亞契家馬德拉斯葡萄酒的精心讚美。他隱約從中感受到大家對他的友善態度，就像獄警試著軟化他的階下囚。而意識到這點，讓他想獲得自由的決心更加堅定。

他們很快前往客廳加入那些女士，他看到梅得意的目光，從中讀出她自認一切「進展」順利的信心。梅從奧蘭卡夫人身邊站起來，范德盧頓夫人立刻招呼後者坐到她踞高而坐的那張鍍金沙發上，賽佛奇・梅里太太走過來加入她們。這讓亞契看清楚這邊也在進行著恢復名聲與抹去污點的陰謀。支撐著他這個小世界的隱密組織，決心表明從未質疑過奧蘭卡夫人的行爲及亞契家庭的和樂。眼前所有和藹可親又冷酷無情的人，毅然決然地假裝他們從沒聽說、懷疑或甚至相信有任何與此相反的可能性存在。從他們相互掩護的精心設計中，亞契再一次瞭解紐約社會認爲他是奧蘭卡夫人的情人這一事實。他窺見妻子眼中閃耀著勝利的光彩，第一次瞭解到她也如此認爲。這樣的發現讓他心中的惡魔不禁笑了起來，當他費勁地與雷吉・奇佛斯太太及小紐蘭太太討論瑪莎・華盛頓舞會時，內心邪惡的笑聲不斷閃現。那個夜晚就這麼流逝，宛如沒有知覺的河水流啊流，不知該如何停止。

終於，他看見奧蘭卡夫人起身告別，意識到她很快就要走了，遂試著回想他在餐宴中跟她說的話，但卻連一句也想不起他們曾交談過什麼。

奧蘭卡夫人向梅走去，她挪步時，其他人圍繞著她。這兩位年輕女士的手互相交握，接著梅傾向前去親了她表姊。

「我們的女主人當然是這兩位女士中較漂亮的那一位。」亞契聽到雷吉・奇佛斯低聲對年輕的紐蘭太太如此說道，令他想起鮑弗曾粗鄙地嘲笑梅缺乏魅力。

不一會兒，他已經站在玄關，將奧蘭卡夫人的斗篷披在她肩上。

儘管心亂如麻，他卻下定決心不說任何會驚擾她的話。既然他認爲現在已無任何力量能夠改變他的目標，他便有了足夠的信念讓一切順其自然。但當他伴隨奧蘭卡夫人走到玄關時，突然好渴望能跟她在馬車前獨處片刻。

「妳的馬車在這裡嗎？」他問道，就在這時，從容穿著貂皮大衣的范德盧頓夫人溫柔地說：「我們送親愛的愛倫回家。」

亞契的心抽緊了一下，奧蘭卡夫人則一手抓住她的斗篷和扇子，朝他伸出另一隻手。「再見了。」她說。

「再見——不過我應該很快會在巴黎跟妳見面。」他大聲回道，覺得自己好像是喊出這句話。

「哦，」她喃喃道：「若是你和梅能來的話……！」

范德盧頓先生走向前伸出自己的手臂，亞契則轉向范德盧頓夫人。驀然，他在那輛幽暗的大馬車中隱約看見一張鵝蛋臉，目光炯炯——接著她便離開了。

他踏上階梯時，正好遇到勞倫斯・萊佛茲攙他太太下樓。萊佛茲拉住主人的袖子，往後退開讓葛楚先過去。

「我說，老兄，我跟人家說明晚和你約在俱樂部用餐，你不介意吧？多謝啦，老好人！晚安。」

*　　　　*　　　　*

「一切都進行得好順利，不是嗎？」梅從書房門口這麼問道。

亞契猛然回過神來。最後一輛馬車一走，他便回到書房把自己關在裡頭，希望還逗留在樓下的妻子會直接回她房間。但她竟站在那裡，臉色蒼白而憔悴，卻又散發著疲勞過度的異常精力。

「我可以進來聊聊嗎？」她問。

「當然，如果妳想聊聊的話。可是妳應該很睏了吧！」

「不，我還不是很睏，想陪你坐一會兒。」

「好啊。」他說，並將她的椅子拉近爐火。

她坐下來，他也回到自己的座位上，他們兩人有很長一段時間誰都沒說話。亞契最後終於打破沉默，「既然妳還不累，想聊聊，那有件事情我一定得跟妳說，那天晚上我本想跟妳說的。」

她立刻看了他一眼，「是啊，親愛的，是關於你的事嗎？」

「是關於我的事。妳說妳不累，唉，我卻累了，累極了……」

她瞬間變得溫柔又憂心。「哦，我就知道遲早會這樣，紐蘭！你工作太過勞累了。」

「或許是那樣吧，但不管怎麼樣，我想休息。」

「休息？放棄法律工作？」

「離開，無論如何——馬上，一趟長途旅行，遠走高飛、遠離一切……」

他停頓下來，察覺到他本想以淡漠口氣說自己像個渴望改變卻太過疲乏而難能歡喜迎接改變的男人，但並未成功以這種口氣說出。做他最想做的事，那根迫切之弦一直震動著。「遠離一切……」他又重申道。

「遠走高飛？例如，哪裡呢？」她問。

「哦，我不知道，印度……或是日本。」

她站起來，他則低頭坐著，雙頰托在雙手上，他感覺到她那股溫暖的香氣襲向他。

「要那麼遠嗎？可是親愛的，恐怕你無法這麼做……」她以顫抖的聲音說：「除非你帶我一起去。」接著，他仍沉默不語時她繼續說下去，語調清晰平穩，每個字都像把小錘子敲打著他的腦袋，「只要醫生允許我去的話……但他們恐怕不會同意的。因爲，紐蘭，從今天早上起，我確定了我渴盼已久的事情。」

他抬起頭來厭煩地瞪著她看，她則蹲下來，滿面喜氣紅潤，將她的臉埋在他膝蓋上。

「哦，親愛的。」他回道，將她擁進懷中，冰冷的手撫摸著她的頭髮。

沉默許久，他只聽見內心的惡魔發出刺耳笑聲。接著梅離開他的懷抱，站起來。

「你沒猜到嗎？」

「是的——我，不，我想說的是，我當然希望……」

他們互望彼此，再度陷入沉默。爾後他將目光轉開，突然問道：「妳跟別人說過了嗎？」

「只有媽媽和你母親。」她頓了頓，又匆忙補了一句，滿臉通紅，「還有愛倫。我跟你說過，那天下午我們聊了很久，以及她對我有多好。」

「啊！」亞契低囔，心跳幾乎停止。

他發覺妻子正認眞地觀察著他，「你介意我先告訴她嗎，紐蘭？」

「介意？爲什麼呢？」他做出最後的努力鎮定下來。「但那是兩週前的事情，不是嗎？我以爲妳直到今天早上才確認。」

她的臉更紅了，不過她鎮定地回看他。「是的，我當時還不十分確定，但我跟她說我有了『好消息』。你瞧，我說對了！」她喊道，藍色眼瞳盈滿勝利的淚水。

譯註：

①韋伯伊克文（Eugène Joseph Verbeckhoven，一七八九至一八八一）為比利時畫家，作品多以動物為主題。

②若說十九世紀的巴黎是女裝中心，那麼男裝即是以倫敦為首，普爾（Poole）則為當時倫敦最知名裁縫店。

Chapter 34 第三十四章

紐蘭・亞契坐在他東三十九街住宅的書房寫字檯前。

他剛從大都會博物館新畫廊的大型開幕典禮回來，那寬敞空間裡放滿了各個年代的戰利品，一群群上流人士穿梭於按科學分類的寶藏室，忽然間，有人觸及他那已生鏽的記憶彈簧。

「啊，這原本是塞斯諾拉古文物展覽室。」他聽到某個人這麼說著。他身邊的所有事物在那一瞬間頓時消失，他獨自坐在靠暖氣的皮沙發上，而一道穿著海豹皮長大衣的修長身影沿著老博物館簡陋的通道越行越遠。

這一景象勾起許多其他聯想，此刻他以全新的眼光看著這間三十多年來，一直是他獨自冥思及全家聊天的書房。

這是他生命中大部分真實事件發生的地點。將近二十六年前，他妻子就是在這裡，帶著新一代女性會予以嘲笑的羞紅面容，婉轉地向他透露自己有了孩子的消息；他們因體質太過孱弱而無法在嚴冬帶去教堂的大兒子達拉斯，也是在這裡由他們的老朋友紐約主教舉行受洗的，這位高尚又無可取代的主教，一直是他所在教區的驕傲與光彩；在這裡，達拉斯第一次跌跌撞撞地走過來叫了「爸爸」，梅和保姆則在門後面笑著；在這裡，他們的第二個孩子瑪麗（長得特別像她媽媽）宣布將與雷吉・奇佛斯家那群兒子中最愚蠢但也最可靠的那位訂婚；同樣在這裡，亞契隔著婚紗吻了女兒，接著下樓搭汽車到懷恩堂——在這整個基礎都已蛻變的世界，「懷恩堂婚禮」是依然保持不變的傳統殿堂。

他跟梅總是在這間書房商談孩子的未來，包括達拉斯和他弟弟比爾的學業、瑪麗對於「成就」無可救藥的漠不關心以及她對運動與慈善世界的熱情，還有達拉斯對於「藝術」懵懂的喜好，最終讓個性好動又充滿好奇的他進入紐約一家新興建築事務所。

時下的年輕人都已經不再受法律和商業的束縛，開始踏足各種不同的新領域。他們要不是熱中於國家政治或市政改造，很可能也會投入中美洲的考古學、建築或景觀工程，或是對獨立戰爭前的國內建築產生強烈興趣而認眞涉獵，研究並改造喬治時期的建築風格①，反對無意義使用「殖民風」這個名詞。如今除了郊區那些經營食品雜貨的百萬富翁外，早無人擁有「殖民風」的宅子了。

但最重要的——亞契有時將之視爲最重要的事件——紐約州州長有天晚上大老遠從奧爾巴尼過來用餐並過夜，他就是在這間書房裡，看著男主人，握起拳頭敲桌子、咬著眼鏡說：「去他的職業政客！你才是這個國家眞正需要的人，亞契。若想把馬廄清理乾淨，像你這樣的人即必須挺身而出。」

「像你這樣的人……」亞契曾因這句話變得多麼激動啊！曾經多麼熱情地起身應和！簡直就像奈德·溫塞特曾要他捲起袖子，踩進田裡的髒泥。不過當這句話是由一位以身作則的人物說出時，讓人無法抗拒地追隨他的號召。

亞契回想起過去種種，不怎麼確定像他這樣的人眞的是這個國家所需要的，至少在西奧多·羅斯福②所說的軍事服役方面，他並非如此。事實上，他確實有理由這麼想，因爲他曾在州議會待了一年，之後未再被選上。慶幸的是他退回去做一份不具名分卻對社會有益的市政工作，之後又重拾紙筆偶爾爲一份試圖撼動這個冷漠國家的改革派週刊寫寫文章。過去似乎沒什麼好回顧的，不過當他想到他那一代的同類年輕人總是汲汲營營於狹隘的賺錢、運動，社會也限制了他們的視野——即使他自己的貢獻很微小，對這個新社會還算有所助益，好比每一塊磚石對於一面堅固的牆都是有用的。他對大眾生活的貢獻並不多，天生是個沉思者及業餘藝術愛好者。不過他曾經深思過一些重要的事情，值得高興的重大事情；而且也有一位偉大人物的友情支持足堪引以爲傲。

總體而言，他等於人們開始稱呼的「好公民」。這麼多年過去之後，紐約的每一項新運動，無論是慈善、市政或藝術性的運動，都看重他的意見亦想要他掛名。在開辦第一所殘障兒童學校、改建藝術博物館、創辦「書蟲俱樂部」③、開展新圖書館或籌辦新的室內樂協會時，若有任何問題，人們總會說：「去問亞契。」他的日子過得非常充實又體面，他想一個人所要的大概就是這些了。

他知道他缺少某種東西：生命的花朵。但他現在認爲那是難以達到且不可能發生的事情，爲這種事情發牢騷，就像因彩券未中頭獎而感到絕望一樣。千千萬萬張彩券裡，只有一張頭獎，他中獎的機率實在微乎極微。當他想到愛倫·奧蘭卡時，是如此地抽象、寧靜，就像我們想到書中或畫中鍾愛的人物，所有他失落的事物都集結成她的幻影。這個幻影儘管虛無縹緲，卻可以讓他不去想其他女人。他成了人們口中的忠實丈夫。當梅突然去世——因照顧染上傳染性肺炎的小孫子時受感染而過世，他真心地哀悼她。他們長久生活在一起，讓他明白即使婚姻是項乏味的責任，但只要能維持這個責任的尊嚴，也就無所謂了：若失去了尊嚴，便只淪爲一場醜惡的慾望之爭。回首前塵，他向自己的過去致敬，也爲之哀悼。畢竟，過去的生活方式也有美好一面。

他環視房間，看見達拉斯重新換上英式銅板雕刻、齊本德爾的櫃了、幾盞罩著精心挑選的悅人藍白遮罩電燈，接著將目光又移回去那張他總捨不得丟掉的老寫字檯上他擁有梅的第一張相片——仍然放在他的墨台旁。

她站在那裡，身材高䠷、玲瓏有致，穿戴著一身漿過的棉布衣和樸素的寬邊草帽，如同他在教區花園橘子樹下看到她時的模樣。她之後一直保持著像那天的模樣，幾無消長狀況：大方、忠誠、永不疲憊；但極缺乏想像力、難以進步，因此對於她年輕時代世界瓦解後又重組的所有變化，她壓根毫無知覺。這堅毅又開朗的盲目讓她周遭事物保持不變。由於她缺乏察覺變化的本能，讓她的孩子仿照亞契對她掩藏自己的看法。這樣的情況從一開始便如此，大家假裝跟她一樣，父親和孩子們不知不覺間因爲這樣的共同性，聯合起來裝出一種家人間絕無惡意的僞善。因此她臨終時，仍認爲這個世界十足美好，就像她自己的家一樣充滿了愛與和諧，認命地離開這個世界。因爲她相信，無論發生什麼事，紐蘭還是會繼續將成就他父母的那些原則與偏見灌輸給達拉斯，而達拉斯之後（當紐蘭也隨她而去時）也會將這些神聖的信念傳給小比爾。至於瑪麗，她對她可說跟對自己一樣有把握。因此，將小比爾從死亡邊緣救回來而犧牲了自己的生命，她安詳地躺在亞契家聖馬克墓地的墓穴裡。而亞契夫人早已經安然躺在那裡了，躲過她兒媳婦甚至沒察覺到的可怕「趨勢」。

梅的相片對面立著一張她女兒的相片。瑪麗．奇佛斯同她母親一樣高䠷美麗，不過粗腰平胸且稍微有點駝背，符合改變後的時下流行標準。若是梅．亞契那條天藍色腰帶能將瑪麗．奇佛斯的腰也束成二十吋，瑪麗的運動天分可能就無法這麼盡情發揮了。她們兩個在這點上的差異格外具有象徵性：母親的一生就像她的身材那麼倍受束縛，而瑪麗雖然也很傳統、沒有比較聰明，但她的生活較爲開闊、觀點亦較具包容性。看來新秩序也有好的一面。

電話鈴聲響起，亞契的目光從相片移開，拿起手邊的傳聲筒。他們離那樣的日子有多遠了啊——當時穿著銅扣衣的小信差那兩條腿，是紐約快速通訊的唯一工具！

「芝加哥那邊有人要跟你通話。」

啊，肯定是達拉斯打來的長途電話，他被公司派去芝加哥和一位挺有想法的年輕富翁談湖畔大廈的建築計畫。達拉斯常被公司派去執行此類任務。

「喂，爸，沒錯，我是達拉斯。聽著，你覺得星期三搭船遠行如何？『茅利塔尼亞號』，沒錯，就是下週三。我的客戶希望我先去觀賞一些義人利庭園再做最後的決定，他希望我搭下一班船過去。我必須在六月一日前回來，」他的聲音突然轉爲開朗的笑聲，「所以我們動作得快點。聽著，爸爸，我需要你的協助，請務必跟我一起去。」

達拉斯簡直像在這屋裡說話，聲音聽起來那麼近又自然，就像他慵懶地斜靠在爐火邊他最愛的那把扶手椅上說話。這事實已如常到不再讓亞契驚訝了，長途電話早變得像電燈及五天即可橫渡大西洋一樣尋常。不過那個笑聲還是讓他嚇了一跳，這對他來講依然奇妙非凡，隔著遙遠距離，越過森林、河流、山巒、草原、喧囂的城市及庸庸碌碌的千百萬人，達拉斯的笑聲竟能傳達出：「當然，無論如何，我得在一日前趕回來，因爲我和芬妮・鮑弗定在五日結婚。」

聲音再度響起，「需要考慮嗎？不，先生，一分鐘也不需要考慮，現在馬上答應吧。有何不可？我倒想聽聽，若是你能舉出一個理由——不。我就知道，那麼一言爲定了，對吧？我相信你明天第一件事情就是打電話去康納德的辦公室。你最好先訂馬賽回來的船票。聽著，爸爸，這可能是我們最後一次像這樣一起旅行了——哦，很好！我就知道你會答應的。」

芝加哥那邊掛斷了，亞契站起身開始在屋裡來回踱步。

這將是他們最後一次像這樣旅行了，是啊，這孩子說得對。達拉斯結婚後他們還會有其他很多次旅行，做父親的確信這一點，因爲他們就像志同道合的夥伴。無論別人怎麼看芬妮．鮑弗，他都不覺得她會影響他們之間親密的父子情。相反的，根據他對她的觀察，倒覺得她會自然地融入他們。然而，改變終究會改變，差異還是會有，即使他很中意未來的媳婦，他仍渴切把握最後一次跟兒子獨處的機會。

除了他內心深處其實早已捨棄旅行的嗜好這項理由之外，別無理由不把握這次機會。梅並不喜歡到處跑，除非有正當理由比如帶孩子去海邊或山上休閒，否則她想不出其他要讓自己離開東三十九街住家或維蘭家在新港那棟舒適居所的理由。達拉斯取得學位之後，她覺得出去旅行六個月是自己應該做的事情，因此全家安排了一趟傳統旅行，巡遊英國、瑞士和義大利。他們時間有限（誰也不知道爲什麼），得略過法國。亞契想起當時要求達拉斯考慮去白朗峰、放棄蘭斯和沙特時他生氣的模樣。但是瑪麗與比爾想爬山，而且他們在英國參觀大教堂時，便已經偷偷地在達拉斯背後打起呵欠來了。梅對孩子總是很公平，堅持他們的運動與藝術愛好須維持平衡。她也確實提議丈夫到巴黎待兩週，當他們「走完」瑞士之後，再到義大利湖濱跟他們會合。可是亞契拒絕了。「我們全都要在一起。」他說。梅則因爲他對達拉斯做出如此良好的榜樣而欣慰不已。

她去世已近兩年，他沒理由繼續過著以前的生活。他的孩子都勸他去旅行，瑪麗．奇佛斯一直認爲他到國外去「看看畫展」對他有益，這種治療方式的神祕性讓她對其效用更具信心。不過亞契覺得自己老早被習慣、回憶、對新事物的畏懼給束縛住了。

現在，當他回顧過往，清楚看到自己陷入怎樣的窠臼中。習慣盡義務之後最糟糕的效應就是，當你去做其他事情時，都覺得頗不習慣。至少他這一代的男性是這麼認爲的。對與錯、誠實與欺騙、高尚與低鄙皆有著清楚界線，留給出乎預料之事的空間實在太小了。有時候，人那容易受生活環境壓抑的想像力，會突然超出日常水平，去審視自己曲曲折折的命運。亞契就這麼坐在那裡尋思著……

他從小受教且屈服的那些準則，以及束縛他的那個小世界，還剩餘了什麼？他想起可憐的勞倫斯·萊佛茲多年前恰是在這個房間，說過相當諷刺的一個預言：「倘若事情照這般速度發展的話，我們的孩子就要跟鮑弗的雜種結婚啦。」

這正是亞契的大兒子——這位他一生的驕傲，將要做的事，而且沒有人覺得奇怪或加以指責。連孩子的姑媽珍妮——她看起來簡直跟她年輕時一模一樣——也從粉紅色棉毛盒中取出她母親的翡翠和珍珠母，用她顫抖的雙手拿給未來的新娘。芬妮·鮑弗未因沒收到巴黎珠寶商的訂製珠寶組感到失望，反而大為稱讚這些珠寶的古典美感，還說自己戴上之後，會覺得自己像一幅伊莎貝小畫像。

芬妮·鮑弗在雙親過世後，於十八歲那年開始現身紐約社交界，她就像三十年前奧蘭卡夫人那樣受到紐約社交界的喜愛。只不過上流社會並沒有不信任或畏懼她，而是欣然接受。她嬌俏、風趣又善於社交，還需要什麼呢？無人那樣心胸狹窄到去翻她父親的過去和她的出身那些幾乎被遺忘的舊帳。唯有上了年紀的人猶依稀記得紐約商業圈中鮑弗破產之事，或是他在妻子過世後悄悄娶了聲名狼藉的芬妮·琳，且帶著她的新婚妻子與跟她一樣美麗的小女兒離開這個國家。後來聽說他在君士坦丁堡，接著是在俄國；十多年後，曾有美國遊客在布宜諾賽利斯受到他慷慨的款待，他在那裡掌理一家大型保險公司。他和妻子是在事業高峰期過世的。他們的孤女日後來到了紐約，由梅·亞契的弟妹傑克·維蘭太太照顧，她的丈夫遂就成了這個女孩的監護人。透過這一層關係，她和紐蘭·亞契的孩子形同表親關係，因此當達拉斯宣布訂婚消息時，無人感到意外。

再沒有別件事能更清楚地讓人窺察出世事變化有多大了。今時的人都太過忙碌，忙著改革和「運動」、追求流行與崇拜偶像、忙著輕浮膚淺，沒有太多時間去管周遭旁人。當這所有社會的微粒都在同一平台上旋轉的大萬花筒裡，某個人的過去又算得了什麼？

* * *

紐蘭・亞契從旅館窗戶望著宏偉又歡樂的巴黎街頭，覺得自己的心宛如年輕人那樣迷惘而激動地跳動著。

那顆心已許久未曾在他日益寬鬆的外套下如此猛烈跳動了，讓他在下一分鐘便覺得胸口一陣空虛、腦門脹了起來。他想著，兒子看到芬妮・鮑弗小姐時，是否也如此——最後又覺得應該不會。「他的心肯定也很激動，但節奏絕不一樣。」他心想道，想起年輕人宣布訂婚消息時冷靜的神情，似乎理所當然認爲家人一定會贊同。

「其差異在於，這些年輕人都將『遂其所願』視爲理所當然，而我們以前老是認爲自己不應該想要什麼就得到什麼。只是，我想……事先即已經如此有把握的事，仍能夠讓人的心狂跳不已嗎？」

那是他們抵達巴黎的第二天，春日陽光從敞開的窗扉照耀著在那片銀光閃閃凡登廣場上方的亞契。當他答應跟達拉斯出國時，他所要求的一件事——應該是唯一的要求，便是停留巴黎期間不可以要他去那些新式「宮殿」。

「哦，好吧，當然。」達拉斯敦厚地同意了，「我會帶你到那種舊式的好地方，比如說布里斯托……」這讓他父親聽了說不出話來，因那是棟百年歷史的皇宮居所，今日說來好像是在講一間舊式旅店，人們去那裡徒爲了它奇特有趣的不便設施及殘存的地方色彩。

在最初那幾個令人難以忍受的年頭裡，亞契常想像自己重返巴黎的畫面。後來他個人的幻想逐日漸淡了，他只想試著以奧蘭卡夫人生活的地方來看這個城市。待深夜家人入睡後，他會獨自坐在書房裡，將七葉樹大道上的明媚春光、公園裡的花朵和雕像、花車上的陣陣紫丁花香、大橋下的滾滾波濤，以及那段藝術、研究和歡樂的生活塡滿他賁張的血脈。而今這番景象就燦爛地展現在他眼前，他看著它時，竟覺得自己卻步、古板、無法適應了，與他曾經夢想的那個堅毅偉大的人相比，他只是一個白髮蒼蒼的人罷了……

達拉斯的手興高采烈地放在他肩膀上，「嘿，爸爸，這裡很棒，不是嗎？」他們靜靜地站在那裡望著窗外，接著那位年輕人繼續說：「對了，我有個訊息要給你：奧蘭卡夫人五點半等我們過去。」

他輕鬆且漫不經心地述說這訊息，就像在傳達任何一個普通的訊息，像是在交代他們明晚前往佛羅倫斯的火車時刻那樣。亞契看著他，覺得自己在那雙快樂的年輕雙眼中，看到了一絲他明戈特外曾祖母的那種促狹目光。

「哦，我沒告訴你嗎？」達拉斯繼續把話說完，「芬妮要我發誓到巴黎一定要完成三件事：買到德布西④的最新作品、去看大木偶劇及探望奧蘭卡夫人。你知道當鮑弗先生送芬妮來過聖母昇天節時，她待她非常好。芬妮當時在巴黎沒有任何朋友，奧蘭卡夫人很好心，假日總是帶她四處轉轉。我想她和第一位鮑弗太太交情肯定深厚。而且，她還是我們的表親呢。所以我今天早上出門之前，撥了通電話過去，告訴她我們會在這裡停留兩天，想去拜望她。」

亞契繼續瞪著雙眼看著他，「你告訴她我在這兒？」

「當然啊，有何不可？」達拉斯的眉毛古怪地往上一挑。他沒聽到任何回答，便將手伸到父親臂上，像信賴的夥伴那樣按了按父親的手。

「我說，爸爸，她是什麼樣的人呢？」

在他兒子坦然目光的注視下，亞契覺得自己臉紅了。

「快點，說說呀，你跟她是好朋友，對吧？她是不是很惹人喜愛？」

「惹人喜愛？這我不知道，但她眞的好特別。」

「啊，就是這樣！總是這樣，不是嗎？當她出現時，總是好特別——不知道爲什麼會這樣覺得。這正是我對芬妮的感覺。」

父親向後退了一步，放開他的手。「對芬妮？但是，我親愛的夥伴——我倒希望如此！只是我看不出……」

「得了，爸，別像個老古板！她是否，『曾經』是你的芬妮呢？」

達拉斯的身心都屬於全新的一代，他是紐蘭與梅・亞契生的第一個孩子，就連最基本的保守含蓄，怎麼也教不會。「爲什麼需要搞神祕呢？這樣只會讓人更想挖出眞相。」每當有人提醒他要謹言愼行時，他總是這麼抗議道。但亞契看著他的眼睛時，窺出玩笑下的一片孝心。

「我的芬妮？」

「哎呀，就是會讓你拋棄一切的女人——只是你沒那麼做。」他教人驚奇的兒子這樣說。

「我沒有那麼做。」亞契以一種莊重的語氣回應道。

「沒有啊！你看你多守舊，我的老傢伙。可是媽媽說過……」

「你母親？」

「是啊，她去世的前一天說的。她把我一個人叫過去那時候——你還記得嗎？她說她很放心讓我們跟你在一起，而且永遠如此。因爲有一次，她要你去做自己想做的，但你最後放棄了你最想做的事。」

亞契靜靜地聽著這陌生的訊息，目光茫然地盯著窗戶下人潮洶湧、陽光燦爛的廣場。最後他低聲說道：「她從沒讓我去做。」

「沒錯，我忘了。你們從不要求對方做什麼，不是嗎？也從沒跟對方傾訴過任何事。你們只是坐著默默觀望彼此，猜對方心裡在想些什麼。事實上，就像聾啞療養院！唉，我敢說你們那一代太瞭解對方內心，比我們有空去瞭解自己的還多。我說，爸爸，」達拉斯突然停住口，「你沒生我的氣吧？若是的話，讓我們和好，到亨利餐館吃頓午餐吧。午餐過後我得趕去凡爾賽。」

亞契沒有陪兒子去凡爾賽，他下午想獨自逛逛巴黎。他必須好好整理他這一生累積下來的遺憾與痛苦回憶。

過了一會兒，他不再爲達拉斯的魯莽而傷心了。知道終究有人猜到他的心思並寄予同情，似乎拿掉了自己心中的一道鐵箍……而且這個人竟是他的妻子，讓他無以形容地感動。達拉斯，雖然充滿愛和洞察力，卻無法理解這樣的情感。對這個孩子來講，這段插曲無疑只是一段無謂掙扎、浪費力氣的可憐事件。但眞的只是這樣嗎？亞契坐在香榭麗舍大道的長凳上漫長沉思著，任生命之河川流而過……

幾個小時後，愛倫．奧蘭卡在幾條街外等著。她後來沒回到丈夫身邊，幾年前他過世後，生活仍無半分改變。現在沒有什麼事情能讓她跟亞契分開了，而他那天午后就要去見她。

他起身穿過協和廣場和杜樂麗花園，往羅浮宮方向走。她曾告訴他自己常到那裡去，他突然想到一個她最近或曾到過的地方去消磨見面前的這段時光。一個多鐘頭的時間，他逛過一間又一間灑進燦爛午后陽光的畫廊，那一幅幅畫作散發出快被遺忘的光彩，以它悠長之美灌注他的靈魂。畢竟，他的生命已經飢渴太久了……

霎時，在提香⑤一幅燦美畫作前，他發現自己說著：「可是我才五十七歲……」接著便轉身離去。若要追求夏日熱情的夢想，可能為時已晚，但在她身旁靜靜地享受默默耕耘的友誼肯定還不算太遲。

他回到旅館，跟達拉斯會合。父子倆再一起穿過協和廣場，走過通往眾議院的大橋。

達拉斯不知曉父親心裡在想什麼，興奮地說著凡爾賽的種種。他曾在一次假日旅行中匆匆看過，那次旅行他試圖將上次他得跟家人一起到瑞士旅行而錯過的所有景點都一次看完。結果激動的熱情及過分自信的評論，於他口中互相矛盾。

亞契越聽越覺得兒子的見識不足且辭不達意。他知道這孩子感覺並不遲鈍，但是達拉斯的能力與自信來自他將命運視為平等者，而非主宰者。「也就是說，他們覺得事事均要公平看待——知道該怎麼走自己的路。」他沉思道，將他兒子視為拋棄所有舊地標，連所有路標和危險告示也不例外的新世代代表。

達拉斯驀然停下腳步，抓住父親的手。「哦，老天。」他喊道。

他們已經走進傷殘戰士醫院前一片綠意盎然的廣大空地。芒薩爾圓頂⑥隱立在剛發出嫩芽的樹叢和一長排灰色建築上，將午后陽光都吸了過去，它掛在那裡儼如一座人類榮耀的有形象徵。

亞契知道奧蘭卡夫人住在傷殘戰士醫院附近某一條大道的廣場上，他想像那塊街區應該相當安靜隱密，讓人幾乎忘了照亮這一區的核心光輝。現在，透過某些奇怪的聯想，那道金色光芒在他看來是照亮她居所的一片光輝。將近三十年歲月，她的生活——他所知道的是那樣地少——就在這麼濃厚氛圍的地方度過，這對他來講已經太濃厚、太刺激了。他想到她必然去過的劇院、必然看過的畫、常造訪的富麗老宅邸、交談過的人物，那些仍保有古典作風舉止的社會菁英所提出的各種想法、新奇探索、影像及思想的啓發。他突然想起那位法國青年對他說過的話：「啊，有內容的談話——那可是無與倫比的，不是嗎？」

亞契已有將近三十年光陰沒見過或聽人提起里維埃先生了。由此可看出他對奧蘭卡夫人的存在幾乎一無所知。他們已分開了大半輩子的時間，在這段漫長歲月裡，她在一群他不認識的人之間、在一個他只能模糊猜想的社會、難以完全瞭解的情況下生活。在這段日子裡，他一直懷著對她年輕時的記憶活著。但是她肯定有其他更可靠的友伴。或許她也對他保留了特別的回憶，但即便如此，肯定也像一件保留在幽暗小禮拜堂裡的遺物，無暇天天去祈禱……

他們已走過傷殘戰士醫院前的廣場，沿著建築側面的大街往下走。除了它光輝的歷史外，那畢竟只是塊安靜街區。如許美麗景象只留給那些少數傷殘戰士們居住，由此可見巴黎有多麼豐富精彩。

天色逐漸幻化成一團柔美的霞光，黃色電燈在這裡、那裡點爍著，只有寥寥幾人往他們要轉進去的那個小廣場走。達拉斯再次停下腳步，抬頭仰看。

「肯定是這裡了。」他說道，將手悄悄伸進父親的手臂，亞契對這個動作雖感到羞怯，卻沒避開。他們站在一起抬頭看著那棟房子。

那是棟現代建築，沒有顯著特色，但有許多窗戶，奶黃色的寬大正面上方也有宜人的陽台。上層陽台中可見一個遮篷還拉下，高掛在廣場的七葉樹上，彷彿陽光才剛離開。

「不知道是哪一層哩？」達拉斯猜著，將頭探入門房的房間，然後走回來說：「五樓，一定是還拉下遮篷的那個。」

亞契依然動也不動，盯著上面的那些窗戶，宛似他們已然抵達朝聖的終點。

「哎呀，你瞧現在都快六點了。」他兒子最後這樣提醒道。

父親看了一眼樹下的空椅。「我想到那裡坐一下。」他說。

「怎麼了，你不舒服嗎？」他兒子嚷道。

「哦，我很好，可是我想拜託你自己上去。」

達拉斯停在他面前，顯得困惑不已。「咦，我說爸爸，你的意思是你不上去了？」

「我不知道。」亞契緩緩回答。

「要是你不上去，她不會諒解的。」

「去吧，孩子，我也許隨後就來。」

達拉斯在暮色中深深地看了父親一眼。

「但我到底該怎麼說呢？」

「親愛的，你不總是知道該怎麼說嗎？」他父親微笑應道。

「很好，那我就說你是老古板，寧願爬五樓樓梯，也不要搭電梯。」

他父親又笑了，「盡管說我是老古板，那就夠了。」

達拉斯又看了看他，接著做了個表達不可思議意味的動作，便消失在拱門下。

亞契到長凳坐了下來，繼續凝看著那座遮篷下的陽台。他計算著電梯將兒子送上五樓、按門鈴、進門、被引進客廳的時間，想像達拉斯邁著自信的步伐、帶著開朗的笑容走進去，並想著有人說他的孩子是否眞的「長得像他」。

他繼而試著去想像已經在客廳裡的那些人——因爲現在正值社交時段，屋裡可能不止一個人——這群人當中有一位面容蒼白而憂鬱的女士會迅速抬起頭來，半起身，伸出一隻戴著三枚戒指的削瘦小手……他想她應該坐在靠近爐邊的沙發角落，身後的桌子插著杜鵑花。

「這裡對我來講，比我上樓去還要真實。」他突然聽到自己這麼說。時間一分一分流逝，他深怕這最後的一絲真實影子亦隨之而去，因此牢牢坐在他的椅子上。

他在椅子上坐了許久，暮色漸濃，但他的眼睛從未離開過那座陽台。最後，那扇窗透出了一道光，一位男僕隨即出現在陽台上，收起遮篷、關上百葉窗。

這個，彷彿就是他一直在等待的信號。於是紐蘭・亞契慢慢起身，獨自走回今晚要待的旅館。

譯註：

①專指一七三〇年至一八三〇年間普遍常見的殖民建築風格。

②西奧多・羅斯福（Theodore Roosevelt，一八五八至一九一九），世稱「老羅斯福」，美國第二十六任總統（任期一九〇一年至一九〇九年），對外奉行門羅主義，開鑿巴拿馬運河，並因調停日俄戰爭獲得諾貝爾和平獎。他當選總統前曾任紐約州州長。

③書蟲俱樂部（Grolier Club）創辦於一八八四年，著名的紐約讀書俱樂部。

④德布西（Achille-Claude Debussy，一八六二至一九一八）乃最具代表性的法國作曲家，知名作品包括《大海》、《牧神午后前奏曲》。

⑤提香（Titian，本名為Tiziano Vecellio，一四八五至一五七六）是義大利文藝復興後期威尼斯畫派的代表畫家，以色彩運用豐富鮮豔為特徵。

⑥芒薩爾圓頂（dome of Mansart）為聖路易傷殘戰士教堂的金黃色圓頂，拿破崙的墓地也在此圓頂下。

國家圖書館出版品預行編目資料

純眞年代／伊迪絲・華頓著；伍晴文譯．
──初版．──臺中市：好讀，2014.07
面：　公分，──（典藏經典；61）

譯自：The Age of Innocence

ISBN 978-986-178-322-2（平裝）

874.57　　103007034

好讀出版

典藏經典 61

純真年代

作　　者／伊迪絲・華頓
譯　　者／伍晴文
總 編 輯／鄧茵茵
文字編輯／林碧瑩
美術編輯／謝靜宜
行銷企畫／陳昶文
發 行 所／好讀出版有限公司
臺中市 407 西屯區何厝里 19 鄰大有街 13 號
TEL:04-23157795　FAX:04-23144188
http://howdo.morningstar.com.tw
（如對本書編輯或內容有意見，請來電或上網告訴我們）
法律顧問／甘龍強律師

戶名：知己圖書股份有限公司
劃撥專線：15060393
服務專線：04-23595819 轉 230
傳眞專線：04-23597123
E-mail：service@morningstar.com.tw
如需詳細出版書目、訂書，歡迎洽詢
晨星網路書店 http://www.morningstar.com.tw

印刷／上好印刷股份有限公司 TEL:04-23150280
初版／西元 2014 年 7 月 15 日
定價：299 元
如有破損或裝訂錯誤，請寄回臺中市 407 工業區 30 路 1 號更換（好讀倉儲部收）

Published by How Do Publishing Co., LTD.
2014 Printed in Taiwan
ISBN 978-986-178-322-2

讀者回函

只要寄回本回函，就能不定時收到晨星出版集團最新電子報及相關優惠活動訊息，並有機會參加抽獎，獲得贈書。因此有電子信箱的讀者，千萬別吝於寫上你的信箱地址

書名：純眞年代

姓名：______________ 性別：□男□女　生日：____年____月____日

教育程度：_________________________

職業：□學生 □教師 □一般職員 □企業主管

□家庭主婦 □自由業 □醫護 □軍警 □其他____________________

電子郵件信箱（e-mail）：_______________________ 電話：________________

聯絡地址：□□□ ____

你怎麼發現這本書的？

□書店 □網路書店（哪一個？）___________________ □朋友推薦 □學校選書

□報章雜誌報導 □其他____

買這本書的原因是：____

□內容題材深得我心 □價格便宜 □封面與內頁設計很優 □其他____________

你對這本書還有其他意見麼？請通通告訴我們：

____

你買過幾本好讀的書？（不包括現在這一本）

□沒買過 □ 1 ～ 5 本 □ 6 ～ 10 本 □ 11 ～ 20 本 □太多了

你希望能如何得到更多好讀的出版訊息？

□常寄電子報 □網站常常更新 □常在報章雜誌上看到好讀新書消息

□我有更棒的想法____

最後請推薦五個閱讀同好的姓名與E-mail，讓他們也能收到好讀的近期書訊：

1. ____

2. ____

3. ____

4. ____

5. ____

我們確實接收到你對好讀的心意了，再次感謝你抽空填寫這份回函

請有空時上網或來信與我們交換意見，好讀出版有限公司編輯部同仁感謝你！

好讀的部落格：http://howdo.morningstar.com.tw/

好讀的粉絲團：www.facebook.com/howdobooks

請填妥後對折黏貼，直接投郵即可，無須貼郵票。

廣告回函
台灣中區郵政管理局
登記證第 3877 號
免貼郵票

好讀出版有限公司　編輯部收

407 台中市西屯區何厝里大有街 13 號

電話：04-23157795-6　傳眞：04-23144188

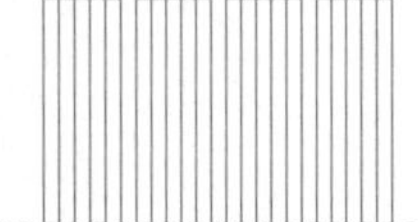

沿虛線對折

購買好讀出版書籍的方法：

一、先請你上晨星網路書店http://www.morningstar.com.tw檢索書目或直接在網上購買

二、以郵政劃撥購書：帳號15060393 戶名：知己圖書股份有限公司並在通信欄中註明你想買的書名與數量

三、大量訂購者可直接以客服專線洽詢，有專人爲您服務：客服專線：04-23595819轉230 傳眞：04-23597123

四、客服信箱：service@morningstar.com.tw